Amberville

Tim Davys
Amberville

Vertaald door Erica Weeda

Uitgeverij De Arbeiderspers
Amsterdam · Antwerpen

Omslagillustratie: Folio Art (David Cutter)

ISBN 978 90 295 7508 9 / NUR 302

www.arbeiderspers.nl

Hoofdstuk 1

Op een vroege ochtend, eind april, werd er op de voordeur van de woning van Eric Beer en Emma Konijn aan de steenrode Uxbridge Street gebonsd. De Ochtendregen was opgehouden, de wind was gaan liggen en de zon scheen weer over Mollisan Town.

'Hou je kop en hou op met bonzen,' mompelde Eric Beer in zichzelf en hij trok het dekbed over zijn hoofd.

Maar het dekbed was te dun, het gebons op de voordeur echode pijnlijk achter de slapen van de beer.

Hij kon onmogelijk de slaap weer vatten.

Het was gisteravond laat geworden, en behoorlijk vochtig. Het was zo'n avond waarop elk knuffeldier het plan leek te hebben opgevat om te gaan stappen. De restaurants in Lanceheim waren vol, langs de felpaarse Pfaffendorfer Tor krioelden nog de dieren uit het Concertgebouw en het gedrang aan de bar in de clubs langs de mosterdgele Krönkenhagen was erger dan de avondspits op de Noordelijke Avenue. Zoogdieren en reptielen, vissen en vogels, fantasiedieren en zelfs hier en daar een insect: allerlei soorten knuffeldieren verdrongen zich in Lanceheim.

'Volg mij!' riep Eric, toen de dieren op het trottoir de groep dreigden te scheiden.

Ze waren met z'n vijven: Wolle Kikker, Nikolaus Kat en een of andere projectleider van reclamebureau Wolle & Wolle van wie Eric de naam niet wist.

Maar naast Eric liep Philip Baviaan. Vanavond wist Baviaan alle aandacht op zich gericht. Hij vertegenwoordigde schoenfabrikant Dot. Daar waren ze al maanden op zoek naar een nieuw

5

reclamebureau en Wolle & Wolle was hard op weg de pitch te winnen. Ze hadden nog een laatste zetje nodig.

Eric Beer was klaar om dat zetje te geven.

Eric had zijn blik gevestigd op een kroeg die niet al te ver weg lag. Van een afstand zag hij de vette gele letters op het neonbord al: DE PAPEGAAI, BAR & GRILL.

'De Papegaai,' zei Eric tegen Philip Baviaan. 'Daar heb ik nog nooit één saai moment beleefd.'

In werkelijkheid had Eric Beer nog nooit van het etablissement gehoord, en hij zou er waarschijnlijk ook nooit meer naartoe gaan. Maar de cursieve neonletters deden hem denken aan de art deco uit zijn jeugd, en bovendien leken alle restaurants op elkaar in deze contreien.

'Als er maar geen decadente vrouwtjes zijn bij De Papegaai,' zei Baviaan nerveus giechelend. 'Ik ben in geen twintig jaar wezen stappen, ik wil niet meteen... een stel wellustelingen... bespringen.'

Philip Baviaan droeg een grijs kostuum, een wit overhemd en een donkerblauwe stropdas. Tijdens het eten had hij verteld dat jaarbalansen, omzetsnelheden en de schelpen die hij op het strand van Hillevie verzamelde zijn grootste hobby's waren. Baviaan hield nog steeds zijn aktetas onder zijn arm geklemd, terwijl hij daar naast Eric Beer liep. Die tas zou hij de hele avond meeslepen alsof het een reddingsboei was.

Dat Philip Baviaan niets liever wilde dan decadente vrouwtjes treffen was zo klaar als een klontje.

'Wellustelingen?' lachte Eric Beer. 'Die zouden best eens aanwezig kunnen zijn bij De Papegaai, helaas.'

Philip Baviaan huiverde van verwachting.

Opnieuw werd er bruut op de voordeur gebonsd.

Waarom gebruiken ze de bel niet, zoals normale knuffeldieren?

Eric Beer draaide zich om in bed. Hij rook zijn eigen adem onder het dekbed. Martini en wodka. Oude martini en wodka.

Had hij gisteren gerookt? Kennelijk wel, te oordelen naar de smaak op zijn tong.

Toen ze De Papegaai Bar & Grill hadden verlaten – omdat de aanwezige vrouwtjes niet decadent genoeg waren naar Baviaans smaak –, was iedereen behoorlijk aangeschoten. Ze belandden in een jazzclub. Een donker keldervertrek, dat onmogelijk in Lanceheim kon liggen, maar eerder in Tourquai.

'Ik weet dat we het niet over werk zouden hebben,' zei Eric Beer.

Hij had moeite om niet te slissen. Hij en Baviaan zaten tegenover elkaar aan een rond tafeltje in een hoek van de kelder. Eric zat op een stoel, Baviaan hing op een harde bank bij de muur. Op het podium krijste een saxofoon. Zat er iemand bij Baviaan op schoot? Het was moeilijk te zeggen, omdat het zo donker was.

'Ik weet dat we het niet over werk zouden hebben, maar wij zijn als enige overgebleven, hè? Jullie hebben toch gekozen voor Wolle & Wolle?'

'Dinsdag,' zei Baviaan.

Dat meende Eric ten minste als antwoord op te vangen.

'Dinsdag?'

'Maar we eisen een plafond,' zei Baviaan.

Of misschien zei hij iets anders. Op het podium had de saxofoon gezelschap gekregen van een trompet en het was onmogelijk te horen wat de ander zei.

'Zit jij daar met een panda op schoot, Baviaan?' vroeg Wolle Kikker.

Waar de kikker opeens vandaan kwam, wist Beer niet. Maar Baviaan was betrapt en hij sprong op van de bank. Om een tel later weer achterover te vallen. Met de panda over zich heen.

'Ik heb nog nooit een panda aangeraakt,' riep hij.

Toen wist Eric dat Wolle & Wolle Dot als nieuw account zou krijgen.

'IK KOM!' schreeuwde hij.

Eric smeet het dekbed van zich af en ging rechtop in bed zitten. De slaapkamer deinde en het lawaai voor de deur werd nog erger.

Vaag herinnerde hij zich dat Emma bijna een uur geleden van huis was vertrokken. Ze huurde een atelier in een zuidelijke wijk van Amberville, in de buurt van Swarwick Park. Daar werkte ze zolang de zon in het oosten stond en ze vond het prettig om 's ochtends vroeg aan de slag te gaan. Zelf was Eric een langzame starter, normaal gesproken ook. Zorgvuldiger, zei hij.

IJdeler, zei zij.

De beer ging staan en trok zijn onderbroek en overhemd aan die naast het bed op de grond lagen. Het waren de kleren die hij gisteren had gedragen. Ze stonken naar zweet, rook en verschaalde drank. Met een zucht liep hij langzaam de eetkamer binnen.

In de slaapkamer waren de rolgordijnen omlaag, maar door het raam in de woonkamer glinsterde de zon aan de blauwe lucht. De neusgaten in Erics stoffen neus verwijdden zich en onbewust draaide hij zijn kleine ronde oren naar voren. Hij durfde niet eens te gissen wie er voor de deur zou kunnen staan; er kwamen maar zelden ongenode gasten. Hij fronste zijn met kruissteekjes gemaakte wenkbrauwen en greep naar zijn bonzende hoofd. Tegelijk had hij een geamuseerde twinkeling in zijn zwarte kraaloogjes.

Het leven had Eric Beer vaak aangename verrassingen te bieden.

Net op het moment dat het gebons weer begon, liep hij de hal in. Nu had het dier aan de andere kant zijn geduld verloren. De scharnieren rammelden onrustbarend, de kracht van het gebons was onmiskenbaar.

Eric aarzelde.

Hij bleef staan bij een met roze fluweel overtrokken bankje dat Emma Konijn ruim een jaar geleden op een veiling had gekocht.

Misschien kon hij maar beter niet opendoen? Plotseling kreeg Eric het gevoel dat hij niet wilde weten wie er aan de andere kant van de deur stond. Met een geluidloze zucht ging hij op het roze bankje zitten.

Het werd stil aan de andere kant.

Daarna vloog de buitendeur door de hal.

Het was een harde, duidelijke klap, die gevolgd werd door een soort onaangenaam gekraak, en in een wolk van houtspaanders en gips van de muur kon Eric de contouren van een kleine vogel ontwaren, die voorzichtig over de rommel op de vloer hipte.

Achter de vogel verhieven zich twee brede gestalten.

Nicholas Duif en zijn gorilla's waren op bezoek gekomen.

'Eric, mijn vriend,' zei Duif met zijn eentonige piepstem toen het stof was opgetrokken, 'ik kom volstrekt ongelegen, zie ik.'

De duif maakte een gebaar naar Erics blote benen. Zelf droeg de vogel een onberispelijk double-breasted jasje en om zijn hals zat een roze zijden choker.

Toen de deur de hal binnenzeilde, was Eric opgesprongen van het bankje, alsof hij in de houding moest staan voor Duif, maar nu keek hij omlaag naar zijn onderbroek. Zijn hart bonsde in zijn keel en hij was te geschokt om boos of bang te zijn.

'Ik...' begon hij.

'Geen paniek,' zei Duif geruststellend en hij liep Eric straal voorbij op weg naar de woonkamer.

De twee gorilla's stonden nog bij het gat in de muur waar tot voor kort de voordeur had gezeten. Hij kon nergens heen vluchten. De ene gorilla, de helderrode, kwam Eric vaag bekend voor, uit een ver verleden. Het was dan ook een heel ongebruikelijke kleur voor een aap.

In de woonkamer was de duif al in een van de fauteuils gaan zitten. Afwachtend streek Eric op de bank neer. Hoewel vrijwel alle knuffeldieren in Mollisan Town even groot waren, leken sommigen tengerder en anderen juist forser. Duif behoorde tot de eerste categorie, de gorilla's tot de laatste.

'Dat is lang geleden,' zei Eric. 'Echt...'

'Veel te lang,' antwoordde Duif, 'veel te lang geleden, mijn vriend. Maar dat ligt niet aan mij. Jij hebt al die tijd geweten waar je me kon vinden.'

Dat was waar.

Nicholas Duif had van oudsher zijn nest in Casino Monokowskij. Men beweerde dat Duif zelden of nooit zijn comfortabele kantoor verliet, waar hij door de getinte ramen het casino van bovenaf kon overzien. Eric wist echter dat het schilderij links van zijn bureau – een paard in strijdtenue – in werkelijkheid de deur naar het privéappartement van Duif was. Van daaruit bezocht hij de buitenwereld, dat was noodzakelijk om het machtsevenwicht in stand te houden. De vogel was een van de gevaarlijkste dieren in Amberville en hij had direct of indirect een vinger in de pap bij vrijwel alles wat met georganiseerde misdaad te maken had in het stadsdeel.

'Klaarblijkelijk weet jij ook waar je mij kunt vinden,' antwoordde Eric en hij probeerde de toon luchtig te houden.

'Vrienden moet je koesteren,' zei Duif. 'En ik moet je natuurlijk feliciteren met al je successen.'

Eric knikte glimlachend, maar hij voelde een koude rilling langs zijn ruggengraat lopen. Hij wist niet waar Duif op doelde; Eric Beer stond midden in het leven en besefte dat hij veel had om trots op te zijn. Vermoedelijk had Duif iets gelezen wat met Wolle & Wolle te maken had. Sinds Eric de chef van Wolle Kikker en Wolle Haas was geworden, was er nogal wat over hem geschreven in de pers.

'Dank je,' zei hij.

'Jullie wonen hier mooi,' ging Nicholas Duif verder.

Er klonk opnieuw lawaai uit de hal. Niet helemaal zo oorverdovend als toen de deur werd ingetrapt, maar eenzelfde soort geluid. Eric draaide zich om en zag hoe de apen brandhout maakten van het mooie roze bankje.

Emma, dacht hij met een paniekgevoel dat van zijn maag naar zijn keel trok. Emma. Ze zal woedend zijn.

'Waarom...?'

Eric probeerde ontspannen te klinken en knikte naar de hal,

waar de gorilla's bleven slaan en stampen op alles wat er nog van het meubelstuk over was.

'Ze nemen even een pauze,' zei de duif. 'Te veel energie. Ik kan maar beter terzake komen voor ze je mooie appartement helemaal aan gort slaan.'

Eric slikte en knikte. Het zweet liep over zijn rug, maar dat zou net zo goed door zijn kater kunnen komen. Hij wilde geen materialist lijken, maar het roze bankje was niet bepaald gratis geweest. En Emma zou het nooit begrijpen. Ze wist niets over Erics jonge jaren; hij had haar niet durven vertellen dat hij ooit voor Nicholas Duif had gewerkt. Tegenover anderen gaf hij alleen vage aanduidingen over zijn verleden, in de veronderstelling dat dat hem spannender maakte. Maar Emma liet zich niet zo gemakkelijk imponeren.

De gorilla's hadden hun werk gedaan in de hal. Met vastberaden passen liepen ze door de woonkamer naar de eetkamer, waar ze losgingen op het eetkamermeubilair: de tafel en de stoelen.

Als ze de kristallen kroonluchter maar niet zien, dacht Eric. Dat was een kopie van een achttiende-eeuws stuk, gesigneerd met 'De Clos', waar slechts vier exemplaren van bestonden.

Een tel later vielen de honderden kristallen prisma's te pletter op de parketvloer.

'Eric, je kent me,' zei Duif en hij trok zijn choker recht. 'Om de dingen heen draaien is niet mijn stijl, ik zeg liever waar het op staat: ik sta op de Dodenlijst.'

'De Dodenlijst?' herhaalde Eric verbouwereerd.

'Klopt,' knikte de duif zonder een spoor van aarzeling.

'Maar,' zei Eric, zich afvragend of de duif misschien een grapje maakte, 'weet je wel heel zeker dat... dat er zoiets als een... ik bedoel, ik weet dat er...'

Eric zweeg.

'Doet dat er iets toe?' vroeg de duif ongeïnteresseerd.

De geruchten over een Dodenlijst circuleerden al toen Eric Beer nog op de kleuterschool zat. Eenmaal volwassen geworden kon hij moeilijk geloven dat er echt zo'n lijst bestond. De Chauffeurs werkten volgens principes die alleen zij kenden en daardoor kreeg je natuurlijk speculaties. De Chauffeurs in hun rode pick-ups haalden bejaarde knuffeldieren op – de 'wrakken en slakken', zoals ze hen noemden. Waar de oude dieren heen werden gebracht wist niemand, maar ze verdwenen en er werd nooit meer iets van hen vernomen. Het was niet vreemd dat de Chauffeurs gevreesd waren en dat men wenste dat er zo'n soort lijst zou zijn; iets wat de nachtelijke ritten van de Chauffeurs wat minder toevallig maakte. Het ministerie van Milieu werd in dat verband genoemd, omdat dat verantwoordelijk was voor de transporten in de stad en voor de zogeheten Welpenlijst. Maar dat iemand van het ministerie opdracht had gegeven om de knuffeldieren een doodvonnis op te leggen, was onwaarschijnlijk.

'Het zal toch wel een bepaalde betekenis hebben?' vroeg Eric voorzichtig.

Hij wilde niet naar de andere kant gluren, naar de eetkamer; het geluid was voldoende om te begrijpen wat er daar gebeurde.

'Als er geen Dodenlijst is, dan kun jij er ook niet op staan.'

'Dat,' zei de duif afwerend, 'is een hypothetische redenering die mij niet interesseert. Ik ben hierheen gekomen met één reden: ik wil dat je die lijst opspoort en mijn naam schrapt.'

De stilte die volgde duurde maar een ogenblik. De gorilla's in de eetzaal hadden hun handen vol aan de stoelen die meer solide waren dan ze eruitzagen.

'Waarom uitgerekend ik?'

'Je bent me nog een paar diensten verschuldigd,' herinnerde Duif hem aan zijn belofte. 'Minimaal een paar.'

'Maar dat is toch al honderd jaar geleden?'

'Rente op rente, je staat er slecht voor,' lachte Duif schamper, maar zijn gezicht kreeg meteen weer een grimmige uitdrukking. Die onverwachte wendingen waren een specialiteit van hem.

'Eerlijk gezegd, Eric, ben jij juist heel geschikt. Met het oog op je moeder...'

Het feit dat Edda Neushoorn tot hoofd van het ministerie van Milieu was benoemd – het belangrijkste van de drie ministeries in Mollisan Town – was de reden dat Eric Beer in de loop der jaren diverse vertrouwelijke opdrachten had gekregen. Op dit moment zou hij die het liefst een voor een teruggeven, om dit gesprek ongedaan te maken.

'Beste Duif,' zei Eric. 'Ik kan je garanderen dat noch het ministerie van Milieu, noch mijn moeder van die Dodenlijsten opstelt die...'

'Het is al goed.' Duif wuifde zijn verontschuldigingen weg, terwijl hij in één beweging de mouw van zijn pak gladstreek. 'Hoe je het doet, maakt me niet uit. Hoe minder ik weet, hoe beter. Ik zou je graag op het juiste spoor zetten als ik dat kon, maar die... kat... die zei te weten dat mijn naam op de lijst stond... is helaas... verdwenen. Dus ik denk dat je kunt beginnen waar je maar wilt.'

'Maar ik...'

Nicholas Duif onderbrak hem door op te staan uit de fauteuil. Er klonk een enorme crash. Eric gokte dat het de vitrinekast met de kristallen glazen was die tegen de grond smakte.

'We gaan!' riep de duif.

Het werd onmiddellijk stil in de eetkamer, en de twee apen kwamen op een sukkeldrafje de woonkamer in.

Duif liep een paar stappen in de richting van de hal, maar toen schoot hem te binnen dat hij iets vergeten was, en hij draaide zich om.

'Eigenlijk is het heel eenvoudig,' zei hij en hij wierp Eric Beer, die nog op de bank zat, een kille blik toe. 'Als de Chauffeurs mij halen, dan halen mijn gorilla's jouw geliefde Emma Konijn. Om haar in stukken te scheuren.'

De duif wachtte niet om te zien welk effect zijn dreigement op de beer had. Hij liep voor de gorilla's uit door de hal. Eric bleef als verlamd zitten.

'Succes!' hoorde hij de piepstem roepen vanuit het trappenhuis.

Hoofdstuk 2

De rest van de dag besteedde Eric aan het opruimen van het huis aan Uxbridge Street. Emma en hij woonden in een echt yuppenappartement, driehoog in een van de oudere, monumentale blauwe herenhuizen van Amberville. Eigenlijk was het onvergeeflijk dat Eric zich in Amberville, de stad van zijn kinderjaren, had gevestigd. Hij had net als zijn vrienden iets moeten kopen wat minder pretentieus – maar even duur – was, in een van de multiculturele wijken in het noorden van Tourquai. Of beter nog, een gerenoveerde loft in Yok. Dat zou ook bij zijn imago hebben gepast: een rebel in het zakenleven met een mysterieus verleden.

Van zijn vijftiende tot zijn negentiende woonde Eric Beer in Casino Monokowskij, een van de illegale etablissementen in Amberville, dat zijn tegenhangers had in de andere stadsdelen. Hij sliep waar er maar plaats was – in een bed of onder een tafel, op een bank of een toilet; hij was niet zo kieskeurig op dat gebied. Dikwijls maakten de drugs hem prettig afgesloten, hij had zo nodig op een van de roulettetafels in slaap kunnen vallen. Zijn weinige bezittingen bewaarde hij in een plastic zak in een kast in de personeelskleedruimte. Zijn beste vriend Sam Gazelle bewaarde de sleutel van de kast in zijn vestzak. Eric gebruikte die kast zo zelden dat hij af en toe vergat wat erin zat.

In die tijd leefde Eric naar de regels van Nicholas Duif. Daar werd hij voortdurend aan herinnerd. De taken die hij kreeg varieerden in moeilijkheidsgraad. De opdrachten kwamen nooit van Duif persoonlijk, maar desondanks was het overduidelijk wie het voor het zeggen had. Daarbij kon het gaan om loopjongen spelen – verzegelde enveloppen waarin stapeltjes bankbiljetten zaten of pakjes met drugs (gewikkeld in zoveel dikke, beige tape dat er een scherpe schaar of een mes voor nodig was om ze open te krijgen) overbrengen van de ene hoek van het casino naar de andere. Andere keren moest hij Sam helpen om de hoerenlopers in de gang geld afhandig te maken, of een etmaal lang als hulpkelner werken als er veel ziekmeldingen waren. Soms moest hij de minder plezierige karweitjes opknappen, zoals zelf in het bordeel werken of als uitkijk fungeren wanneer de gorilla's hun werk deden.

In ruil daarvoor kreeg hij een vrijwel onbeperkt krediet aan de speeltafels.

En hij kreeg eten en onderdak.

De jonge Eric Beer klaagde niet.

Maar bij elke nieuwe promesse die hij bij de bank van het casino kocht en bij elk wit pilletje dat hij in een van de bars met drank wegspoelde, zette hij een volgende stap naar het jammerlijke einde waartoe hij leek te zijn voorbestemd. Als Emma Konijn er niet was geweest, was de rode pick-up Eric Beer al vóór zijn twintigste verjaardag komen halen.

De eerste keer dat hij haar zag, stond ze voor een raam dat uitkeek over de zee. Er lag een uitdaging in haar glimlach die hij niet kon weerstaan. Ze was in het wit gekleed. Het leek of het plaatje door een reclamemaker was gecomponeerd. Het was alsof hij haar had ontdekt.

Men zegt dat liefde alles overwint.

Dat is ook zo.

Sinds die dag hield Eric Beer van Emma met een pijn, vertrouwen, passie en zelfvernietigende rusteloosheid die hij niet onder controle kon houden. Als ze succes had, kende zijn geluk geen grenzen. Als het haar tegenzat, was hij pijnlijk hulpeloos.

Dat vond ze niet prettig. Dan schold ze hem uit en beschuldigde hem ervan haar gevoelens over te nemen. Ze zei dat hij haar verstikte, dat hij de grenzen tussen hun levens liet vervagen.

Ze zei dat je je liefde niet op die manier toonde.

Als hij de mogelijkheid had gehad, zou hij haar graag op een andere manier hebben liefgehad. Maar als het om Emma ging, was zijn verstand buitenspel gezet. Hij reageerde als een kind, instinctief en zonder erbij na te denken. Zo was het altijd geweest en zo zou het altijd blijven.

Terwijl Eric Beer de sporen uitwiste van wat er gebeurd was en een redelijke verklaring probeerde te verzinnen voor het feit dat de meubels uit de hal en de eetkamer ontbraken (om tijd te winnen was hij van plan te beweren dat hij de meubels uit de hal had uitgeleend aan een reclamefotograaf en dat de eetkamermeubels waren opgehaald om opnieuw te worden bekleed), besefte hij dat hij geen keus had.

Hij was gedwongen uit te zoeken of er zo'n Dodenlijst bestond, en als dat het geval was moest hij de naam van Duif schrappen.

Hij wist niet hoeveel tijd hij had, maar hij nam aan dat er haast bij was. Hij zou die klus niet op eigen houtje kunnen klaren.

En voor de tweede keer op deze aprildag in het leven van een beer van middelbare leeftijd keerden zijn gedachten terug naar het bohémienbestaan in zijn jonge jaren. Geen van de bekwame projectleiders, reclamefilmregisseurs of verwende marketingdirecteuren met wie hij tegenwoordig omging zou hem kunnen helpen bij de opdracht die hij van Nicholas Duif had gekregen. Hij had geen andere keus dan zijn oude kliek op te trommelen.

Hoofdstuk 3

Grand Divino was een paradijs voor iedereen die meende met geld te kunnen smijten. Mode, levensmiddelen, woninginrichting of cultuur – in Grand Divino was bijna alles te vinden. De overvloed werd aangeboden in een grandioze omgeving van marmer, fluweel, eiken en glas; er was een warenhuis gecreëerd dat uitnodigend en luchtig tegelijk was. Het gebouw was zalmroze, de enorme entree was open van het Ochtend- tot het Avondweer. Toen Eric Beer de zee van glas en spiegels van de parfumerieafdeling betrad, was hij een van de eerste klanten van die dag.

Zoals gewoonlijk brachten de geuren hem in verwarring. In een roes van lavendel en musk bleef hij een paar lange momenten staan dagdromen over Emma Konijn. Ze lagen in het hoge groene gras onder een zomerhemel in elkaars armen en fluisterden woordjes die je alleen maar tegen je liefste zegt. Het was alsof hij zich door zijn eigen slogans voor de gek liet houden. 'Giselle – de geur van het voorjaar'. Of 'Nr. 3 van Max Alver – Liefdesdromen'. Hij hield van parfums en had voor veel van de grote merken gewerkt. Natuurlijk had hij ook weleens met producten gewerkt die hij niet leuk vond, maar eigenlijk maakte dat niet zoveel verschil. Waar hij het meest van hield was het succes. Hij besefte dat dat geen charmante karaktertrek was, en probeerde die dan ook zo goed mogelijk te verdoezelen.

Maar hij was niet goed in liegen en Emma wist hem altijd te ontmaskeren. Ze geloofde niet wat hij de avond ervoor over de meubels had gezegd. Ter wille van de lieve vrede had ze al zijn uitvluchten geaccepteerd, maar vanochtend was ze in de aanval gegaan: een kind kon begrijpen dat hij had gelogen!

Eric had de aanval naar beste vermogen gepareerd. Zwaar in het nauw gedreven besloot hij het toch maar niet te vertellen. De waarheid zou het er niet beter op maken.

Eric Beer besloot door zijn mond te ademen. Op die manier hoefde hij de geuren van de verleidelijke parfums niet op te snuiven en kreeg hij iets van zijn daadkracht terug. Met vastberaden stappen liep hij naar de roltrap en hij liet zich naar de derde verdieping brengen. Er waren ook liften in Grand Divino, maar hij kon nooit onthouden waar die zich bevonden. De roltrappen, geconstrueerd van glas, kunststof en plexiglas, vormden de ruggengraat van het warenhuis. Hun complexe machinerie werd als het ware blootgelegd in glazen laden aan de onderkant en als een soort eeuwigheidsmachines hielden ze van 's ochtends tot 's avonds de kooplust in stand. Langzaam te worden meegevoerd naar het hemeldak van Grand Divino, waar talloze lampsterretjes schitterden tegen een donkerblauwe achtergrond, gaf een gevoel van goddelijkheid. Na zo'n ervaring leek het bekrompen om de hand op de knip te houden als een paar laarzen enkele duizendjes bleek te kosten.

Op de derde verdieping, rechts van de bedden en het beddengoed, was de fourniturenafdeling. En helemaal achteraan, naast de breinaalden en de wol, zat de geweldige Tom-Tom Kraai op een krukje. Het was een bijzonder gezicht. Hij zat achter een lange witte tafel en sorteerde naainaalden op de grootte van het oog. De zwarte gestalte van de kraai was over de tafel gebogen. Voor dit priegelwerkje gebruikte hij de lange veren aan de puntjes van zijn vingerbotten. Het was vooral te danken aan de rode vlek aan de onderkant van zijn snavel – vermoedelijk een fabrieksfoutje – dat Eric zijn oude vriend herkende. De kraai was zo groot, dat de tafel vóór hem in een kinderdagverblijf leek thuis te horen.

Er waren nog twee winkelbedienden op de fourniturenafdeling, een stel zeugen op leeftijd die Eric in eerste instantie niet had opgemerkt. De een stond bescheiden gebloemde lappen stof op te vouwen in de buurt van Tom-Tom, de ander was verderop bij de kassa schorten aan het strijken, waarop twintig procent korting werd gegeven.

Er heerste een doodse stilte op de afdeling. Eric Beer bleef op gepaste afstand staan, verscholen achter een stapelbed, om moed te verzamelen. Het scheen vrijwel onmogelijk dat de trage naaldsorteerder dezelfde vogel was die Eric ooit gekend had. Twintig jaar geleden kon de kraai een baksteen breken tussen zijn vleugels, of zelfs twee tegelijk. Destijds had Eric vaak gelachen om de stakkers die Tom-Tom per ongeluk stoorden als die in gedachten verzonken was – dat moest zo'n beetje de meest zinloze aanleiding zijn om een arm kwijt te raken. Meestal was Tom-Tom Kraai vriendelijker dan de meesten, maar soms explodeerde hij in een waanzin die hij zelf niet onder controle had.

Maar nu? Zou hij nog steeds op de loyaliteit van de kraai kunnen rekenen?

Eric zette een paar voorzichtige stappen op de fournituurenafdeling en lette goed op dat hij niet in het blikveld van de strijkende zeug kwam. Toen Eric het borduurwerk passeerde, keek de kraai op van zijn naalden. Een fractie van een seconde was er een soort verbaasde onrust te zien in zijn zwarte oogjes. Langzaam schoof hij de naalden van zich af en hij stond op van zijn kruk.

'Krijg nou wat!' barstte hij uit.

De kraai rende op de beer af, sloeg zijn armen om hem heen en tilde hem op in een woeste omhelzing, die Eric in lachen deed uitbarsten. Vooral van opluchting, maar ook omdat hij zich realiseerde hoe belachelijk het eruit moest zien.

Na de gebruikelijke frasen die twee oude vrienden uitwisselen als ze elkaar lang niet hebben gezien, ging Tom-Tom op het krukje zitten om zijn sorteerwerk te hervatten. Tegen de tafel leunend bleef Eric een tijdje staan kijken.

'Hoe ben jij hier dan beland, verdomme?' vroeg hij uiteindelijk.

De vloek was een onhandige poging om bij de kraai in het gevlij te komen. Eric Beer vloekte tegenwoordig zo zelden dat het als een valse noot klonk toen hij het probeerde.

'Hoe bedoel je?' vroeg de kraai.

'Ja... nou,' zei Eric minder zelfverzekerd, 'hoe ben je hier beland... tussen het brei- en haakwerk en... de zeugen?'

'Josephine en Nadine,' zei Tom-Tom en hij glimlachte, 'zijn verdorie wereldmeiden. Ze helpen mij met het borduurwerk. Thuis ben ik bezig met een verdomd groot kamerscherm. Dat is bestemd voor de slaapkamer, het moet een fantasielandschap worden. Als je tot de lunchpauze blijft, zal ik je het laten zien. Ik heb de schetsen hier ergens...'

Onzeker keek Tom-Tom om zich heen. Ergens moesten zijn schetsen liggen.

'Eerlijk gezegd,' zei Eric, 'was ik van plan je van die lunchpauzes te verlossen. Voorgoed.'

'Er is niets mis met lunchpauzes,' zei Tom-Tom. 'In de kelder is een personeelsrestaurant. Vandaag staat er groentesoep op het menu. Dat klinkt misschien niet zo verdomd cool, maar die is lekkerder dan je zou geloven.'

'Ik vroeg me af of we samen een klusje zouden kunnen doen,' zei Eric. 'Jij en ik, en Sam en de slang.'

'Een klusje?' herhaalde Tom-Tom.

Eric had moeite om de toon van de kraai te duiden. Hij knikte.

'Met ons vieren?' vroeg Tom-Tom.

Eric knikte opnieuw.

'De slang zal nooit meedoen,' meende de kraai. 'Ik kwam hem een paar jaar geleden nog eens tegen, hier in het warenhuis. Hij deed alsof hij me niet herkende. Ik dacht dat het een flauwe grap was, ik dacht... Nou ja, ik heb hem een paar keer gebeld, maar hij nam nooit op.'

'De slang doet wel mee,' verzekerde Eric.

'Kun je dat garanderen?'

'Dat garandeer ik.'

'Wel verdomme, zeg,' zei Tom-Tom.

Daarna verzonk de kraai in gedachten.

'In financieel opzicht zou je voor de rest van je leven binnen zijn,' voegde Eric eraan toe, zonder enig idee te hebben of hij die belofte zou kunnen waarmaken.

'Denk je?'

'Dat denk ik.'

'En als het naar de verdommenis gaat?' vroeg Tom-Tom, door ervaring wijs geworden.

'Dan gaat het naar de verdommenis,' bevestigde Eric.

De kraai knikte alsof er iets diepzinnigs was gezegd, waarna hij weer in gedachten verzonk. Net toen Eric begon te twijfelen of Tom-Tom zich überhaupt herinnerde waarover hij nadacht, kwam de kraai overeind van zijn kruk. Het was een trage beweging, niet aarzelend, maar ook niet agressief.

'In godsnaam,' zei hij. 'Laten we het maar doen.'

'Mooi zo,' antwoordde Eric, zonder te laten merken dat hij verrast was.

Tom-Tom deed het schort af dat alle medewerkers van de fourniturenafdeling verplicht waren te dragen. Hij vouwde het netjes op en legde het naast de naalden.

'Nadine,' riep hij naar de dichtstbijzijnde zeug. 'Nadine, jij moet nu naalden sorteren. Ik kap ermee.'

Nadine keek verward op. Ze hervond zich echter snel, want Eric en Tom-Tom hadden de roltrappen op de vijfde verdieping nog niet bereikt, of hun werd al de weg versperd door een grimmige walrus. Dat was de afdelingschef. Hij priemde zijn grijze ogen in de kraai en vroeg wat er aan de hand was.

'Ik kap ermee,' antwoordde Tom-Tom vriendelijk.

'Dat dacht ik niet,' siste de walrus autoritair. 'Je kunt je werk niet zomaar in de steek laten. Er is ook nog zoiets als een opzegtermijn. En zoiets als verantwoordelijkheidsgevoel.'

Eric en Tom-Tom moesten glimlachen om zijn verwaandheid.

Bij allebei kwamen de herinneringen aan de avonturen uit hun jeugd boven, aan de dagen die nooit zouden terugkeren en die de met vaseline ingesmeerde lens van de tijd oneindig mooi had gemaakt.

'Smijt hem aan de kant,' zei Eric.

'Zou ik dat wel doen?' vroeg Tom-Tom.

'Ik zou het maar doen,' knikte Eric.

Waarop Tom-Tom een stap naar voren zette, zijn klauwen in het parket boorde voor extra houvast en vervolgens de walrus optilde en hem tot achter in de beddenafdeling keilde, waar hij tegen een stapel matrassen kwakte, die met een trage plof omviel.

'Het is weer net als vroeger, hè?' lachte Tom-Tom en hij liep rustig naar de roltrappen.

Eric Beer waagde niet eens tegenover zichzelf toe te geven hoe bruisend, ongepast gelukkig hij zich voelde.

'Hebben we nog tijd om even langs het personeelsrestaurant te gaan?' vroeg Tom-Tom. 'Het zou verdomme zonde zijn om de groentesoep mis te lopen.'

Schemering 1

Hij stond in zijn toren en keek uit over Mollisan Town in de schemering. Diep in zijn kleine, kille ogen gloeide een vuurtje, een wit vuur van een onwrikbare wil. Die wil toonde hij aan niemand, hij begreep dat hij daarmee elk knuffeldier de stuipen op het lijf zou jagen. En hij kon hem verborgen houden, omdat hij nooit zijn zelfbeheersing verloor. Als je jezelf niet in bedwang kon houden, kon je onmogelijk iemand anders onder de duim krijgen. En in zijn optiek was controle hetzelfde als macht. Zo leidde hij zijn leven. Hij greep de macht en beheerste die. In de glinsterende bol van zijn oog glom een vluchtige glimlach, maar die glimlach was onmogelijk te zien. Het was de glimlach van de macht, zelfingenomen en angstig tegelijk.

Hij stond in het duister. Daar in de diepte voor zijn uitkijkpost verdeelden de twee kaarsrechte avenues de stad in vier stadsdelen. Zijn stad, een wereld van spullen en lust. Hij stond doodstil en zag hoe de auto's rondgleden als dwaallichten in geniale straatlabyrinten. Elke straat in de stad had zijn eigen, kenmerkende kleur. Elk belangrijk gebouw was van de grond tot het dak – inclusief deuren en raamkozijnen, pannendaken en schoorstenen – geschilderd in een van de vele kleuren van de regenboog. Vanuit zijn toren was Mollisan Town overdag een explosie van kleur, maar na het invallen van de duisternis gaf het neonlicht leven en temperament aan asfalt, dakpannen en cement. Hij hield van deze stad.

Mollisan Town lag een paar kilometer van de kust. In het westen lagen de grote zee en Hillevie, het ontspanningsoord voor de welgestelden. Verder was de stad in zowel het noorden als het

23

zuiden en oosten omgeven door dichte bossen. De stad groeide, aan de randen werden bomen en struiken weggehaald zodat zware industrieën zich daar konden vestigen. Met de eeuwen hadden de knuffeldieren in alle richtingen steeds een paar kilometer meer van de bossen veroverd. De bossen waren eindeloos; ondanks de vele pogingen was niemand er ooit in geslaagd ze te verkennen of in kaart te brengen in hun onmetelijke weidsheid.

De knuffeldieren waren van nature nieuwsgierig, dacht hij. Dat was hun geluk en hun ongeluk.

De vier stadsdelen, die heel verschillend waren, wedijverden met elkaar in grootte. In het verleden waren het zelfstandige dorpen geweest, maar in de loop der tijd werd het onvermijdelijk dat ze aan elkaar groeiden en nu moesten ze de financiële middelen met elkaar delen. De burgerlijke welstand van Amberville, het hectische grotestadsleven van Tourquai, Lanceheim, dat een stad in een stad was geworden, en ten slotte Yok, dat de afgelopen tien jaar een steeds urgenter probleem voor het stadsbestuur was geworden. In elk van de stadsdelen woonden ruim een miljoen knuffeldieren, van alle soorten en maten, en met de meest uiteenlopende geaardheden en karakters. Soms beschouwde hij zichzelf als hun poppenspeler; het ging om controle en macht. Als hij zijn ogen sloot kon hij zich inbeelden dat er vanuit zijn hersens vier miljoen dunne draden liepen die met alle dieren in zijn stad waren verbonden.

Hoogmoed, dacht hij. Een doodzonde.

De kat die zijn mond voorbij had gepraat, de kat die gekletst had tegen Nicholas Duif... de gedachte daaraan maakte hem razend. Onbewust spande hij zijn spieren en pakte hij de rugleuning van een stoel vast. Het idee dat zo'n onbeduidend dier, zo'n idioot, zijn plannen in de war kon sturen... dat de bijna perfecte wereld die hij gebouwd had – niet voor zichzelf, maar voor iedereen – zo eenvoudig kon instorten... dat hij met de jaren zo verwend en lui was geworden dat hij zich geen zorgen meer maakte... zich liet overrompelen... verbaasd over iets dat zo vanzelfsprekend was als het gebrek aan ruggengraat van de knuffeldieren.

Hij schudde zijn hoofd.

Hij ademde langzaam in en uit.

Hij moest zijn redenering omdraaien om niet te exploderen. Zonder onbetekenende vergissingen zoals deze, met de kat, dacht hij, zou het leven veel te simpel zijn. Als zelfs het toeval zijn tegenstander niet meer was, wie zou hem dan nog kunnen uitdagen? Hier de kat staan vervloeken leidde nergens toe. Het was tijd om in actie te komen.

Hoofdstuk 4

Langs de hemelsblauwe Zuidelijke en de mintgroene Oostelijke Avenue deed het stadsdeel Yok een zorgeloze toeschouwer denken aan de goed onderhouden rijtjeshuizen in Amberville. Een paar onderzoekende ogenblikken later werden de verschillen echter duidelijk. In afwachting van de goede tijden – die echter nooit aanbraken – hadden de huisbazen hun arme huurders op straat gezet. Men hoopte op nieuwe, rijkere dieren, maar die kwamen niet. De jaren verstreken, de onbewoonde huizen vervielen en uiteindelijk raakten ze zo afgetrapt dat de eigenaren geen geld meer hadden om ze op te knappen. Vooral niet omdat ze de huurders die hun nog enige inkomsten brachten, hadden weggestuurd.

In de loop der tijd begon men de huizen langs de Zuidelijke en Oostelijke Avenue als de grens tussen een functionerende en een niet-functionerende samenleving te beschouwen. Veel mensen moesten voor zaken naar Yok, omdat zowel het ministerie van Financiën als dat van Cultuur om sociale redenen ervoor gekozen had een deel van hun activiteiten daar onder te brengen. De bezoekers namen de bus via de diepblauwe Avinguda de Pedrables, de straat die als een brede rivier van noord naar zuid door het stadsdeel liep.

Degenen die in de wirwar van kriskras lopende straatjes zonder naam of nummer woonden, die vervallen of geïmproviseerde gebouwen tot hun schamele thuis hadden gemaakt, zouden het liefst naar Tourquai, Amberville of Lancheim zijn verhuisd, als ze daar de mogelijkheid toe hadden gehad. Niemand koos vrijwillig voor een leven in de stank van een overbelast rioolstelsel en afval dat op straat lag te rotten. Niemand hield van de onveiligheid, de grillige agressiviteit van de daklozen of de gevechten en schietpartijen die aan de orde van de dag waren in het stadsdeel. Je kon je gemakkelijk verbergen in Yok, jaar in jaar uit ondergedoken zitten zonder het risico te lopen dat je ontdekt werd. In de supermarkten, op straat of in de cafés was het het verstandigst om alleen te kijken naar degene met wie je praatte, of nog beter: nergens naar te kijken. De inwoners van het stadsdeel wisten zichzelf te beschermen; ze negeerden anderen en hoopten in stilte dat ze op een dag de mogelijkheid zouden krijgen om Yok voor altijd te verlaten.

Eric Beer en Tom-Tom Kraai verlieten Grand Divino, staken de mintgroene avenue over en liepen via de Rue d'Uzès Yok in. Eric had het adres op een briefje geschreven dat hij in zijn broekzak had: 152, Yiala's Arch.

Ze liepen vrij snel, de kraai kreeg altijd een onbehaaglijk gevoel bij Yoks vervallen armoede; zelf was hij in Tourquai opgegroeid, als kind en kleinkind van een lange rij geslaagde winkeliers. Hij liep te snoepen uit een zakje zoute stengels dat hij uit het warenhuis had meegenomen en dat ervoor zorgde dat hij niet meer zanikte over de groentesoep die hij was misgelopen.

In stilte liepen ze recht naar het zuiden, en na ongeveer een halfuur konden ze het ene blok niet meer van het andere onderscheiden: grijze betonnen gebouwen, drie of vier verdiepingen hoog, waarvan de benedenverdieping bedekt werd met in de zon verbleekte graffiti over kapotgeregende reclameposters. Hier en daar waren winkels die geen naam hadden en in veel gevallen onverwachte artikelcombinaties verkochten, zoals groente en tassen, drank en plastic meubelen. Eric en Tom-Tom waren de enigen op straat. Desondanks hadden ze het gevoel dat ze in de gaten werden gehouden.

'Verdomme, ik haat het hier,' zei Tom-Tom.

'Vergeet niet dat jij degene bent die groot en gevaarlijk is,' bracht Eric hem in herinnering.

Tom-Tom knikte gedachteloos. Hij vond het prettig te worden aangesproken in een soort vertrouwelijke verstandhouding, als twee volwassen knuffeldieren die met elkaar converseerden. Eric Beer was de enige die die toon tegen hem bezigde.

Net toen Tom-Tom voor de derde keer aan Eric wilde vragen of hij echt wist waar hij naartoe ging, knikte de beer naar een smal, grasgroen steegje, zo'n tien meter verder aan de linkerkant. Het steegje leek steil omlaag te verdwijnen tussen de huizen en het was zo nauw dat Tom-Tom betwijfelde of hij voldoende ruimte voor zijn vleugels zou hebben.

'Daar,' zei Eric.

'Weet je het zeker? Ik bedoel, het is toch verdomd lastig om hier de weg te vinden?' benadrukte Tom-Tom, terwijl hij de laatste zoute stengels uit het zakje viste. 'Maar jij zult hier wel eerder zijn geweest?'

Eric knikte. Het was weliswaar lang geleden, zo lang dat het bijna niet meer telde, maar gistermiddag had hij in allerijl de zaak gecontroleerd. Sam Gazelle woonde nog steeds op Yiala's Arch 152 – overigens een van de weinige groene straten in deze wijken.

'Laten we hopen dat die arme drommel thuis is,' zei Tom-Tom.

'In het ergste geval zullen we moeten wachten,' zei Eric.

'Hopelijk leeft hij nog,' zei Tom-Tom.

'Hij is zo'n type dat nooit doodgaat,' zei Eric vastberaden.

Tom-Tom knikte en lachte. Daar zat iets in.

Het steegje was niet helemaal zo smal als de kraai oorspronkelijk had gedacht, maar de stank van urine was zo bedwelmend dat het niet veel scheelde of hij was omgekeerd en teruggelopen. Op een of andere merkwaardige manier kreeg hij het gevoel dat de gevels zich achter hem sloten. Toen hij over zijn schouder keek, besefte hij dat er geen vluchtweg was, mocht dat nodig zijn. Je kon het nooit weten in deze buurt. Angst maakte zich van de kraai meester. De reden dat hij zijn oude leventje achter zich had gelaten en op de fournituurafdeling van Grand Divino was gaan werken, was dat hij zich nooit meer zo wilde voelen als hij nu deed. Wat er gebeurde als hij in zo'n zwart gat van paniek viel, wist hij alleen van horen zeggen. Zelf herinnerde hij er zich niets van. Soms ging het goed, soms niet. Na een zo'n episode van geheugenverlies – al lang nadat hij het Casino had verlaten – was hij weer bij bewustzijn gekomen in een klein fournituurenzaakje in Lanceheim. Dat voorval had een interesse voor handwerken bij hem gewekt die hem verraste, en hij toen bij Grand Divino begon, nam het leven een positieve wending. Hij was ook niet veeleisend. Op een dag zijn geborduurde kamerscherm voltooien – dat was een langgekoesterde droom van de kraai.

Maar hij verkeerde nog geen uur in het gezelschap van Eric Beer of Tom-Tom bevond zich weer in de situatie die hij voorgoed achter zich dacht te hebben gelaten.

Zijn hart bonsde zo hard dat het pijn deed. Hij keek nogmaals om en meende in de verte iets of iemand te ontwaren. De angst hield hem stevig in zijn greep, en de wereld begon te draaien.

'Hier is het,' zei Eric.

'Wat?'

'Hier is het.'

Eric knikte naar een voordeur, de eerste en enige deur aan die hele lange helling.

'Woont Sam hier?'

Eric knikte.

'Verdomme nog aan toe,' zei Tom-Tom met nadruk.

De voordeur van nummer 152 was kapot. De beer en de kraai gingen het huis binnen zonder iemand tegen te komen, maar toen ze op de eerste overloop kwamen, klonk er een schreeuw.

'Hij is thuis,' constateerde de kraai.

Eric knikte. Het was een schreeuw van pijn die ze hadden gehoord, maar er lag ook een heimelijke ondertoon van wellust in. Doelbewust liepen ze verder de trappen op en vlak voor ze bij de tweede verdieping kwamen, werd het stil.

In het trapportaal waren twee gesloten deuren zonder aanduiding, en Eric was op weg naar de rechter toen hij begon te aarzelen. Hij stopte, deed een stap naar links, maar nam toen een besluit.

'Nee, het is de deur rechts, ik weet het zeker,' zei hij.

'Zullen we gewoon aankloppen en het vragen?' stelde de kraai voor.

Hij stapte langs de beer en klopte vastberaden op de rechter-deur. Als het al mogelijk was, leek de stilte in het gebouw in de seconden die volgden nog dieper te worden. Ze stonden te wachten zonder dat er iets gebeurde.

De kraai klopte opnieuw, harder deze keer, en riep tegelijk: 'Sam! Wij zijn het! Ik ben het, Tom-Tom!'

Weer verstreken er een paar minuten zonder dat er iets gebeurde, en Eric begon zijn geduld te verliezen.

'Het is geen toeval,' zei hij, 'dat de schreeuw die we hoorden verstomd is. Trap de deur in.'

'Zal ik?' vroeg Tom-Tom.

'Trap de deur in,' herhaalde Eric.

Tom-Tom liep een stukje achteruit, haalde diep adem en rende op de dichte deur af, wierp zich er met zijn volle gewicht tegen-aan en voelde dat hij meegaf. Om Sam niet de kans te geven via een sluipweg te ontsnappen, stormden Tom-Tom en Eric samen naar binnen. De ruimte waar de gazelle op een krukje naast een bed bij de buitenmuur zat, vormde het hele appartement.

De gazelle leek verstijfd van angst. Hij zat daar met ontbloot bovenlijf, zijn naakte, witte buik was naar de deur gekeerd en de zwarte randen rond zijn ogen leken nog groter te zijn geworden. Zijn zandbruine vacht glansde mooi dankzij dure wasmiddelen, maar de frisheid van zijn vacht stond in schril contrast met zijn horizontaal gestreepte hoorns. De rechterhoorn was al meer dan twintig jaar geleden, nog vóór hij bij Casino Monokowskij was begonnen, in het midden afgebroken, en hij had hem nooit kun-nen laten repareren.

In het bed naast Sam lag een oude, vastgebonden eend. Hij zag er vreemd uit, mintgroen en met een blauwe snavel. Naast hem, zowel op de matras als op de grond, dwarrelden pasgeplukte veren in de windstroom die was ontstaan door de ingetrapte deur. Sommige veren waren verschroeid aan de randen, en het rook er licht naar verbrand dier.

De oude eend staarde Eric en Tom-Tom aan met paniek in zijn blik.

'Help,' zei hij onverwacht.

Er lag geen kracht in zijn stem, het woord klonk eerder als een constatering.

'Help,' verzocht hij opnieuw.

Sam draaide zich naar de eend en keek hem verbaasd aan.

De oude vogel haalde een paar keer diep adem, vulde zijn borst met lucht en schraapte zijn keel: 'Jullie moeten mij helpen,' zei hij met iets vastere stem. 'De gazelle heeft mij pijn gedaan. Hij heeft mij echt pijn gedaan.'

En de tranen liepen uit de ogen van de eend.

'Sam, maak hem eens los,' zei Eric.

Sam schrok. Hij vond meteen al dat de figuren die zijn deur hadden ingetrapt iets bekends hadden, maar met zijn benevelde hersens had hij moeite hen te plaatsen. Nu hij de stem hoorde die bij het gezicht van de beer hoorde, viel het kwartje.

'Eric?'

'Laat die eend gaan, Sam,' herhaalde Eric. 'We moeten praten.'

'Eric, schatje!' barstte Sam uit, en nu lag er een overdreven enthousiasme in zijn stem. 'En Tom-Tom. Wat zien jullie er oud uit!'

En met een lach die klonk als rinkelende belletjes stond Sam op van zijn kruk. Op zijn speciale wijze, die je niet direct feminien kon noemen, maar die ook absoluut niet mannelijk was, trippelde hij op zijn ongenode gasten af om hen allebei te omhelzen. Eric verstijfde. Hij had altijd moeite met aanrakingen. Tom-Tom beantwoordde de omhelzing echter, hij verborg de gazelle onder zijn vleugels en voelde dat hij het tengere wezen had gemist.

'Verdomme, dat is lang geleden,' zei de kraai. 'En ik wist niet eens dat ik je had gemist.'

31

'Je bent lief, schatje,' glimlachte Sam. 'Bedankt, goede Magnus, voor domme kraaien!'

Hij giechelde gelukzalig. Eric knikte naar de eend. Sam haalde zijn schouders op, liep naar het bed en maakte de touwen los die hij om de poten en de hals van de eend had gebonden.

'Dat jullie hier bij me langskomen,' zei de gazelle opgeruimd, terwijl hij met zijn eigen knopen worstelde, 'midden in de nacht, en...'

'Sam,' zei Tom-Tom vriendelijk, 'het is verdomme midden op de dag.'

'Alsof dat zo belangrijk is, schatje,' zei Sam. 'Als jullie hier op bezoek komen... eindelijk... en samen... dan krijg je toch de tranen in je ogen... Alleen Slang ontbreekt nog.'

'Binnenkort is het zijn beurt,' vertelde Eric.

De eend kwam uit bed, deinsde terug voor de gazelle en liep in een grote boog om hem heen om bij de deur te komen.

'Ik ben van plan de politie op je af te sturen,' zei hij, naar Sam wijzend.

Eric Beer en Tom-Tom lieten zich niet voor de gek houden. Ze wisten allebei dat de eend Sam Gazelle had betaald voor... zijn speciale diensten. De eend verdween in het trappenhuis en vervolgens hoorden ze zijn snelle, platte voetstappen echoën op weg naar de buitendeur.

Sam liep naar zijn keukentje en schonk een glas water voor zichzelf in. Hij keek naar Eric en trok zijn wenkbrauwen op, maar Eric schudde zijn hoofd.

'Dank je, maar doe geen moeite.'

'Oké, vertel,' zei Sam.

'Verdomme, Sam,' zei Tom-Tom, terwijl hij de eend nakeek, 'ben je nog steeds bezig met... je bent verdomme... die vogel was toch boven de zestig?'

'Lieve kraai, zolang ze betalen mogen ze wat mij betreft boven de honderd zijn,' antwoordde Sam. 'En dat geldt ook voor jou, Eric. Als je het lief genoeg vraagt, hoef je misschien niet eens te betalen.'

De beer negeerde de uitnodiging en kwam nu meteen ter zake.

'Het zit zo,' zei Eric. 'Ik heb een opdracht gekregen van een oude bekende. We moeten de Dodenlijst vinden, en zorgen dat zijn naam ervan geschrapt wordt.'

Voor één keer, en dat gebeurde heel zelden, had Sam Gazelle niets te zeggen. Hij was overrompeld en verbijsterd, en staarde wantrouwig naar Eric, die besefte dat dit het perfecte moment was om het eerste deel van zijn plan uit de doeken te doen.

'Sam,' zei hij, 'ik vroeg me af of ik jouw appartement zou kunnen huren. Vanaf nu, en dan voor een paar weken. Zolang als het nodig is. Dit wordt ons hoofdkwartier.'

'Schatje, ik heb nog niet eens gezegd dat ik wil meedoen,' protesteerde de gazelle.

'Uiteraard betaal ik je meer dan de huur. En of onze missie nu slaagt of niet, ik kan garanderen dat jullie een fikse vergoeding krijgen voor de moeite.'

'Wat bedoel je precies met "fikse"?' vroeg de gazelle.

Waarna Eric Beer een verhaal bij elkaar loog over hoeveel Nicholas Duif zou betalen, waarvan de helft als voorschot, mocht de missie mislukken. Meer was er niet voor nodig om ook Sam Gazelle over de streep te trekken.

Sam schonk nog twee glazen water in, en de drie dieren proostten.

'Een voorschot mocht het misgaan, dat klinkt goed,' zei Sam, 'vooral omdat er geen Dodenlijst bestaat, nietwaar?'

Opnieuw klonk zijn lichte, hinnikende lach als rinkelende belletjes.

Hoofdstuk 5

De vier waren destijds nooit van die onafscheidelijke musketiers geweest. Sam Gazelle was niet zelden zo stoned dat hij moeite had de ene musketier van de andere te onderscheiden en Slang Marek was slechts loyaal tegenover één dier: zichzelf. Eric Beer deed mee voor spek en bonen; iedereen wist dat hij in de onderwereld alleen op doorreis was.

De keren dat Nicholas Duif hun had opgedragen samen te werken, was dat altijd puur toeval geweest, maar telkens opnieuw waren ze zelf verrast hoe goed ze als team functioneerden. Niemand begaf zich op het terrein van een ander. Eric was de energie, de contactsleutel, terwijl Tom-Tom de motor, de kracht was. Sam was degene die moed en botte onverschilligheid meebracht en wegen vond die niemand anders durfde te betreden. Slang Marek was de ongekroonde koning der intriganten, die de reflexen van de tegenstander voorzag en obstakels al uit de weg ruimde voordat iemand ze had kunnen opwerpen.

De slang was de eerste van het kwartet die zich losmaakte van Nicholas Duif en Casino Monokowskij verliet. Dat was een gewichtig en moeilijk besluit en niemand verweet hem dat hij geen contact met hen hield. Het was alles of niets, en zo moest het ook zijn.

De slang vond een flatje in het noorden van Lanceheim en belandde na een paar wilde jaren in de financiële sector, het milieu waarvoor hij geknipt was. Hij solliciteerde en kreeg een baan als assistent-administrateur op het ministerie van Milieu. Al gauw begreep hij dat zijn speciale talent, overredingskracht, heel goed van pas kwam binnen de overheid. Hij was geen maatschappelijk

betrokken slang, wekte zelden de sympathie van zijn naaste medewerkers en had geen aantrekkelijk uiterlijk: hij was een bleek-
groen reptiel met gelige ogen, en hoewel hij zich rechtop door
het leven kronkelde, had hij iets nodig om op te staan, een werk-
blad, een tafel of een kist, om zich niet minderwaardig te voelen.
Toch maakte hij carrière. Toen Eric Beer hem vond – ongeveer
op hetzelfde moment als Tom-Tom en Sam weer tot leven kwamen, die vrijdagochtend in het nieuw gevestigde hoofdkwartier
aan Yiala's Arch – had Slang Marek er al vele dienstjaren als chef
van het Bureau voor Toelagen binnen het ministerie van Cultuur
op zitten.

Mareks kantoor lag aan het eind van een lange gang met een
linoleumvloer en donkerblauwe muren, waarop posters met reclame voor obscure culturele evenementen waren geplakt. Het
was een krap hokje met een rechthoekig raam, waar de zon nooit
kwam. Er hing geen enkele geur, noch op het kantoor, noch in de
gang, en er waren ook nergens andere dieren te zien.
    'Ik heb maar tien minuten,' was het eerste wat Slang Marek
tegen Eric Beer zei, na een kleine twintig jaar.
    Eric werd verzocht aan de korte kant van het bureau op een
houten stoeltje plaats te nemen, de enige bezoekersstoel in de
kamer. Er lag onverbloemde afkeer in de stem van de slang. (Aan
de telefoon bij de receptioniste had de slang beweerd dat hij niet
aanwezig was, maar toen hij begreep dat Eric vanuit de hal, beneden, belde, bedacht hij zich en hij gaf zijn oude vriend met
tegenzin toestemming om naar boven te komen.)
    Na enkele neutrale vriendelijke zinnen over zijn gezondheid
kwam Eric ter zake. Kon de slang meehelpen? Een week of wat
vrij nemen? Langer zou zeker niet nodig zijn, en daarna kon hij
zijn routine gewoon hervatten. Op dit punt maakte de beer een
onbestemd gebaar naar het kleine hok, dat nu al claustrofobisch
op hem overkwam.
    De slang gaf uitvoerig antwoord. Hij zei geen ja of nee, en
Eric besefte dat het een prelude van een weigering was waar hij

naar luisterde. De slang praatte en praatte, en ten slotte verloor de beer zijn geduld.

'Dacht je,' onderbrak Eric hem, 'dat ik hier voor de lol zit? Als je dacht dat ik je na twintig jaar zou opzoeken, als het niet om... leven of dood ging, letterlijk, dan ben je niet goed bij je hoofd.'

Slang Marek veranderde van tactiek. Hij ging niet op Erics vragen in en begon in plaats daarvan over het verleden. Uitvoerig en nauwgezet haalde hij oude koeien uit de sloot: onrechtvaardigheden en conflicten die allang vergeten waren.

Dat de slang altijd een in sommige opzichten terechte jaloezie ten opzichte van Eric had gekoesterd, was geen geheim.

Eric probeerde hem te onderbreken en te corrigeren, maar het had geen zin.

Na tien minuten stond Eric op van zijn stoel, hield zijn klauwen boven zijn hoofd en erkende zijn nederlaag. Ook dat kon Slang niet tot zwijgen brengen. Langzaam achteruitlopend verliet Eric het kantoorhok. Opgejaagd door ingewikkelde zinsconstructies vol ironische gifpijlen haastte de beer zich door de donkerblauwe gang terug naar de werkelijkheid.

Hij had een nieuwe strategie nodig.

Slang Marek was een dier met een roeping.

Al vanaf zijn prille jeugd kon je de hersens van de slang vergelijken met een dynamo die gevaarlijk dicht bij de grenzen van zijn capaciteit werkte. Afgezien van een paar uur stilte 's nachts, gloeide, vonkte en zoemde zijn brein van de vroege ochtend tot de late avond. Toen Marek een tiener was geworden, was zijn behoefte om al die gedachten, ideeën, gevoelens, melodieën en visioenen te communiceren even onmiskenbaar als zijn behoefte aan voedsel en slaap. De wereld moest het weten. De wereld moest het horen, zien en bevestigen.

Dat dacht de jonge Slang.

Hij schreef gedichten die hij bewaarde in de bureaulade, omdat hij wist dat het nageslacht ze op een dag daar zou ontdekken. De hoofdartikelen in de schoolkrant schreef hij onder een pseudoniem, maar de cultuurkronieken ondertekende hij met zijn eigen naam. Als twaalfjarige startte hij een popgroep, en hij dwong een stel vrienden die een paar jaar ouder waren om hem te begeleiden als hij zijn diepzinnige teksten ten gehore bracht. Zijn eerste vernissage als kunstenaar vond twee dagen na zijn zestiende verjaardag plaats. Hij exposeerde voornamelijk houts-kooltekeningen; de bossen rondom de stad waren zijn motief.

De artistieke productie van Slang Marek kende geen gren-zen. Van zijn dertiende tot zijn achttiende produceerde hij niet minder dan zeventien dichtbundels en vijf romans. Bovendien werkte hij dagelijks als redacteur voor diverse kranten. In het be-gin schreef hij in de schoolkrant van Amberville, maar later had hij een dubbele functie en werkte hij ook als verslaggever voor *Het Nieuws van de Dag*. In dezelfde periode schreef hij meer dan honderd liedjes, waarvan er niet één minder dan vier coupletten had, en schilderde hij zeker het dubbele aantal schilderijen, als je alleen de olieverfdoeken en aquarellen meetelde. Dankzij zijn manische geaardheid kreeg Slang Marek het voor elkaar tegelij-kertijd te lijden, te piekeren en te produceren, in een koortsach-tige, onafgebroken kringloop. Wat hij echter niet registreerde, was het volstrekte gebrek aan interesse van de buitenwereld.

De zomer dat hij achttien werd, stortte alles in. Een burn-out krijgen was een soort verdienste voor een zwaar geplaagde kun-stenaar en daarom was Slang vrij tevreden over het hele verloop van de ziekte.

De aanleiding daarvan was zijn vierde expositie, die net als de vorige werd ontvangen met hooghartig stilzwijgen. Dat werd uit-eindelijk de druppel die de emmer deed overlopen. Twee dagen na de vernissage stookte Slang Marek een groot vuur op straat voor zijn voordeur. Al zijn handgeschreven gedichten en ro-manmanuscripten, alle demotapes en ingelijste en niet-ingelijste schilderijen vormden in korte tijd een keurige brandstapel op het trottoir, die echter aanzienlijk minder groot was dan Slang zich gewenst en voorgesteld had. Voor iemand hem kon tegenhouden stak hij de boel aan, en toen de vlammen hoog oplaaiden belden de buren de politie. Niet veel later klonken in de verte de sirenes, en Slang, die daar geen rekening mee had gehouden, raakte in paniek. Hij ontvluchtte de plek en belandde – na een koude nacht in een stinkend afvalhok – bij Casino Monokowskij.

De jaren die hij met Eric, Tom-Tom en de anderen had doorgebracht verborg Slang maar liever diep in zijn herinneringenarchief, toen hij op volwassen leeftijd als assistent-administrateur in dienst trad bij het ministerie van Milieu.

Want Slang Marek had een Plan.

Tijdens de periode bij Casino Monokowskij had hij zijn kunstenaarschap niet aan de wilgen gehangen, maar de buitenwereld mocht niet langer getuige zijn van de ontwikkeling die Slang Marek doormaakte als dichter, prozaïst, musicus en kunstenaar. Dat inzicht smeulde voortdurend in zijn onderbewustzijn. Zijn talent was de Werkelijkheid afbeelden. De symboliek kon achterwege blijven, onderschriften dienden nergens toe, de bezem moest door de poëzie. Hij zou Realist worden.

Bovendien gaf de tijd bij Casino Monokowskij hem in ieder geval voldoende verhalen om de rest van zijn leven te kunnen blijven vertellen.

Dus met veel en deels onverwacht geduld ging hij aan het werk. Dag in, dag uit werden goed geformuleerde en vervolgens gecorrigeerde en geredigeerde manuscriptbladen aan de stapel toegevoegd; noten werden met zorg aan andere noten toegevoegd; kleuren werden met een voorzichtig, gevoelig penseel aangebracht zonder dat iemand op zijn werk daar iets van wist. Het ging niet snel; het was een kunstenaarsleven dat zo ver van de romantische mythes over gepassioneerd creëren af lag als het maar kon. Niettemin vond Slang Marek een diepe bevrediging in zijn systematische missie. Overdag leefde hij als een gewone kantoorpik op het ministerie, 's avonds en 's nachts en in de schemering was hij weer een allround kunstenaar in het flatje dat hij gekocht had aan de Knaackstrasse in het noordwestelijke deel van Lanceheim.

Ook al begon Slang Marek zijn carrière bij de overheid op het ministerie van Milieu, van begin af aan had hij al een functie bij het ministerie van Cultuur voor ogen. Toen de mogelijkheid om van ministerie te wisselen zich voordeed, nam hij de gelegenheid te baat. Zo veel tekens, meende hij, duidden erop dat het grootse – om niet te zeggen fantastische – Plan dat hij in een orgastische waas gesmeed had volkomen redelijk was.

Drie lange jaren was hij genoodzaakt idiote kantoorwerkjes uit te voeren bij Cultuur, in afwachting van de volgende overplaatsing. Maar slechts een paar dagen na zijn indiensttreding bij het Bureau voor Toelagen bleek dat het wachten de moeite waard was geweest.

Hij werd een van de vijf uitvoerend ambtenaren van de toenmalige bureauchef. De slang was verantwoordelijk voor poëzie en daarbij behorende cultuuruitingen, dat wil zeggen gezongen, geïmproviseerde en dramatische gedichten, en niemand plaatste vraagtekens bij de nominaties die hij selecteerde uit de aanvragen. Zolang er maar kandidaten waren aan wie toelagen konden worden toegekend, leek iedereen tevreden.

De energie die Slang aan de dag legde was uniek binnen de afdeling Cultuur. De andere ambtenaren waren oudere cultureel werkers, die hun mislukte loopbaan bekroonden met een baan op het ministerie – vandaar dat Slang de vanzelfsprekende kandidaat leek toen een paar jaar later de opvolging van de toenmalige chef ter sprake kwam. Niemand besteedde zo veel zorg aan het voorbereidende werk als hij, niemand was zo geïnteresseerd in de persoon achter de aanvragen als hij.

Op een mooie voorjaarsdag, amper vijf jaar nadat Slang Marek van ministerie was veranderd, werd hij benoemd tot chef van het Bureau voor Toelagen van het ministerie van Cultuur. De benoeming werd gevierd in een uitgeleefde kroeg vlak bij zijn werkplek in oostelijk Lanceheim. De slang was een tevreden, vrolijke, nieuwbakken chef, het was opvallend met hoeveel gemak hij zijn nieuwe rol op zich nam. In zijn fantasie had hij die baan al een tijdlang vervuld.

Zijn eerste besluit was dat hij zijn voormalige functie niet opnieuw zou invullen. Toen er een halfjaar later een uitvoerend ambtenaar met pensioen ging, bleef ook diens post onbezet. Slang nam zelf die taken op zich. Op het ministerie werd het feit dat hij geen nieuw personeel wilde werven als positief ervaren. De financiën van het ministerie van Cultuur waren door de werkelijkheid ingehaald, en het was een zeldzaamheid dat men een chef had die niet te beroerd was om zelf de handen uit de mouwen te steken.

Vier jaar nadat Slang Marek chef van het Bureau voor Toelagen was geworden, werkten alleen hij en een secretaresse nog op de afdeling. In dezelfde periode was het toegestane budget voor toelagen met een zescijferig bedrag teruggelopen. Slang was bekend geworden als een bedachtzame overheidspersoon, die behoedzaam omsprong met het geld van de belastingbetaler.

Dat alles was, natuurlijk, geheel in overeenstemming met het Plan.

Alleen uiterst verdienstelijke dichters, prozaïsten, musici en kunstenaars kregen tegenwoordig nog een toelage. Degenen die de recensenten van de dagbladen amper durfden te beoordelen. De introverte, zelfrefererende mensen die niet salonfähig waren. De slang kende hun geheimen. Het waren drugsverslaafden, psychopaten en dwangneurotici.

En dat terwijl de eigen artistieke productie van toegankelijke boeken, verzen en schilderijen van Slang Marek gestaag groeide in zijn donkere flatje.

Het was lang geleden dat een jonge, veelbelovende epicus de financiële mogelijkheid had gehad om een groot oeuvre op te bouwen. Er werd geen populaire poëzie geschreven, omdat de dichters genoodzaakt waren als bordenwassers en taalleraren te werken en 's avonds volkomen uitgeput thuiskwamen. De overheid leek navelstaren en experimenteren te bevorderen, en al gauw was er niets anders over.

Maar daar zou verandering in komen.

Binnenkort zouden de hunkerende cultuurconsumenten naar

hartenlust kunnen genieten van de verzamelde werken van Slang Marek. In één klap zou hij op alle fronten de meest vooraanstaande kunstenaar zijn.

Het was daarom dan ook niet verwonderlijk dat Slang Marek zich koel opstelde tegenover Eric Beers voorstel om verlof te nemen. Marek had wel iets anders te doen.

Die middag ging Eric Beer, nadat hij Slang had gesproken op het Bureau voor Toelagen, rechtstreeks naar zijn ouderlijk huis aan Hillville Road. Zoals altijd overdag was het huis aan de rustige oranjegele straat leeg. Zijn vader was op school, zijn moeder op het ministerie.

In de secretaire in de gemeenschappelijke werkkamer van zijn ouders op de begane grond bewaarde Edda Neushoorn alles wat ze nodig had om haar correspondentie te verzorgen. Onder andere het officiële briefpapier van het ministerie van Milieu, met haar eigen monogram als watermerk. Dat papier gebruikte Eric Beer om – in naam van Edda Neushoorn – een korte memo te sturen, gericht aan Slang Marek.

Op het ministerie van Milieu, schreef Eric, circuleerde op dit moment een document over gokverslaving en alcoholmisbruik. In een van de bijlagen, waarin het probleem vanuit historisch perspectief werd belicht, kwam Slang Marek ter sprake. Het zou betreurenswaardig zijn, schreef Eric, als het verleden van Slang zijn politieke toekomst in de weg zou staan. Als Slang met onmiddellijke ingang verlof nam, zou Edda Neushoorn erop toezien dat het document in de huidige vorm niet verder werd verspreid.

Edda deed dit voor haar jong, schreef Eric, omdat ze wist dat Eric de directe hulp van Slang nodig had.

Daarna ondertekende Eric de memo met de handtekening van zijn moeder, die hij in zijn tienerjaren had leren kopiëren, en hij verstuurde de brief per koerier naar het Bureau voor Toelagen, zodat Slang Marek hem nog voor het einde van zijn werkdag zou ontvangen.

Teddy Beer 1

In zekere zin zijn mijn tweelingbroer Eric en ik met hetzelfde wijfje getrouwd.

Alleen weet zij dat niet.

Het is een ingewikkelde situatie.

Maar liefde is een hoofdstuk op zich.

Het was een kronkelweg die mij naar de liefde voerde. Hoe ging dat eigenlijk? Emma Konijn was een engel, ik een doodgewone beer. Ze had en heeft beter verdiend. Toch koos ze mij. De wegen der liefde zijn ondoorgrondelijk.

Liefde is levensgevaarlijk voor een beer die zijn leven aan het goede heeft gewijd. Liefde is de overwinning van het gevoel op het verstand. Zijn mijn gedachten daarom zo verward als ik aan Emma denk, en aan wat tot onze bruiloft leidde?

Is Emma goed? Kan ik getrouwd zijn met iemand die niet goed is? Kan ik getrouwd zijn met iemand die niet net als ik het goede nastreeft?

Ik ben geen missionaris. Ik ben ook geen huichelaar. Maar ik was al voordat ik Emma ontmoette verliefd op haar. Dat Eric bovendien mijn baan bij reclamebureau Wolle & Wolle had, maakte het besluit, paradoxaal genoeg, gemakkelijker.

Emma Konijn was de mooiste bruid die ik ooit heb gezien.

Om haar hoofd, waar de vacht zo gekamd was dat die eruitzag als de zachtste lamswol, droeg ze een krans van verse paardenbloembladeren en roze rozen, die ik volgens de traditie diezelfde ochtend voor haar geplukt en gebonden had. Een tere bruidssluier van brokaat viel over haar tengere rug, maar de blikken waren vooral gevestigd op haar lieve gezichtje; haar neusje glansde vochtig en haar wangen gloeiden van verwachting, vrees en geluk. Maar het was haar blik die mij betoverde. In de grote peperkorrelogen was de eenzaamheid die mij verleidde tot vriendelijkheid en liefde verdwenen en vervangen door overtuiging.

Ze was mooi en sterk.

Emma stond in een van de voorvertrekken van de kerk, samen met haar moeder. De moeder was nerveus. Ik had haar nog nooit ontmoet. Of misschien had ik haar wel ontmoet. Ze was niet boos, alleen ongerust over honderden details die mis konden gaan. Ze maakte zich zorgen of haar jong wel de juiste partner had gekozen. Ik verwijt haar niets. Ik was geen onbesproken partij. Ondanks mijn succesvolle ouders maakte ik vermoedelijk soms een labiele indruk.

Bij het voorvertrek stonden Emma's vriendinnen te wachten. Ze praatten hoog en schel met elkaar. Ook zij waren nerveus.

Maar de nervositeit van de moeder of de vriendinnen was niets vergeleken met die van Emma Konijn zelf. Ze was met een ruk wakker geworden toen de halvemaan nog hoog aan de hemel stond. Ze zat ineens rechtop in bed en riep 'de ring!' met zo'n paniek dat ik het laken afgooide en overeind vloog.

'De ring? Is die zoek?'

De ring lag veilig in het blauwe etuitje dat ik op het nachtkastje had gelegd. Emma kon de slaap daarna niet meer vatten. Haar onrust hield ons tot de ochtendschemering wakker. Toen dommelden we nog een paar uur, tot het tijd was voor mij om de bloemen voor de krans te gaan plukken.

Ze groeiden in het perk voor Lakestead House.

'Je weet het toch wel helemaal zeker?' vroeg Emma.

Ze stond in de gang op me te wachten. Ze was met haar wagentje komen aanrijden.

Ik liep op haar af en keek haar diep in de ogen. Ik knikte.

'Ik weet het zeker,' antwoordde ik, zonder ook maar een spoor van twijfel.

'Waarom?'

Er lag onrust in haar ogen en onwillekeurig verwijdden haar

neusgaten zich. Een tel later trokken ze weer samen.

'Omdat ik van je hou,' antwoordde ik.

'Maar je was toch zo onzeker,' zei ze, en ik wist dat ze dat zou zeggen, 'je was zo bezig met goed en kwaad. Je zei dat het hetzelfde was als liegen, als je iets beloofde waarvan je bij voorbaat wist dat je het niet kon waarmaken. En dat hoe meer je je om elkaar gaf, hoe erger de leugen was. Je zei dat een huwelijk een leugen van de ergste soort was. Omdat, ook al wilde je trouw zijn... ook al wilde je de rest van je leven van iemand houden... ook al wilde je...'

'Liefste,' onderbrak ik haar, 'ik weet wat ik gezegd heb.'

'Ook al wilde je dat allemaal...' vervolgde Emma zonder zich iets aan te trekken van mijn tegenwerping. 'Je zei dat de rest van je leven een te lange periode was om te kunnen overzien. Je zei dat er altijd dingen gebeuren waarop je geen invloed kunt uitoefenen. Omdat je al dat soort dingen zeker wist, zei je, moest een dier met goede bedoelingen, een dier met een in en in goed hart, nooit trouwen.'

'Liefste,' onderbrak ik haar opnieuw, 'ik weet dat ik...'

'Maar heeft dan alles wat je hebt gezegd opeens niets meer te betekenen?' vroeg Emma, en ze keek me aan terwijl haar neus dezelfde onregelmatige bewegingen maakte als daarvoor.

Ik zuchtte en probeerde haar gerust te stellen.

Ik wilde mijn woorden niet terugnemen.

Ik kon ze niet terugnemen, ik stond nog achter elk woord.

Maar haar de liefde verklaren, haar beschrijven zoals ik haar zag, met haar stabiele zelfvertrouwen, haar creatieve talent, en last but not least haar ongekende schoonheid, dat was heel iets anders dan onwaarheden vertellen.

'De empathie die zo vanzelfsprekend is voor jou,' zei ik, 'daar moeten de meeste anderen een leven lang aan werken. Die maakt je scherp van gehoor en sterk. Als jij ooit in een moeilijke situatie terechtkomt, zal die empathie je helpen het verdriet te verwerken.'

'Wat voor moeilijke situatie?' vroeg Emma.

'Ik bedoel,' antwoordde ik en beteugelde mijn irritatie, zodat die niet te horen was, 'dat je op jezelf kunt vertrouwen, liefste. Jij hebt mij of iemand anders niet nodig. Je bent je eigen geluk. Als je dat zelf niet kunt zien, wat in zekere zin een deel van je charme is, zul je ontdekken wat ik bedoel als dat geval zich voordoet.'

Ik weet niet of ze begreep wat ik zei.

Ze boog naar me toe en drukte me stevig tegen zich aan. Toen ze me uiteindelijk losliet, liep ik de trappen af, naar buiten om mijn bloemen te plukken.

Ik had niet gelogen.

Ik had haar de waarheid niet onthouden.

Toch sneed ik met een bezwaard gemoed de roze rozen van de struiken die op de binnenplaats groeiden.

Een goede beer.

Dat is wat ik wil zijn.

En dat is geen bescheiden wens.

's Middags, na de studie en voor ik naar beneden ga voor het avondeten, zit ik in mijn fauteuil na te denken over alles wat het goede van het kwade scheidt. Sommige dagen zit ik daar een kwartier, andere dagen blijf ik er wel twee of drie uur lang. Ze zijn stipt bij Lakestead House, en het komt ongelukkig uit als het zo lang duurt.

Het kwaad is een serieus onderwerp. Velen hebben zich er al in verdiept. Toch is het definiëren ervan een van de grootste problemen.

Om een goede beer te zijn, is het nodig dat je weet hoe het kwaad eruitziet.

Ik weet hoe het kwaad eruitziet.

De achtenveertigste zomer van mijn leven nadert. Ik kijk niet zonder levenservaring terug op mijn leven. Een gelukkig leven zou ik het niet willen noemen. Het was ook nooit aan de orde om mezelf een gelukkig leven te bezorgen. Maar ik voel me tevreden, er is een zekere rust. Dat realiseerde ik me gisteren. Weinig zandkorrels uit het verleden schuurden in mijn ziel, toen ik langs de kust liep in de stortregen van het Middagweer.

45

Onwillekeurig werd mijn stemming somberder.

En in mijn fauteuil, voor het eten, wachtte mijn kindertijd op me.

Op de dag dat mijn tweelingbroer en ik bij onze ouders werden afgeleverd, wist ik al alles over de liefde van een vader en moeder voor hun welpen. Ik wist dat mijn broer dat soort liefde zou ervaren. Ik wist ook dat die niet voor mij was weggelegd. Het was geen duidelijk geformuleerd inzicht; ik was twee dagen oud. Toch was die zekerheid in mijn hart aanwezig. Ze kenmerkte mijn jeugd. Ik hield van vader en moeder. En zij hielden van mij, maar nooit op dezelfde manier als van Eric.

Nooit.

We kwamen rechtstreeks uit de fabriek, een groep verweesde welpen die door de Leveranciers in hun groene Volga pick-up naar hun toekomstige thuis werden gebracht. De knuffeldieren die die ochtend op straat liepen, stopten om de auto na te kijken. De mannetjes trokken hun wijfjes dichter tegen zich aan. De wijfjes hielden hun hoofd schuin en glimlachten liefdevol.

Ik kan me voorstellen hoe het was.

Ik heb zelf ook op het trottoir gelopen en de groene pick-up voorbij zien rijden. Een laadbak vol welpen die hun leven lang naar liefde blijven verlangen. Een verlangen dat hen zal verleiden en vernietigen.

Er is bijna niets moeilijkers dan zonder eisen te stellen naar liefde te verlangen.

Dat is een gevecht.

Ik vecht elke dag.

Moeder kon nooit nalaten te vertellen dat de natuur op haar mooist was, die zaterdag toen Eric en ik naar de oranjegele Hillville Road kwamen. De lucht was lichtblauw en de behaaglijk warme zon legde beurtelings licht en schaduw over de cascades van bladeren in rood, geel en groen.

De Leveranciers reden over de Ster – het gele plein dat het absolute middelpunt van de stad vormt – en verder over de mintgroene Oostelijke Avenue. Het carillon in de hoogste van de dertien torens van de Sagrada Bastante sloeg zijn vrolijke melodie.

Er is geen enkele symboliek te vinden in deze dertien torens.

De vier rechte avenues naar het oosten, westen, zuiden en noorden vormen het skelet van onze stad. Doordeweeks zijn het drukke verkeersaders. In het weekend veranderen de Oostelijke en Westelijke Avenue in een voetgangerszone. In het midden, tussen de drie rijbanen in de ene richting en drie in de andere, groeien enorme eiken en esdoorns. Ze vormen een lange laan aan weerszijden van een breed grindpad.

De bomen bieden beschutting tegen de regen die twee keer per dag over de stad trekt, 's ochtends en 's middags.

In de herfst worden er duizenden en nog eens duizenden lampjes opgehangen in de takken. Elk jaar op 1 november, vlak voor het Avondweer, worden de lampjes aangedaan, waarna de twee avenues de stad doorsnijden als sabels van licht.

Ook daar moet je geen symboliek achter zoeken.

De Leveranciers brachten Eric en mij naar Amberville, het stadsdeel dat wordt begrensd door de Oostelijke en de prachtig hemelsblauwe Zuidelijke Avenue. Hier staan de twee verdiepingen tellende huizen in schijnbaar oneindige rijen naast elkaar. Straat na straat, voornamelijk in groen- of blauwtinten, met min of meer identieke huizen. Wit houtwerk tegen donkerrood of donkerbruin pleisterwerk. Schuine daken bedekt met zwarte mozaïekdakpannen. Twee dakkapellen met vensterspijlen op elke zolder. Uit de schoorstenen stijgen dunne rookspiralen op in de schemering. In de bloembakken ontluiken rode en roze geraniums.

Alleen details onderscheidden de huizen. Niet zelden klopten we tijdens onze jeugd in Amberville aan op een verkeerde deur.

'We hebben twee stuks voor nummer 14,' zei de ene Leverancier tegen de andere.

Met de punt van een potlood streepte hij Erics naam en de mijne door op zijn lijst.

'Twee stuks?' vroeg de Leverancier die achter het stuur zat verbaasd.

'Tweelingberen. Dat zie je niet vaak.'

Al terwijl we gemaakt werden, waren we een sensatie. Twee identieke knuffeldieren. Onafscheidelijk.

De groene pick-up parkeerde langs het trottoir voor Hillville Road 14. De Leverancier die op de passagiersstoel zat, sprong eruit, liep om de wagen heen en opende de achterklep.

Daar zaten we. We waren niet korter of langer dan we vandaag de dag zijn, alleen wat minder versleten op knieën en ellebogen. Dat was het enige verschil.

Maar we konden niets. Niet praten, niet denken, niet lopen. De Leverancier nam ons ieder onder een arm en droeg ons naar het huis dat ons thuis zou worden.

Vader en moeder stonden in de deuropening te wachten. Onze vader, Boxer Bloom, was gekleed in zijn beste witte overhemd met een vlinderdasje. Edda Neushoorn, onze moeder, droeg een jurk zo groot als een tent.

'Eindelijk!' zei moeder.

'Nu begint het,' zei vader.

Zelf heb ik weinig herinneringen aan mijn vroege jeugd.

Maar moeder vertelde ons dingen toen we ouder werden. Leuke verhalen over hoe Eric en ik soms domme dingen zeiden, omdat we nog niet begrepen wat die woorden betekenden. Dramatische verhalen over ziekten en ontsnappingen. Moeder vertelde terwijl ze eten kookte. Ze stond bij het oude, met hout gestookte fornuis in onze kleine keuken. Eric en ik zaten aan de keukentafel te luisteren.

Ze vertelde over de keren dat we 's zomers met de auto naar zee gingen, en over picknicks in het Swarwick Park in de herfst. In de verhalen van moeder was Eric de initiatiefnemer en ik de navolger. Eric was de ster en ik het publiek.

Ik was een welp, en had geen verklaring nodig waarom het zo was. Het was vanzelfsprekend dat de aandacht op Eric werd gevestigd ten koste van mij.

We hielden van hem.

Ik heb nooit jaloezie gevoeld ten opzichte van mijn broer, en zal die ook nooit voelen. Bitterheid, zegt men, is een aangeboren talent. Ongeveer net zoals muzikaliteit. Ik heb nooit wijs kunnen houden. Mijn angst... is van een andere soort.

De herinnering aan mijn moeders verhalen veranderde in de loop der tijd in een herinnering aan de gebeurtenis zelf. Er zijn momenten in mijn leven geweest dat ik dacht dat die geïmplanteerde herinneringen de echte konden vervangen. Dat is niet zo. Wat moeder ons keer op keer vertelde, waren situaties die bijzonder belangrijk voor háár waren. Niet bijzonder belangrijk voor Eric of voor mij. Als je erover nadenkt, krijg je het sterke vermoeden dat de verhalen van moeder de sleutels tot haar eigen innerlijk leven waren.

De sleutels van mijn leven werden in een ander laatje bewaard.

Er is een periode geweest dat ik het slot daarvan probeerde te forceren.

Later begreep ik dat het zinloos was. Een goede beer zijn is een doorlopend project in de tegenwoordige tijd.

Eric en ik deelden een kamer. We verhuisden naar de tweede verdieping, de zolder met een schuin dak boven onze bedden. De eerste tijd was verwarrend voor onze kersverse ouders. Ze hadden voor elkaar geleefd, maar nu deden Eric en ik een beroep op hen. We moesten nog veel leren. Bijvoorbeeld zoiets simpels als de trap aflopen naar de keuken. Of onze eenvoudige gevoelens onder woorden brengen. We hadden het koud. We hadden honger. Of slaap. Op een keer aten we te veel koekjes en kregen we buikpijn.

Onze moeder had in die tijd nog geen carrière gemaakt op het ministerie. Net als honderden andere pennenlikkers ploeterde ze verder, en weinig collega's konden vermoeden dat ze een van de meest besproken politici van onze tijd zou worden. Het was zowel vanzelfsprekend als gemakkelijk voor moeder om parttime te gaan werken, en ze bleef dat doen tot Eric en ik de meest noodzakelijke vaardigheden hadden geleerd.

Bij vader lag dat anders.

Boxer Bloom, onze vader, was rector op het lyceum van Amberville. Het schoolgebouw was een krijtwit sprookjeskasteel, versierd met torens en transen. Het gebouw was ontworpen door architect Pad Hendersen, die ook de enorme kathedraal van de stad had gerenoveerd. De hoofdingang van het lyceum lag aan de mosgroene All Saints Road, maar vanaf de heuvel aan de achterkant, waar het schoolplein tegenaan lag, kon je de bossen zien die aan de stad grensden.

Voor vader was die baan een roeping. Tussen het heden en de toekomst waren een paar dieren belangrijk, en hij rekende zichzelf tot die selecte groep. Hij koesterde de komende generaties. Als zijn opzet slaagde, zou de stad zoals we die tot dan toe kenden slechts een slap aftreksel zijn van wat er komen ging. Vader hoedde zich ervoor zijn visioenen concreet te beschrijven, maar ik vermoedde dat vooral het gebrek aan orde hem tegenstond bij zijn tijdgenoten.

Hij wilde sorteren.

Hier de barbaren, daar de beschaafden.

Hier de betrouwbaren, daar de onbetrouwbaren.

Het hart wist wie wie was, ook al verwarde het hoofd dat gegeven met twijfel.

Wat er ook gebeurde – we konden erop vertrouwen dat vader zijn beloften nakwam. Het ministerie dat verantwoordelijk was voor de Welpenlijst had geïnformeerd in hoeverre onze ouders echt klaar waren voor een tweeling; het moest toch lastig zijn om de welpen een gelijke behandeling te geven?

Vader garandeerde dat er op dat punt geen gevaar bestond. Welpen konden altijd vertrouwen op de beloften van Boxer Bloom. En met welpen bedoelde Boxer Bloom alle welpen die bij hem op school zaten. Na verloop van tijd zouden Eric en ik daar ook naartoe gaan. In dat opzicht vormden wij geen uitzondering.

De kamer van Eric en mij op de tweede verdieping was de ultieme jongenskamer. Onze bedden met hun hoge witte hoofd- en voeteneind, onze nachtkastjes met leuke voetballampen en onze bureautjes met verrijdbare krukken ervoor waren vrijwel identiek, net als wijzelf.

Op het eerste gezicht.

Als je beter keek, waren er verschillen. Kleine, nauwelijks waarneembare, maar desondanks onmiskenbare verschillen.

En dan heb ik het over ons uiterlijk.

Innerlijk groeide er een afgrond tussen ons.

Het gebeurde 's avonds laat, toen we zes maanden oud waren. Dat werd een van de belangrijkste herinneringen van moeder. Vader en moeder hadden een paar vrienden te eten gevraagd. Later werd beweerd dat moeder haar carrière deels te danken had aan de vele etentjes die ze organiseerde. Dankzij haar kookkunst bleven de gasten eeuwig loyaal ten opzichte van haar. Zo bouwde ze een wijdvertakt netwerk op. Een paar avonden per week hadden we dieren over de vloer. Terwijl anderen in de buurt aan het tuinieren waren, een boek lazen of door hun carrière werden opgeslokt, kookte moeder voor haar gasten.

Eric en ik groeiden op in de keuken. In de warmte van de oven die nooit afkoelde, te midden van een wirwar van pruttelende pannen, vuile steelpannen en schalen, pas gebruikte snijplanken en raspen die naar knoflook, Parmezaanse kaas en mierikswortel roken, en die op werkbladen en tafels stonden waarop we niet zelden een lamsfilet of een in plakken gesneden aubergine ontdekten als we een bord optilden of besloten een mok af te wassen om die te vullen met warme chocolademelk. Midden in die chaos stond onze moeder Edda Neushoorn, als een kapitein-ter-zee op haar commandobrug, goed oplettend dat ze niet in de bearnaisesaus roerde met de houten lepel die ze net uit de pan met bloemkool had gevist.

Moeder maakte geen fouten.

Die avond serveerde ze gebakken kabeljauw en aardappelpuree met amandelen. De saus werd opgediend in een juskom die we van haar moeders moeder hadden geërfd. Een zilveren kom, die heel kostbaar was.

Aan tafel zaten, behalve vader en moeder, hun beste vrienden Muis Weiss en haar echtgenoot Kat Jones. Ook Pinguïn Odenrick was er – op dat moment nog dux in de kerk aan Hillville Road en onwetend van zijn ophanden zijnde benoeming tot pru-dux – en ten slotte Jack Varken, die moeder later zou opvolgen als hoofd van het ministerie van Milieu.

Odenrick was de eerste die het hoorde.

'Sorry,' zei hij met stemverheffing, 'maar hoorde ik daar niet een schreeuw?'

De conversatie stopte abrupt. Odenrick had gelijk. De stilte werd verscheurd door het geschreeuw van een welp. Vanaf de tweede verdieping drong gebrul door in de eetkamer. Boxer Bloom stond op. Hij had nog steeds een explosieve kracht in zijn benen, na vele jaren voetballen in zijn jeugd.

'Het zijn de welpen,' zei hij met een bleek gezicht.

Hij rende de kamer uit en de trappen op.

De anderen, met moeder voorop, volgden hem.

Toen ze in de kinderkamer kwamen, stond vader al bij mijn ledikant. Ik was degene die schreeuwde. Ik bleef maar krijsen, ook toen vader me oppakte en tegen zich aan drukte. In Erics bed was het stil. Toch liep moeder even door de kamer om naar haar andere welp te kijken.

Dat deed ze instinctief: eerst naar Eric kijken. Maar de verdenking dat het zo zat, dat ze de één voortrok boven de ander, was en is het meest beschamende in moeders leven.

Tot op de dag van vandaag wil ze dat niet toegeven.

Hoewel al haar vrienden uit die tijd het bevestigen.

Destijds vertrouwde ze op haar intuïtie. Onbewust begreep ze dat de symbiose van haar tweeling dusdanig was, dat wat een van hen zag ook door de ander werd waargenomen en omgekeerd.

Ik schreeuwde omdat Eric gevaar liep.

Moeder zag hem.

'Een mot!' schreeuwde ze.

Vader smeet mij min of meer in mijn ledikant terug, waar ik onmiddellijk verstomde. Het is onduidelijk of ik verstomde vanwege de bruuske behandeling door vader, of dat ik ophield met schreeuwen omdat ik mijn plicht had gedaan.

Met een enorme sprong was vader aan de andere kant van de kamer waar hij de mot om zeep hielp, voordat iemand had kunnen reageren. Daarmee was het drama voorbij. Pas toen de gasten terugkeerden naar de eetkamer en het afgekoelde eten, begrepen ze wat er gebeurd was.

Ik had Erics leven gered.

Dux Odenrick leerde mij het onderscheid tussen goed en kwaad. De pinguïn was een van de vele duxen die in Amberville werkten, maar de enige met wie ik contact had.

De structuur van onze kerk is heel eenvoudig.

In elk stadsdeel zijn diverse parochies. In Amberville zijn dat er vier. In die parochies werken alduxen, een soort leerlingen die door de kerk betaald worden. Onze parochie heeft daarnaast zijn eigen dux, die de activiteiten leidt en de meeste preken voor zijn rekening neemt. Een van de duxen van een stadsdeel wordt tot prudux benoemd. De vier pruduxen op hun beurt hebben ook een chef, de hoogste vertegenwoordiger van de kerk – de fadux van de kathedraal Sagrada Bastante. Niemand... niemand in mijn omgeving had kunnen denken dat de zwaar beproefde Odenrick ten slotte de nieuwe fadux van Mollisan Town zou worden.

Op dat moment had Odenrick nog helemaal geen aspiraties in die richting.

Misschien werd hij juist daarom gekozen?

De vrome pinguïn met zijn versleten duxgewaad kwam een paar keer per week op bezoek bij ons in onze lichtoranjegele straat. Telkens wanneer hij langskwam, nam hij de tijd om een poosje op de rand van Erics bed of het mijne te komen zitten en een avondgebedje met ons op te zeggen. Het begon toen we zes jaar oud waren. We lagen op onze rug in bed met ons hoofd op het kussen en onze poten op de buik, met gesloten ogen, terwijl Odenrick namens ons met Magnus, de schepper van alle dingen, praatte.

'Verlos hen van het kwaad,' bad de pinguïn deemoedig.

'Wat is dat, het kwaad?' vroeg ik.

'Dingen die je pijn doen,' zei Eric, vroegwijs en ongevraagd.

'Dus die steen die me gisteren liet struikelen was het kwaad?' vroeg ik, net zo snibbig en wijsneuzerig als mijn tweelingbroer.

Odenrick fronste zijn grijze plastic snavel en verzonk in gedachten. Hij zat op de rand van mijn bed en in het schijnsel van de lamp op het nachtkastje kon ik zien dat zijn grote ogen troebel werden.

'Dingen die pijn doen in je hart, Teddy,' zei hij ten slotte, terwijl hij vriendelijk op me neerkeek. 'Het kwaad wil zeggen: dingen die pijn doen in je hart, binnen in je. Degene die wil dat je die dingen overkomen, maakt je verdrietig en ongelukkig en hoe verdrietiger je wordt, hoe slechter degene is die je dat gevoel wil bezorgen.'

Hij had de zin nog niet uitgesproken, of Odenrick realiseerde zich hoe beangstigend die moest klinken in de oren van een zesjarige, en hij probeerde ons dan ook dadelijk op te monteren.

'Maar gelukkig,' zei hij, 'zijn wij er nog, die het goede willen. De kerk wil het goede, alle gelovigen willen het goede, en met het goede is het net andersom. Als je weet dat iemand het goede met je voorheeft, voel je je tevreden van binnen. Dat geeft je een prettig gevoel.'

'Waarom wil niet iedereen dat het goed gaat met alle anderen?' vroeg ik. 'Waarom wil iemand je dan kwaad doen?'

'Omdat je anders niet zou weten wanneer iemand goed is,' zei mijn broer Eric listig, maar zijn stem trilde.

'Nee, daar heb je het mis,' glimlachte Odenrick mild in Erics richting. 'Er is een kwaad in de wereld, welpen. Hopelijk hoeven jullie dat nooit tegen te komen, maar jullie moeten weten dat het bestaat. Want dat zal jullie verleiden als jullie ouder worden, en dan moeten jullie het herkennen en het weerstaan.'

Eric had zijn hoofd naar de muur gedraaid. Er klonk gesnik uit zijn bed. Dux Odenrick zat zwijgend te luisteren. Ik was zo verbaasd dat ik niet wist wat ik moest zeggen.

'Eric?' zei Odenrick uiteindelijk. 'Is er iets wat je wilt vertellen?'

Ik voelde me verward. Tot die avond had ik gedacht dat Eric en ik alles met elkaar deelden. Gevoelens en ervaringen. Op dat moment moest ik inzien dat dit dus niet het geval was. Het was een opluchting en een teleurstelling tegelijk.

Samen met Pinguïn Odenrick luisterde ik naar Eric.

'Het is Varken Samuel,' snikte Eric. 'Hij noemt mij een dief. Hij zegt dat ik... slecht ben. Hij zegt dat ik de Robijn heb gestolen.'

'De Robijn?' vroeg Odenrick.

'Dat is zijn rode knikker,' legde de Eric snikkend uit. 'Hij zegt dat hij en zijn vrienden mij een pak rammel gaan geven. Dat ze mij zoveel slaag zullen geven dat ik nooit meer kan lopen.'

Op de kleuterschool speelden alle welpen met knikkers. Voor de meesten was het geen spel, maar bittere ernst. We waren welpen, maar we waren bijzonder bijgelovig als het om onze knikkers ging.

'Varken Samuel?' herhaalde Odenrick.

Eric knikte en probeerde de tranen van zijn wangen te vegen.

'Ik ken de ouders van Varken Samuel,' zei Odenrick. 'Ik zal met hen gaan praten.'

'Nee, nee!' jammerde Eric, doodsbenauwd. 'U mag niets zeggen.'

'Maar Samuel kan je niet ongestraft bedreigen,' zei Odenrick met een stem die trilde van verontwaardiging. 'Ik zal met het hoofd van jullie school praten.'

'Nee!' jammerde Eric opnieuw.

'Maar wat...' begon Odenrick.

'Niets,' onderbrak Eric hem. 'Ik ben gewoon... bang. Hij is gemeen, die Samuel. Hij liegt! En hij vecht. Beloof me dat u tegen niemand iets zegt.'

'Maar ik...'

'Belooft u dat?' jammerde Eric.

'Ik beloof het,' zei Odenrick. 'Wij duxen hebben zwijgplicht, je kunt me vertrouwen. Ik zal niets zeggen. Maar als Samuel nog één keer...'

De pinguïn maakte zijn zin niet af. Toen we Odenricks uitgebluste gestalte op de rand van mijn bed zagen, vonden we het verstandig dat hij geen dreigement uitte.

Dat zou hij toch niet hebben kunnen waarmaken.

De peuterspeelzaal lag vijf blokken verderop naar het noorden. De trots van de crèche was de speeltuin aan de achterkant. Daar brachten we minimaal een paar uur per dag door, vaak tijdens het Ochtendweer.

Eric en ik gingen hiernaartoe omdat moeder dat wilde. We hadden ook thuis kunnen blijven, maar je leren handhaven in je sociale omgeving was volgens onze moeder het belangrijkste in het leven. We zaten op de crèche om ook met anderen te leren spelen.

Het gebeurde amper een week na Erics bekentenis. Het was op een donderdag, ik herinner het me nog goed. Op donderdagochtend hadden we zangles, en ik hield van zingen. Na het zingen aten we fruit dat we van huis hadden meegenomen, en daarna was het tijd om naar buiten te gaan. We waren met ongeveer dertig welpen, en het werd al snel een chaos in de hal wanneer we allemaal tegelijk onze jas wilden aantrekken.

Eric verdween uit het zicht. Dat was niet ongebruikelijk, we bleven vaak een beetje uit elkaars buurt. Tweelingen hebben in verschillende fasen van het leven verschillende strategieën. Toen we een jaar of zes waren, vonden Eric en ik het belangrijk om niet dezelfde kleding te dragen en om een beetje uit elkaars buurt te blijven. Ik ging gewoonlijk naar het grasveld bij de grote eik, waar altijd wel een paar welpen aan het voetballen waren. Ik was geen ster. Mij kon je net zo goed als back opstellen als in het doel. Dat maakte me populair. Die bewuste donderdag was ik echter te laat. Ik weet niet hoe het zat, maar toen ik bij het grasveld kwam waren er al twee teams een wedstrijd aan het spelen. Ik bleef een tijdje kijken, maar het spel boeide me al snel niet meer.

Daarom liep ik naar de berghokken.

Die stonden een stukje verderop. Het waren simpele gebouw-tjes, waar de kleuterschool netten en rackets, ballen en fietsjes en andere spullen bewaarde die gebruikt konden worden bij het buiten spelen. Ik wist dat er kinderen waren die achter de berghokken rondhingen. Daar konden ze spelen zonder dat de leerkrachten hen zagen. Er waren hoekjes waar je met rust werd gelaten. Meer wist ik er niet van, ik had maar zelden te maken kinderen die geheimen hadden.

Lang voordat ik bij de berghokken kwam, hoorde ik gesmoord geschreeuw en ik wist meteen wie er schreeuwde: Eric.

Ik begon te rennen. Toen ik de hoek van het dichtstbijzijnde berghok om kwam, was ik buiten adem. Het schouwspel dat ik daar zag, zal ik nooit vergeten.

Eric stond met zijn rug tegen de muur van een van de berg-hokken. Voor Eric stond Varken Samuel, en naast hem een ijs-beer en een olifant van wie ik de naam niet kende. Samuel drukte Eric tegen de muur van het schuurtje, met een vette hoef tegen de keel van mijn tweelingbroer.

'En één voor mijn moeder!' schreeuwde de olifant die naast hem stond, terwijl hij een knikker pakte, een klein glazen kogeltje in alle kleuren van de regenboog, en die tegen Erics lippen drukte.

Eric had al iets in zijn mond. Toen de olifant de knikker maar hard tegen Erics lippen bleef drukken, had dit uiteindelijk het tegenovergestelde resultaat. Eric opende zijn mond en spuugde alle knikkers uit die de welpen er al in hadden gedrukt.

Varken Samuel liet Eric los om geen spuug op zijn hoef te krijgen, Eric viel op zijn knieën en hapte als een vis naar lucht. Het varken toonde geen barmhartigheid. Hij schopte Eric in zijn buik en schreeuwde: 'Kom op met die Robijn!'

Eric jammerde en snikte. Hij had de Robijn niet, zei hij. Dat leverde alleen nog meer geschop op.

De hele gebeurtenis duurde niet meer dan een paar seconden. Eric lag op de grond te huilen toen ik riep: 'Drie tegen één! Dat is moedig, zeg!'

De olifant en de ijsbeer schrokken.

Ik had ze aan het schrikken gemaakt, en ze deden een stap bij mijn broer vandaan. Alsof ze daarmee wilden ontkennen dat ze iets met hem te maken hadden. Het varken wierp mij een hooghartige blik toe.

'Ga weg, dit gaat jou niets aan,' zei hij, waarna hij zich weer tot Eric wendde.

'Help!' kermde Eric.

'Twee tegen drie is iets beter,' ging ik verder en deed een paar stappen naar voren.

Ik was geen vechtersbaas.

In feite had ik nog nooit gevochten. Ik zou ook nooit meer vechten. Maar mijn tweelingbroer lag op de grond en ik kon niet anders doen dan proberen hem te helpen.

'Donder op,' siste Samuel.

Zijn vrienden vatten moed door zijn stoere taal. Ze keerden zich naar mij toe met een soort ongeduldige kracht die me beangstigde.

'Hij moet ons de Robijn geven,' legde de ijsbeer uit.

'Anders slaan we hem tot moes,' voegde de olifant eraan toe.

'Maar... ik heb niets...' stamelde Eric, waarna hij opnieuw een schop in zijn buik kreeg van het varken.

Toen was voor mij de maat vol.

Ik stormde op de drie daders af en richtte me op het varken; ik slaagde erin hem zo'n harde stomp te geven dat hij over Eric struikelde en op de grond viel. Snel nam Eric de gelegenheid te baat om op zijn knieën te gaan zitten, op hetzelfde moment dat Samuel – sneller dan ik had verwacht – weer op zijn hoeven stond. Met een kreet wierp hij zich over mij heen.

De herinnering aan de rest van het gevecht is vager.

Ik weet zeker dat Eric ontkwam.

Wat ik niet zeker weet, is of dat onmiddellijk nadat het varken op mij losging gebeurde of iets later, maar ik heb zo'n vermoeden dat Eric zodra hij de kans kreeg de benen nam.

De ijsbeer, de olifant en het varken sloegen me bont en blauw.

Ze stopten pas toen we de schoolbel hoorden gaan. Ik was een uitgeputte teddybeer, toen ik me met veel moeite de helling op sleepte van de berghokken terug naar de school.

Zoals altijd kwam moeder ons vlak na de lunch ophalen. Ze groette het personeel van de crèche. Ze vroeg of we lief waren geweest. Ze vroeg of we een leuke dag hadden gehad.

Toen vertrokken we.

Zonder naar ons te kijken zette ze koers naar de markthal in Amberville. Die lag een paar blokken verderop, en we volgden in haar kielzog. De markthal was een magische oase van geuren en kleuren, een etenstempel vol luidruchtige handelaren en kieskeurige klanten. We liepen een paar uur rond daarbinnen, tot we het drama op het schoolplein bijna waren vergeten.

Pas 's avonds kregen we de kans te praten over wat er gebeurd was. Toen vader de lamp in onze kamer uitdeed en we hem de trap af hoorden lopen naar de woonkamer, fluisterde Eric een bedankje voor de hulp.

'Als Samuel wat beter zou kunnen knikkeren, zou hij niet de hele tijd zo boos worden,' zei Eric.

'Hij was woedend,' zei ik bevestigend, want mijn hele lijf deed pijn.

'Eigen schuld,' zei Eric.

'Wat?'

Toen deed Eric de lamp op zijn nachtkastje aan en hij hield de glinsterende knikker omhoog in het licht: de Robijn.

'Die heb ik al een hele tijd geleden van dat vette varken gejat. Eigen schuld, dikke bult.'

Ik keek naar Eric en zag een fractie van een seconde zijn gelaatsuitdrukking. Toen deed hij het licht uit.

Op die avond opende de afgrond zich tussen ons.

Die avond definieerde ons als elkaars tegenpolen.

De welpen op school hadden dus alle reden gehad om mij halfdood te slaan. Mijn tweelingbroer was een dief.

Mijn tweelingbroer was het tegenovergestelde van een goede beer.

59

Hoofdstuk 6

Gewoonlijk spraken ze af bij Zum Franziskaner, een lunchrestaurant aan de knalgele Noordelijke Avenue, voor dieren die liever zelf keken dan bekeken werden. Edda Neushoorn streefde er al jaren naar om Eric minimaal één keer per week te zien. Zij hadden een ongecompliceerde relatie, moeder en welp, in tegenstelling tot de relatie tussen Eric en zijn vader, met wie hij vaker conflicten had. Zijn moeder deed zijn destructieve puberjaren bij Casino Monokowskij af als gezonde en noodzakelijke rebellie, maar zijn vader was minder begripvol. En hoewel Eric in het begin blij was met de ruimdenkendheid van zijn moeder en zijn vader verachtte om zijn bekrompenheid, had hij met de jaren een genuanceerder beeld van de zaak gekregen.

'Je ziet er moe uit,' merkte zijn moeder op. 'Slaap je wel goed?'

Eric Beer zei dat hij goed sliep. Hij verzekerde haar bovendien dat hij binnen bleef tijdens de Middagregen, en dat hij droge sokken aantrok als hij onverhoopt toch nat werd. Hij was achtenveertig jaar. Zijn vrouw leefde onder een doodsbedreiging. Maar in de ogen van zijn moeder waren een goede nachtrust en schoon ondergoed het belangrijkst. Misschien was dat de beste manier om je leven te leiden?

Ja hoor, zei hij, hij had Teddy pas nog gesproken.

Een poosje later vroeg Eric naar de Welpenlijst. Hij had het verhaal al zo vaak gehoord dat hij het bijna uit zijn hoofd kende – het was een van de weinige echt spannende procedures waarover te vertellen viel op het verder saaie en bureaucratische ministerie. En zijn moeder vertelde het precies zoals hij het zich herinnerde.

De Welpenlijst werd opgesteld op basis van de verzoeken die geregistreerd werden. Alle inkomende correspondentie aan de overheidsinstantie werden in het brievenboek genoteerd, en de aanvragen werden in chronologische volgorde afgehandeld. Er werd altijd een geschiktheidstoetsing van de aanvrager uitgevoerd; dat was een noodzakelijke routineprocedure, die er soms toe leidde dat de zaak vertraging opliep. Slechts bij hoge uitzondering moest er dieper in het verleden van de dieren worden gegraven. De meesten die een verzoek om een welp indienden, waren verstandig genoeg om zelf te begrijpen wat de overheid van hen eiste. Er werd elke maand een definitieve Welpenlijst opgesteld, waarop de namen van de gelukkige maar nog onwetende aanstaande ouders werden genoteerd.

Daar was in feite niets opzienbarends aan, maar daarna kwam het deel van het verhaal dat zo spannend was voor de jonge Eric.

De Welpenlijst had zijn eigen staf, een twintigtal dieren die in het kantoor van het ministerie van Milieu aan de Rue de Cadix werkten.

Zodra de lijst klaar was, moest hij naar de Leveranciers worden gestuurd – de geüniformeerde helden die in de groene pickups reden. Tegenwoordig werden echter ook de fysieke vervoersactiviteiten niet meer vanuit het hoofdkantoor aan de Avenue Gabriel verricht. Daarom was het de vraag hoe de lijst naar de transporteur moest worden gestuurd. De Welpenlijst werd als een gevoelig document beschouwd, en er bestond het gevaar van manipulatie. Elk jaar werden er ondanks alles ook kandidaten afgewezen door het ministerie, en het was begrijpelijk dat dit soms tot frustratie leidde. Men durfde het niet te riskeren dat een van de afgewezen kandidaten de Welpenlijst in handen zou krijgen en zijn eigen naam erop zou zetten, en men vond het te riskant om de lijst gewoon maar op de post te doen.

Uiteindelijk ontstond het idee van de Orderkamer. De Welpenlijst werd per interne koerier via een onderaardse tunnel van het kantoor aan de Rue de Cadix naar het hoofdkantoor aan de Avenue Gabriel gebracht. De koerier ging naar de zevende verdieping en liet de lijst in een verzegelde envelop achter op de tafel in een kamer waarvan maar twee sleutels bestonden: de Orderkamer.

Diezelfde avond na kantoortijd, altijd op de zestiende van de maand, kwamen de Leveranciers. Zij openden de deur met de andere sleutel, haalden de lijst op en daarmee waren alle risico's geminimaliseerd.

'Zijn er echt maar twee sleutels?'

'Eh...' antwoordde zijn moeder, 'misschien is er nog een.'

En de nog heel jonge Eric begreep dat zijn moeder de derde en laatste sleutel had, wat hem er natuurlijk toe bracht haar sleutelbossen na te lopen, waaraan hij uiteindelijk de sleutel vond. Hij maakte er een afdruk van met boetseerklei en vervolgens een afgietsel in gips, waar hij en Teddy een paar weken mee speelden. Een slotenmaker die het niet zo nauw nam, hielp Eric een paar jaar later er een echte sleutel van te maken – Eric had een idee hoe hij die kon gebruiken om een speelschuld te betalen – een plan dat hij gelukkig nooit ten uitvoer bracht.

Toen ze klein waren, hadden Eric en Teddy wel duizend vragen over de Welpenlijst en de Orderkamer gesteld – vragen die voor een groot deel te maken hadden met de vraag die alle dieren zich ooit weleens stelden in hun leven: waarom ben ik nu juist bij mijn ouders opgegroeid? Was dat toeval, of had het een bepaalde bedoeling? Dezelfde vragen kwamen op in het hoofd van de volwassen beer, die luisterde terwijl zijn moeder het verhaal nogmaals vertelde.

Was dit echt het hele verhaal? Een ambtenaar die een lijst in een afgesloten kamer legde, waarna een ander hem ophaalde?

Toen ze een kop koffie hadden gedronken en opstonden om weg te gaan, stelde Eric eindelijk de vraag waar het hem eigenlijk om te doen was. 'En een vergelijkbare Dodenlijst?' vroeg hij. 'Bestaat die ook?'

'Er is nooit een Dodenlijst geweest,' zei Edda zuchtend. 'Maar ik begrijp dat dieren dat graag willen geloven. Dat de dood zomaar toeval zou zijn, voelt als het ware... onwaardig.'

Nadat Eric Beer zijn moeder gedag had gezegd, ging hij linea recta naar huis, naar Emma. Op vrijdag bleef ze nooit lang in het atelier, ze hechtte er belang aan naar huis te gaan voor de weekendspits het verkeer liet vastlopen in de avenues. Eric trof haar aan in de woonkamer, waar ze verzonken was in een van de vele romans die ze las en waarvan hij de titels niet eens wist.

'Ik moet naar Teddy,' zei hij zonder te gaan zitten.

'Ik blijf een paar dagen of misschien een hele week bij hem.'

De woorden rolden gewoon van zijn tong, hij had de leugen niet vooraf gepland.

'Een week?'

Hij voelde zich vals en trouweloos, maar zonder ook maar een trilling in zijn stem ging hij verder: 'Ik weet niet of het om een soort doorbraak of gewoon om routine gaat. Ze belden vanmiddag en zeiden dat het belangrijk was dat ik daarnaartoe kwam.'

'Dan is het vast belangrijk,' bevestigde Emma vriendelijk.

'Ik pak een tas met wat extra kleding en toiletspulletjes. Zodra ik meer weet, laat ik het je weten.'

'Maar... ga je dan nu meteen weg?'

Hij wierp een verlegen blik in haar richting en haalde zijn schouders op.

'Ik neem aan dat het ook tot morgen kan wachten,' zei hij.

'Nee, nee... als ze gezegd hebben dat het belangrijk is dat je komt, moet je natuurlijk gaan...'

Voor hij vertrok, belde Eric nog naar zijn werk. Het was net nadat de wind van het Middagweer was gaan liggen, maar Wolle en Wolle verlieten het kantoor zelden voor middernacht.

Eric vertelde hun hetzelfde verhaal: dat hij de komende week bij zijn tweelingbroer Teddy moest doorbrengen en dat hij daarom alleen voor noodgevallen naar kantoor kon komen. Er was een vergadering op woensdagmiddag, waaraan hij wilde deelnemen, en een op donderdagochtend, maar meer dan dat kon hij niet beloven. Wolle en Wolle beloofden voor hem te zullen invallen. En daarmee had Eric zich van zowel zijn echtelijke als zijn beroepsmatige plichten ontdaan. Hij ging op weg naar Yok en Yiala's Arch: het was tijd om de Dodenlijst te vinden, ook al bestond die misschien niet.

Hoofdstuk 7

Precies op het moment dat de wind opstak en het Avondweer begon, klopte Slang Marek op de deur van Sams appartement aan de grasgroene Yiala's Arch. De vrienden maakten geen ophef over het feit dat hij binnenkwam. Tom-Tom Kraai stond in de keuken een enorme cocktailshaker te schudden, Sam en Eric zaten op het balkon te praten. De kraai liet de slang binnen, en na een afgemeten knikje kronkelde Slang naar buiten door de balkondeuren. Hij werkte zich omhoog op een roestige tafel die vermoedelijk al op het balkon had gestaan toen Sam hier kwam wonen, en mengde zich in het gesprek. Toen Tom-Tom zich een poosje later bij zijn vrienden voegde, schraapte Sam plechtig zijn keel.

'Het is tijd om een toost uit te brengen,' zei hij terwijl de kraai cocktails inschonk, 'op onze hereniging. En op ons succes, natuurlijk. Dat de tijd ons niet gemener of ouder heeft gemaakt, maar wijzer en...' – Sam knipoogde naar Slang – '...doortrapter.'

En met zijn belletjesgegiechel hief Sam het glas. De andere deden hetzelfde, en de koele alcohol verwarmde hun bevroren zielen. Zoals altijd was de avond eerder mooi dan warm.

'Ik ben ongelofelijk dankbaar,' zei Eric, 'dat jullie meedoen. En ik dacht zo dat we de avond het best kunnen besteden aan het uitstippelen van een plan van aanpak. Jullie weten waar het om gaat. Duif denkt dat hij op de Dodenlijst staat en hij wil dat wij zijn naam schrappen. Een onmogelijke opdracht, zou je denken. Maar wij hebben eerder onmogelijke klusjes geklaard. Dus brand maar los. Geen voorstel is te slecht, geen associatie te vergezocht...'

Sam giechelde opnieuw.

'...behalve oneerbare voorstellen, dan,' voegde Eric eraan toe.

Iedereen lachte, Slang met een minachtende grijns.

'Maar, verdomme nog aan toe,' zei Tom-Tom met een schuine blik naar Sam toen het gelach verstomd was, 'is er dan echt een Dodenlijst?'

'Schatje, wat ben je toch slim,' zei Sam schalks. 'Ja toch, Marek, ouwe jongen? De kraai is scherp!'

De slang zwaaide heen en weer met zijn kop om zijn ambivalente gevoelens te onderstrepen. Hij was veel te somber om zich te laten provoceren. Hij was gedwongen zijn ministerie te verlaten, maar niemand kon hem dwingen blij te zijn dat hij nu hier was aan Yiala's Arch.

Nog voor hij commentaar kon geven op de vraag of die Dodenlijst er nu wel of niet was, klonk het geluid van een lege fles die rinkelend stukviel in de container, beneden op straat. De vier op het balkon schaamden zich. Als een stelletje amateurs zaten ze hier geheime informatie te bespreken, zodat iedereen kon meeluisteren. In stilte dronken ze hun glas leeg, waarna ze binnen om de jammerlijk vermolmde keukentafel gingen zitten.

'Wat zeg jij?' zei Eric tegen Slang, terwijl Tom-Tom wodka, sap en ijs op tafel zette. 'Is er een Dodenlijst?'

'De geruchten over de Dodenlijst doen al jaren de ronde,' antwoordde Slang. 'Verwijzingen naar een Dodenlijst vind je al in poëtische refreinen die eeuwen geleden geschreven zijn. Er wordt verder beweerd dat de lijst op elk van de drie fresco's van de Predikers aan het plafond van de Sagrada Bastante zou zijn afgebeeld, maar op ware grootte, zodat je ze vanaf de grond onmogelijk kunt zien. En naar men zegt ging de Twintigjarige Oorlog in feite om de zeggenschap over de lijst. Ook zegt men dat tijdens de drooglegging aan het begin van de eeuw geen enkel dier werd opgehaald. En ook dat de lijsten in de jaren zestig werden uitgebracht in de vorm van geheime boodschappen op langspeelplaten met bekende artiesten. Als je die elpees achterstevoren afspeelde, hoorde je de namen die op de lijst stonden.'

'Maar dat kan verdomme toch niet waar zijn?' zei Tom-Tom.

'Dat doet er niet toe,' siste Slang geïrriteerd. 'De essentie is, dat het geen toeval is. Een mythe kan maar om twee redenen zo lang overleven: of omdat de machthebbers om een of andere reden willen dat de mythe voortleeft, of omdat...'

'Waarom, waarom?' zei Sam overdreven enthousiast.

'Omdat het waar is,' zei Eric.

'Ja, verduiveld, ik heb altijd geweten dat hij bestaat,' zei Tom-Tom, terwijl hij uitdagend naar Sam keek, die zijn schouders ophaalde en zijn aandacht op de wodkafles richtte. 'Er is verdomme toch niets vreemds aan een Dodenlijst. Of zouden de Chauffeurs 's nachts rondrijden en ons zomaar willekeurig oppikken? Maar het is niet willekeurig, je snapt bijna altijd wie er aan de beurt is. Het is immers niet zo dat de Chauffeurs een of andere jonge, gezonde kerel oppikken, of... je weet wel... iemand die goed is...'

'Dat is ook wel gebeurd,' onderbrak Sam hem.

'Je begrijpt best wat ik bedoel,' zei Tom-Tom. 'Dat de Chauffeurs een lijst hebben die ze aflopen, is verdomme heel wat minder vreemd dan dat ze zomaar op de gok zouden rondrijden.'

'En wie denk je dat die lijst opstelt, beste vriend?' vroeg Sam vriendelijk.

'Magnus, de schepper van alle dingen?'

'Nee, dat geloof ik niet. Ik geloof niet in Magnus. Dacht je dat ik achterlijk was of zo?'

Slimme dieren hadden Sam meer kwaad gedaan dan domme. Hij voelde zich prettig bij Tom-Tom Kraai.

'Dat wordt weleens gezegd,' zei Sam en hij keek naar Slang Marek. 'Wat vind jij ervan, ouwe jongen? Als de Welpenlijst wordt opgesteld door het ministerie van Milieu, is het niet ondenkbaar dat het ministerie van Milieu ook een schimmige afdeling heeft waar de Dodenlijst wordt opgesteld.'

'Vraag het Eric,' siste Marek. 'Misschien is zijn moeder wel degene die in hoogsteigen persoon de Dodenlijst opstelt. Ze is er in elk geval tiranniek genoeg voor. Het ministerie van Milieu rommelt met zoveel vreemde zaakjes dat ik ze niet eens allemaal kan opsommen. Dat kan niemand. Maar één ding kan ik je wel zeggen: wij, bij Cultuur, zouden nooit overheidsmiddelen gebruiken om kunst aan te schaffen voor onze conferentieruimten op een manier dat...'

'Er wordt geen Dodenlijst opgesteld op het ministerie van Milieu, dat kan ik garanderen,' onderbrak Eric hem.

Hij was vergeten hoeveel Slang praatte, en hoe moeilijk het was hem tot zwijgen te brengen.

'Ik weet dat jullie denken dat het ministerie van Milieu die transporten verzorgt en daarmee de eindverantwoordelijkheid voor de Chauffeurs draagt,' ging hij verder, 'maar... dat gebeurt via een soort aanbesteding. Bepaalde logistieke kwesties worden vanuit het ministerie geregeld, maar behalve dat... niets.'

Het gesprek stokte en terwijl iedereen over de Chauffeurs zat na te denken werden er een paar nieuwe flessen wodka op tafel gezet. Het was vrijwel onmogelijk om deze boodschappers van de dood te noemen zonder dat de stemming versomberde. Er waren geen dieren zo gevreesd als de Chauffeurs. Ook al hadden weinigen hen gezien, iedereen wist dat ze 's nachts in hun rode pick-up door de stad reden, op jacht naar hun slachtoffers. Ze deden wat ze moesten doen en haalden de dieren op van wie het leven voorbij was. Maar waar werden die dieren heen gebracht, en wat gebeurde er met hen? Bestond er een paradijs, een leven na dit leven? Telkens wanneer je een rode pick-up zag of aan de Chauffeurs dacht, werd je geloof op de proef gesteld. Was het sterk genoeg om de angst te verjagen?

In stilte nipten de knuffeldieren van hun wodka. De alcohol deed zijn werk en het gesprek werd minder gestructureerd. Nog een halfuurtje of zo wisten ze zich tot het onderwerp te bepalen. Slang sprak, de anderen luisterden. Hij benaderde het vraagstuk vanuit diverse invalshoeken en kwam met aanzienlijke moeite tot de conclusie dat het waarschijnlijker was dat de Dodenlijst bestond, in een of andere vorm, dan dat hij niet bestond.

Het Weer naderde middernacht, Sam liet zijn gasten achter in de keuken en ging naar de badkamer, waar hij in een van de holle poten van de badkuip de groene tabletten bewaarde die hij met alcohol innam, waarna hij droomloos sliep. Toen hij terugkwam waren Eric en Tom-Tom niet meer toerekeningsvatbaar.

'De dood komt iedereen halen,' barstte Eric somber uit.

'Lanceheim LOSERS,' riep Tom-Tom. 'Ze zouden verdomme Lanceheim LOSERS in plaats van Lasers moeten heten.'

Hij had het over het cricketteam van het stadsdeel. Niemand besteedde aandacht aan hem.

'Je bent altijd al een sportfanaat geweest, lieverd,' zei Sam sentimenteel. 'Je was altijd al dol op sport. Ik herinner me een keer... een keer... nee... nee... ik herinner het me niet.'

Tom-Tom barstte uit in een daverende lach.

'Er is geen uitweg,' ging Eric verder op het ingeslagen spoor. 'Vroeg of laat is het voorbij. Dat weten we allemaal.'

'En of je van vroeg laat kunt maken, dat is de vraag,' voegde Slang eraan toe.

'Een vraag waarop veel van mijn klanten graag antwoord willen hebben,' lachte Sam wazig.

'Verdomde klootzak,' siste Slang.

'Hé, hou je gemak,' zei Tom-Tom dreigend. 'Je bent verdomme zelf een klootzak.'

Sam wierp de kraai een dankbare blik toe.

'Misschien,' zei Eric, 'is de dood het begin van een volgend leven?'

'Er is een verhaal,' zei Slang, 'dat er ooit een naam van de Dodenlijst is geschrapt. Dat verhaal zal Duif wel ter ore zijn gekomen.'

'Over welk verhaal heb je het?' zei de beer, die als hij wat nuchterder zou zijn geweest vast had opgemerkt dat Slang Marek – in tegenstelling tot de anderen – niet erg beneveld leek.

'Dat over prudux... hoe heette hij ook weer... prudux Poedel?'

'Ik meen dat ik dat weleens gehoord heb,' zei Sam.

'Ik heb het nog nooit gehoord,' zei Eric stellig.

'Als het zo verdomd schunnig is, wil ik het niet horen,' zei Tom-Tom, die dacht dat het tijd was om schuine moppen te tappen. De kraai voelde zich altijd ongemakkelijk als het om schuine moppen ging.

'Prudux Trew Poedel leefde ongeveer een eeuw geleden, hij was prudux hier in Yok en het verhaal gaat over zijn goedheid,' zei Slang. 'De drie pruduxen van Amberville, Tourquai en Lanceheim beschouwden Trew als hun geestelijk leider, hoewel hij aanzienlijk jonger en veel minder ervaren was dan zij. Op een nacht riep Trew de andere pruduxen bij zich, en hij vertelde het onwaarschijnlijke: ze stonden alle vier op de Dodenlijst. Al over een week zouden ze gehaald worden door de rode wagens die in die tijd gebruikt werden.'

'Dat verhaal ken ik,' mompelde Sam.

'Prudux Trew kon dat niet laten gebeuren,' ging Slang onvermurwbaar verder.

Zo'n lang, moralistisch verhaal was een kolfje naar zijn hand. Hij had het verhaal over prudux Trew Poedel in de loop der jaren als uitgangspunt voor diverse romans gebruikt; het kon zowel het een als het ander symboliseren.

'Met een bezetenheid die zijn drie collega's verbaasde,' zei Slang, 'viel de prudux op zijn knieën voor het altaar en begon te bidden. Hij bad voor hun leven, hij smeekte Magnus hen te ontzien, hij smeekte Hem om hen van de lijst te schrappen.'

'Nu weet ik het,' zei Sam, 'nu schiet het me weer te binnen.'

'Verdomme, nee,' zei Tom-Tom aarzelend. 'Is het dus toch Magnus die de lijst opstelt?'

'Prudux Poedel bad en bad,' ging Slang verder, zonder zich te laten afleiden, 'terwijl de pruduxen van Tourquai, Lanceheim en Amberville snel teruggingen naar hun respectieve parochies om zich aan de meer praktische details te wijden, zoals wie hen moest opvolgen, wie hun bezittingen moest erven, wie hun necrologie moest schrijven.'

'Pure ijdelheid,' meende Eric. En hij voegde er – vooral voor zichzelf – aan toe: 'Totaal niet belangrijk.'

'Hoe dan ook,' snoof Slang, 'prudux Poedel bad een week lang aan één stuk door, terwijl de anderen bezig waren met aardse

70

zaken, en de volgende zondag kwamen ze weer bijeen in Sagrada Bastante. Op het moment dat ze daar de praktische dingen zaten te bespreken, gingen de deuren van de kerk open en daar kwamen de Koetsiers.'

'De Koetsiers?' vroeg Tom-Tom.

'De Chauffeurs van destijds, schatje,' legde Sam uit.

'De Koetsiers haalden de prudux van Amberville, de prudux van Lanceheim en de prudux van Tourquai,' ging Slang verder.

'En de moraal van het verhaal is dat Magnus geen gebeden verhoort?' vroeg Eric verwonderd.

'Prudux Trew Poedel stond ook op de lijst,' zei Slang. 'Daarom bad hij voor het leven van de anderen, zodat niet alle pruduxen van de stad in één keer zouden verdwijnen. Maar dankzij zijn onbaatzuchtige smeekbeden werd zíjn naam van de lijst geschrapt.'

'Verdomme, kon hij de anderen dan niet redden?' vroeg Tom-Tom.

'Men zegt,' zei Slang, 'dat er in die tijd slechts om de vijf jaar één dier van de lijst kon worden geschrapt.'

'In die tijd?'

Als Slang Marek schouders had gehad, zou hij ze hebben opgehaald.

'Het is een moralistisch verhaal, geen historisch feit.'

De slang zweeg en nipte van zijn wodka, zonder die op te drinken.

'Laten we hopen dat dit jaar zo'n vijfde jaar is, schatje,' fluisterde Sam tegen Eric.

Uiteindelijk ging Sam naar bed. Tom-Tom streek neer op de bank en nam een enorme zak kaaszoutjes mee.

Eric bleef somber ineengedoken aan de keukentafel zitten, met een mok wodka in zijn klauwen en met zijn gedachten in een ver verleden. Normaal gesproken had hij prettige herinneringen aan de jaren bij Casino Monokowskij, maar nu weigerde het gewone gevoel in hem op te komen. In plaats van blij te zijn over het weerzien met zijn oude maten, voelde hij zich neerslachtig.

'Volgens mij had de kraai gelijk,' siste Slang in zijn oor.

Eric schrok op. De slang stond pal achter hem op het aanrecht.

'De Chauffeurs rijden niet zomaar wat rond,' ging Slang verder.

'Dat is toch volkomen duidelijk, alleen is er een domme kraai voor nodig om het onder woorden te brengen. Onze beste mogelijkheid om de lijst op het spoor te komen is via de Chauffeurs.'

Eric stond op van de keukentafel, besefte dat hij amper rechtop kon staan, en liep oneindig langzaam en voorzichtig in de richting van de balkondeur. Frisse lucht, dacht hij, was wat hij nodig had om helder te kunnen denken. De slang volgde hem. Op het balkon registreerde Eric dat er nog geen bries was opgestoken. Hij had gedacht dat de schemering nabij was. De kou drong door tot in zijn stoffen vacht en er hing een zwakke geur van bacon in de lucht.

'Daar zit wat in,' zei Eric na een paar keer diep ademhalen. 'We moeten de Chauffeurs vinden. Als er een lijst is, moet iemand die bij hen afleveren.'

'Dat was precies wat ik dacht,' zei Slang.

'Daarom vroeg ik je mee te gaan,' zei Eric. 'Om te denken. Hoe pakken we dit aan?'

'Zo oneindig veel benaderingswijzen zijn er niet.'

'Ik heb een andere breinbreker voor je,' voegde Eric eraan toe. 'Een opgave die precies in jouw straatje past, geloof ik.'

Ze bleven een poosje in het maanlicht staan kijken naar de verlichte maar trieste appartementen aan de overkant van de straat. Geen van beiden had ook maar een woord gerept over de brief die Eric uit naam van zijn moeder had geschreven, en die Slang had gedwongen naar Yiala's Arch te gaan.

'Laat eens horen,' zei Marek zonder enig enthousiasme.

'Laten we zeggen,' zei Eric, 'dat ons niet alleen een beloning wacht als de missie slaagt. Laten we zeggen dat ons een straf wacht als de missie mislukt.'

Eric zweeg. De slang zei niets; de hypothese sprak voor zich.

'Laten we zeggen,' vervolgde Eric langs zijn retorische pad, 'dat die dreiging er zo uitziet: als Duif wordt afgevoerd door de Chauffeurs, zal een dier dat mij dierbaar is op een vergelijkbare manier worden afgevoerd door de gorilla's van Duif.'

'Ik begrijp het,' zei Slang.

'Even belangrijk,' zei Eric, en hij sprak langzamer dan hij tot dan toe had gedaan die avond, 'als het feit dat je ons helpt de Dodenlijst te vinden, is dat je mij antwoord geeft op de vraag hoe ik dat dierbare dier kan redden als onze missie mislukt. En, Slang, ik geloof niet dat we veel tijd hebben.'

Schemering 2

Langzaam draaide hij zich om naar de skyline van Tourquai, een speldenkussen van de ijdelheid en ambities van de bouwmannetjes. Hij manifesteerde zijn grootsheid niet door een monument voor zichzelf te bouwen – dat was niet zijn manier om macht te definiëren.

Zelf was hij niet geïnteresseerd in materiële dingen. Hij deed alsof hij een materialist was, omdat het hem een soort alibi gaf; hij bezat een auto waarin hij nooit reed en een huis waar hij zelden kwam. Zijn bril was modieus, hij schreef met een dure pen en zijn schoenen waren vijf verdiepingen hoog bij Grand Divino gekocht. Maar dat was een vermomming.

Macht was niet 'bezitten', macht was 'besturen'.

Hij beschikte over de middelen die hij nodig had, en hij gebruikte ze. Hij was een meester in het manipuleren; met zijn woorden kon hij verlokken en verleiden, vergiftigen en verpletteren. Het ging om logica. Het vermogen hebben om die te verbergen en later opnieuw tevoorschijn te doen komen, op een manier die paste in het grotere geheel. Niets gaf hem zoveel bevrediging als wanneer hij erin slaagde een weerspannig knuffeldier te bekeren voor zijn eigen doeleinden. Dan ervoer hij een ogenblik de overweldigende roes van de macht, sterker dan al het andere. Ten slotte ging zijn leven om het najagen van die roes, telkens opnieuw.

Het geheim van de Chauffeurs was goed bewaard.

Eric Beer begrijpt misschien dat hij daarmee moet beginnen, dacht hij, maar dat levert hem niets op. De Chauffeurs zijn niet

74

aanspreekbaar, ze zijn volkomen ontoegankelijk; en juist vanwege hun gebrek aan dierlijkheid zijn ze ooit voor dit smerige beroep geselecteerd.

Hij lachte droog bij die gedachte. Het was een holle lach, die pijn deed boven in zijn keel. Hij was nooit erg goed geweest in lachen.

Als de beer om welke reden dan ook iets op het spoor zou komen... hij bracht zich in herinnering dat nederigheid een deugd was... als de beer hem op het spoor zou komen... Nou ja, er waren gevallen waarin de moeizame techniek van de manipulatie niet toereikend was. Er waren dieren die het bevattingsvermogen misten om zich te laten leiden door messcherpe logica. Er bestond een snellere en directere taal van de macht, waar hij zo nodig gebruik van kon maken. Lichamelijk geweld fascineerde hem niet op dezelfde manier als leugen en bedrog, maar geweld gaf hetzelfde resultaat. Dat gold ook voor bedreigingen, steekpenningen en loze beloften. Het scala van middelen dat hij gebruikte varieerde in schoonheid, maar het doel was ondanks alles belangrijker dan de middelen.

Op het moment dat de beer iets van het geheim van de Chauffeurs begreep, kon hij gestopt worden. De volgende stap, de stap over de grens – daartoe zou de beer nooit de gelegenheid krijgen. Er waren dieren die heel gemakkelijk een hoofd van een romp konden scheiden en de twee delen elk aan een kant van de stad in het bos konden begraven.

Opnieuw probeerde hij te lachen.

Deze keer ging het hem niet beter af.

Hoofdstuk 8

Sam Gazelle had een hekel aan alleen zijn.

Desondanks zat hij alleen in een oude Volga Combi naar buiten te staren, waar de nacht zich zojuist over de Oostelijke Avenue had gelegd. In het schijnsel van de straatlantaarns was het mintgroene wegdek van de brede straat niet meer dan een zwartnuance. Er hing een glinsterend kruis aan de achteruitkijkspiegel en er kwam een zwakke geur van vochtige vacht vanaf de achterbank van de auto. De avenue lag er verlaten bij. Langs de trottoirs stonden de auto's dicht opeen geparkeerd. In de achteruitkijkspiegel ving Sam een glimp op van de Ster. Hij stond een paar honderd meter verderop in de Oostelijke Avenue, vijf of zes zijstraten verwijderd van de rotonde, maar hoe hij erin geslaagd was daar te komen, wist hij eigenlijk zelf niet. Hij verafschuwde auto's. Het interieur bood nauwelijks ruimte aan zijn linkerhoorn. Hij had een barst in zijn rechterhoef, waardoor hij het gevaar liep achter het gaspedaal te blijven hangen. De reden dat hij niet geweigerd had, werd gespeld als l-i-e-f-d-e.

Hij kon het niet helpen, ondanks alle jaren die verstreken waren. Eric Beer had nu eenmaal iets heel speciaals.

Sam slaakte een diepe zucht.

Ter ere van de avond had hij zijn lichtblauwe fluwelen jasje aangetrokken, en uit de binnenzak haalde hij een plastic potje tevoorschijn. Het potje, waarin oorspronkelijk keeltabletten hadden gezeten, was al tijden Sams mobiele redder in nood; wanneer hij van huis ging griste hij steevast voldoende pillen mee om het een dag lang te kunnen volhouden. Nu hij een deel van de inhoud eruit schudde op de passagiersstoel, deed dat hem niets.

Twee capsules en de rest compacte, ronde tabletjes. Witte, rode, groene en één blauwe. Hij wist niet hoe de preparaten heetten, hij wist amper wat ze kostten en had geen idee hoe ze onderling op elkaar inwerkten.

Hij pakte er een paar, controleerde of het blauwe tabletje erbij zat en verzamelde zoveel speeksel in zijn mond dat hij alles in één keer kon doorslikken. De rest kon terug in het potje. Hopelijk zou hij zich zo dadelijk iets minder eenzaam voelen. Anders moest hij er nog een stel nemen, misschien nog wat rode?

Op straat was niets te doen. Je zou denken dat er meer leven en beweging zou moeten zijn, de avond was jong en enkele kilometers verder naar het oosten langs de avenue waagden de eerste nachtdieren zich op de trottoirs. De tijd dat Sam noodgedwongen op straat gezelschap moest zoeken was hij vergeten, hoewel die nog niet ver achter hem lag. Maar soms kon de pijn van een bepaald ogenblik in het verleden ineens de kop opsteken en hem weer net zo kwellen als toen. Daarom kon hij zich maar beter concentreren op wat er om hem heen gaande was.

Maar er kwam geen enkele rode pick-up langs.

Slang Marek zat krampachtig om het stuur van een Volga Sport GTI geslingerd en vroeg zich af of hij überhaupt met die auto zou kunnen rijden. Hij had een voertuig met speciaal aangepaste instrumentatie voor reptielen, met een automatische versnellingsbak en gas- en remknoppen binnen staartbereik, maar hij haatte het om zich rond het stuur te slingeren en heen en weer te moeten kronkelen om een bocht te nemen. Hij vond het altijd bespottelijk als slangen autoreden. Bovendien was hij nog steeds verbitterd dat hij zich in deze situatie bevond, samen met zijn kompanen van vroeger, onder aanvoering van Eric Beer. Zijn leven was bedroevend instabiel, dacht hij, en zo onberekenbaar, omdat het toeval toch nooit kon worden bepaald.

De burcht die hij om zich heen had opgetrokken op het Bureau voor Toelagen was in één tel ingestort door een brief van een domme Neushoorn. En Slang was er niet eens zeker van dat

Edda Neushoorn de brief geschreven had; het kon net zo goed Eric Beer zijn geweest. Dit is een les, dacht Slang met onderdrukte razernij. Als dit uitstapje voorbij was en hij terugkeerde naar het ministerie, moest hij zijn situatie eens goed onder de loep nemen. Hij was te gemakzuchtig geworden, hij was de spelregels vergeten. Om zijn positie als chef veilig te stellen, moest hij ook de volgende hiërarchische positie veroveren. En de volgende, en de volgende.

De slang had de beer opdracht gegeven langs elke avenue een auto met chauffeur te posteren, en ook al hadden ze vannacht niet beet, dan zou dat de komende nachten wel een keer gebeuren. Vroeg of laat moest iedereen gebruik maken van de vier grote verkeersaders die door de stad liepen, simpelweg omdat dit de snelste route was. Mollisan Town was een enorme stad en beroepschauffeurs waren de talloze verkeerslichten en het eenrichtingsverkeer in de smallere straatjes, de wegwerkzaamheden en de onbetrouwbare nachtelijke wandelaars al snel zat. De Chauffeurs maakten gebruik van de avenues, iets anders was ondenkbaar.

De Noordelijke Avenue scheidde Tourquai in het westen van Lanceheim in het oosten. In het midden van de knalgele straat was een fraaie allee van wilgenbomen aangelegd. Die liep helemaal van de Ster naar het einde van de bebouwde kom en daarna ging de allee op in het omliggende bos. Vanaf de andere kant gezien leek het of het bos een verkenner recht naar het hart van de stad had gestuurd via de Noordelijke Avenue.

De auto van Slang stond met zijn neus naar het zuiden, in de richting van het centrum geparkeerd. Vanwege het dichte gebladerte van de wilgen kon hij niet erg ver kijken, maar desondanks was hij erin geslaagd een parkeerplaats te vinden die hem voldoende zicht bood om een rode pick-up te kunnen opmerken die in noordelijke richting reed. De auto tijdig keren om de achtervolging te kunnen inzetten was echter minder vanzelfsprekend. Voor zo'n draai van honderdtachtig graden zou hij zich helemaal van de rechter- naar de linkerkant van het stuur moeten slingeren, op de zitting springen en de hele manoeuvre nog eens uitvoeren. Dat kostte tijd.

Hij vloekte inwendig en schudde zijn hoofd.

Bovendien was de ijdelheid van Slang Marek gekrenkt, omdat de opdracht niet complexer was. Die zelfgenoegzame beer had zijn leven niet hoeven saboteren voor zoiets doms. Iedere debiel kon bedenken dat je de Chauffeurs moest vinden.

'Dus,' had Slang Marek tegen zijn plotseling heel angstige kompanen gezegd, 'we volgen een rode pick-up tot de schemering. Waar de pick-up parkeert, zijn de Chauffeurs te vinden. En waar de Chauffeurs zijn, zullen we de lijst vinden.'

De slang had een minimale behoefte aan slaap en het kostte hem geen enkele moeite om alert te blijven. Af en toe reed een auto voorbij, het waren voornamelijk taxi's, die typische zwarte auto's. Hij draaide het portierraam een paar centimeter omlaag en luisterde naar het rustgevende, bijna poëtische geluid van de fluisterende wilgen, als de bries van de nacht door hun gebladerte trok. Er was een ritme in die beweging dat Marek inspireerde. Misschien zou de nacht toch niet verspild zijn?

Slang sprong omlaag van het stuur. Uit het dashboardkastje haalde hij een vergeeld notitieblok; hij had een restpartij gekocht bij de kantoorboekhandel – de omslagen waren versleten, maar het schrijfpapier was goed bruikbaar. Met zijn staart greep hij een potlood en snel krabbelde hij neer:

een hoefijzer, een sikkel
een metaforische prikkel
de wijze, de ijdele
blijven verleidelijk

Hij haalde de potloodpunt van het blad en keek naar wat hij geschreven had. Zoals gewoonlijk werd hij overvallen door een soort duizeligheid. Het was zo geniaal, zo verbluffend begaafd, dat hij amper durfde geloven dat het zijn eigen vinding was.

Of was het dat niet?

79

Diep in zijn koudbloedige hart kwam een zwakke hoop tot leven. Het was een gevoel dat hij bijna twintig jaar niet had gehad. Hij wist dat de rest van de wereld nog niet klaar was voor het levenswerk van Slang Marek. Dat ze het niet zouden begrijpen, dat niemand het kon bevatten. Niemand.

Behalve wellicht Eric Beer.

Als elk van de huizen aan de bloedrode Westelijke Avenue tussen Tourquai en Amberville een blokje uit een blokkendoos zou zijn, had Eric Beer ze er vermoedelijk uit kunnen halen en ze een voor een in de juiste volgorde kunnen leggen, vanaf de Ster helemaal tot aan de rand van de stad. Dit was de wijk van zijn jeugd; over de grindpaden die parallel liepen aan de Westelijke Avenue aan de kant van Amberville had hij zijn hele middelbareschooltijd lang elke ochtend een rondje gejogd. Helaas maakte die bekende omgeving dat hij een soort veilig welbevinden voelde, wat ervoor zorgde dat hij steeds meer moeite had om zijn ogen open te houden toen het weer middernacht had gepasseerd. Al vanaf het moment dat de gorilla's van Nicholas Duif zijn deur aan Uxbridge Street hadden ingetrapt, werd er adrenaline ingespoten in het systeem van de beer, net als benzine in de injectiemotor van een Volga GTI. Nu die directe inspuiting werd uitgeschakeld, besefte Eric hoe uitgeput hij was. In deze pauze in de stroom van gebeurtenissen en eisen sloot hij zijn ogen en voelde dat zijn hoofd tolde van moeheid. Er hing een zwakke vanillegeur in de auto, en hij vroeg zich af hoe dat zo kwam.

Hij had de auto's op zijn werk geleend. Van zijn medewerkers. Voor eigen gebruik had hij heel bescheiden een grijze Volga Combi gekozen. Die was eigendom van een muis van de financiele afdeling. Hij wist nog steeds niet hoe ze heette, hoewel ze al minstens net zo lang als hijzelf bij Wolle & Wolle werkte.

Hij liet zijn hoofd tegen de neksteun rusten en frunnikte tegelijkertijd aan de walkietalkie die op de stoel naast hem lag. De man in de winkel had hem verzekerd dat die op een unieke frequentie was afgestemd. Er waren maar weinig walkietalkies op de markt met een vergelijkbaar bereik, en je hoefde je dus ook geen zorgen te maken over afluisteren en storingen. Dat kon natuurlijk een verkooppraatje zijn, maar de prijs was ernaar. Eric betaalde met een geforceerde glimlach, en besefte dat weinig tot geen mensen bereid zouden zijn om een klein vermogen neer te tellen voor een paar... telefoons.

Hij tilde de walkietalkie op, drukte de knop aan de zijkant in en riep de anderen op: 'Beer hier. Iedereen wakker? Over.'

'Slang. Over,' zei de slang.

'Gazelle. Over,' zei de gazelle.

Daarna was het stil.

'Kraai?' vroeg Eric ten slotte, maar hij kreeg geen antwoord.

'Kraai, je moet op de zwarte knop aan de zijkant drukken. Over.'

Er klonk gekraak. 'Wel verdomme, Kraai hier. Over.'

'Over een uur hebben we opnieuw contact. Over en sluiten.'

Eric legde de walkietalkie naast zich op de stoel, hij voelde een overweldigende duizeligheid, een gevoel dat hij in het voorste karretje van een achtbaan zat op weg omlaag vanaf de eerste helling, en nog voor hij beneden kwam, was hij diep in slaap.

Tom-Tom Kraai had vier zakken pinda's en een breiwerkje bij zich in de auto. Het was geen toeval dat ze hem de enige Volga Mini hadden gegeven die Eric had geleend; het was puur amusement om de enorme kraai zich in het autootje te zien wurmen. Maar er was niets mis met de afmetingen van het interieur, en Tom-Tom zat diep verzonken in zijn breiwerk op de bestuurdersstoel toen de rode pick-up kwam aanrijden over de Zuidelijke Avenue.

Tom-Tom zag hem uit zijn ooghoek, maar merkte hem niet op. Hij had net de auto wat verzet om met behulp van de straatlantaarns beter zicht te hebben op zijn steken. Het breiwerk waar Tom-Tom mee bezig was, moest een marineblauwe trui worden met een witte doodskop op de rug. Het patroon vereiste dat hij zich goed concentreerde op recht en averecht, en de rode pick-up reed voorbij op het moment dat hij zich afvroeg of hij nu tweeëndertig of drieëndertig steken met het witte garen had gebreid. Na de vijfendertigste steek moest hij van kleur wisselden.

Het duurde een paar seconden eer de informatie, die ondanks alles via zijn ogen was binnengekomen en zich een weg had gezocht door de mysterieuze kronkels van zijn hersens, tot zijn bewustzijn doordrong.

Hij keek op.

'Maar... verdomme...' mompelde de kraai verbaasd.

Hoofdstuk 9

Tom-Tom Kraai gooide het breiwerk op de passagiersstoel en draaide de contactsleutel om. Het autootje sputterde even en met een soort lage brom sloeg de motor aan. Zonder een blik over zijn schouder te werpen of richting aan te geven reed Tom-Tom weg uit de parkeerhaven, greep met zijn klauw het gaspedaal stevig vast en gaf plankgas. De andere Volga-modellen liepen allemaal ongeveer even snel – hoewel de GTI zijn topsnelheid vlugger bereikte dan de andere – en al gauw had de kraai de situatie onder controle. De rode pick-up hield zich, in tegenstelling tot de meeste anderen, aan de snelheidsbeperking op de Zuidelijke Avenue.

Tom-Tom was een ervaren bestuurder. Voor hij op de fourniturenafdeling van Grand Divino was komen werken, had hij een aantal jaren op een van de gigantische stadsbussen gereden, lijn 3 van Rosdahl in Lancchcim naar Parc Clemeaux in Tourquai. Hij was gewend aan het stadsverkeer en voelde zich op zijn gemak achter het stuur.

Zonder zijn blik van de rode pick-up af te wenden, vond hij de walkietalkie onder het breiwerk op de passagiersstoel. Hij pakte het apparaat, bracht het naar zijn snavel en drukte de zwarte knop in.

'Contact,' zei hij, zoals ze hadden afgesproken.

Hij liet de knop los en wachtte op antwoord, maar hij hoorde niets. Toen drukte hij de knop opnieuw in.

'Ik rijd naar het zuiden,' zei hij.

Toen hij deze keer de zwarte knop losliet, klonk er een lawaai van jewelste uit de luidspreker van de walkietalkie. Drie dieren schreeuwden, elk op hun eigen manier, felicitaties en vermaningen, goede raad en waarschuwingen.

De rode pick-up verliet de hoofdstraat en reed Amberville binnen. Tom-Tom zette de walkietalkie uit, legde hem op de zitting naast zich en concentreerde zich volledig op het rijden. In die kleine straatjes zou het niet zo gemakkelijk zijn hem te achtervolgen zonder zelf te worden ontdekt.

Amberville was een stadsdeel waar Tom-Tom Kraai niet erg bekend was. Zelf was hij opgegroeid in Lanceheim. Weliswaar had hij jarenlang bij Monokowskij gewerkt, maar in die tijd had hij vrijwel nooit een voet buiten het casino gezet. De paar keer dat ze met het personeel uitgingen of een feest hadden, werd er meestal voor een club in Tourquai gekozen, waar ze niet het risico liepen hun eigen gasten tegen te komen.

Onmiddellijk nadat hij de Zuidelijke Avenue had verlaten, draaide de pick-up naar links, een straat in waarvan de roomwitte weerschijn zelfs niet door de nacht kon worden getemperd. Omdat hij niet zeker wist waar hij zich precies bevond, besloot Tom-Tom geen risico's te nemen. Op het gevaar af te worden ontdekt, volgde hij de pick-up zo snel als hij kon, maar alles wat hij uiteindelijk aantrof was een verlaten, slaperige zijstraat met woonhuizen die leeg voor hem lag.

De rode pick-up was verdwenen.

Eric reed zo snel als hij kon.

'Tom-Tom,' riep hij op. 'Positie?'

De walkietalkie bleef zwijgen. Eric minderde vaart. Hij was op weg naar beneden, naar de gouden Ster, de rotonde waar de vier avenues samenkwamen.

'Jullie moeten meehelpen,' beval hij de slang en de gazelle via de walkietalkie.

'We treffen elkaar over tien minuten bij het vertrekpunt. Over.'

'Het vertrekpunt' was de gigantische trap van de Sagrada Bastante in de oostelijke punt van de Ster, en exact tien minuten later kwamen Sam en Slang aanlopen respectievelijk aankronkelen om Eric te ontmoeten. De Ster was 's nachts verlicht; de gouden rotonde en het parkje in het midden glinsterden en glommen zelfs nog heviger dan overdag.

'Je hoeft maar één knop in te drukken,' siste Slang, terwijl hij een paar treden omhoogkroop om op gelijke hoogte met de anderen te komen, 'maar zelfs dat snapt die stomme kraai niet.'

'Ouwe jongen, dit is toch niet echt het moment om zo boos en chagrijnig te zijn?' zei de gazelle, die het direct voor Tom-Tom opnam.

Eric wuifde hun gehakketak weg: 'We moeten het systematischer aanpakken,' zei hij. 'Ik red het niet op eigen houtje. Als ik van oost naar west rijd en jullie van noord naar zuid via verschillende wegen, zouden we hem toch uiteindelijk moeten vinden.'

'Schatje, het is helemaal niet gezegd dat hij nog in Amberville is,' constateerde Sam laconiek.

'Het is ook helemaal niet gezegd dat hij hier weg is gereden,' zei Eric.

'Dat is het probleem met debielen,' siste Slang. 'Dat ze moeilijk te begrijpen zijn.'

'Kraai zag de pick-up,' riep de beer hun in herinnering. 'We moeten hem proberen te vinden. Wat is het alternatief? Hier staan leuteren?'

Drie sceptische vrienden gingen op weg vanaf de Ster in hun respectieve Volga's om als mollen te proberen Amberville te doorkruisen, op jacht naar de rode pick-up.

Tom-Tom Kraai was ervan overtuigd dat de Chauffeurs hem inmiddels hadden ontdekt.

Met elke kilometer die hij verderreed, verbaasde hij zich er meer over dat ze niet stopten en hem aan de kant wenkten. Hij kon zich niet herinneren dat hij ooit zo bang was geweest.

Als de Chauffeurs iemand aan de kant wenkten, was zijn leven voorbij.

Nadat hij de pick-up in Amberville uit het oog was geraakt,

had hij doelloos rondgereden in de aangrenzende wijken. Alle huizen zagen er identiek uit met hun zwarte mozaïekdakpannen en stoepjes die naar de voordeur leidden. Hij draaide naar links en rechts en weer naar links; in het donker zagen alle blauw- en groentinten er hetzelfde uit.

Toen, plotseling, na nog een bocht naar rechts, stond hij daar: de rode pick-up. En voor het eerst zag Tom-Tom een Chauffeur in levenden lijve. De Chauffeur droeg een zwartgrijze cape, waarin zijn lichaam volkomen schuilging. Zijn gezicht werd verhuld door een grote capuchon. Voorzichtig leidde hij een oudere papegaai uit een van de huizen naar buiten. Toen ze de stoep af kwamen, viel het schijnsel van de straatlantaarns zo dat Tom-Tom kon zien dat de Chauffeur ondanks alles een knuffeldier was.

Het was een wolf.

De wolf zag er misschien niet heel erg angstaanjagend uit, maar de omstandigheden maakten dat er desondanks een koude rilling over de rug van de kraai liep. De Chauffeur en de oude papegaai klommen in de pick-up die daarop onmiddellijk wegreed, en Tom-Tom – die tijdens deze noodlottige seconden nog steeds niet had geremd – reed rechtdoor, hen achterna.

Als in trance volgde de kraai de rode pick-up naar de Zuidelijke Avenue en verder de stad uit. Tom-Tom was nog nooit buiten de stadsgrenzen geweest. Hij doofde zijn koplampen en reed verder in het duister. Al gauw waren de rode achterlichten van de pick-up voor hem het enige wat hij zag.

Ze reden steeds verder de dichte bossen in. In het donker ving hij een glimp op van honderden, misschien wel duizenden bomen aan weerszijden van de smalle landweg. Een half uur later kwamen ze aan bij een enorm gebouw dat op een hangar leek. Het stond daar zwart en verlaten in het niets.

Daar stopte de rode pick-up.

Tom-Tom maakte een noodstop, maar liet de motor niet afslaan. Hij zag dat het portier aan de passagierskant van de pick-up werd geopend en dat de oude papegaai uitstapte.

Vervolgens keerden de Chauffeurs snel hun wagen, om vervolgens gewoon terug te rijden.

De landweg was zo smal dat er amper ruimte was om elkaar te passeren en de kraai wist niet wat hij moest doen. Hij mocht zich niet verraden. In blinde paniek zette hij de versnelling in z'n achteruit. Hij gaf gas en draaide recht het bos in. Dat het autootje klem kwam te zitten tussen een paar boomstammen, in plaats van ertegen te pletter te rijden, was puur toeval. En tiental seconden later passeerde de rode pick-up, en Tom-Tom wachtte een halve minuut voor hij terugkeerde naar de landweg en de achterlichten ver voor hem volgde, terug naar de stad.

Het kon hem niet schelen wat de Chauffeurs met uitgediende dieren als de oude papegaai deden. Tom-Toms opdracht was erachter te komen waar de Chauffeurs zich ophielden. En kennelijk was dat niet ergens in het bos.

Sam en Slang reden nog bijna een uur rond in Amberville voor ze het opgaven.

'De kraai is verkeerd gereden en probeert de weg terug te vinden,' zei Slang via de walkietalkie. 'Of hij zit nog steeds te puzzelen hoe de walkietalkie werkt.'

'Hoe dan ook,' antwoordde Sam, 'ik ga naar huis om te pitten, kerels.'

De slang vergezelde hem; ze keerden hun auto's en reden terug naar Yok. Maar Eric kon het niet opgeven.

De beer bleef onvermoeibaar van oost naar west en van west naar oost rijden door de donkere straten. Hoe diep het stadsdeel ook in slaap was – het was stom geluk dat niemand de politie belde; steeds dezelfde auto heen en weer zien rijden in het holst van de nacht had wantrouwen moeten wekken.

Uiteindelijk begon de walkietalkie te knetteren.

Van schrik stond Eric pardoes op de rem.

'Hallo? Over.'

'Ja, met mij,' klonk Tom-Toms stem. 'Ik heb contact. Over.'

Grote Magnus, dacht Eric bij zichzelf. Het was meer dan twee uur geleden dat de kraai iets van zich had laten horen. 'Waar? Over.'

'In Yok. Over.'

'Ik kom eraan. Over.'

Op het volgende kruispunt draaide Eric naar het oosten en hij reed snel door de lege straten. Autorijden was iets waaraan hij veel te weinig tijd had besteed in zijn leven. Hij was een onervaren automobilist, maar telkens wanneer hij achter het stuur plaatsnam werd hij vervuld van een soort kinderlijke blijdschap. De adrenaline stroomde weer door zijn lichaam en van de vermoeide gelatenheid die hij eerder had gevoeld was geen spoor meer te bekennen.

'Ik rijd via de Zuidelijke Avenue. Over,' deelde hij Tom-Tom mee.

Een paar blokken verder in zuidelijk Yok begon Erics frustratie echter toe te nemen. De rechtlijnige straten in Amberville, waar de auto's keurig langs de trottoirs stonden geparkeerd waardoor de rijbaan goed begaanbaar was, werden hier vervangen door een warrig labyrint, waar allerlei obstakels hem voortdurend dwongen een omweg te nemen. De walkietalkie lag stil op de stoel naast hem; hij wilde hem niet onnodig gebruiken, en bovendien was hij ervan overtuigd dat de kraai hem niet kon helpen. Ook Tom-Tom was niet bekend in deze wijken.

Eric vloekte en zweette. Hij reed achteruit en draaide, gaf gas en remde abrupt. Tien minuten later had hij geen idee meer waar hij zich bevond.

Uiteindelijk wisten de Chauffeurs Tom-Tom in de luren te leggen.

Door allerlei slinkse trucjes onderweg door Yok verloor de kraai hen af en toe uit het zicht in zijn angst te dicht bij hen te komen. Hij aarzelde voor hij een straathoek omging, en bij de laatste hoek aarzelde hij langer dan anders. Toen vatte hij moed, hij zette 'm in de eerste versnelling en zag de pick-up nog net naar een huis met een grijsgespikkelde bakstenen muur rijden.

Maar de pick-up minderde geen vaart. In plaats daarvan ging de muur open, om zich vervolgens zo snel achter de pick-up te sluiten dat Tom-Tom een ogenblik twijfelde of hij het wel goed had gezien.

Hij ging op de rem staan.

Het gebouw met de gecamoufleerde garagedeur was niet bijzonder groot: drie verdiepingen hoog en zo'n tien meter breed. Op de begane grond had het geen ramen, wat op zich niet ongebruikelijk was in Yok. Ook was er geen ingang, maar Tom-Tom nam aan dat die aan de andere kant zat. Aan de gevel hing een onverlicht neonbord met de tekst HOTEL ESPLANADE.

'Ze zijn een of andere verdomde garage binnengereden,' deelde Tom-Tom mee in de walkietalkie. 'Ik geloof dat we er zijn.'

'Waar? Over,' vroeg Eric.

'Weet ik niet, verdomme,' zei Tom-Tom, 'maar ik zoek het wel uit.'

Eric stopte langs het trottoir en wachtte ongeduldig terwijl de walkietalkie lag te knetteren. Toen klonk de stem van de kraai weer: 'Verdomme, zeg,' zei Tom-Tom. Hij klonk verbaasd. 'Ze zitten maar een paar blokken bij ons logeeradres vandaan.'

'Ons logeeradres? Over,' herhaalde Eric onbenullig.

'Ik geloof verdomme dat we de Chauffeurs vanuit Sams flat kunnen zien,' zei de kraai.

Teddy Beer 2

Op een nacht werd ik met een schok wakker.

Ik was dertien en stond met één poot in mijn kindertijd en de andere in de vroege volwassenheid. Ik sliep 's nachts diep en had daar alle reden toe: mijn hart was zuiver.

Eric en ik hadden nog steeds de jongenskamer op zolder in het huis aan de oranjegele Hillville Road. De trap die naar de hal leidde, liep langs de slaapkamer van mijn ouders. Hij was oud en de treden knarsten en kraakten. Ik geloof dat ik wakker werd door het geluid van voetstappen op de trap. Nog duf kwam ik overeind, steunend op mijn ellebogen. Toen zag ik het.

Iemand probeerde door het raam naar buiten te klimmen.

Tegen de donkere nachthemel daarbuiten, zwak verlicht door de sterren, tekende zich een gestalte af die zich uit de kamer wurmde. Ik liet een vertwijfelde zucht ontglippen. Die was zo luid, dat de gestalte op de vensterbank verstijfde.

'Ik ben het maar,' fluisterde Eric.

Het duurde een paar seconden voor het tot me doordrong dat mijn tweelingbroer daar in de vensterbank zat en dus niet in zijn bed lag.

'Ga maar weer slapen,' siste hij.

Toen verdween hij.

Ik weet nog dat ik dacht: hij peert 'm.

Dat ik het woord 'peren' gebruikte, was zo vanzelfsprekend voor mij dat ik het niet eens registreerde. Eric en ik zaten midden in de subversieve chaos van emoties die puberteit heet. We woonden te midden van onze kindertijd, tussen stukgelezen kinderboeken, modelvliegtuigjes en voetballen. Het raam openen om ervandoor te gaan, leek mij zowel laf als aanlokkelijk.

De avondbries streelde mijn voorhoofd, ons dunne gordijn danste voor het open raam en ergens kwam een vage geur van gegrild vlees vandaan.

De afgrond was opengegaan tussen mijn tweelingbroer en mij.

Ik droeg voortdurend de zware wetenschap met me mee dat Eric op een of andere manier in de problemen zat. Ik had al eens in bedekte bewoordingen met fadux Odenrick over verloren zielen gesproken. We hadden het over verloren knuffeldieren gehad. Odenrick was een echte kerkelijke pinguïn, die weigerde de hoop op te geven.

Iedereen kan gered worden, zei Odenrick. Voor wie berouw heeft, is er altijd vergeving.

Zelf had ik niets te berouwen, en mijn tweelingbroer bood niemand zijn verontschuldigingen aan.

Wat mij wakker hield die nacht was niet zozeer de vraag waar Eric heen was gegaan, als wel het feit dat er die nacht iets – vermoedelijk van alles – aan de hand was. Zonder dat ik er ook maar iets van wist. Hoeveel vergaderingen en gesprekken had hij voor mij achtergehouden? Was dat moeilijk of gemakkelijk geweest? Was zijn andere leven – zoals ik het al noemde – in een of andere vorm aanwezig, ook als we samen dingen deden?

Het gevoel goedgelovig te zijn en de schaamte dat ik zo dom was geweest, brandden achter mijn oogleden. De lakens werden vochtig van het zweet. Ik fantaseerde hoe Eric de grote coulisse die onze gemeenschappelijke kindertijd was geweest opzij had geschoven, om te laten zien dat daarachter altijd een afgrond van eenzaamheid had gelegen.

Dat zijn grote woorden. Grote gevoelens. Maar ze zijn ontoereikend om te beschrijven wat ik voelde.

In de ochtendschemering kwam hij terug.

Ik moet weer zijn ingedommeld, want ik werd wakker van haastige voetstappen op de mozaïekpannen van het dak. Het volgende moment stak Eric zijn poot naar binnen door het nog halfopen raam, trok zich op aan het kozijn en liet zich in de kamer op de grond zakken. Het was fascinerend hoe geluidloos hij dat deed. Hoe geoefend hij dat deed. Het was, zoals ik al vermoedde, niet de eerste keer.

Ik overlaadde hem met verontwaardigde woorden. Ik bombardeerde hem met zo'n kanonnade van vragen, dat hij ze, zelfs als hij het gewild had, niet eens had kunnen beantwoorden. Ik huilde. Ik schudde hem woedend door elkaar en omhelsde hem van liefde. Een poosje later was ik voldoende gekalmeerd om hem op een wat helderder manier aan de tand te voelen. Waar was hij geweest?

Hij weigerde het te vertellen.

Ten slotte zei hij: 'Teddy, het is beter voor ons allebei dat je dat niet weet.'

Hij zei het met tederheid in zijn stem.

Ik viel stil. Ik staarde hem aan. Hij dacht te weten wat het beste voor mij was.

Het was niet eens krenkend, het was dom.

Ik zei niets meer, maar besloot zo snel mogelijk te achterhalen waar hij mee bezig was. Daarom bleef ik de volgende nachten wakker liggen; ik wachtte tot hij zou opstaan, zijn kleren aantrekken en door het raam naar buiten klimmen. Maar dat gebeurde niet. Het was een geraffineerde marteling: te weten dat er achter mijn rug iets gebeurde, maar niet te weten wat het was. Ik maakte me zorgen over hem.

En ik was niet de enige.

Fadux Odenrick was ook ongerust, ook al zei hij daar niets over tegen mij. Of tegen iemand anders.

Die herfst waren we begonnen met catechisatie. Dinsdags gingen we na school naar het wijkgebouw aan Chapel Street om van een van de duxen van Amberville onderricht te krijgen over Magnus, zijn engelen en zijn liefdewerken. Op donderdag gingen we naar de Sagrada Bastante, waar fadux Odenrick zelf ons opwachtte voor de catechisatie. Wat zijn titel precies was destijds, weet ik niet. Fadux werd hij in elk geval pas een paar jaar later. Hij was een uitstekende catechisatiedux.

Hij dramatiseerde de religie, zodat we allen werden meegesleept door zijn verhalen. Tegelijkertijd was hij voorzichtig. Er was altijd ruimte voor twijfel en aarzeling.

Ik twijfelde.

En ik aarzelde.

Dat er een almachtige Magnus was, kon ik accepteren. Mollisan Town was niet zomaar uit het niets ontstaan. De Leveranciers die de pasgeproduceerde knuffeldieren rondbrachten en de Chauffeurs die zorgden voor degenen die versleten waren, waren geen handlangers van het toeval. Maar uiteindelijk ging het om geloven. Het ging om wíllen geloven. Dat Magnus de berouwvolle dieren vergaf en hen binnenliet in het paradijs, was niet iets wat Odenrick probeerde te bewijzen. Religie was logisch ten opzichte van haar eigen thesen.

Behalve wanneer het om het kwaad ging.

Waarom liet de goede en almachtige Magnus het kwaad toe? Waarom had hij Malitte geschapen als zijn tegenbeeld?

Op een dag stak ik mijn poot op en vroeg ernaar. Fadux Odenrick keek mij ondoorgrondelijk aan en stelde een tegenvraag: 'Teddy, wat is het kwaad?'

Ik wilde hetzelfde antwoord geven als mijn tweelingbroer ooit had gedaan. Dat het kwaad iets was wat pijn deed. We zaten met zo'n twintig welpen in een van de vele zalen van de Sagrada Bastante. Er lag een plechtige, ernstige stemming over onze catechisatie-uren. Elke uiting was een uitdaging van de sociale druk. Dat 'het kwaad pijn deed' klonk zo kinderlijk in deze samenhang, dat ik bleef zwijgen. Ik wisselde een blik met mijn tweelingbroer, en zag dat hij zich net als ik ons gesprek met Odenrick herinnerde.

Mijn vraag bleef onbeantwoord. Evenals de vervolgvraag van fadux Odenrick. Maar in de weken die volgden bleef ik over de zaak piekeren.

Wat was het kwaad?

's Nachts lag ik wakker en wachtte. Erics zware, rustige ademhaling leek de spot te drijven met mij, zoals ik daar uiterst gespannen lag, zonder te kunnen slapen. Ik probeerde verdachte geluiden uit zijn bed op te vangen. Maar alles wat ik hoorde was af en toe een auto die voorbijreed op straat, daarbeneden.

De tijd verstreek en ik kon niet slapen.

Maar het was niet alleen de onrust over Eric die mij die herfst 's nachts wakker hield. Helaas niet. Al na een paar weken catechisatie gebeurde er iets vreemds. Toen we op weg naar het leslokaal in de Sagrada Bastante waren, vroeg fadux Odenrick aan Eric of hij na de les even wilde blijven. Hij deed dat met gedempte, discrete stem, maar toch hoorde ik het duidelijk.

De afgunst laaide in me op alsof ik op een rode peper had gekauwd.

Ik had moeite de les te volgen. Toen die voorbij was en Eric bleef zitten in zijn bankje, terwijl ik noodgedwongen weg moest gaan... Het was een van de moeilijkste momenten in mijn leven tot dan toe.

Ik bleef nog een poosje rondhangen in de kathedraal, maar toen Eric niet kwam, had ik geen andere keus dan alleen naar huis te gaan. Hij liet ruim een uur op zich wachten. Eerst weigerde hij te vertellen wat Odenrick van hem wilde. Maar later liet hij los dat het om een soort speciaal onderwijs ging, waar een paar welpen voor in aanmerking kwamen.

Eric was een van hen.

De jaloezie brandde bijna een gat in mijn maag. Een klein, zwart gat. 's Nachts lag ik te piekeren wat dat speciale onderwijs dan wel zou inhouden. Waarom was Eric uitgekozen en niet ik? Toen schoot het me te binnen. Terwijl ik in mijn bed lag zonder te kunnen slapen, terwijl ik lag te wachten tot mijn tweelingbroer opnieuw ons tweeling-zijn zou verloochenen door mij alleen achter te laten in de kamer van onze kindertijd, schoot het me te binnen.

Ik was niet de enige die had gezien wat er in Eric schuilging.

Voor fadux Odenrick bestonden er geen verloren zielen.

Voor fadux Odenrick waren er alleen verdwaalde zielen.

Wat hij 'speciaal onderwijs' noemde, was een poging Eric te redden van het kwaad. Maar het was te laat. Hoewel Eric zacht en rustig ademde in het bed een paar meter van het mijne, wist ik dat het te laat was.

Helaas had ik geen plan. Ik wist niet wat ik moest doen als hij opnieuw door het raam naar buiten glipte. Toen dat uiteindelijk gebeurde, een paar weken na die eerste keer, deed ik ook niets. Die hele herfst en lente, zolang de catechisatie duurde, verdween Eric met regelmatige tussenpozen 's nachts door het raam. Ik bleef achter in bed. Niet tot handelen in staat.

Ik ging ervan uit dat ik niets kon ondernemen om mijn tweelingbroer te redden van Malitte en het kwaad.

Dat wil zeggen, niets wat fadux Odenrick niet al deed.

En beter deed.

Ik word 's ochtends wakker met een hoofd vol droomfragmenten.

Dat is een gespleten gevoel.

Ik word 's nachts wakker van dromen die plezierig zijn. Die vergeet ik in een fractie van een seconde en dan val ik weer in slaap. Dromen die onplezierig zijn, droom ik 's ochtends. Die blijven hangen. De meest effectieve manier om ze te laten oplossen en verdwijnen, is bewust proberen ze me te herinneren.

Wanneer ik de nachtmerries vergeten ben, sta ik op voor een nieuwe dag.

Elke dag brengt nieuwe risico's met zich mee. Als ik 's avonds mijn bedlampje uitdoe, beleef ik een gevoel van triomf. Dat is niet iets waar ik trots op ben; noch op het gevoel, noch op het feit dat dit de kop opsteekt. In de loop van de dag die net voorbij is, heb ik de verleidingen weerstaan en de demonen bestreden door de moeilijke besluiten te verkiezen boven de gemakkelijke. De hele dag heb ik weerstand geboden.

Wat is mijn beloning?

Slaap.

Wat brengt de volgende dag me?

Een nieuwe dag van verleidingen en demonen.

Het is niet moeilijk om het gespleten gevoel hierover te beamen.

Met het schaamrood op de kaken beken ik dat ik in momenten van zwakte weleens heb gedacht dat op de dag dat de Chauffeurs me komen halen bij Lakestead House de strijd tegen het kwaad eindelijk voorbij is. Dan ben ik ontsnapt.

Aan het leven ontsnappen door de dood is als net zoiets als de verleiding om je op je rug te krabben weerstaan door je poot af te hakken.

Goed zijn is moeilijker dan slecht zijn.

Mijn verhaal is een verhaal van lijden.

Als ik aan het kwaad denk, heb ik voor alle duidelijkheid drie archetypen ontwikkeld. Ze zijn niet slecht. Die drie karakters omvatten alle clichés van het kwaad die ik om me heen heb opgepikt. In kranten, in boeken en tijdens gesprekken met fadux Odenrick en andere denkende individuen. De archetypen zijn symbolen. Ze hebben geen levende knuffeldieren als voorbeeld, ik heb niet geprobeerd om hen te karikaturiseren.

De eerste is de Dictator. Hij is slecht in theorie, maar nooit in de praktijk. Hij is een intellectueel en wordt gedreven door zelfingenomenheid en eigenbelang. De Dictator streeft naar macht, soms zelfs als een doel op zich. Maar de macht is vaker een middel om andere doelen te bereiken. Daarbij kan het gaan om de beste parkeerplaats te krijgen op het werk. Of zijn geheime bankrekening tot het uiterste vol te storten. Groot of klein, het archetype Dictator huist in te veel dieren. Hij kan de buurman zijn die net is gepromoveerd tot afdelingschef. Ze kan onze burgemeester zijn, die zich wil kandideren voor nog een ambtstermijn.

Ik zeg niet dat het zo is; het kan zo zijn.

De Dictator kan heel goed zijn hele leven doorbrengen zonder ook maar de minste kwade bedoelingen. Pas in tweede of derde instantie resulteren zijn besluiten en handelingen dan in het kwaad.

De Dictator is de generaal in het leger.

De Dictator is de theoreticus achter de sekte.

De Dictator is de filosoof achter het -isme.

De Dictator is de eerste steen in het dominospel.

De Dictator is de oorsprong, niet de intentie.

De Dictator laat zijn blik nooit zover zakken dat hij de consequenties van zijn zelfrechtvaardigende plannen hoeft te zien of er stelling tegen moet nemen.

Het tweede archetype dat ik heb gedefinieerd is de Sadist.

De Sadist is een knuffeldier dat psychisch en intellectueel weet dat wat hij nastreeft... verkeerd is. Toch kan hij het niet weerstaan. De daden van de Sadist hebben maar één doel: hij is uit op bevrediging. Hij leeft in en voor zijn gevoel.

De Sadist kan de bittere taxichauffeur zijn die door zijn mislukte leven te benadrukken – bijvoorbeeld door een zeildiploma goed zichtbaar bij het stuur op te hangen – eropuit is om de passagiers een schuldgevoel te bezorgen.

De Sadist is de folteraar uit oorlogen in het verre verleden.

De Sadist heeft geen kwade bedoelingen. Ook al heeft de Sadist een gevoelsmatige stoornis, dan nog is hij in intellectueel en psychisch opzicht net als jij en ik.

Het derde en laatste archetype is het meest zeldzame.

Toch is het berucht en gevreesd.

Ik weet waarom. Wat ik de Psychopaat noem, is het archetype dat als het meest kwade van de drie wordt ervaren. Niets beangstigt ons zozeer als dat wat we niet begrijpen. Wat er achter het gedrag van de Psychopaat schuilgaat, weet niemand. Er zijn theorieën, maar geen antwoorden. De Psychopaat lijdt aan een psychisch gebrek. Hij kan soms rationeel zijn, maar het is onmogelijk te voorspellen wanneer of waarom. De ene keer is hij vol empathie, de volgende keer emotioneel afgesloten. Hij is onvoorspelbaar.

De Psychopaat is een lief omaatje dat in het geheim vlinders vangt en doodt.

De Psychopaat is de kantoorrat die 's nachts aan zijn eigen poten knaagt.

De Psychopaat is de massamoordenaar over wie we in de krant lezen en die ons achternazit in onze nachtmerries.

Maar ook de Psychopaat is niet slecht.

De Psychopaat is ziek.

Het duurde een tijdje voor ik voldoende moed had verzameld om Eric op een keer te volgen toen hij er door het raam tussenuit kneep. We waren zestien toen we de basis- en de middenschool hadden doorlopen, en naar de bovenbouw gingen.

Ik was er zelf nog het meest verbaasd over.

Zoals zovele nachten daarvoor werd ik die nacht wakker doordat Eric opstond. Het Weer was na middernacht. Eric sloop door de kamer. Ik bleef doodstil liggen. Ik ademde net als anders, maar in mijn binnenste voelde ik een moed die ik nooit eerder had gevoeld.

Ik weet niet waardoor dat kwam.

Ik wachtte tot hij door het raam was verdwenen en het stil was geworden. Toen was het mijn beurt om het dekbed af te gooien en de kleren die over de bureaustoel hingen aan te trekken.

Daarna kroop ik het raam uit, hem achterna.

Hij was niet gemakkelijk te volgen. Ik rende over de daken die Ambervilles bescherming tegen de regen vormden. De lichte bries poetste de hemel glimmend zwart, het schijnsel van de maan weerspiegelde in de tienduizenden zwartglanzende mozaiekdakpannen.

Ik probeerde zo geruisloos mogelijk te rennen.

Daar achter het dakendoolhof van Amberville, aan de andere kant van de Westelijke Avenue, kon ik de lichten van Tourquai zien. De gevels van enkele hoge wolkenkrabbers waren verlicht. Samen met de lantaarns beneden op straat waren die lichten mijn redding.

Af en toe zag ik Eric verderop. Als een schim achter een schoorsteen. Wanneer hij van het ene dak op het andere sprong en het schijnsel van de straatlantaarns in de gesp van zijn riem reflecteerde. Telkens wanneer hij verdween en weer opdook, was hij verder van me verwijderd. Ik rende zo hard als ik durfde. Uiteindelijk verloor ik hem uit het oog. Toen hadden we ruim twintig minuten gerend en desondanks leken de torenflats in Tourquai nog even ver weg.

Ik had geen idee waar ik me bevond, behalve dan dat ik nog steeds ergens in Amberville was. Toch ging ik door. De zwakke wind klonk als de tonen van een panfluit. Nu en dan was het geluid van een accelererende automotor te horen.

Verder was het stil.

Plotseling hoorde ik 'plonk'.

Ik bleef staan, keek in de richting waar het geluid vandaan kwam en ontwaarde Eric beneden op een rode straat, maar welke tint rood precies was in het donker onmogelijk te zeggen. Eric verdween om de straathoek. Op het trottoir lag het lege frisdrankblikje waar hij per ongeluk tegenaan had geschopt.

Zo snel als ik kon zocht ik een weg omlaag van het dak. Dat klinkt misschien simpel, maar het was een heel avontuur. Eenmaal op straat rende ik op m'n snelst naar de plek waar Eric was verdwenen. Ook ik stoof de straathoek om.

Wat ik aantrof was een granietgrijs, doodlopend steegje.

Geen broer, alleen dat steegje.

Voor me: een tien meter hoge bakstenen muur zonder ramen of deuren. Ook de gevels die aan weerszijden tot aan de muur liepen waren raamloos, op een paar luikjes na die zo hoog zaten dat Eric ze nooit had kunnen bereiken.

Of toch?

Er stond een grote container op straat. Misschien kon je op de rand klimmen en met een soepele sprong het raampje linksonder bereiken?

Dat soort acrobatiek was onmogelijk voor mij. Voor Eric zou dat ook niet mogelijk moeten zijn. Maar ik was niet meer zo zeker van Eric.

Ik bleef staan. Ik wist niet wat ik moest doen. Vermoedelijk heb ik een paar minuten gewoon naar die bakstenen muur staan staren. De weg naar huis zou nog langer lijken als ik onverrichter zake terug moest keren.

Toen hoorde ik iets.

'Psst.'

Ik geef ruiterlijk toe dat ik opschrok. Iemand had me aangesproken, maar er was niemand.

'Maar shit, Eric, je was er daarnet toch ook al?'

Verward keek ik om me heen.

Niets. Absoluut niets.

'Nou, kom maar binnen,' zei de stem.

Met een metaalachtig geluid als van een grote ijzeren veer ging de korte kant van de container open en ik stapte naar binnen.

Casino Monokowskij.

De container was alleen een container aan de buitenkant.

Aan de binnenkant was hij de ingang van Casino Monokowskij.

De gorilla's bij de deur gaven me een knikje van herkenning. Voor hen was ik mijn tweelingbroer.

De container zelf was niet de moeite waard van het beschrijven waard. Hij zag er ook aan de binnenkant uit als een container. Maar het verschil was dat er aan de lange kant een opening was die toegang bood tot het gebouw waar de container voor stond. Ik liep naar binnen, maar na een paar stappen bleef ik staan.

Ik keek mijn ogen uit.

Zoiets had ik nog nooit gezien. Het was er van binnen even groot als in de Sagrada Bastante. Of als in een leeggehaald Grand Divino. De immens hoge muren waren bekleed met goudkleurige draperieën en op de vloer lag donkerrood kamerbreed tapijt. De ruimte was gevuld met oneindige rijen ratelende, knipperende speelautomaten en een groot aantal ronde pokertafels, grote roulettetafels en hoge, halvemaanvormige blackjacktafels. Verspreid tussen de tafels en de automaten stonden lange bars, waarvan de spiegels alle trucjes onthulden die de pokerspelers van plan waren uit te halen.

Een geplande chaos.

Vol knuffeldieren.

Ondanks de enorme grootte van de zaal, waren het de gasten die de totaalindruk domineerden. Zoogdieren en slangen, vogels en vissen. Katachtigen en honden, roofdieren en fantasiedieren. Het lawaai was oorverdovend. Het geratel van eenarmige bandieten, het gerinkel van glazen en flessen, het geritsel van bankbiljetten aan de pokertafel en het geroezemoes van onderdrukte verwachting. De geuren maakten me duizelig. Sigaren- en sigarettenrook. Parfum en zweet. Overmoed en nervositeit.

Ik werd overspoeld door indrukken, maar ik weerstond de verleiding. Langzaam wurmde ik me door de menigte naar een bar, waar ik een glas frisdrank bestelde. De bartender, die mij kennelijk eveneens voor mijn tweelingbroer aanzag, lachte geamuseerd maar vriendelijk.

Eric moest ergens hierbinnen zijn. Wat moest ik zeggen als ik hem zou vinden? Welke van al de beschuldigingen die ik in mijn hoofd had geformuleerd, zou ik hardop kunnen zeggen? Zonder mezelf meer te vernederen dan degene die ik aanklaagde? Misschien was het beter terug te keren naar de werkelijkheid en Erics redding over te laten aan Odenrick en de kerk?

Maar hij was mijn tweelingbroer; we hadden een sterke band.

Ik nam een slok van mijn frisdrank en dacht dat ik zou exploderen.

Als een sifon sproeide ik de alcohol recht over de bar, mijn keel leek in brand te staan door een hels vuur. Ik was zestien. Ik had zelfs nog nooit rode wijn geproefd thuis.

Ik droogde de bijtende vloeistof van mijn lippen en wilde net de bartender eens flink uitschelden, toen het vanzelfsprekende tot me doordrong.

Dit was Erics drankje. Hij was nu al een alcoholgebruiker. Toen ik fris bestelde, had de bartender gedacht dat het een grapje was.

Ik was nog steeds in de war toen iemand me op mijn schouder klopte. Ik draaide me om. Er stond een chinchilla.

'Tafel 23,' zei hij. 'Het heeft haast.'

Ik begreep er niets van en ik antwoordde niet.

'Haast,' herhaalde de chinchilla geërgerd. 'Moven!'

Ik schudde mijn hoofd. Het was zinloos te doen alsof ik begreep wat hij van mij verwachtte.

'Het gaat om een hond, hij is al een tijd aan de winnende hand,' zei de chinchilla om mij een beeld van de situatie te geven. 'We hebben het over veel geld. Ik was naar je op zoek.'

Eindelijk leek mijn verbazing op zijn plaats te zijn.

'Duif kreeg je zelf in de peiling,' zei de chinchilla, naar het plafond knikkend, alsof die duif niemand minder dan Magnus was.

De chinchilla legde een hand op mijn schouder en duwde me weg bij de bar. Ik zei nog steeds niets. Dat scheen hem nerveus te maken.

'Duif kijkt toe,' fluisterde hij in mijn oor, terwijl hij me voor zich uit bleef duwen, alsof ik een ploeg was.

'Stop die hond. Snel.'

Op dat moment waren we kennelijk aangekomen bij tafel 23, want plotseling was de hand op mijn schouder weg. Ik draaide me om. De chinchilla was verdwenen. Voor mij stond een hoge tafel, waaraan drie dieren zaten te kaarten. Een van hen was een hond, en voor de hond lag een berg fiches.

Ik wist niets van kansspelen, maar ik was niet achterlijk. Die fiches vertegenwoordigen geld, begreep ik, en mijn taak – of liever gezegd die van mijn tweelingbroer – was tegen deze hond te spelen en van hem te winnen.

Ik ging op een van de lege stoelen aan de tafel zitten. De haan die de kaarten deelde, schoof me dadelijk een paar stapels fiches toe. Vervolgens deelde hij de kaarten uit, ieder kreeg er twee.

De speler rechts van mij knikte, waarop de haan een derde kaart voor hem legde. Ik wist niet wat dat betekende.

'Kaart?' vroeg de haan aan mij.

Ik knikte.

Op de dag dat de groene pick-up ons aflevert, zijn we nog allemaal goed. Daar ben ik van overtuigd. Daarna worden we aan verleidingen blootgesteld die tot daden leiden die consequenties krijgen die, als we niet opletten, als het kwaad zullen worden ervaren. Ieder van ons heeft het in zich om zich tot een Dictator, een Sadist of zelfs een Psychopaat te ontwikkelen. Daarom leef ik zoals ik leef in Lakestead House. Voorzichtig.

Dat klinkt hoogdravend, maar daar schaam ik me niet voor. Ik heb mijn leven aan het goede gewijd. De consequenties daarvan reiken oneindig veel verder dan ik gedacht had, maar ik heb nergens spijt van.

De muren in mijn kamer zijn koel lichtblauw. Ik breng een groot deel van mijn leven in deze kamer door. Dat was niet de bedoeling, maar het is logisch.

Het kwaad zit in ervaringen, nooit in bedoelingen.

Een klassieke vraagstelling is hoe slecht de kwade bedoeling die tot een goede handeling leidt in feite is. Die redenering kun je ook omkeren. Je kunt je afvragen hoe goed een goede bedoeling in feite is, als die slechte consequenties krijgt.

Voor mij speelt dat geen rol. Dat zijn dingen waar fadux Odenrick zich over mag buigen. Mijn definitie van het kwaad is simpel.

Het kwaad is wat het slachtoffer ervaart. Anders niets.

De Dictator, de Sadist en de Psychopaat worden niet gedreven door kwade bedoelingen. Ze zijn uit op materieel gewin, gevoelsmatig gewin, of ze volgen geheel zonder bedoeling een instinct.

Hun slachtoffers zijn niet geïnteresseerd in hun bedoelingen. Hun slachtoffers ervaren puur het kwaad. Als het slachtoffer het plan van de Dictator, de geneigdheid van de Sadist, of de kindertijd van de Psychopaat zou kennen, zou het slachtoffer dat wat hij ondergaan heeft geen kwaad noemen. Hij zou in dat geval over het lot of pech spreken, of het zo uitleggen dat hij iets 'in de weg zat'.

Het pure kwaad is een resultaat, niet een bedoeling.

Het pure kwaad moet 'onrechtvaardig' zijn vanuit het perspectief van het slachtoffer.

Het pure kwaad is een ervaring.

Op tafel lagen al een klaverzes en schoppenvrouw. De haan gaf mij een klaveracht toen ik om nog een kaart vroeg. Toen was die ronde voorbij.

Mijn plan was in de loop van het spel achter de regels te komen. Dat lukte niet. Aan de andere kant had ik het gevoel dat de hond meer fiches verloor dan ik.

De haan bleef kaarten uitdelen. We schoven onze fiches naar voren en namen onze kaarten in ontvangst. Toen was het tijd voor de volgende ronde. Ik had geen idee wat er aan de gang was, maar de hond werd steeds woedender, evenals alle anderen aan de tafel.

De woede was tegen mij gericht.

'Waar ben jij verdomme mee bezig?' brieste de hond.

Ik haalde mijn schouders op.

Maar voor er nog meer kon gebeuren, dook plotseling de chinchilla naast me op. Met een discreet knikje gebaarde hij me de speeltafel en mijn fiches achter te laten. Hij stelde dezelfde vraag als de hond, alleen met gedempte stem: 'Waar ben jij verdomme mee bezig?'

Samen liepen we weg bij tafel 23.

'Ben je niet goed wijs?' vroeg hij. 'Nog een paar rondjes en ze hadden je naar buiten kunnen dragen.'

Ik antwoordde niet. We liepen langzaam om geen aandacht te trekken. Hierbinnen bij Casino Monokowskij bewoog iedereen zich langzaam. De warmte, wellicht de alcohol, maar vooral het aantal dieren, zorgde ervoor dat je het wel rustig aan moest doen. We gingen rechtsaf een lange gang in, met aan weerszijden speelautomaten die een oorverdovend lawaai maakten.

'Pak aan,' fluisterde de chinchilla in mijn oor en hij stak me een pakketje toe.

Hij deed het zo discreet dat het pakketje al in mijn klauw lag voor ik goed en wel merkte dat ik het gekregen had. Het was niet groter dan een lucifersdoosje. Wit pakpapier en dikke beige tape.

'Dit is voor Otto. Hij zit helemaal achter in de Schemering-zaal.'

'Otto?' vroeg ik.

'Wat heb jij vanavond gebruikt?' vroeg de chinchilla geïrriteerd, terwijl hij me vlak voor het einde van de gang met speelautomaten staande hield. 'Otto Orang-oetan. In de Schemeringzaal. Moet ik je erheen brengen?'

Nog voor ik het voorstel kon accepteren, draaide hij zich om en liep weg.

Daar stond ik dan met een wit pakketje in mijn klauw, zonder te weten wat ik moest doen. Mijn oren suisden van het lawaai, ik was nog daas van mijn belevenissen aan de speeltafel en de smaak van alcohol lag op mijn lippen.

Zou ik het voor gezien houden en naar huis gaan?

Dat was een mogelijkheid. De gebeurtenissen waren op een oncontroleerbare manier op hol geslagen en ik voelde me fysiek onpasselijk van de hebzucht en de gekte die in de lucht hingen. Weliswaar was ik Eric niet tegengekomen, maar dat was misschien maar beter ook?

Ik had zijn geheim ontmaskerd.

Dat vervulde mij met schaamte en walging.

Ik besloot naar huis te gaan, maar dat bleek niet zo gemakkelijk.

Die noodlottige avond bij Casino Monokowskij was een voorbode van de rest van mijn leven. Psychosomatische ziekten, een voorbestemd levenslot en religiositeit – alles draait om geloven. Om zoveel fantasie hebben dat je de werkelijkheid in de nauwe kaders van het geloof kunt wringen. Als ik mijn dagen doorbreng met naar tekens zoeken, zal ik die uiteindelijk vinden. Misschien was het met die avond in het casino net zo; misschien kende ik die achteraf meer betekenis toe dan hij had?

Misschien ook niet.

Casino Monokowskij zag er op het eerste gezicht uit als één

gigantische ruimte. Maar het bleek meer te zijn dan dat. Het was nog een hele wandeling om van waar ik stond bij de uitgang te komen. Langzaam liep ik tegen de stroom in met mijn blik naar de grond gericht om alle 'bekenden' te omzeilen die Eric kenden maar mij niet.

Mijn strategie was simpel: ik liep langs een van de buitenmuren. Zo moest ik wel bij de uitgang komen.

Aan de muren hingen lappen gouden stof. Die dempten het geluid in de ruimte en gaven het miserabele etablissement een zekere klasse. Ik nam aan dat de muren achter de gordijnen van ongepleisterd cement waren. Daarom was ik verbaasd toen de gouden stof ineens opzijging.

Door een spleet in de gordijnen dook het hoofd van een gazelle op. De rechterhoorn van de gazelle was in het midden afgebroken. Zijn wimpers waren zo lang dat ik me een ogenblik afvroeg of ik me vergist had, en of hij eigenlijk een wijfje was.

'Kom!' fluisterde de gazelle, terwijl hij me met zijn hoef achter het gordijn wenkte.

Even stond ik in dubio of ik hem gewoon zou negeren en verder zou lopen naar de uitgang, maar het was gemakkelijker hem terwille te zijn.

Ik stapte naar binnen achter het gordijn. Daar was nog een grote ruimte, waarvan de afmetingen echter wat normaler waren. Aan een tafel zaten dieren te kaarten, en de enige bar die er was, was traditioneel bij de dwarsmuur geplaatst.

De gazelle duwde me opzij, zodat we in de schaduw belandden, op gepaste afstand van de kaartspelers.

'Schatje, jij bent Eric niet,' zei de gazelle.

De sprakeloosheid waarvan ik tot dan toe blijk had gegeven, bleef voortduren.

'Jij bent Eric niet,' herhaalde hij.

Hij klonk niet boos, eerder verbaasd. Zijn stem was scherp en aanzienlijk lichter dan ik had vermoed.

'We zijn een tweeling,' wist ik ten slotte uit te brengen.

'Wat een verrassing, lieverd.'

Een ironische gazelle. Zijn lach klonk als rinkelende belletjes. Hij bleef me lange tijd zwijgend aankijken. Ik durfde me niet te bewegen.

'Maar jullie lijken niet heel erg op elkaar,' zei hij ten slotte. 'Anders dan qua uiterlijk.'

Ik knikte, want ik was het met hem eens. Na die avond wist ik dat de afgrond tussen Eric en mij zich nooit meer zou sluiten.

'Ik moet dat pakketje hebben dat je hebt gekregen,' zei hij.

'Eh...' stotterde ik, 'jij bent toch niet Orang-oetan Otto?'

'Je hebt de scherpe blik van een cobra,' zei de gazelle spottend. 'Geef hier.'

De gazelle viel me aan. Min of meer. Voor ik kon reageren had hij al zijn hoef in mijn broekzak, en ik deinsde verschrikt terug. Ik moet een stuk van het gordijn onder mijn poot hebben gekregen, want ik struikelde en viel achterover op de grond. Het was geen ernstige val, het was eerder alsof ik ging zitten.

Het leek de gazelle niet te kunnen schelen of iemand ons gezien had. In zijn ogen brandde dezelfde begeerte als ik bij vrijwel ieder dier hierbinnen had bespeurd. Ik geef toe dat het mij beangstigde.

'We kunnen het op twee manieren doen,' zei de gazelle. 'Of je geeft me het pakketje gewoon, of ik ga eerst een beetje... lol met je trappen. En dan pak ik daarna het pakketje.'

Ik schudde mijn hoofd. Het vuur in zijn blik was zo intens dat ik noodgedwongen een andere kant op moest kijken.

Zo kreeg ik mijn redding in het oog.

Eric kwam op ons aflopen.

Nog voor ik antwoord kon geven, legde mijn tweelingbroer zijn poot op de rug van de gazelle en hij mompelde iets wat ik niet kon verstaan. De gazelle lachte, een flemend en weerzinwekkend lachje. Vervolgens trok hij zich terug in de schaduw van de gordijnen en verdween.

Mijn broer reikte mij zijn klauw. Ik pakte hem en stond op. Daarmee verbruikte ik mijn laatste krachten.

We stonden elkaar aan te kijken zonder te weten wat we

moesten zeggen. In mijn ziel werd een roep geformuleerd, een schreeuw om hulp, en ik begreep dat die Eric toebehoorde. Erics schreeuw schreeuwde in mij.

Ik klemde mijn lippen op elkaar, en gaf geen kik.

Toen draaide ik me om en rende zo snel ik kon naar de uitgang. Ik bleef rennen toen ik op straat was beland, ik rende de hele weg naar huis en het kon me niet schelen of mijn ouders me hoorden thuiskomen. Ik rende de trap op naar mijn kamer.

Eric beweert dat ik nog steeds ren.

Hoofdstuk 10

Tom-Tom Kraai verloor zijn schroevendraaier. Die viel op de grond met een luide klap.

Eric Beer bleef staan op de ladder, verlamd van angst. Hij kon zien hoe de silhouetten van Sam Gazelle en Slang Marek een paar meter verderop in de donkere ruimte stilhielden.

Amper een minuut eerder hadden ze ingebroken in Hotel Esplanade. Het Weer was na middernacht en ze hadden al een aantal uren niets van de Chauffeurs gezien of gehoord. Ze zouden veilig moeten zijn, maar ze hadden ingebroken bij de dood. Als ze hier betrapt werden, kon de politie of de openbare aanklager hen niet helpen. Dan was hun lot bezegeld.

De seconden tikten weg.

Het geluid van de schroevendraaier plantte zich voort door het donkere gebouw. Pas toen de klank in alle hoeken en gaten was doorgedrongen zonder dat er iets gebeurde, durfde Eric zijn poot op de grond te zetten.

'We gaan verder,' fluisterde hij tegen Tom-Tom, die het dichtst bij hem stond.

De grote kraai knikte, en samen met de gazelle en de slang liepen ze recht het domicilie van de Chauffeurs binnen.

Sinds de sensationele ontdekking dat de Chauffeurs op een vleugelslag afstand van Yiala's Arch hun onderkomen hadden, hielden de vier knuffeldieren Hotel Esplanade in de gaten. Het hotel was een gewoon grijs met wit gespikkeld huis, maar het had één eigenaardigheid: op de begane grond had het geen deuren of ramen. Afgezien van de geheime garagedeur die deel uitmaakte van de gevel, was er geen ingang.

'Maar we moeten verdomme toch naar binnen,' constateerde de kraai wijs. 'Hoe moeten we anders aan die lijst komen?'

'Dat lossen we wel op,' antwoordde Eric Beer. 'We houden ons een paar dagen gedeisd, brengen hun doen en laten in kaart en leren hoe de tegenstander eruitziet. Slang denkt een plan uit, of niet soms, Marek?'

De slang gromde wat. Hij wist niet goed of Eric hem vleide of de spot met hem dreef.

Ze stelden een rooster op. Omdat de Chauffeurs alleen 's nachts werkten, waren de vier in Yiala's Arch gedwongen hun dagritme aan te passen. Eric leverde de auto's in die hij geleend had, behalve de grijze stationcar. Die was ideaal voor het speurwerk: neutraal en zo saai dat hij niet herkend zou worden. Ze parkeerden de auto schuin tegenover de gecamoufleerde garagedeur en brachten bij toerbeurt een paar uur op de bestuurdersstoel door om elke waarneming vast te leggen.

In de avondschemering ging de deur van de geheime garage open en reden de Chauffeurs de rode pick-up naar buiten. Vlak voor de ochtendschemering keerden ze na gedane arbeid terug. Daartussenin: niets.

Vóór de derde nacht schafte Eric een camera aan met een enorme zoomlens, en een objectief dat ook in het donker werkte.

'Laten we uitzoeken wie die Chauffeurs zijn,' zei de beer tegen zijn vrienden. 'Tom-Tom zegt dat het knuffeldieren zijn, net als wij. Misschien kunnen we ze zien achter de ramen? In ieder geval zouden we foto's van ze moeten kunnen maken wanneer ze de garage in- en uitrijden.'

'Oké,' zei Sam schouderophalend. 'Maar waarom?'

Ze zaten aan de keukentafel te ontbijten. Een kruimeltje van een geroosterde boterham met marmelade was in Sams mondhoek blijven plakken. Met zijn lange, rode tong likte hij het op en liet het verdwijnen.

'Ik heb geen echt plan,' bekende Eric. 'Maar hoe meer we weten, hoe beter?'

'Misschien,' zei Slang. 'Misschien niet. Er zijn gevallen waarin juist het gebrek aan informatie kan leiden tot...'

'Bovendien ben ik het verdomme zat om maar naar die gevel te zitten staren,' onderbrak Eric hem geïrriteerd. 'Maar iedereen die het gevoel heeft dat hij te zeer in beslag wordt genomen door andere belangrijke zaken om de camera te kunnen hanteren, kan het gewoon laten.'

'Daar heb je een punt, schatje,' giechelde Sam.

De slang zuchtte. Hij wist dat hij degene was die de foto's moest ontwikkelen; hij was de enige die dat kon.

De volgende ochtend hadden ze de eerste – en zoals later zou blijken enige – haarscherpe en gelijkende foto van Chauffeur-Tijger. Het was puur toeval; precies op het moment dat Slang afdrukte, reflecteerde het licht in een motorkap en verlichtte de cabine van de pick-up. Hij had de camera achter het stuur op het dashboard gezet, maar pas toen hij de foto ontwikkelde, besefte hij wat hij gefotografeerd had.

Het motief dat langzaam tevoorschijn kwam in de ontwikkelvloeistof werd steeds scherper. Hij haalde het fotopapier uit de vloeistof, hing het te drogen, maar was vervolgens niet in staat door te gaan met de rest van het rolletje. Vanaf de drooglijn staarde Chauffeur-Tijger recht in de spleetogen van Slang, en verder naar binnen in zijn ziel. Het gezicht van de tijger was enorm, zijn vacht grijs en versleten, maar zijn blik was hard en kil. Het was een blik die alles had gezien. Heel zijn volwassen leven had Slang Marek geworsteld met twijfel over zijn eigen artistieke vermogen. Voor de onbarmhartige blik van Chauffeur-Tijger bleef niets verborgen.

De slang deinsde terug, gechoqueerd en bang, en kronkelde de badkamer uit, die hij als doka had ingericht. Het licht uit de hal verknoeide de nog niet ontwikkelde negatieven daarbinnen.

In de nacht die volgde, constateerden de vrienden dat er vermoedelijk maar drie Chauffeurs waren: de tijger en twee wolven. Wellicht werkten ze in ploegendienst, en zouden deze drie op een later tijdstip worden afgelost door drie anderen.

Ook de wolven waren niet bepaald charmant met hun gele, scherpe tanden en minachtend opgetrokken bovenlippen, maar het was Chauffeur-Tijger die Sam, Eric, Slang en Tom-Tom nachtmerries bezorgde.

En het was de gedachte te worden betrapt door Chauffeur-Tijger die maakte dat ze nog een paar dagen wachtten voor ze durfden in te breken bij Hotel Esplanade.

Ze kwamen in een soort grote gemeenschappelijke ruimte, die er donker en verlaten bij lag.

'Slang en Sam, jullie nemen de rechterkant, wij nemen de linker,' fluisterde Eric met een gebaar.

Ze wisten niet waar ze naar op zoek waren. De Dodenlijst zou net zo goed een vel papier met koffievlekken op een nachtkastje kunnen zijn, als een document in een leren omslag dat achter slot en grendel in een brandkast lag. De kans dat de Chauffeurs de lijst met zich meenamen in de rode pick-up hadden ze ook besproken.

Eric liep een paar stappen naar de deur links. Hij hoorde Tom-Tom vlak achter zich. De slang en de gazelle waren naast hem blijven staan.

'We moeten bliksemsnel ons werk doen,' siste Eric, 'en dan maken dat we hier wegkomen.'

De volgende minuten werkten ze effectief door, de beer zij aan zij met de kraai. De ruimten doorzoeken was gemakkelijker dan Eric had gedacht. De Chauffeurs hadden amper meubilair en slechts heel weinig persoonlijke bezittingen. Naar de stofnesten te oordelen hadden ze een broertje dood aan schoonmaken, maar er waren hoekjes waar je dingen kon verstoppen. Toen Eric en Tom-Tom een kwartiertje later terugkeerden naar de grote ruimte waar Slang en Sam al wachtten, waren ze er vrij zeker van dat ze niets over het hoofd hadden gezien.

'Niets gevonden,' fluisterde Slang.

'Wij ook niet,' antwoordde Tom-Tom.

'We gaan ervandoor,' zei Sam.

De gazelle trilde over zijn hele lijf. Dat deed hij al sinds ze een halfuur geleden de ladder waren opgeklommen naar het raam op de eerste verdieping. Dat raam stond al zolang ze Hotel Esplanade in de gaten hielden op een kier. Toen de gazelle omhoogklom was de ladder zo gaan schudden dat de kraai zijn volle gewicht in de strijd moest gooien om te voorkomen dat die omviel.

'We hebben geen lijst gevonden. Er is geen lijst. We leven nog. We gaan,' verduidelijkte Sam.

Eric knikte. Er zat niets anders op.

Ze gingen terug naar de hoekkamer met het open raam. Ze hadden de ladder naar binnen getrokken; nu voerden ze de omgekeerde manoeuvre uit om af te dalen naar de straat.

'Fiasco,' mompelde Slang Marek toen ze een paar minuten later op weg waren naar Yiala's Arch.

'We leven nog,' zei Sam Gazelle. 'Dat moeten we maar als een succes beschouwen, ouwe jongen.'

Hoofdstuk 11

In de ochtend van dinsdag 13 mei, slechts een paar uur nadat ze waren teruggekeerd van hun vruchteloze inbraak bij Hotel Esplanade, werd er op de deur van Sams flat gebonsd.

Sam, Slang en Eric schoten overeind van hun slaapplaatsen, alsof ze opschrokken uit dezelfde nachtmerrie. Tom-Tom had zichzelf een halfuurtje geleden gedwongen wakker te worden, waarna hij zich had aangekleed en naar buiten was gegaan om boodschappen te doen. Net als bij de nachtdienst hadden ze een rooster opgesteld wie wanneer inkopen moest doen. Vandaag was Tom-Tom aan de beurt.

Er werd opnieuw geklopt.

Eric en Slang keken dwingend naar Sam, die gegeneerd mompelend uit bed kroop, een ochtendjas aanschoot en naar de deur slofte.

'Ga weg,' riep hij, 'verdwijn! De zaak is gesloten. Ga jezelf maar ergens anders vernederen.'

Dat leidde alleen maar tot nog gedecideerder geklop, en met een diepe zucht zette Sam Gazelle de deur op een kier.

Maar in plaats van een kleine opening naar het portaal te creëren, werd Sam met een geweldige zwaai teruggeworpen in zijn flat. De gazelle struikelde achterover en viel met een klap op zijn zij op de grond. Eric en Slang sprongen uit bed, maar voor ze ergens heen hadden kunnen rennen, stonden de twee gorilla's van Nicholas Duif in de kamer hen aan te staren. En met een zekere elegantie wandelde Duif binnen onder dit tumult, met zijn blik op Eric Beer gericht en een minachtend glimlachje om zijn mondhoeken.

'Dit hier ziet er niet direct hoopvol uit,' zei hij, terwijl hij doorliep naar de keukentafel waar hij zich op een stoel liet zakken.

De gorilla's bleven staan waar ze stonden, aan weerszijden van
de deur, de rode rechts. Met enige moeite krabbelde Sam op van
de vloer, hij probeerde een soort waardigheid te hervinden.

'Nicholas Duif,' zei hij, en hij giechelde vriendelijk, 'wat gezellig dat...'

'De tijd tikt door,' onderbrak Duif hem. Hij richtte zich direct
tot Eric, alsof de gazelle lucht voor hem was. 'En ik kan niet beweren dat ik onder de indruk ben van je vorderingen.'

Duif was volledig op Eric Beer geconcentreerd. Sam liep
langzaam naar het aanrecht, met de bedoeling Duif iets te drinken aan te bieden. Slang Marek stond bij zijn matras, achter in de
kamer, en nam de loop der dingen in ogenschouw.

'Je weet toch,' zei Duif, 'dat ik niet veel tijd heb.'

'Het lijkt misschien of er niets gebeurt,' begon Eric tot zijn
verdediging. 'Maar dat is niet zo, we hebben zelfs...'

Nicholas Duif stak afwerend zijn vleugel omhoog; hij was hier
niet om naar de uitvluchten van de beer te luisteren.

'Denk maar niet,' zei Duif, 'dat ik me niet op de hoogte laat
houden.'

'Willen jullie iets drinken? Een kop thee, een glas water, iets
sterkers?' vroeg Sam.

'Ik ga ervan uit dat je je op de hoogte laat houden,' antwoordde Eric, 'ik zou verbaasd zijn als dat niet zo was... zo ben je nu
eenmaal. Maar het is toch...'

Eric wierp zijn klauwen in de lucht. De stemming in de kamer was afwachtend. Nog maar enkele ogenblikken geleden had
Slang elke spier in zijn smalle, korte lijf gespannen, klaar om onder de matras te kronkelen of ergens anders heen te kruipen waar
hij niet zichtbaar was. Maar bij elk woord dat werd gewisseld tussen de beer en de duif, ontspande de slang zich meer. Hij stond
niet in het middelpunt van dit bezoek. Zolang de beide gorilla's
zich niet bewogen, deden ze nog het meest aan standbeelden
denken, en Nicholas Duif was zoals altijd gedistantieerd op een

soort bovendierlijke manier. De enige die de nerveuze energie in stand hield, was Sam, die luidruchtig in de vriezer naar ijs zocht. Hij had op eigen initiatief besloten Nicholas Duif een glas water te serveren.

'En het ergste is,' zei Duif, 'dat ik er niet zeker van ben dat je je wel genoeg inspant.'

Zijn toon was lichtelijk afwezig, hij keek Eric niet aan, maar liet in plaats daarvan zijn blik door de kamer glijden, alsof hij iets zocht.

'Me niet genoeg inspan?' herhaalde de beer geïrriteerd. 'Ik woon in een varkenskot in Yok, ik heb mijn dag-en-nachtritme op zijn kop gezet om...'

'Je begrijpt me niet,' onderbrak Duif hem. 'Het gaat er niet om wat je doet, het gaat erom waar je mee op de proppen komt.'

En met een onverwachte intensiteit boorde hij zijn blik in de beer, die onwillekeurig een stap terug deed. In de normaal gesproken ondoorgrondelijke pupillen van Nicholas Duif lag een vertwijfeling die Eric nooit eerder had gezien, en die hij nooit meer wilde zien – gitzwart en onbarmhartig.

'Ik moet wel heel duidelijk maken wat ik bedoel, geloof ik,' zei Duif zachtjes.

Na een nauwelijks zichtbaar knikje gebeurde er ineens van alles.

Toen de twee gorilla's, alsof ze – zij het trage – doelzoekende robots waren, de paar stappen in de richting van Eric Beer zetten en de poten van de beer vastpakten, liet de zenuwachtige Sam het glas water dat hij eindelijk had ingeschonken op de grond vallen. Het scherpe gerinkel van brekend glas deed Nicholas Duif verrassend snel reageren. Duif draaide zich om en keerde daarmee de anderen de rug toe. Sam schreeuwde het uit toen water en glassplinters rond zijn hoeven spatten, en nog voor zijn geschreeuw was verstomd had Nicholas Duif een automatisch wapen van onder zijn vleugel tevoorschijn getoverd, groter dan een pistool maar kleiner dan een karabijn. Een tel lang richtte hij het wapen op Sam, maar toen begreep Duif wat er gebeurd was.

116

Zonder een spier te vertrekken stopte hij het wapen terug in zijn verenpak en wendde zich weer tot Eric Beer.

Dit was het moment van verwarring waarop Slang Marek had gewacht.

In de seconde die volgde op het stukvallen van het glas water, wist Slang langs de gorilla's te schieten. Hij kronkelde zich naar buiten door de openstaande voordeur en was al op de trap, op weg naar beneden, toen de duif zijn vuurwapen trok. Eric keek Marek na. Eigenlijk kon je niet anders verwachten van die akelige slang, dacht hij. Nicholas Duif verwaardigde zich niet eens een gorilla te sturen om het reptiel terug te halen; zo onbeduidend was hij in de ogen van de duif.

'Duidelijkheid is belangrijk,' ging Duif verder alsof het kleine intermezzo niet had plaatsgevonden. 'En ik vraag me af of je begrepen hebt dat er een tijdfactor is waar je rekening mee moet houden?'

'Natuurlijk heb ik...' begon Eric, maar verder kwam hij niet, want een van de gorilla's stompte hem met zo'n kracht in zijn maag dat hij hapte naar adem.

De verrassingsaanval miste zijn uitwerking niet. Zijn benen werden krachteloos, en plotseling werd hij overeind gehouden door de gorilla.

'Je hebt niet veel tijd,' zei Duif.

De volgende klap, die de beer op zijn oog trof, gleed weg over zijn wenkbrauw en een stukje over zijn voorhoofd. Nog voor Eric tijd had om iets te voelen, trof de volgende klap hem op zijn slaap, en daarna voelde hij pijn in zijn maag. Hij begon te hoesten. Zelf zag hij niet dat er katoen uit zijn mond kwam, maar Sam begon te schreeuwen vanuit de keuken.

'Hou je kop, troela.'

Dit was de eerste keer dat Duif iemand anders in de kamer toesprak, en hij deed het op zachte maar besliste toon. Sam hield zich onmiddellijk stil.

De gorilla's lieten Eric Beer los, en hij viel met een doffe bons op de grond.

Eric vocht om bij bewustzijn te blijven, maar slaagde daar niet in. Sams flat leek geleidelijk te vervagen, en in plaats daarvan verscheen het strand in Hillevie. Met een behaaglijke roes in zijn lichaam wandelde hij langs het strand, op weg naar de vervallen steiger. Zittend op de versleten planken van de steiger aan de noordkant van het strand had Eric veel van de beste uren van zijn leven doorgebracht.

Hij balanceerde voorzichtig naar het einde van de steiger, waar hij ging zitten met zijn benen bungelend over de rand en zijn poten een centimeter of twintig boven het wateroppervlak. De zee lag donker en oneindig voor hem in de maneschijn, en liet elk gevoel van tijd en afstand verdwijnen.

En hij wist dat dit exact hetzelfde water was dat er miljoenen jaren geleden ook al was geweest. Zo werkte de kringloop van de natuur. De eeuwigheid was net zomin angstaanjagend als het water dat onder de steiger klotste; de tijd was even onverbiddelijk stroperig.

Het geluid van de rimpelende zee deed hem onverwacht aan de stem van Nicholas Duif denken.

'Het zou stom zijn om je nu in elkaar te slaan,' hoorde Eric het water zeggen, 'maar de tijd tikt. En ik dacht dat er, als je moeite hebt om de juiste feeling voor deze opdracht te krijgen, misschien een paar dingetjes zijn waarvoor ik dat konijntje van je nu al zou kunnen gebruiken. Wat vind je ervan? Zullen we haar vanavond al naar het casino halen? Denk daar maar eens over na.'

Of Duif verder nog iets zei voor hij de flat van Sam Gazelle verliet, kwam Eric nooit te weten. De beer gleed terug in zijn bewusteloosheid.

Hoofdstuk 12

Een paar uur nadat Duif was vertrokken, keerde Slang terug. Hij deed alsof er niets bijzonders was gebeurd. Eric zat bepleisterd aan de keukentafel, Sam maakte het eten klaar dat de kraai had gekocht.

'Zeg, Slang,' zei Kraai, 'weet je, ik...'

Maar Eric legde hem het zwijgen op. Hij vroeg Slang plaats te nemen aan tafel, waarna ze met z'n vieren in stilte aten. Pas bij de koffie bespraken ze hoe ze verder zouden gaan. Na een paar uur waren ze het erover eens. De theorie van Slang was simpel: als de Chauffeurs niet willekeurig opereerden, moest er een vorm van communicatie plaatsvinden tussen hen en hun opdrachtgever. In plaats van de lijst te zoeken, wat aantoonbaar niet werkte, wilden de slang, de beer, de gazelle en de kraai proberen erachter te komen hoe de informatie Hotel Esplanade bereikte.

Voor Sam was het geen enkel probleem om een telefoontap te regelen. Techniek was een van zijn sterke punten, en in de kelder aan Yiala's Arch had hij een complete werkplaats. Hoe de gazelle zijn gereedschap en werktuigen precies gebruikte... bij zijn werk... bleef echter onduidelijk. Zonder problemen lokaliseerde hij de telefoonkabels die naar Hotel Esplanade liepen, en op een kinderlijk eenvoudige manier koppelde hij die stiekem zo dat de gesprekken van en naar het hotel werden opgenomen op een bandrecorder die in Sams flat stond.

Het leek echter onwaarschijnlijk dat iemand de Chauffeurs per telefoon opdracht zou geven. Dat zou een veel te groot risico van misverstanden en afluisteren opleveren. En omdat er in Yok geen postbezorging meer plaatsvond, leek het de knuffeldieren het meest waarschijnlijk dat de lijst per koerier werd afgeleverd. Dit leidde tot het besluit om de bewaking van het hotel te intensiveren. Was het eerder maar zozo gegaan met de zorgvuldigheid, deze keer stelde Eric een rooster zonder hiaten op. Niemand was erg gelukkig met de uitbreiding van de diensten, maar iedereen begreep dat het nodig was. In de eenzame uurtjes van de nacht slikte Sam Gazelle de ene pil na de andere. Eric piekerde en stond doodsangsten uit; hij dacht aan Emma Konijn en verlangde naar haar. De slang besteedde zijn tijd aan onzin en zelfonderzoek; zelfonderzoek dat in de naweeën van de nacht nog onzinniger overkwam dan de onzin zelf. Tom-Tom Kraai was echter degene die het ergst te lijden had onder het feit dat hij uur in, uur uit naar de donkere bakstenen gevel van het hotel moest zitten staren, waar niets gebeurde vanaf het moment dat de rode pick-up het gebouw verliet, een paar minuten na zonsondergang, tot hij een paar minuten voor de ochtendschemering terugkeerde.

Tom-Tom was een simpele ziel, maar hij hield er niet van om alleen te zijn. Daar hield hij helemaal niet van. Met de jaren had hij zich aangeleerd met een reeks loze rituelen zijn aandacht af te leiden van de eenzaamheid. Hij kookte, waste af en keek zelfs tv volgens bepaalde vaste patronen. Patronen die discipline vergden. Ook zijn ambitieuze handwerkprojecten waren daar een onderdeel van. Het ging om het temmen van de stilte en de eenzaamheid. Als de avond voorbij was, kwam de slaap even snel als een rechtse directe.

En hij hoefde zich nooit te herinneren wat er gebeurd was.

Maar in de grijze Volga herinnerde hij het zich wel. Er zat niets anders op.

Hij moest eraan denken hoe krap het was. Hoe het schuurde tegen zijn vleugels en hoe er licht naar binnen sijpelde door de kieren in de vloer.

Hij herinnerde zich de pijn. De schrik.

Tom-Tom staarde geconcentreerd naar de gevel tegenover hem, naar Hotel Esplanade, en probeerde de vervelende gedachten uit te wissen door intensief te observeren.

Maar hij was een simpele ziel.

Hij had afleiding nodig.

En er gebeurde niets bij Hotel Esplanade.

Hij had zo ongeveer tot zijn zesde gedacht dat de aanvallen echt waren. Dat alleen zijn vader de waarschuwingssirenes kon horen was natuurlijk vreemd, maar waarom zou zijn vader liegen? Tom-Tom had alleen zijn vader. Zijn moeder was nog voor de kraai werd afgeleverd verdwenen.

Ze kwamen uit de bossen, zei zijn vader. De vijanden. Ze martelden knuffeldieren. Dat konden ze dagen volhouden. Als je dan eindelijk stierf, zei zijn vader, was je blij toe. Maar Tom-Tom moest niet bang zijn. Zijn vader zou nooit toestaan dat hem iets overkwam. Daarom moesten ze oefenen.

In de keuken lagen een paar planken los. Als zijn vader de sirenes hoorde, moest Tom-Tom naar de keuken rennen en in het gat onder de grond springen. Maar omdat alleen zijn vader die sirenes kon horen, wist Tom-Tom nooit wanneer het zo ver was. Hoe hard zijn vader hem ook strafte, Tom-Tom leerde nooit de sirenes te horen. De sirenes zaten in het hoofd van zijn vader.

Het was krap onder de planken in de keuken, er was nauwelijks plaats voor Tom-Tom. Misschien was dat maar goed ook. De oefening hield in dat hij noodgedwongen zo lang mogelijk stil moest blijven liggen. Als hij ook maar één kik zou geven, zou de vijand hem ontdekken. Dan zouden ze de planken wegrukken en hem martelen. Het was voor Tom-Toms eigen bestwil.

Zo leerde hij urenlang stil te liggen.

Tom-Tom Kraai staarde naar Hotel Esplanade en probeerde aan de slang, de beer en de gazelle te denken. Hij probeerde terug te keren naar de werkelijkheid en de grijze Volga en de griezelige Chauffeurs aan de andere kant van de straat. Maar een paar minuten later was hij weer terug in de krappe ruimte.

De pijn.

Stel dat de vijand toch iets in de gaten had?

Stel dat de vijand toch iets in de gaten had en op zoek ging naar een schuilplaats ergens onder de vloerplanken? Stel dat de vijand bijvoorbeeld kokend water over de vloer goot, kokend water dat door de kieren omlaagstroomde? Zou Tom-Tom zich dan nog stil kunnen houden? Of kokende olie? Gesmolten suiker? Tom-Toms vader was vindingrijk achter het fornuis. Hij deed het voor Tom-Toms bestwil.

De pijn.

Als de ochtendschemering kwam en de zon zijn eerste stralen over de horizon wierp, zat de nachtdienst erop. De rode pick-up reed meestal een paar uur voor zonsopkomst de garage binnen, maar soms was de marge krapper. De Chauffeurs moesten na hun nachtdienst overdag slapen, en datzelfde gold voor Eric, Sam, Slang en Tom-Tom. Maar niemand was zo opgelucht bij het ochtendgloren als de kraai.

Tijdens zijn dienst, die achteraf de laatste wacht van de knuffeldieren voor Hotel Esplanade zou blijken te zijn, versliep Sam Gazelle zich.

Dat was niet zo vreemd, met al die samen- en tegenwerkende stoffen die in zijn lijf circuleerden waren zijn kansen om een hele nachtdienst lang wakker te blijven vrijwel nihil.

In plaats van bij het aanbreken van de dag geluidloos het autoportier te openen en nonchalant terug te wandelen naar de fraaie grasgroene Yiala's Arch, sloeg Sam verbaasd zijn ogen op, om vervolgens te constateren dat de dag was begonnen. Het Ochtendweer was betrokken, meer niet, maar desondanks was hij de anderen een verklaring schuldig. Eric zou begrijpen dat Sam in slaap was gevallen, en Sam had geen excuus.

Hij kroop uit de auto, terwijl hij zijn gedachten probeerde te ordenen. De spoken uit zijn nachtmerries waren nog niet verdampt, waardoor het lastig was om goedkope leugentjes om bestwil te verzinnen.

Hij sloeg het autoportier dicht en haalde diep adem. Er lagen een paar peuken op het trottoir vlak naast hem, en een jaar geleden zou hij nog gebukt hebben om ze op te rapen. Ergens in de buurt hoorde hij het geluid van een metalen rolluik dat werd opgetrokken door een winkelier die aan het werk ging. En net op het moment dat Sam aan zijn wandeling naar huis wilde begonnen, ging onverwacht de geheime garagedeur van Hotel Esplanade open.

Hoewel de zon was opgekomen en de dag was begonnen.

Uit de garage reed geen rode, maar een groene pick-up.

Hoofdstuk 13

'Het klinkt gewoon zo verdomd ongeloofwaardig,' zei Tom-Tom, die in de keuken stond en in een van de kastjes boven het aanrecht naar de beschuiten zocht.

'Maar ik zweer je dat het zo was,' zeurde Sam Gazelle, zielig en geërgerd tegelijk. 'Hoe verkeerd kun je iets zien?'

'Het klinkt ongelooflijk,' vond ook Eric.

'Ik verzeker je dat het Chauffeur-Tijger was,' herhaalde Sam voor de derde keer.

De kraai vond het pak beschuiten en ging naast Sam zitten.

'Die nu ineens Leverancier-Tijger is geworden?' zei Tom-Tom sceptisch, en hij nam een hap van zijn beschuit.

Sam wierp zijn hoeven in de lucht. Zo was het. Zonder twijfel. Zonder de dramatische kap die de Chauffeurs droegen en gekleed in het standaard groene uniform van de Leveranciers, dat een beetje deed denken aan de jasjes en petten van buschauffeurs, was het toch Chauffeur-Tijger en geen ander geweest die achter het stuur van een groene pick-up zat, met een van de wolven naast zich.

'Hm,' zei Slang Marek, voor één keer met een mond vol tanden.

Ze zaten aan de keukentafel en staarden Sam, die aan het uiteinde zat, ongelovig aan. Het Ochtendweer begon af te nemen en de regen kon elk moment ophouden. Het was dinsdagochtend, ruim twee weken nadat ze met hun bewaking van Hotel Esplanade waren begonnen, en Eric was bijna vergeten hoe Sams flat er bij daglicht uitzag. De parketvloer had een geoliede glans, en zelfs de kleverige ringen van bierflessen op de keukentafel zagen er overdag vriendelijker uit. Sam had een pak ontbijtgranen laten vallen, en Tom-Tom had per ongeluk zijn stoel te midden van de gepofte rijstkorrels met honing neergezet. De geplette korrels verspreidden nu een zoetige geur in de flat die helemaal niet onaangenaam was.

'Jullie mogen denken wat jullie willen,' zei Sam bitter.

'Ik geloof je,' zei Eric. 'Maar het klinkt bijna te vreemd om waar te zijn.'

'Het is alleen... hè, verdomme, jij hebt weleens vaker dingen gezien...' zei Tom-Tom, terwijl hij een hap van zijn derde beschuit doorslikte. 'Van die dingen waarover je verteld hebt. Duivelse draken en kleuren en... je weet wel... van die verrekte... achtbanen.'

Sam trok een gekwetst gezicht. De witte en zwarte ringen die zijn ogen groter deden lijken dan ze waren, versterkten zijn trouwhartigheid en zijn ogen glommen alsof ze vol tranen stonden. Hij legde zijn kop scheef en streek over zijn kapotte hoorn.

'Ik had al uren niets gebruikt. Minimaal,' zeurde hij. 'Wat je zegt is echt bekrompen. Geloof me maar, na al die jaren... dat ik een beetje... extra stimulans gebruik... heb ik wel geleerd het verschil tussen werkelijkheid en fantasie te zien. Alleen in de werkelijkheid raken mijn pepmiddeltjes op.'

'Ach, verdomme,' probeerde Tom-Tom nu zijn woorden terug te nemen, 'zo bedoelde ik het niet. Natuurlijk geloof ik je, verdomme. Het is alleen... nee... verdomme, ik geloof je.'

De woorden van de kraai mondden uit in een stilte die nadenkend zou kunnen worden genoemd.

De slang doorbrak de stilte: 'Het is niet onwaarschijnlijk,' zei hij, en hij kronkelde zich omhoog op de keukentafel.

Ze keken hem allemaal met enige verbazing aan. De slang had tot dan toe stil de argumenten tegen elkaar zitten afwegen. Uiteindelijk had hij een besluit genomen, ondanks zijn minachting voor de gazelle, die hij niet langer verborgen hield.

'Afgezien van het feit dat er niet meer dan een snippertje geloofwaardigheid over is bij onze kleine gazelle, die er alles voor over lijkt te hebben om maar wat aandacht te krijgen van ons aller principiële leiderbeer,' begon Slang met giftige ironie, waarop protesten klonken rond de tafel, 'is het helemaal niet onwaarschijnlijk. Je zou kunnen zeggen dat het eigenlijk net andersom is: het is heel vanzelfsprekend. Chauffeurs en Leveranciers zijn gewoon twee kanten van dezelfde zaak. Het is zo belachelijk voorspelbaar dat je verbaasd staat dat niemand ze eerder heeft ontmaskerd. Bovendien is het, uit het perspectief van de overheid, rationeel. Eén overeenkomst, één garage, één huurcontract...'

'...en één overdracht!' zei Eric.

De gedachte viel hem in toen hij zijn dekking had laten zakken. Hij stond met zoveel kracht op dat zijn stoel op de grond viel.

'De lijsten,' zei hij, zonder nota te nemen van de irritatie van Slang over het feit dat hij opnieuw was onderbroken tijdens een lang betoog.

'Ik weet hoe ze op het ministerie te werk gaan met de Welpenlijst. Hoe de overdracht daarvan plaatsvindt. Stel je voor dat er echt een Dodenlijst is, en dat die op hetzelfde moment wordt overhandigd?'

Sam knikte enthousiast.

'Schatje, dat klinkt helemaal niet ongeloofwaardig,' zei hij.

'Ik begrijp het niet helemaal?' zei Tom-Tom.

Hij had nog steeds honger, maar hij wilde geen beschuit meer pakken, omdat er nog maar drie over waren.

'Maar het is...' zei Eric.

'Wat?' vroeg Slang.

'Het is vandaag.'

Eric zat te knikken, zonder dat iemand begreep wat hij bedoelde. Sinds het viertal zich in de flat aan Yiala's Arch had verschanst, had geen van hen zich erom bekommerd welke dag het was. De nachten kwamen, de dagen gingen, in steeds moordender tempo.

'Het is vandaag de zestiende,' zei Eric. 'En op de zestiende vindt de overdracht plaats.'

Hij was zo opgewonden dat hij stond te trillen.

'Het is vanavond!' riep hij.

'Nu heeft hij het over die verdomde Welpenlijst, toch?'

Tom-Tom stelde de vraag gewoon in het algemeen.

'Het gaat om beide lijsten,' zei Sam. 'Geloof ik.'

'Maar dat weten we toch niet?' zei Tom-Tom Kraai, voornamelijk om de zaak voor zichzelf duidelijk te maken. 'Eric weet wat ze doen met de Welpenlijst, maar of het net zo zit met de Dodenlijst? Dat weten we niet, of wel?'

'Het is vanavond,' herhaalde Eric in zichzelf.

'Eindelijk kunnen we hier weg,' zei Slang.

Schemering 3

Als de zon achter de horizon verdween en de laatste adem van de dag de hemel donkerroze en vaag rood kleurde, als de Avondstorm naderde en zich in de boomtoppen en struiken al roerde, gebeurde het wel dat hij zich ongemakkelijk voelde bij de gedachte aan krachten waarover hij geen zeggenschap had. Dan vluchtte hij weg, diep onder de grond naar de catacomben die door al lang vergeten generaties waren aangelegd, en waar het daglicht nooit doordrong. Daar kon hij ronddwalen en zich verbazen over die oneindige gangen en crypten waar geheime genootschappen hun bijeenkomsten hadden gehad, waar zakelijke transacties waren gesloten en waar geheimen voor altijd waren begraven. Dieper en dieper omlaag onder de grond liep hij via een weg die zich door het oergesteente zelf slingerde, met als enige verlichting de fakkel die hij meedroeg. De lucht werd steeds vochtiger, vol aarde en steenstof, de kou deed hem rillen en zich thuis voelen. Toen hij ruim een halfuur had gelopen, minderde hij vaart. Het werd hier moeilijk om adem te halen, en hij rantsoeneerde zijn zuurstof. Het stelsel van tunnels was tientallen kilometers lang, hij noch iemand anders kende het in heel zijn omvang, het was in de loop der eeuwen voortdurend in ontwikkeling; er was uitgebouwd en aangebouwd; in plaats van één architect waren er velen, en er zou nooit een plattegrond van worden getekend. Iedereen in de stad wist van het bestaan van de tunnels, maar weinigen wisten hoe je een ingang kon vinden. Zelf kende hij er twee, maar er werd beweerd dat er een tiental waren. Vanuit zijn uitgangspunten had hij een paar kilometer in elke richting onderzocht, maar verder wilde hij niet gaan. Dat was ook niet nodig.

Een paar meter nadat de tunnel zo nauw en laag was geworden dat hij moest kruipen, vertakte die zich in drie verschillende richtingen. Hij nam de middelste, een brede maar lage gang die na zo'n tien meter in een kleine crypte eindigde. Hij hield de fakkel voor zich omhoog en bescheen de muur. Uit de grond stak een kattenkop omhoog.

'Boe,' zei hij.

De kat reageerde niet. Hij bracht de fakkel dichter bij de ogen van de kat en meende een licht trekje in het linkerooglid van de kat te bespeuren.

Fascinerend, dacht hij.

Hij had de kat dertien dagen geleden ingegraven, en er zat nog steeds leven in hem. Hij had natuurlijk de kop van de kat kunnen meebegraven, maar hij was benieuwd wat er zou gebeuren. Vermoedelijk zou die loslippige kat die tegen Duif had gekletst nooit doodgaan, maar tot in de eeuwigheid hier beneden blijven leven. Hij was niet de enige die zich afvroeg wat er eigenlijk gebeurde nadat de Chauffeurs je hadden opgehaald.

Daar zou hij tegen die tijd nog wel achterkomen, dacht hij laconiek.

Hij draaide zich om en volgde dezelfde weg terug. Hij liep nog steeds langzaam. De kou maakte dat hij zich langzaam bewoog, maar droeg ertoe bij dat hij snel dacht. Dat Eric Beer erin geslaagd was de Chauffeurs te volgen tot het hotel in Yok verontrustte hem niet. Zonder dat hij zich ook maar het minst om de zaak bekommerde, wist hij al lang dat de Chauffeurs zich in het Esplanade ophielden. Het maakte hem echter wel achterdochtig dat Nicholas Duif onlangs de flat van Sam Gazelle had bezocht. Hoe meer Duif de druk opvoerde, hoe groter het risico dat de beer noodgedwongen erg creatief moest worden, dat sprak vanzelf. En Duif was een tegenstander die... niet te overwinnen was zonder het soort herhaaldelijke en spraakmakende confrontaties waar hij een gruwelijke hekel aan had.

Hij hield stil. Hoorde hij daar geen gejank, ergens achter hem? Was het misschien de kat die zijn krachten verzameld had om een geluidje uit te brengen? Hij stond doodstil te luisteren. Toen hoorde hij het weer – het geknor van zijn eigen maag. Hij lachte. Hij had honger.

Toen hij weer boven kwam uit de catacomben was de zon onder-gegaan en had het duister de hemel in bezit genomen. Dat was een opluchting. Hij voelde zich uitgehongerd, en besloot naar een van de nachtcafés te gaan; de afgelopen jaren waren die als paddenstoelen uit de grond schoten in de stad. Hij hield er niet van om open en bloot over straat te gaan, dat vermeed hij zoveel mogelijk. Vroeger deed hij dat helemaal niet, maar hij was schuw geworden. Een enkele keer, zoals vanavond, maakte hij echter een uitzondering op die regel.

Op het moment dat hij het café binnenstapte, had hij er al spijt van. Hij had het gevoel dat iedereen hem aankeek, en hij kroop snel weg in een nis achter in de zaal. Hij bestelde pannenkoeken, stroop en koffie en wist dat het ongezond was, maar de honger won het van zijn verstand.

Lang leve Slang Marek, dacht hij. Diensten en wederdiensten. Manipulatie en beloften. Met Marek op zijn plaats als mol, vlak bij de beer, hoefde hij zich in elk geval geen zorgen te maken dat er iets zou gebeuren zonder dat hij het wist.

Het zou nergens toe leiden.

Toen kwamen de pannenkoeken op tafel en verloor hij de be-langstelling voor Eric Beer en de Dodenlijst.

Hyena Bataille

Erger dan pijn, erger dan bedrog en slaag. Erger dan de diepste angst of de grofste vernedering; erger dan dat alles is die vervloekte herinnering. Er kunnen dagen achtereen verstrijken... maar dan trekken de wolken zich samen boven de stad, de lucht betrekt en de regen bevochtigt de autowrakken rond mijn huis: grote druppels, die bedaard op de gehavende metalen karkassen vallen. Dan breekt het verleden door de vliezen van de tijd. In de holle ruimte in mijn borstkas klopt weer een hart. En als ik ontwaak en alles om me heen afval en verrotting is, ontstaat een heftige botsing tussen toen en nu die mijn adem doet stokken. Die verdomde vuilstortplaats was mijn lot, lang voordat ik hierheen kwam.

Ik ontmoette Nicole Vos via een redacteur van de uitgeverij – ik kan me zijn naam niet meer herinneren. Ik was nog niet gedebuteerd, mijn bundel lyrische gedichten die ik de titel *nadering... kamperfoelie* had gegeven, zou de week erop uitkomen en ik was op dat moment al doodsbenauwd voor de recensies. Ik weet niet wat mij het meest beangstigde: de gedachte om openlijk te worden bekritiseerd of de mogelijkheid om volkomen te worden genegeerd. Overal had ik het gevoel dat de blikken die ik ontmoette boosaardig en hatelijk waren, en ik was met hoge snelheid op weg naar de uitgang, toen ik over Nicole Vos struikelde.

Ze zat in een fauteuil en haar lange benen werden mijn redding. Ik viel om als een afgezaagde den, maar gelukkig was zij de enige die het zag. Samen vluchtten we daarvandaan. Nicole werd mijn verlosser en mijn redding. Voordat ik haar ontmoette was mijn leven één lange ontkenning geweest, en de dichtbundel was de climax van die ellende. De gedichten waren in de loop van tien jaar geschreven en als ik me met sigaretten en zelfge-stookte drank opsloot in de kelder van een afbraakpand in Yok dacht ik niet aan de dag van morgen. Ik had mijn vrienden af-gezeken, mijn familie in de steek gelaten en mijn uiterste best gedaan om mezelf van al mijn trots en waardigheid te beroven. Het was een wrak dat die kelder in Yok binnenwankelde. Ik zoop om te kunnen slapen. Ik deed mijn behoeften in een hoekje van de kelder, maar na een paar dagen scheet ik niet meer, omdat ik niets had om te schijten. De buikpijn dwong me uiteindelijk de kelder te verlaten. De gedichten waren af, ik weet niet of ze al weken of slechts een paar dagen af waren, maar met het manus-cript onder de arm ging ik de straat op. Ik kromp ineen in het zonlicht, de wind rukte en trok aan mijn vacht en ik meende dat iedereen die ik tegenkwam me aanstaarde. Uren achtereen liep ik met mijn blik op het kleurige asfalt, tot ik plotseling wist waar ik was. Ik was in Angela's wijk. Omdat ik nergens anders heen kon en bovendien wist waar ze haar sleutel verstopte, ging ik haar lege appartement binnen en nog vóór ze thuiskwam had ik vrijwel de gehele inhoud van de koelkast naar binnen gewerkt. Toen ze me zag, schreeuwde ze als een echte meerkat en ze hield daar pas mee op toen ik vertrok. Het manuscript liet ik per on-geluk op haar keukentafel liggen, maar ik had de fut niet om te-rug te lopen en erover te gaan zaniken. Dat waren de gedichten niet waard. Uit puur sadisme zorgde Angela ervoor dat het ma-nuscript bij Doomsbury Verlag terechtkwam. Het resultaat was dat een uitgever van Doomsbury me ruim een week later in de Century Bar opzocht. Hij betaalde mijn openstaande rekening – anders mocht ik niet weg – en daarmee was de helft van het voorschot voor de gedichten al op. Eenmaal op straat gekomen was ik nuchter genoeg om het contract te kunnen ondertekenen. Maar ik was ondanks alles tevreden; ik zou mijn debuut als dich-ter maken.

Toen mijn debuutbundel werd gerecenseerd, logeerde ik al een paar dagen bij Nicole Vos thuis. Ze rook naar weidebloemen, ze wist al voor ik iets zei wat ik zou gaan zeggen en ze voelde precies aan wanneer ik intimiteit wilde en wanneer ik ruimte nodig had. Ik was nog steeds een miserabel dier dat niets te verliezen had, een dier zonder ruggengraat of waarde, maar elke dag die ik samen met Nicole doorbracht, groeide er iets binnen in mij: mijn eigenwaarde.

nadering... kamperfoelie kreeg een enthousiast onthaal. Zonder dat ik het begreep – omdat ik in hart en nieren een sukkel was –, putte ik kracht uit het samenzijn met Nicole Vos, en niet zozeer uit de lovende kritieken in de dagbladen. Maar ik dacht dat mijn pasgewekte kracht met het boek te maken had, en onder enthousiaste bijval van Nicole ging ik de stad in om met een arm vol aanvraagformulieren terug te komen. Mijn leven als passieve hyena was voorbij; het gevoel dat ik een eigen wil had maakte me dronken. Samen met mijn mooie vos zat ik de hele dag en de halve nacht vakjes aan te kruisen en mijn naam op stippellijntjes in te vullen. Voor de eerste keer in mijn leven vroeg ik toelagen aan en solliciteerde ik.

Het ging allemaal zo snel. Na vele trage jaren leven zonder inhoud leek het alsof alles zomaar ineens gebeurde. Er ontwikkelde zich een prachtig bestaan samen met Nicole Vos. Ze woonde in een ruim tweekamerappartement in Tourquai aan een straat zo roze als een gebakje, en haar buurt was een universum dat zich onverwacht voor mij opende. Er was een bakkerij met toonbanken langs het trottoir, zodat het op straat altijd naar versgebakken brood rook. Er was een café op de hoek bij het park, waar men altijd een hartje van melkschuim op de koffie spoot. In die idylle leefden Nicole en ik. De maanden verstreken en uiteindelijk werden we langzaam maar zeker door het grimmige heden ingehaald, dat bij ons aanklopte door ons herinneringen van telefoon-, water- en elektriciteitsrekeningen te sturen. Toen kreeg ik mijn werkbeurs. Een anonieme, bruine envelop van het Bureau voor Toelagen van het ministerie van Cultuur, die op een

dag in augustus in de hal op de mat lag in al zijn pretentieloos-
heid. We vierden het die avond met een fles champagne, maar
hadden vervolgens zo'n slecht geweten dat we zo verkwistend
waren geweest dat we de volgende ochtend het ontbijt maar
oversloegen.

Het was een mooie tijd.

Het gezonde verstand achteraf vervult ons met de kennis van wat
was en wat komen zou. Maar je moet loyaal zijn ten opzichte van
je jongere ik. Wat ik toen deed, had ik niet beter kunnen doen.

Het kostte tijd om een opvolger van mijn eerste dichtbundel
bij elkaar te krijgen. Ik was vol leven, ik was maar liefst aan twee
opleidingen tegelijk begonnen; de ene had ten doel de dingen aan
te vullen die ik ontbeerd had, de ander om me verder te brengen
in het leven. De gedichten die ik schreef waren kort en leeg, licht
als lucht en even vluchtig. Nicole las ze en zonder mij de zin te
ontnemen was ze stellig in haar kritiek. Tussen de eerste bundel
en de vrolijke verzen die ik uit mezelf perste, lag een afgrond.
Die afgrond, zei mijn slimme vos, was aanzienlijk interessanter
dan de huidige verzen.

We trouwden. Ik had geen verwachtingen ten aanzien van de
ceremonie, ik was niet gelovig, maar ook geen atheïst, ik had geen
tijd om familie of vrienden uit te nodigen en toch barstte ik bijna
uit elkaar van trots. In een klein paviljoen in Parc Clemeaux, terwijl de Middagregen zo hard op het dak roffelde dat de dux met
stemverheffing moest spreken, huwde ik Nicole Vos. Het voelde
alsof ik haar tot mijn eigendom maakte, en ik schaamde me voor
dat gevoel. We dineerden in een gezellig restaurant aan de Rue
Dalida en tegen middernacht viel Nicole uitgeput in slaap. Zelf
bleef ik op en schreef aan één stuk door. Het werd een lange ge-
dichtencyclus over mannetjes en wijfjes. De woorden dropen van
zelfverachting en schaamte over mijn geslacht, maar ik had geen
idee waar die gevoelens vandaan kwamen. Later zou de oplettten-
de lezer aanstippen dat de bundel iets gekunstelds had, waarop ik
zeer ontdaan was. Maar de gedichten waren goed. Nicole las ze

toen ik de volgende avond klaar was, en ze feliciteerde me met het feit dat ik de uitweg had gevonden waarnaar ik onbewust op zoek was. Hiermee had ik een waardige opvolger voor *nadering... kamperfoelie.*

Ook boek nummer twee werd met respect ontvangen. Zelf had ik op dat moment mijn basisopleiding achter de rug en ik was net aan mijn doctoraal in de literatuurwetenschap begonnen. Het boek werd het uitgangspunt voor een genderdebat waarvoor ik zelf al na het eerste artikel de belangstelling had verloren. Ik vroeg een nieuwe toelage aan bij het ministerie van Cultuur en toen ik het geld kreeg, gingen Nicole en ik serieus nadenken over kinderen.

We besloten even verstandig en systematisch te zijn in ons ouderschap als we impulsief en gepassioneerd waren geweest in onze tweezaamheid. Ik begon onmiddellijk het volgende boek te plannen en vroeg tegelijkertijd nog een toelage aan. Samen met de karige vergoeding die ik van het instituut voor literatuurwetenschap ontving zou dat voldoende geld zijn. We lieten onze naam op de Welpenlijst plaatsen.

De derde bundel bracht bij lange na niet zoveel barensweeën teweeg als de tweede, en mijn strenge, slimme vos bevestigde wat ik zelf ook voelde: er stond iets nieuws op het punt om te worden geboren, iets machtigers en originelers dan ik tot dan toe in mijn literaire productie tot stand had gebracht. Elke dag steeg onze aanvraag om een welp een stukje op de lange wachtlijst, en gedicht werd bij gedicht gevoegd, zonder dat de kwaliteit verminderde. Nicole vond het een vanzelfsprekende samenhang.

Toen stortte mijn leven ineen. De vernietiging was secuur en definitief. In de jaren die volgden, vervloekte ik de dag dat ik het manuscript op Angela's keukentafel had laten liggen – die avond dat ik over de benen van Nicole Vos struikelde; als ik het geluk niet had leren kennen, had het me ook niet kunnen worden ontnomen. Dat was allemaal te wijten aan één enkel dier: Slang Marek.

Ik wist niet eens dat hij bestond. Tijdens het hele vernederende en slepende proces dat mijn zaak met zich meebracht, wist ik niet dat Slang Marek bestond. Daar kwam ik pas veel later, bij toeval, achter; maar dat is niet interessant en het voegt niets toe aan het verhaal. Het belangrijkste is wat hij deed. Doorslaggevend was de manier waarop hij diep in de duistere krochten van het ministerie van Cultuur zat en zijn verbittering naar buiten liet komen via elke stiksteek van zijn onaanzienlijke lijf. Met mijn eerste twee dichtbundels was ik ongezien zijn argusogen gepasseerd, maar de derde keer dat mijn aanvraagformulieren op zijn bureau lagen, kreeg hij me in de gaten. En het met haat vervulde reptiel besloot om een of andere reden mij te verpletteren. Op een dag kreeg ik een brief met de mededeling dat de uitkering van mijn toelage werd stopgezet. Men had een nieuw besluit genomen, stond er, en besloten 'tot nader order' mijn werkbeurs te bevriezen.

Ik nam het niet serieus. Ik probeerde vergeefs een van de assistenten van het Bureau voor Toelagen aan de telefoon te krijgen om ze op de vergissing te wijzen. Daarna liet ik de zaak rusten. Toen ik, in een bijzin, iets over mijn ongerustheid tegen Nicole zei, was ze furieus.

Ze stelde een enorm apparaat in werking. Dat meenden ze toch niet, zoiets dééd je toch niet met de weinige genieën die de stad voortbracht. Nicole schreef petities en organiseerde debatten (die niet bepaald goed werden bezocht). Ze schreef ingezonden stukken en probeerde anderen ertoe te bewegen hetzelfde te doen (maar ze kreeg slechts één publicatie). Pas toen ze dreigde met een sit-in voor het kantoor van het Bureau voor Toelagen, kreeg ze eindelijk een reactie. Een assistent – naar later bleek Slang Marek zelf – schreef een open brief als antwoord. De brief werd naar de cultuurredacties van de kranten gestuurd, naar het instituut voor literatuurwetenschap en naar Nicole en mij thuis. 'De kwaliteit van Batailles poëzie,' stond er, 'is zodanig dat een beurs het verkeerde signaal zou afgeven.' Niets meer en niets minder.

Misschien had ik de beproeving nog kunnen doorstaan, als die brief maar niet geschreven was. Ik had me een paar maanden gedekt kunnen houden en me dan naar buiten wagen uit het appartement. Mijn collega's na de zomer in de ogen kunnen kijken, zachtjes om de overdreven reactie van Nicole Vos kunnen lachen. Maar het ministerie van Cultuur had die brief geschreven en de bewoordingen waren duivels. Wat er mis was met mijn gedichten, kon iedereen zelf invullen. Toen bleek dat ik overal lasteraars had, sluipschutters die gewoon het juiste moment afwachtten.

Ik zocht geen genoegdoening. Tot Nicoles grote ergernis. Ik zocht geen genoegdoening, ik trok de dekens over mijn hoofd en bleef in bed. Dag en nacht. De tweede dichtbundel verdiende kritiek, dat wist ik beter dan wie ook, dat had ik steeds geweten zonder het te durven erkennen. Het pathos dat de bundel droeg was fictief: ik had me nooit bekommerd om een strijd der seksen. Wat Nicole ook zei, ik kon me niet aan het gevoel onttrekken dat ik was ontmaskerd. Ik liet Nicole drank kopen, zodat ik de slaaptabletten kon gebruiken die ik in de loop der jaren had gehamsterd. Samen met alcohol werkten ze beter, en zo sliep ik een paar dagen achtereen, in een soort onaangename verdoving. Dat was verdomd egoïstisch, Nicole had steun nodig, maar ik had moeite om het met mezelf uit te houden, en de gedachte dat ik de energie moest vinden om ook haar te kunnen verdragen was onmogelijk. Toen de drank op was en ik weer bij zinnen kwam – het was midden in de nacht en buiten was het aardedonker – stapte ik uit bed en verbrandde het bijna voltooide manuscript voor de derde dichtbundel in de gootsteen. Nicole, die op de bank in de woonkamer sliep, werd wakker van de brandlucht, maar toen was het te laat. Samen stonden we te kijken hoe de verkoolde papieren kronkelden van de pijn.

De dieren bij Doomsbury Verlag waren natuurlijk voorzichtig geworden toen ik openlijk werd bekritiseerd. Maar omdat ze wisten dat ik al ver gevorderd was met de volgende bundel, voelden ze zich redelijk veilig. Toen ik ze vertelde dat er geen derde

boek meer was, verspreidde dat nieuws zich als een lopend vuurtje door de hele stad. Ik lag gedrogeerd op bed en had geen idee
wat er zou gaan gebeuren.

Ik weet niet welke van alle leugenachtige versies over mijn
toestand de professor van het wetenschappelijk instituut bereikte, maar dat doet er ook niet toe. Ze begrepen in elk geval dat
de voorwaarden waren veranderd. Me de leidende positie op het
instituut geven die ik al tijden als de mijne beschouwde, was nu
uitgesloten. De eerbiedwaardige professoren lieten een van de
muizen van kantoor bellen om het besluit mee te delen. Er was
geen vraag meer naar mijn diensten. Hoe konden ze zoiets doen?
In moreel opzicht was het verwerpelijk, maar het was de vraag of
het überhaupt legaal was. Een van de professoren nam jaren later nog eens contact op, waarschijnlijk geplaagd door een slecht
geweten, en liet me de notulen lezen van de vergadering die ze
hadden gehouden. Die notulen waren hoogstwaarschijnlijk opgesteld als een bewijsstuk, mocht ik protest aantekenen. Ik werd
beschreven als een labiele gek, die niet alleen net zo middelmatig
was in zijn onderzoek als in zijn poëziebeoefening, maar bovendien een geneesmiddelenverslaving en een aanleg voor pyroma-
nie had. Wat ik nodig had was zorg, en niet een van de vaste aan-
stellingen op het instituut.

Ik had de mededeling van de universiteit nog nauwelijks ver-
teerd, of de echte catastrofe diende zich aan. Op een of andere manier had het nieuws dat ik mijn toelage niet meer zou
krijgen en ook mijn baan niet kon houden, zich in no time
door de stad verspreid, en twee dagen later kregen we een brief
van de ambtenaren van de Welpenlijst. Zonder inkomsten werden we voorlopig van de lijst afgevoerd, stond er. Heel monter
werden we echter aangespoord om vooral een nieuwe poging
te doen wanneer onze privésituatie in financieel opzicht was
verbeterd. Ik herinner me de ochtend dat de brief kwam – die
leeft verder in mijn nachtmerries. Ik stond op en dacht dat alles
me was afgenomen. Ik stond op en dacht dat ik al op de bodem
van de put was beland. Die ochtend begreep ik echter dat niets

zo belangrijk voor me was als Nicole Vos.

Tegenover mij aan de keukentafel zat mijn geliefde vos. Ik was eraan gewend dat er vuur in haar ogen brandde. Dat brandde er al op de dag dat we elkaar leerden kennen, en de onrechtvaardigheden van de afgelopen weken hadden het doen oplaaien. De brief van de Welpenlijst liet het vuur voor altijd doven.

'Mijn liefste,' zei ik, 'het... het komt wel goed.'

Ik had niets méér te zeggen. Ze antwoordde niet. Ze bleef een aantal dagen zwijgen. De rollen waren omgekeerd; zij liep rond in een soort coma en ik deed mijn best om haar terug te lokken naar het leven. Wat mij betrof was het perfect, nu kon ik eindelijk mijn eigen pijn opzijzetten en me op iemand anders concentreren. De praktische karweitjes hielden me bezig. Ik deed boodschappen en kookte, ik deed de afwas en droogde af. En ik troostte en troostte. Nicole deed wat ik vroeg, ze stond op en kleedde zich aan, ze at het eten dat ik kookte en luisterde naar mijn geklets. Maar ze bevond zich in haar eigen wereld, waar ik niet bij haar kon komen, en wat er in haar hoofd omging wist ik niet.

Een paar weken na de komst van de brief over de Welpenlijst, toen we net onze lunch hadden gegeten in de keuken in Tourquai, stond ze op, om vervolgens rechtstreeks naar de slaapkamer te gaan, waar ze de koffer tevoorschijn trok van onder het bed en haar kleding begon in te pakken. Ik was haar achternagelopen de slaapkamer in, omdat ik voelde dat er iets aan de hand was, en toen ze begon te pakken vroeg ik wat ze aan het doen was. Ze antwoordde niet, maar ging gewoon rustig door, ze vouwde haar kleren op en legde ze in stapeltjes in de koffer. Ik vroeg het opnieuw. Ze scheen het niet te horen. Toen werd ik kwaad – dat zal wel het resultaat zijn geweest van dat slepende proces dat ik had doorgemaakt. Ik rende naar het bed, smeet de koffer en de netjes opgevouwen kleding op de grond en schreeuwde mijn longen uit mijn lijf.

Ze keek me strak aan en zei met berekenende duidelijkheid: 'Ik ga bij je weg.'

En ik begreep dat ik daar niets tegen kon doen.

De rest van het verhaal is niet interessant. Ik werd wat ik ben. Ik sloeg iemand in elkaar toen ik dronken was, ik schopte een ander onderuit, ik weet niet wie het waren en dat is ook niet belangrijk. Ik werd opnieuw wat ik geweest was voor die weken in de kelder en mijn eerste dichtbundel. Ik vocht, gewoon omdat ik daar zin in had, want het voelde goed, en daarna omdat er altijd wel iemand was die me betaalde. Ten langen leste belandde ik in de gevangenis. De eerste tijd in de inrichting moest ik nuchter blijven, en ik leerde me af te sluiten. Ik realiseerde me dat het om concentratie ging. Ik focuste en wiste alles uit wat er gebeurd was tussen de kelder in Yok en de eerste vechtpartij in dronkenschap. Gaandeweg begreep ik dat de gevangenis precies zo in elkaar zit als de stad erbuiten. Ik begon weer te vechten, ik werd ervoor betaald, net als vroeger, en dankzij die betaling kon ik mijn herinneringen ontvluchten met behulp van drugs. Die had ik nodig op dagen dat ik geen fut had om me te concentreren. Ik kan alles vergeten, behalve dit: Slang Marek is het beest dat zonder enige reden mijn derde toelage bevroor en mijn leven vernietigde. Dat vergeet ik nooit.

Hoofdstuk 14

Eric friemelde aan de sleutel die hij in zijn broekzak had.

Hij stond samen met de kraai, de gazelle en Slang Marek in het herentoilet, schuin tegenover de Orderkamer op de zevende verdieping van het imposante hoofdkantoor van het ministerie van Milieu tussen de Avenue Gabriel en de Place de la Libération in het hart van Tourquai. Eric had de deur zo ver opengeschoven dat hij naar buiten kon kijken door de smalle kier. De halvemaan was te zien; het Avondweer zou hooguit nog een halfuur duren. Het kantoorgebouw van het ministerie van Milieu was leeg, met uitzondering van de bewakers, van wie verwacht werd dat ze elke nacht de verdiepingen controleerden. Maar de bewakers waren lui. Ontelbare keren had Eric gehoord hoe Edda zich beklaagde dat de bewakingsbedrijven heel kien waren op factureren, maar het vervolgens amper konden opbrengen om 's nachts de receptie te verlaten. Hoewel de overeenkomst twee wachtrondes per nacht omvatte.

De gang naar de vergaderkamers lag in het donker, afgezien van het blauwige schijnsel van de plantenverlichting. Die hing hier en daar aan het plafond, als een soort privézonnetjes voor ficussen, hybride palmen en varens, die anders in het raamloze donker zouden zijn doodgegaan. De donkerblauwe vloerbedekking zorgde voor een ingetogen en sobere indruk.

'Is er een bepaalde tijd dat...' fluisterde Sam ongeduldig, maar Eric maande hem onmiddellijk tot stilte.

'Er komt iemand aan,' siste de beer.

Als op commando hielden ze allemaal tegelijk een paar tellen hun adem in. Ze hoorden een deur dichtslaan met een soort metaalachtige klank, een slot dat werd dichtgedraaid en vervolgens het geluid van voetstappen. Op de dempende vloerbedekking was het onmogelijk te bepalen of de voetstappen hun kant op kwamen of juist niet.

Tom-Tom was de eerste die weer begon te ademen, als een vis op het droge die naar lucht hapt, en dat irriteerde Eric.

De kraai maakte veel te veel lawaai.

Maar Eric wilde ook de deur niet helemaal dichtdoen. Niet weten wat er gaande is, oordeelde hij, is een groter risico dan helemaal verborgen staan.

Toen hoorden ze het alle vier – het geluid van een krakende walkietalkie op grote afstand, en een stem die zei: 'Op de zevende? Over.'

'Op de zevende, ja.'

Eric draaide zich verbaasd om en keek recht in de priemende blik van de slang.

'Nooit de receptie verlaten, hè?' siste Slang.

Met een handgebaar bracht Eric hem tot zwijgen. 'In je hok,' fluisterde hij en stootte zachtjes de kraai aan, zodat die het zou begrijpen.

De slang was het snelst weg, maar in plaats van naar de toiletten te kronkelen, slingerde hij zich pijlsnel over de vloer en gleed omlaag in een vuilnisemmer bij de wasbak, waar hij zich verborg onder een verfrommeld papieren handdoekje. Er waren twee toilethokjes in het herentoilet, en het toeval wilde dat de kraai het binnenste nam en Sam en Eric het hokje het dichtst bij de deur moesten delen.

'Jij en ik in een toilethokje. Een fantasie wordt werkelijkheid,' zuchtte Sam, zonder ook maar de minste moeite te doen om zachtjes te praten, 'en dat terwijl de omstandigheden zo... rottig zijn.'

De gazelle giechelde, sloot de deur achter hen en ging zelf op het omlaaggeklapte toiletdeksel zitten, terwijl Eric zo ging staan dat hij de kier van de deur in de gaten kon houden.

'Ssjj,' siste Eric.

'Zeg eens,' zei Sam op een vrijwel normale gesprekstoon, 'wat kan er gebeuren? Zou die bewaker ons eruit gooien?'

De gazelle was niet bang om te worden ontdekt. Van alle wets-overtredingen die hij in de loop der jaren had begaan, was een inbraak op het toilet van het ministerie van Milieu nauwelijks iets om over naar huis te schrijven. De slang had vast een excuus voor zichzelf bedacht dat de situatie voor de anderen verergerde en Tom-Tom was te dom om überhaupt op de gedachte te komen om te liegen. Bovendien moest de kraai zich niet laten arresteren of verhoren; in het nauw gedreven verloor hij zijn zelfbeheersing en dat zou vooral sneu zijn voor de bewaker. De enige die echt niet ontdekt mocht worden, was Eric.

De deur naar het toilet werd geopend en de bewaker kwam binnen.

Eric sloot zijn ogen. Toen hij als kleine welp verstoppertje speelde met Teddy, dacht hij altijd dat hij onzichtbaar werd als hij zijn ogen sloot. Hij wachtte. Zonder dat hij enig idee had hoe ze met de situatie moesten omgaan. Hier sta ik me te verstoppen, dacht hij, in een hokje op een herentoilet, samen met een gedro-geerde, homoseksuele, zich prostituerende gazelle, die vooral in trek is bij de masochisten in de stad.

Eric Beer trok een flauwe glimlach, want de stand van zaken kon in wezen niet veel slechter worden.

De bewaker liep met vastberaden voetstappen naar de toilet-hokjes. Eric stelde zich de poot op de deurklink aan de andere kant voor, toen de walkietalkie onverwacht begon te kraken. Het geluid echode in de half betegelde ruimte.

'Ja? Over,' antwoordde de bewaker.

Zijn poot lag nog steeds op de deurklink.

'De koffie is klaar,' zei zijn collega-bewaker beneden in de re-ceptie.

'Nu al? Over.'

'Ik wacht niet, je ziet maar wanneer je komt.'

Toen hield het gekraak op en een paar oneindige seconden lang aarzelde de bewaker, toen nam hij een besluit. Met snelle passen verliet hij het toilet. De deur sloeg dicht.

Eric opende zijn ogen niet. Hij wist niet hoe lang hij zijn adem had ingehouden, maar hij voelde zich helemaal duizelig. Zijn schouders zakten, hij opende de deur en stapte het hokje uit.

'Verdorie, ik hoopte bijna op een beetje actie,' zei Tom-Tom Kraai, die uit het toilethokje ernaast kwam.

Ze voelden zich allemaal merkwaardig vrolijk, zelfs Slang, die uit de papierbak omhoogkronkelde. Eric mompelde nors een antwoord tegen de kraai dat niemand hoorde, waarna hij zijn positie bij de deur naar de gang en de Orderkamer weer innam.

De vollemaan was oud toen de koerier eindelijk kwam.

Tom-Tom was in een van de toilethokjes in slaap gevallen, en helemaal aan de andere kant van de ruimte voerden Sam en Slang fluisterend een gesprek dat nergens over ging. Toen de lift in de zuidelijke gang met een neerslachtige 'pling' zijn komst aankondigde, stond Eric op zijn post bij de deur, maar ze hoorden het geluid alle drie.

De gazelle en de slang zwegen.

Het kon haast niet de bewaker zijn die de lift nam, en het duurde slechts een paar tellen tot ze hem zagen – het was een soort katachtig dier. Een keurig geperst grijs kostuum en een bril met een stalen montuur verborgen zijn bijzondere kenmerken en maakten hem anoniem. Hij liep rechtstreeks naar de Orderkamer en legde zijn aktetas op de grond, terwijl hij in zijn zak naar een sleutel groef. Hij deed de deur van het slot, pakte de aktetas en liep de kamer in, om die amper een halve minuut later te verlaten. Hij was al verdwenen voor het ook maar één moment spannend had kunnen worden.

Eric bleef door de kier van de deur gluren.

'Waarom staan we hier eigenlijk nog?' vroeg Sam ongeduldig. 'Hij is echt weg, hoor.'

'Dat was de Welpenlijst,' fluisterde Eric.

En hij had het woord nog niet uitgesproken, of de lift kondigde de volgende bezoeker aan. Deze vertoonde echter heel ander gedrag.

Eerst duurde het een tijd voor hij zich in de noordelijke gang liet zien. Toen hij daar eenmaal aankwam, leek hij te zijn verdwaald. Aarzelend stappend keek hij keer op keer om zich heen. Het was een tot op de draad versleten kameel, met schoenen die zo kapotgetrapt waren dat de rechterhak ontbrak. Zijn broek zag eruit alsof hij er wekenlang in geslapen had en op zijn overhemd, dat tot over zijn bovenbenen hing, zat zo te zien een enorme koffievlek. Op de vacht van zijn gezicht zaten zwarte roet- of olievlekken, en toen hij de sleutel van de Orderkamer aan een ketting om zijn hals bleek te dragen, begrepen ze allemaal dat er maar één mogelijkheid was: dit dier was geboren met gaten in zijn zakken.

De kameel ging de Orderkamer binnen en kwam weer naar buiten. Het ging allemaal heel snel, maar anders dan bij de vorige correcte dieremployé met zijn aktetas, was het onmogelijk te zien of de kameel een lijst bij zich had.

'Nu?' fluisterde Sam.

'We wachten tot we de lift horen,' fluisterde Eric terug.

Onwillekeurig stopte hij zijn poot in zijn zak en omklemde de sleutel. Het was de sleutel die hij als jongen had laten maken, de sleutel die hij met boetseerklei had gekopieerd van zijn moeders sleutelbos. Stel dat die niet paste? Stel dat hij al die jaren met de verkeerde sleutel had rondgelopen? Of dat het ministerie simpelweg de sloten had laten vervangen? Er waren wel gekkere dingen gebeurd.

'Nu dan?'

Er was geen verklaring nodig voor Sams ongeduld. Ze hadden alle vier gecalculeerd welk risico ze vanaf nu namen. Als de kameel werkelijk een Dodenlijst... een echte Dodenlijst in de afgesloten Orderkamer had gelegd, dan zou Chauffeur-Tijger elk moment kunnen komen om die op te halen. En niemand, zelfs Tom-Tom niet, had zin om de tijger tegen het lijf te lopen.

'Nu!' zei Eric.

Hij opende de deur van het toilet en stak snel de donkere gang over. Zonder te aarzelen, zonder na te denken, stak hij de sleutel in het slot van de Orderkamer en draaide hem om.

Hij deed het.

Toen hij het kamertje binnenstapte waar, net als zijn moeder altijd had gezegd, alleen een bureau stond met een onderlegger erop, zag hij onmiddellijk de twee enveloppen. De ene keurig en met schrijfmachineletters op de voorkant, de andere alsof hij eerst was verfrommeld, toen in een plas water gegooid, vervolgens gedroogd aan een waslijn en uiteindelijk hier was beland. Eric voelde de aanwezigheid van Slang vlak achter zich, en intuïtief begreep hij dat hij moest opschieten. Zonder te gewichtig te doen sprong hij naar de tafel en griste de gehavende envelop weg op hetzelfde moment dat de slang zich langs de poot van het bureau omhoogwerkte om hetzelfde te doen. Eric deed een paar stappen opzij en opende de envelop. Er was geen gevaar dat iemand zou merken dat de envelop geopend en weer gesloten was; daar had de slonzige kameel wel voor gezorgd.

Een vel papier... ja hoor, het was een lijst met namen, achttien stuks, getypt in een kolom. Eric las ze.

Wat daar stond was onmogelijk.

Eric herkende niet alleen de naam van Nicholas Duif op de Dodenlijst. Er stond nog een naam die hij heel goed kende. Van de schrik en de shock werd Eric Beer duizelig en misselijk. Hij hapte naar adem, vermande zich, en keek op van het papier.

'Het is waar,' zei Eric Beer onbewogen. 'Er is een Dodenlijst.'

Hoofdstuk 15

De slaapkamer baadde in het zachte daglicht dat door de dicht-getrokken witte gordijnen viel. Op een enorm tweepersoonsbed vormden vele lage dons en een tiental vormeloze kussens een wit ruimtelandschap met hoge bergen en diepe ravijnen. In dit rijk van zachtheid lag het tere, ongeklede lijfje van Emma Konijn te rusten. Ze lag op haar buik, met haar benen als een schaar om een dik dekbed geklemd en haar gezicht naar rechts, naar het raam gewend.

De muren van de slaapkamer waren wit, de geoliede eiken planken van de parketvloer waren donkerder geworden in de tijd dat ze hier woonden en het bed was het enige meubel in de kamer, afgezien van het ronde witte vloerkleed en de diepe fau-teuil waarin Eric Beer naar zijn slapende vrouw zat te kijken. In de slaapkamer aan Uxbridge Street hing een geur van slaap en welbevinden, maar het was jaren geleden dat Eric die had opge-merkt. Vandaag, nadat hij twee weken opeengepakt met de man-nen aan Yiala's Arch had doorgebracht, was de geur meer dan tastbaar; hij overweldigde hem en vervulde hem met weemoed.

Vanuit zijn fauteuil kon hij het gezicht van zijn vrouw niet zien, maar hij zag haar dunne lijfje, en de tederheid borrelde op in zijn hart.

Zat Eric Beer stiekem naar zijn slapende vrouw te kijken?

Daar leek het wel op.

Er maalden gedachten door zijn hoofd – traag, maar ontwij-kend. Herinneringen en associaties, scènes en woorden, alles in één onbegrijpelijke chaos. Hij liet het gebeuren. Zijn yogalerares had hem geleerd de gedachten te laten komen en gaan als wolken die langs een vroege Ochtendhemel zeilen. Hij had nooit begrepen wat ze bedoelde, maar eindelijk deed hij precies wat ze had gezegd. En langzaam maar zeker gleed hij terug door de jaren naar zijn jeugd, wat vaak het geval is als je je gedachten gewoon de vrije loop laat. De Ochtend en de slaapkamer verbleekten en verdwenen, tot de geur van een bekende ademhaling alles was wat restte.

Een zoetige adem, een beetje bedompt zoals de adem van een knuffeldier altijd is. De warme uitademing die uit de maag komt en katoendeeltjes meevoert die nog nooit het daglicht hebben gezien. Uit Teddy's mond kwam een geur die weliswaar muf en lauw was, met een zweem van honing en gras, maar Eric een veilig gevoel gaf. Als hij een nachtmerrie had gehad, liep hij soms die paar stappen door de kamer om bij Teddy in bed te kruipen, waar die adem wachtte op het kussensloop, en de spoken en demonen die hem teisterden verdwenen. Of in de klas, als Teddy zich omdraaide en iets in zijn oor fluisterde, en Eric de adem op een paar millimeter afstand voorbij voelde trekken; dan was het zij tweetjes tegen de rest van de wereld.

Alleen was je sterk.

Maar met z'n tweeën was je sterker.

Zijn hele jeugd lang had Eric Beer nader tot zijn tweelingbroer willen komen. Het was de nabijheid tot Teddy die iets betekende, die hem kracht gaf om zich los te maken van zijn moeder, die maakte dat hij durfde te rebelleren tegen zijn vader. Maar met elk jaar dat verstreek, werd Teddy afstandelijker.

Misschien hadden die momenten van fysieke nabijheid met zijn tweelingbroer daarom al die jaren overleefd. Zijn adem natuurlijk, maar ook hoe ze elkaars buik 's avonds als hoofdkussen hadden gebruikt, en hoe het gevoel dat ze deel van een ander waren hen had beschermd tegen de werkelijkheid die buiten het huis aan de Hillville Road op de loer lag. Ze masseerden elkaar gewoonlijk voor het slapengaan, hard met de juiste grepen of zachtjes met hun vingertoppen. Zelfs de worstelwedstrijden, die Teddy altijd won omdat hij de sterkste van hen tweeën was, lieten een gevoel van helende nabijheid na, ondanks de blauwe plekken en de slijtplekken aan zijn vacht.

Eric had van zijn tweelingbroer gehouden. Hij had hem nodig gehad. Meer dan hij van iemand anders in de hele wereld had gehouden, meer dan hij ooit een ander nodig had gehad. Erics gecompliceerde tienerjaren moest je zien in het licht van Teddy's verraad; het verraad waarvan ze geen van beiden wisten wanneer het precies gebeurde. Het ging niet om een openlijk conflict. Teddy verdween geleidelijk aan in zijn eigen wereld van aparte ideeën, die hij niet wilde uitleggen. Het deed pijn om te worden buitengesloten. En in een poging de eenzaamheid te compenseren waarin hij onvermijdelijk werd gestort – en waarvoor hij zo beducht was – zocht Eric gemeenschap in kringen waar gemeenschap alleen wordt geboden in ruil voor iets anders.

Eric hield van Teddy. Eric deed alles waar Teddy om vroeg. Het enige probleem was dat Teddy maar zelden dingen vroeg. Maar als het gebeurde... wanneer het gebeurde... was hij zo gelukkig. Hoe vreemd de wensen van Teddy ook waren, Eric stond voor hem klaar. Het was alsof hij week in, week uit had staan blauwbekken voor een dichtgetimmerd huis, waarvan dan plotseling de deur openging, waarna hij werd uitgenodigd om binnen te komen en bij de warme kachel te gaan zitten. Thuiskomen. Zich veilig voelen. Je niets hoeven afvragen of nooit ongerust hoeven zijn.

Wanneer ontdekte Eric voor het eerst dat er iets niet in orde was met Teddy?

Die vraag kan op twee manieren worden beantwoord.

Het eerste antwoord is: nooit.

Het tweede antwoord is: op het moment dat ze naar school gingen en Eric de mogelijkheid kreeg zijn tweelingbroer te vergelijken met andere leeftijdsgenoten. Maar door die eigenaardige manier van doen van zijn broer niet te beoordelen in termen van goed of fout, ging het leven gewoon verder.

Soms was het absurd. In hun tienerjaren kwam het niet zelden voor dat Teddy dingen deed en zei die ontegenzeglijk vreemd waren. Eric verdedigde zijn broer door niet op die eigenaardigheden te willen reageren, en samen leken de broers dan een stelletje complete idioten. Ook al wist Eric niet wat er zou gebeuren als openlijk werd toegegeven dat er iets mis was, die gedachte beangstigde hem.

Boxer Bloom was een fundamentalist, een conservatief, een op het randje van reactionair dier in alle vraagstukken, behalve in politiek – op dat laatste punt deed hij zich graag voor als liberaal. Teddy Beers eigenaardigheden namen in omvang toe, naarmate hij ouder werd. De boxer ging zich er steeds meer aan ergeren. Het begrip van Edda Neushoorn voor Teddy werd alleen overtroffen door de zin om alles glad te strijken.

'Ik kan dit niet eten,' zei Teddy plotseling op een avond toen ze met z'n vieren in de keuken aan de Hillville Road zaten te eten.

De tweeling was net veertien geworden. De laatste weken van de zomervakantie waren Teddy en Eric naar een zeilkamp in Hillevie geweest. Toen ze thuis waren gekomen van het kamp en het gezin in Amberville was teruggekeerd, had Boxer Bloom zijn best gedaan om te doen alsof alles in orde was. Hij had zich verbeeld dat Teddy in de loop van de zomer een magische metamorfose had ondergaan, en dat alles eindelijk... normaal zou worden. Nu werd hij wanhopig. Het had niet met het eten te maken. De gedachte dat ze nog een jaar met Teddy's onberekenbaarheid en dwanggedachten zouden moeten leven, was meer dan de boxer kon opbrengen. Toen Teddy zijn bord van zich af schoof en verlegen omlaagkeek naar de tafel, knapte er iets bij Boxer Bloom.

Met ingehouden woede mompelde hij: 'Kun je niet eten?'

'Papa,' zei Teddy, die net als Eric hoorde hoe kwaad zijn vader was, 'zo bedoel ik het niet. Ik... ik kan het gewoon niet.'

'Er staan hier tomatensalsa, aardappelgratin en kalfsfilet,' deelde de boxer mee, 'waar je moeder urenlang mee bezig is geweest. Je hebt dit al honderd keer eerder gegeten.'

'Nou,' bracht zijn moeder ertegenin, 'zo vaak maak ik het nu ook weer niet...'

'Waarom heb je er juist nu geen zin in?'

De boxer keek de welp woedend aan.

'Hij hoeft toch niet te eten, als hij dat niet wil?' zei Eric. 'Hij heeft immers al salsa en gratin gegeten. Zit je al vol?'

'Dat heeft er niets mee te maken,' zei Teddy.

'Nee,' bulderde Bloom. 'Waar heeft het dan mee te maken?'

'Het is niet goed om een kalfje te doden,' zei Teddy bijna fluisterend.

De boxer sloeg met zijn poot op tafel en stond op. Hij leek enorm, zoals hij daar stond en op hen neerkeek met een vinger recht op de welp gericht.

'Wat bedoel je daarmee, verdomme?!' blafte Bloom.

Maar het volgende moment, nog voordat Teddy kon antwoorden, hoewel de tranen over zijn wangen liepen, vloog Eric onverwacht zijn vader aan.

Zijn moeder gilde, zijn vader gaf een schreeuw en struikelde achteruit naar de woonkamer. Eric hing om zijn buik in iets wat op een soort krampachtige omhelzing leek.

'Hou daar mee op!' riep Eric. 'Hou er nu mee op.'

Eric bekommerde zich niet om de kalfsfilet en zijn krankzinnige broer. Zijn gevoelens van onmacht hadden zich in de loop van weken opgebouwd, net zo lang als Bloom had geprobeerd zich in te beelden dat alles goed zou komen, en nu kregen ze eindelijk hun gewelddadige, fysieke uitlaatklep.

Ter verdediging van Boxer Bloom moet wel gezegd worden dat hij zich niet hardhandig van zijn welp probeerde te ontdoen. Toen hij zijn evenwicht had hervonden, bleef hij gewoon stokstijf staan tot Erics greep verslapte. En zo bleven ze elkaar aanstaren, de welp openlijk agressief en de vader eerder verbaasd. Nog voor ze voldoende tot zichzelf gekomen waren om iets tegen elkaar te zeggen, stond Teddy op van de keukentafel. Bij dat geluid draaide Eric zich om, en hij zag nog net zijn tweelingbroer de trap op-rennen.

'Er zijn grenzen,' zei Bloom toonloos. 'Grenzen, wanneer we te ver gaan en onszelf niet meer in de hand hebben.'

Eric draaide zich weer om en keek recht in de hondenogen.

'Jouw liefde zou grenzeloos moeten zijn,' fluisterde Eric amper hoorbaar, 'maar dat is ze nooit geweest.'

Waarop hij zich omdraaide en Teddy achterna rende de trap op.

Emma Konijn draaide zich om in bed.

Eric Beer schrok, in één klap was hij terug in het heden. Hij keek naar haar en zag hoe ze in haar slaap naar het dekbed zocht, omdat ze het koud had als ze op haar rug lag. Ze trok een van de grote witte dekbedden over zich heen en verdween weer uit zijn gezichtsveld. De tranen liepen uit Erics ogen zonder dat hij erbij nadacht. Geruisloos stond hij op. Het was ruim twee weken geleden dat hij haar voor het laatst had gezien. Maar vannacht, nadat hij de Dodenlijst had teruggestopt in de verfrommelde envelop, moest hij hiernaartoe in plaats van naar Yiala's Arch. Hij moest haar zien, voorzichtig over haar voorhoofd strelen terwijl ze sliep.

Hij was van plan de slaapkamer uit te sluipen en het daarbij te laten, maar hij kon het niet. Niet nu. Hij stond op en liep een paar stappen naar het bed toe. Ze draaide haar hoofd om, en haar snorharen trilden in de droom die ze droomde. Het was vreemd, dacht hij, dat hij zoveel van iemand durfde te houden. Toch weer. Zich kwetsbaar maken, riskeren om diep gekwetst te worden. Opnieuw. Na alles wat er met Teddy was gebeurd.

Eric keek naar zijn slapende vrouw en glimlachte. Maar zij zou hem niet kwetsen, en die zekerheid, die zelfverzekerde gedachte maakte dat hij het had aangedurfd. Hij hield van haar, omdat ze het waard was om van te houden en omdat hij, duidelijker dan wie ook, dat kon zien. Voorzichtig sloop hij weg uit de slaapkamer; hij vermeed de vloerplank vlak bij de drempel, die altijd kraakte. Snel liep hij door de woonkamer naar de hal, waar hij zonder enig geluid de voordeur wist te openen en te sluiten, en een paar tellen later was hij op weg in zijn grijze Volga Combi.

Er bestond een Dodenlijst.

Die werd niet door de Chauffeurs opgesteld.

En onder anderen Nicholas Duif stond op de lijst.

De lijst bestond uit namen en data, dat was alles. Op bepaalde dagen werd niemand gehaald, op andere dagen waren het er meer dan een. Dat laatste was het geval op 21 mei.

Dat was de dag waarop de Chauffeurs Nicholas Duif moesten halen.

Het was over vier dagen.

Maar er stond nog een naam op de lijst voor 21 mei. Er was nog een knuffeldier dat over vier dagen uit dit leven zou worden gehaald.

Teddy Beer.

Hoofdstuk 16

'Mag ik nu naar huis?'

Slang Marek klonk hoopvol.

Eric Beer zat op een barkruk, Slang bevond zich op de piep-kleine bar zelf. Alle Springergaast-winkels pronkten tegenwoor-dig met zo'n bar, die midden in de kleurenexplosie van winkelin-richting en reclameposters stond, wat volgens een of ander ge-nie van een reclamebureau – dat misschien bij Wolle & Wolle in dienst was – de verkoop stimuleerde. De beer en de slang hadden elk een kop koffie en een bosbessenmuffin besteld. Om hen heen concurreerden koekjes- en chipsverpakkingen, los schepsnoep, frisdranketiketten en zelfs vers fruit om hun aandacht. Het rook er naar versgemalen koffie en warme croissants. Eric had ervoor gekozen de ontmoeting te verplaatsen naar Springergaast aan de Carrer Admiraal Pedro, een paar blokken van Yiala's Arch, om-dat hij Slang onder vier ogen wilde spreken. En in deze winkel kwamen maar zelden klanten.

'Hou op, zeg,' zei hij.

'Als ik het niet dacht,' zuchtte Slang teleurgesteld.

Gisteravond waren alle plannen overhoop gehaald. Toen Eric Teddy's naam op de Dodenlijst zag staan, was het niet langer een kwestie van gewoon Emma redden.

Zijn eerste reactie was er een van shock. Maar intuïtief besefte Eric dat hij geen zwakke plekken moest prijsgeven met Slang in de buurt, en daarom moest hij wel doen alsof er behalve de ver-wachte namen niets anders op de lijst stond. Als Slang er niet was geweest, als Eric zijn gevoelens de vrije loop had gelaten – dan was hij ingestort.

'Heb je nog nagedacht over mijn vraag?' vroeg de beer.

'Wat?'

'Iemand redden van het doodvonnis dat is opgelegd door een man die zelf binnenkort dood is.'

'Als je me slim genoeg acht om zoiets uit te denken, moet je toch ook snappen dat ik slim genoeg ben om te begrijpen waar het hier om gaat,' antwoordde Slang geërgerd.

Eric haalde zijn schouders op.

'Waarschijnlijk wel,' zie hij.

'Duif heeft dat lieve Konijn van je bedreigd. Als de Chauffeurs Duif halen, halen zijn gorilla's jouw konijn.'

Opnieuw haalde Eric zijn schouders op. Het was een bekentenis.

'En?' vroeg hij. 'Wat moet ik doen?'

'Ik heb geen idee,' antwoordde Slang, en hij klonk zo ongeïnteresseerd dat Eric moeite had om zich niet te laten provoceren, hoewel hij begreep dat het reptiel daar nu juist op uit was.

'Je zult de gorilla's wel moeten omkopen...?' stelde de langtongige Marek voor.

'De gorilla's omkopen?'

'Ja, wat weet ik ervan?'

'Je hebt bij Casino Monokowskij gewerkt, je hebt voor Nicholas Duif gewerkt, en je stelt voor dat ik de gorilla's omkoop?'

'Eerlijk gezegd, en met alle respect – het zal me allemaal een worst wezen,' zei Slang.

Eric bleef zwijgend zitten. Er moet een reden zijn, dacht hij, want het was duidelijk dat Slang hem een reactie wilde ontlokken. Had het misschien, zo peinsde hij verder, met de Dodenlijst te maken? Had Slang, die gevoelig was voor de zwakke kanten van andere dieren, misschien begrepen dat er in de Orderkamer iets was gebeurd, iets wat de positie van de beer had geschaad? En was Slang er wellicht op uit dat te achterhalen door zijn provocaties? Ze wisten allebei dat je nooit genoeg informatie kon krijgen als het om machtsspelletjes ging, en tussen hen tweeën ging het van oudsher altijd om macht.

Ze namen ieder een hap van hun bosbessenmuffin en probeerden na te denken over de volgende zet.

'Denk je dat Tom-Tom iets kan uitrichten?' vroeg Eric.

'Hoe bedoel je?'

'Hij is echt een rotzak,' constateerde Eric, 'diep van binnen. Zou hij ze misschien een lesje kunnen leren?'

'Als je de gazelle ook meerekent, is het niet onmogelijk,' zei Slang.

Weer namen ze ieder een hap, de muffin was lekker klef, heel smakelijk.

De gorilla's hadden alle reden om bang te zijn voor een doorgedraaide kraai. Maar zelfs al konden Tom-Tom en Sam samen vele gorilla's de stuipen op het lijf jagen, ze zouden ze nooit allemaal kunnen afschrikken.

'Duif een beetje kennende,' zei Slang, 'heeft hij bovendien een gigantische beloning uitgeloofd voor degene die bewijst dat hij zich om je konijn heeft bekommerd. Een accountant op een of ander saai kantoor ergens in de stad zit daar gewoon te wachten met een volmacht in zijn bureaulade, totdat iemand met het bewijs komt. En dat betekent dat je niet alleen die stomme gorilla's moet aanpakken, maar ook de premiejagers nog.'

Eric zuchtte. Het was duidelijk dat het zo zat, dat had hij zich ook gerealiseerd.

'En de mogelijkheid dat we de opdracht tot een goed einde brengen?' vroeg Eric.

'Je bedoelt Duif van de lijst schrappen?'

Eric knikte. Eigenlijk wilde hij niets liever dan over Teddy vertellen, maar een dergelijke bekentenis zou geen positieve gevolgen hebben. Daarom knikte hij voor de tweede keer.

'Ik weet het niet,' zei Slang. 'We hebben bewezen dat er een lijst bestaat. Ik had nooit gedacht dat we daarin zouden slagen.'

'Ik wist dat er een lijst was,' zei Eric.

'Dat wist je helemaal niet,' zei Slang.

'Maar iemand schrappen, iemand gratie verlenen...?'

'Tussen alle legendes over de Dodenlijst,' antwoordde Slang, 'zitten er ook een paar waarin dat wordt genoemd. En dan denk ik niet alleen aan dat verhaal van de fadux.'

Terwijl de koffie afkoelde en Eric de rest van zijn eigen muffin en die van Slang opat, vertelde Slang het verhaal van Paard Carl en Admiraal Pedro.

Paard Carl was de held die langer dan tweehonderd jaar geleden de vier stadsdelen verenigde, na bijna een eeuw van burgeroorlog, tijdelijke allianties en verbroken beloften. Tegenwoordig leerden alle welpen op school over Paard Carl, maar wat niet veel dieren wisten, zei Slang met een ondertoon van diepe minachting, was dat het paard als beloning voor zijn inzet de mogelijkheid werd toebedeeld om elk jaar één dier op de Dodenlijst gratie te verlenen.

'Nee, wacht eens,' protesteerde Eric, 'dat heb ik nog nooit gehoord...'

'Zoals ik al zei,' snauwde Slang Marek, geïrriteerd over de onderbreking, 'gaat het om legenden, mythen. Niet om iets wat waar of onwaar is. Maar ik kan begrijpen dat de autoriteiten proberen te voorkomen dat dit soort verhalen wordt doorverteld. Ik kan niet inzien welk voordeel het ministerie erbij zou hebben als het verhaal over Paard Carl...'

Toen ging hij verder: Paard Carl begreep al snel dat de mogelijkheid om iemand gratie te verlenen kon worden gebruikt in het machtsspel dat onder de leidende dieren in de vier stadsdelen was ontstaan. Carl vestigde een nieuwe traditie. Een select groepje rechters, generaals, politici die in hoog aanzien stonden en een enkele echt belangrijke landheer mochten elk jaar op een van de dieren op de Dodenlijst stemmen. Het dier dat de meeste stemmen kreeg werd geschrapt, en alle betrokkenen konden genieten van het gevoel van macht, de macht over leven en dood die nog groter was dan de macht die ze hadden voor de stad werd herenigd.

Alles verliep volgens het plan van Paard Carl, tot het jaar dat zowel David Uil als Admiraal Pedro op de Dodenlijst stond. De admiraal had jarenlang het bevel gevoerd over de tamelijke onbeduidende vloot in Hillevie, maar hij was nog jong en het feit dat zijn naam op de lijst opdook kwam als een volslagen verrassing, niet alleen voor hemzelf maar ook voor alle anderen. Pedro raakte in paniek; hij vroeg en kreeg eervol ontslag van de vloot en besteedde al zijn tijd aan het beïnvloeden van de stemgerechtigde hoge pieten, zodat ze op hem zouden stemmen. Toen de dag aanbrak waarop de gratie bekend zou worden gemaakt, bleek echter dat rechter David Uil nog meer stemmen had gekregen dan voormalig admiraal Pedro.

Pedro ging tekeer. Hij eiste een gesprek met Paard Carl. Carl honoreerde het verzoek om audiëntie en betreurde het besluit, maar legde Pedro uit dat hij er niets aan kon doen. Het vonnis was geveld, het dier dat gratie zou krijgen was David Uil, zo was besloten. Waarom kon Carl hun niet allebei gratie verlenen, vroeg Pedro.

Paard Carl slaakte een diepe zucht. Dat was onmogelijk.

'Waarom was het onmogelijk?' vroeg Eric Beer veel te hard.

'Het was gewoon onmogelijk,' herhaalde Slang Marek, opnieuw geïrriteerd dat hij in de rede werd gevallen.

Nou goed.

Voormalig admiraal Pedro nam het meest logische besluit waartoe hij, gezien de omstandigheden, in staat was. In paradepas beende hij rechtstreeks van de audiëntie bij Paard Carl naar het huis van David Uil, waar hij de rechter met een sabel onthoofdde. Vervolgens nam hij het hoofd mee naar het bos, waar hij het begroef. Nu zouden ze, zo dacht Pedro, degene die de op een na meeste stemmen had gekregen gratie verlenen.

Maar op dat punt had voormalig admiraal Pedro het mis. In plaats daarvan werd Paard Carl met onmiddellijke ingang de mogelijkheid om dieren gratie te verlenen ontnomen.

'Door wie?' vroeg Eric.

'Dat vermeldt de historie niet,' zei Slang. 'De Dodenlijst werd geheim verklaard, niemand mocht meer vooraf weten wie erop stond (en na honderd jaar wisten we niet eens meer of die lijst wel bestond), en de procedure met de Koetsiers, nadien de Chauffeurs, werd ingevoerd.'

Slang Marek zweeg.

Na een hele poos zei Eric: 'Dat duidt er in elk geval op dat iemand erover beslist, en daarmee moet er een mogelijkheid zijn om invloed uit te oefenen.'

'Zo kun je het misschien zien,' knikte Slang.

'Nu gaat we naar huis om te besluiten hoe we verder gaan,' zei Eric.

Slang knikte opnieuw, waarna ze van de barkruk en de bar gleden en Springergaast verlieten.

De nacht van 18 mei was er opnieuw een met drank, kaartspel en bizarre invallen in de keuken aan Yiala's Arch. Net op tijd voor de Avondstorm werden de flessen ontkurkt. De kraai toonde hoe handig hij was door met zijn langste vingerveren de kaarten te schudden, Slang kronkelde omhoog op de keukentafel en maakte zich klaar voor de eerste keer geven terwijl Sam de badkamer binnenglipte om een pillencocktail voor zichzelf te maken, voordat het tijd was voor het spel. Eric stak theelichtjes aan en schonk voor iedereen iets te drinken in.

Tom-Tom Kraai deed alleen alsof hij zich liet vollopen. Zodra de anderen niet keken, sloop hij naar het aanrecht, gooide de wodka weg en verving die door water. Om de schijn op te houden kraste hij luid en beneveld. Hij kon zich er niet toe zetten om te drinken, de laatste dagen voelde hij zich vreemd, gevoelig op een manier die hij niet prettig vond; vannacht was hij wakker geworden van de tranen die langs zijn snavel omlaagliepen. Hij wist niet waar het mee te maken had, maar hij vocht om de herinneringen terug te dringen in de diepe ravijnen van de vergetelheid.

Eric Beer werd echter zo dronken als een tol, zo dronken was hij nog nooit geweest. Hij was van plan geweest zich in te houden, om zijn dronken kompanen de nacht door te loodsen en ze terug te sturen op de begaanbare associatiepaden wanneer ze in de greppel belandden.

Maar het liep anders.

Toen de drank de overhand nam en Eric zich niet meer tegen

zijn gevoelens kon verzetten, gleed de beer eerst weg in diepe gelatenheid, wat hem een prettig gevoel gaf, omdat de gelatenheid vergevingsgezind was. Welke mogelijkheden had hij eigenlijk, vroeg de gelatenheid. Hij vocht tegen de dood, en die kon geen sterveling overwinnen. Hoewel ze de Dodenlijst in handen hadden gekregen, voelde het even onwaarschijnlijk als een paar weken geleden dat ze het leven van Nicholas Duif konden redden. De enige informatie die ze zich verschaft hadden, over de Chauffeurs en de lijst, was levensgevaarlijk. Het was van levensbelang dat niemand iets vertelde, constateerde Eric bezorgd. Het was van levensbelang dat deze achterlijke kompanen in Sam Gazelles keuken hun kop zouden houden.

'Iez'reen,' probeerde Eric Beer, 'moezik kiezze. Nu!'

Maar niemand deed ook maar een poging om zijn geslis te duiden, en dat was misschien maar beter ook. De twee dieren van wie Eric het meest hield, liepen het risico te sterven, en hij had nog maar drie dagen om daar iets aan te doen. Hij vond zichzelf onvoorstelbaar zielig, en hij meende dat hij het recht had om te zwelgen in zelfmedelijden.

Maar hoe meer hij dronk, hoe meer moeite hij ermee had het bijna apathische verdriet in stand te houden. De wodka verwarmde hem. Het was zo onrechtvaardig, dacht hij. Het was alsof een hogere macht hem een poets bakte, alsof iemand hem opzettelijk wilde zien lijden en hem daarom de naam van zijn broer op de lijst liet ontdekken. Die verdomde Duif ook, dacht de beer woedend, en de woede verjoeg de eenzaamheid en maakte dat hij zich sterk voelde. Die verdomde Duif, dacht hij nogmaals, en dat verdomde lot.

Eric stond op van tafel. Zijn stoel viel om en de klap deed de anderen zwijgen en opkijken. Hij had absoluut niets te zeggen. Hij keek hen aan, een voor een, vervuld van een enorme liefde. Ze zaten daar om hem; ze waren loyaal. Zijn berenhart veranderde in een spons, volgezogen met drank en sentimentaliteit, en de tranen stonden in zijn ogen. Zijn vrienden. Zijn vertrouwelingen.

'Eric,' vroeg Tom-Tom, 'wat moeten we nu eigenlijk doen, verdomme?'

Eric Beer draaide zich langzaam naar Tom-Tom en probeerde vergeefs zijn blik scherp te stellen.

'Ja, verdorie,' ging de kraai verder, 'ik heb geen idee wat we moeten doen.'

De schoft, dacht Eric verbijsterd, en al zijn mooie gevoelens verdampten. Twijfelt de grote kraai soms aan mijn vermogens?

'Ik stel voor om... Noa Kameel... in het nauw te drijven,' zei Sam bij de gootsteen.

Was de gazelle aan het afwassen? Eric kneep zijn ogen half dicht om Sam beter te kunnen zien. Ja, hij stond inderdaad af te wassen. Was dat niet overdreven ijverig?

'Noa Kameel?' vroeg Slang.

'Hij moet de lijst toch van iemand hebben gekregen,' verdedigde Sam zich, die ervan uitging dat Slang het een slecht idee vond.

'Was dat die verdomde kameel op het ministerie?' vroeg Tom-Tom.

'Dus jij wist wie dat was?' zei Slang.

Al die replieken die kriskras door de kamer vlogen verwarden Eric Beer. Hij begreep dat er iets te gebeuren stond, iets belangrijks, maar hij wist niet wat. Noa Kameel?

'Noa en ik... kennen elkaar...' zei Sam, en hij voegde er aarzelend aan toe: 'Zou je misschien kunnen zeggen...'

'En dat zeg je nu pas?' Slang Marek schreeuwde bijna.

Zijn irritatie kende geen grenzen.

'Maar dat is juist goed, toch?' vroeg Tom-Tom.

Drie dagen is misschien genoeg, dacht Eric.

Noa Kameel

kan het niet begrijpen kan het niet begrijpen kan het niet begrijpen hoe je zoveel pijn zoveel pijn zoveel pijn zou willen veroorzaken en tranen helpen niet omdat ik ril want het is koud, altijd is het koud koud maar ik ril niet omdat het koud is, ik ril van angst, ik ril tot diep in mijn merg en vulling en die kou doet zo'n pijn hij doet pijn

zag Sam Gazelle aankomen, zag hem aankomen door het raam in de hal, zag hem aankomen door het raam in de hal en was best blij want hoewel ik wist dat hij gevaarlijk was waren we vrienden hij en ik we waren vrienden hij en ik want we hebben elkaar ooit lang geleden ontmoet en ik wist dat hij gevaarlijk was want ik wist wie hij was en wat hij leuk vond om te doen maar ik dacht dat dat gewoon kletspraatjes waren want er wordt zoveel gekletst en er wordt te veel gekletst en ik opende de deur toen hij aanbelde en vroeg hem binnen te komen in de keuken en te gaan zitten en misschien een kop koffie of een biertje te drinken want je moet aardig zijn tegen je vrienden

hij pakte een vork en stak die door mijn been, door stof en katoen, de metalen tanden van de vork gingen recht door mijn been van de ene kant naar de andere zodat ik vastzat aan de tafel en ik kan niet beschrijven hoe zeer dat deed hoe afschuwelijk zeer dat deed maar toch voelde ik bijna geen pijn omdat ik zo bang was, zo bang dat mijn hele lijf begon te trillen maar ik schreeuwde niet al had ik moeten schreeuwen maar ik huilde stilletjes en keek naar Sam Gazelle van wie ik dacht dat hij mijn vriend was en ik begreep het niet ik begreep het niet ik begreep er niets van

hij vroeg me en bedreigde me en zei dat hij me zou verbranden als ik niets vertelde, precies zo zei hij het dat hij me zou verbranden en ik zag in zijn ogen dat hij me zou verbranden wat ik ook zei en in eerste instantie werd ik bijna blij omdat ik begreep waarom hij de vork door mijn been had gestoken, hij was ergens op uit, hij wilde weten wat ik wist en zulk soort dingen gebeurt voortdurend, het was begrijpelijk en het kon mij niet schelen wie er wie doodmaakte dus ik vertelde het hem, vertelde alles wat ik wist over waar ik eerder was geweest en waar ik naartoe ging nadat ik bij het ministerie was geweest en dan zou alles weer zijn zoals het zou moeten zijn, dan had hij gekregen wat hij wilde en kon hij weer weggaan, weer verdwijnen en ik wilde hem nooit meer zien

maar hij ging niet weg

hij deed dingen met mij die ik niet kan vertellen omdat het veel te verschrikkelijk is om met woorden te zeggen, dingen die zo afschuwelijk zijn dat je ze niet kunt zeggen en als ik denk aan alles wat hij deed wordt het helemaal zwart vanbinnen omdat ik niet wil vertellen wat hij met me deed, Sam Gazelle, maar hij deed het telkens opnieuw en hij kreeg er nooit genoeg van en ik schreeuwde en ik huilde en ik viel flauw en droomde en kwam bij en hij was er nog steeds en hij zei dat hij iets nieuws had bedacht dat hij wilde uitproberen en hij lachte soms en was soms ernstig en ik weet niet of hij mij überhaupt zag en de pijn was... de pijn was zo overweldigend dat hij bijna niet voelbaar was hoewel hij zo erg was dat hij mij deed flauwvallen maar

de pijn was niet het ergste het afschuwelijkste was niet toen hij deed wat hij deed maar het was net vóór hij het wilde doen net

163

ervoor in de ademhaling vóór hij zei dat hij iets nieuws wilde
uitproberen

kan het niet begrijpen kan het niet begrijpen kan het niet begrijpen hoe je zoveel pijn zoveel pijn zoveel pijn zou willen veroorzaken en tranen helpen niet omdat ik ril want het is koud, altijd is
het koud koud diep in mijn merg en vulling en hij verbrandt, de
kou, hij verbrandt en brandt en het doet zo'n pijn het doet pijn

en ik schreeuwde en schreeuwde dat ik echt alles zou vertellen
wat hij wilde weten en er was niets wat ik niet zou vertellen als hij
erom vroeg en ik huilde en schreeuwde ik doe alles wat je wilt en
ik vertel alles wat je wilt als je maar ophoudt ophoudt ophoudt ik
vertel vertel vertel maar hij zei dat ik mijn kop moest houden hij
zei dat ik naar de hel kon lopen hij had schijt aan wat ik te vertellen had, zei hij, en mijn wanhoop was groter dan...

en ik schreeuwde en schreeuwde
en ik vertelde en vertelde
en ik viel flauw en kwam bij en viel flauw en kwam bij
en ten slotte viel ik opnieuw flauw

kan het niet begrijpen kan het niet begrijpen kan het niet begrijpen hoe je zoveel pijn zoveel pijn zoveel pijn zou willen veroorzaken en tranen helpen niet omdat ik ril want het is koud, het
leven is altijd koud en dat zal het leven altijd blijven tot het vuur
me inhaalt en me aansteekt en me verteert en me vernietigt en
dan pas zal ik niet meer rillen misschien zal ik dan niet meer rillen misschien

Teddy Beer 3

Ik kan me vrij bewegen. Ik leef een vrij leven.

In de gang op mijn verdieping hangen elf schilderijen in smalle, witte houten lijsten. Het is abstracte kunst. Geschilderd met veel water en een mespunt pastelverf. Ik vind ze niet mooi. Ik zou ze zelf nooit hebben uitgekozen. Maar zou ik het mezelf in dat geval te gemakkelijk hebben gemaakt?

De schilderijen, in het bijzonder de twee die voor mijn deur hangen, gerekend vanaf het trappenhuis, wekken mijn irritatie. De irritatie wekt reflectie op. Reflectie ontwikkelt mij.

Met schilderijen die ik mooi vond, zou ik stagneren.

Mijn kamer is mijn universum. Mijn slaapkamer en mijn badkamer.

De maaltijden eet ik samen met de anderen in de eetzaal, een verdieping lager.

Elke week ga ik naar de stad. Ik maak lange stadswandelingen. Ik hou mezelf op de hoogte. Ik weet dat er een komedie van Bergdorff Hagedis wordt gespeeld in Theater Zern. Het is een tragisch stuk dat drijft op de individuele prestaties van de acteurs. Om de andere week ga ik bij mijn ouders op bezoek. Ik bel ze van tevoren om te vertellen dat ik langskom. Ik wil ze niet verrassen op een moment dat het niet uitkomt. Ik weet dat vader mijn bezoek soms vermoeiend vindt. Ik zou willen dat hij er zelf voor kiest om me te ontmoeten.

Het komt voor dat hij ervoor kiest om ervan af te zien.

Eric komt bij mij op bezoek.

Moeder of vader doen dat nooit.

Absurder dan het leven dat ik vandaag de dag leid, is hoe defensief ik word wanneer ik het leven dat ik vandaag de dag leid moet beschrijven.

Dat zegt iets over de samenleving.

Ik zou me niet moeten hoeven verdedigen.

Aan de andere kant kan ik ook wel vinden dat het merkwaardig is dat ik getrouwd ben en verantwoordelijk ben voor het belangrijkste reclamebureau van de stad, terwijl ik tegelijkertijd dit leven in mijn eigen universum leid.

De burgemeester benoemde onze moeder tot hoofd van het ministerie van Milieu in dezelfde week dat ik mijn doctoraal examen deed.

Moeder werkt al haar hele leven bij het ministerie van Milieu. Op de afdelingen voor transport en energie is ze verantwoordelijk geweest voor recyclingvraagstukken en voor het wegenonderhoud van de stad.

Toch kwam haar benoeming als een schok voor ons, moeders naasten.

Moeders naasten – dat was een hele groep.

Ik was het meest close met haar.

Haar twee identiteiten waren zo goed afgebakend dat ik moeite had om haar in de rol van hoofd van het ministerie te zien. Voor mij bestond haar curriculum vitae uit eindeloos koken en koekjes bakken. Voor moeder zelf kwam haar politieke succes niet onverwacht. Ook de dieren in de stad vonden de benoeming van Edda Neushoorn een goede keus. Burgemeester Leeuw wist wat ze deed. Populaire hoofden van ministeries benoemen was haar belangrijkste taak. Door populaire besluiten te nemen verhoogde ze haar kansen op een herverkiezing.

's Avonds vierden we moeders benoeming. Het was op een donderdag begin juni. Mijn broer en mijn vader en moeder en ik. We zaten in de keuken en vader had na het werk een fles champagne gekocht. Het nieuws over mijn moeder had in de krant gestaan en vader had korting gekregen op de champagne.

Ik herinner me niet meer wat we aten.

Ik glimlachte plichtmatig, hief het glas en proostte.

Ik was diep terneergeslagen.

Ik had gesolliciteerd naar een stageplaats bij het ministerie van Milieu. Moeder was jarenlang verantwoordelijk geweest voor de afdeling Planning, die zich bezighield met vraagstukken in verband met stadsplanning en verdeling van middelen. Ze had een kantoor in Lanceheim. Zelf had ik gesolliciteerd bij de unit Energie in Tourquai. Ik had gedacht dat mijn toekomst binnen het geavanceerde energieonderzoek lag.

Nu was dat onmogelijk geworden.

Met moeder als hoofd van het ministerie van Milieu zou mijn sollicitatiebrief in twijfel worden getrokken. Mijn competenties zouden onder een vergrootglas worden gelegd. Ook al werd ik competent bevonden, dan nog zou er altijd een zweem van twijfel blijven.

Ik proefde van de champagne en voelde me verward.

Wat moest ik nu doen?

De tijd zou me helpen die vraag te beantwoorden, maar die avond voelde ik de last van een onwelwillende leegte. Al jaren verheugde ik me op een carrière binnen het ministerie van Milieu, een werkplek die groot genoeg was om plaats te bieden aan zowel moeder als mij.

Vader hield een toespraakje.

'Om vooruit te komen moet je je bepaalde dingen ontzeggen,' zei hij.

Zijn ogen werden vochtig. Ik had hem nooit eerder zien huilen. Nu rolde er een traan van trots omlaag over zijn wang.

'Maar wat jij je hebt ontzegd, weet ik niet,' ging hij verder. 'Niet je gezin, in elk geval. Ook je vrienden niet of je kookkunst. Misschien ben je juist vooruitgekomen doordat je weigerde je iets te ontzeggen?'

Hij was van plan nog meer te zeggen, maar moeder stond op en legde hem met een kus het zwijgen op.

Eric applaudisseerde.

Ik applaudisseerde ook. Dat haalde de angel uit de ironie van mijn broer. Mijn glimlach was echter nog steeds gemaakt.

Daarna herinner ik me een gezellige avond in de keuken. Ik herinner me dat ik mijn teleurstelling opzijzette om samen met moeder blij te zijn. Ik herinner me dat Eric en vader voor de verandering eens iets vonden wat hen verbond. We overstelpten moeder met gelukwensen en voorspelden haar succes in het grote en het kleine. Pas toen ik de lamp op mijn nachtkastje uitdeed, dacht ik weer aan de situatie waarin moeder me onbewust had gebracht. Ik piekerde nog een tijdje, maar viel al snel in slaap.

Ik was niet meer de verdwaalde beer die ik vroeger was.

Ik was tot inzicht gekomen.

Die woorden uit mijn late tienerjaren zijn nog steeds van toepassing. Zo zag en zie ik mezelf nog steeds.

Ik ben een knuffeldier dat geen kwade daad kan begaan. Ik ben een dier dat gedreven wordt door de wens altijd, voorzover mogelijk, het goede te doen.

Daarmee was het gezegd.

Niet zo bijzonder.

Desondanks ongebruikelijk.

Het inzicht over hoe ik in elkaar stak groeide in de loop van mijn gymnasiumtijd, maar in het examenjaar bloeiden die vermoedens op tot een overtuiging.

Toen ik het begreep, was het onmogelijk te begrijpen dat ik het niet al eerder had begrepen.

Ik was altijd dezelfde geweest, maar als welp had ik mijn daden niet in de hand. Iemand anders, mijn ouders of leraren of andere volwassenen, namen de besluiten voor mij. Bovendien kon ik nog niet bepalen wat goed en kwaad was. Ik werd opgevoed met het geloof dat er een soort ongeschreven ethisch reglement was dat je in lastige situaties kon raadplegen, maar dat je pas mocht lezen als je meerderjarig werd.

Ik verbeeldde me dat ik mijn intuïtieve opvatting over wat goed en slecht was buiten beschouwing kon laten en dat de angst als gevolg van de conflicten tussen mijn eigen overtuiging en de normen van de samenleving alleen iets was wat bij de tienerjaren hoorde.

Dat ik eroverheen zou groeien.

Dat het een kwestie van volwassen worden was.

Arme stakker!

Laat ik een paar voorbeelden geven:

Ik loop niet door rood licht.

Ik vertel geen 'leugentjes om bestwil'.

Ik heb een van mijn laatste examens overgedaan, nadat mijn oog per ongeluk op de antwoorden viel die mijn buurman had ingevuld en ik vervolgens niet meer kon ontwarren wat ik bij toeval had gezien en welke antwoorden van mij waren. Terwijl de kans dat ik beïnvloed werd heel, heel klein was. Terwijl hij nooit een beter cijfer voor een toets had dan ik.

Ik ben niet iemand met waarheidsdrang die zijn mond niet kan houden. Ik storm niet op vreemde dieren af om ze te beschuldigen dat ze in zonde leven. Maar ik lijd – en ik aarzel niet om het woord 'lijden' te gebruiken – aan een streven naar goed en oprecht te zijn op een manier die mij beperkt in het leven.

Wanneer ik terugkijk, besef ik dat het altijd zo geweest is.

Ik praatte erover met vader, moeder en Eric. Ze reageerden verschillend.

Op een ochtend, toen hij tijd had en van zijn krantje zat te genieten met een afgekoelde kop koffie voor zich, sprak ik erover met vader. Zo vond hij de koffie het lekkerst. Koud. Ik deed mijn best om onder woorden te brengen wat ik voelde. Vaders gevoel voor rechtvaardigheid was bijna krampachtig. Het was een van zijn meest uitgesproken karaktertrekken en ik dacht dat hij het zou begrijpen.

Hij begreep het niet.

Hij keek me aan alsof ik gek was. Hij mompelde dat het leven zich niet liet temmen. Dat principes een manier van overleven waren. Dat termen als 'goed en kwaad' altijd in een context moesten worden gezien. Daarna had hij geen belangstelling meer voor het gesprek en keerde hij terug naar zijn krant en zijn koude koffie.

Ook moeder begreep het niet.

Op een zondag, een maand nadat ik examen had gedaan, waren we op weg naar de markthal in Amberville.

'Ik had een plan voor de toekomst,' legde ik uit. 'Maar het is anders gelopen. Dat geeft niet. Mijn missie is belangrijker dan al het andere.'

'Welke missie, lieverd?' vroeg moeder.

Ik vertelde het haar. Over goed zijn en wat dat inhield. Over de bedrieglijke eenvoud van de belofte. Dat het ging om een fulltime bezigheid en dat ik misschien moeite zou hebben om meer te kunnen doen dan dat.

Moeder begreep het niet.

Tot drie keer toe probeerde ik het haar uit te leggen, tot drie keer toe veranderde ze van gespreksonderwerp en praatte ze in plaats daarvan over de rode bieten die we zouden gaan kopen.

Eric begreep alles. Dat was geen verrassing. We waren elkaars tegenpolen, het zou vreemd zijn als hij het niet had begrepen.

Eric begreep alles, maar was het nergens mee eens.

Eric laten warmlopen voor goedheid was zoiets als een reptiel laten warmlopen voor de was.

Na de zomer solliciteerde ik op een baan bij een reclamebureau.

Het was puur toeval. Een goede vriend van vader vertelde over een baan als assistent. Het salaris was beter dan wat een gevestigde energiewetenschapper verdiende. Zonder enige hoop stuurde ik mijn sollicitatiebrief op. Hoe ze tot het besluit kwamen om mij op te roepen voor een gesprek zal me altijd een raadsel blijven. Twee dagen na het gesprek belden ze om me de baan aan te bieden. Het salaris dat de vriend van mijn vader genoemd had was overdreven, maar het scheelde niet zoveel. Ik regelde dat ik op 1 oktober bij reclamebureau Wolle & Wolle kon beginnen.

Wolle Haas en Wolle Kikker hadden hun kantoor verplaatst naar het stadsdeel Lanceheim, het grootste van de vier stadsdelen. In Lanceheim vind je zowel hectische kantorenparken als brede, verlichte winkelstraten. In het noorden van Lanceheim liggen grote, groene villawijken en in het westen dicht opeengebouwde woonwijken met torenflats en ondergrondse parkeergarages. Reclamebureau Wolle & Wolle lag aan de donkerpaarse Place Great Hoch, iets meer dan een blok verwijderd van de Ster en op loopafstand van de reclameopleiding waar de haas en de kikker elkaar hadden leren kennen.

Ik trad in dienst als assistent van Wolle Kikker, de zuinige boekhouder van het succesvolle Wolle-duo.

Ik dacht dat het niet zoveel te betekenen had.

Ik dacht dat mijn missie in het leven met goedheid te maken had. Dat mijn baan iets was waar ik 's ochtends naartoe ging en 's avonds vandaan naar huis ging. Meer niet.

Maar zo bleek het niet te zijn. Helemaal niet.

Ik ontmoette Emma Konijn aan de buitenkant van mijn universum.

In een aangrenzend sterrenstelsel.

Ze was een engel. Als ik mijn ogen sluit, zie ik haar voor me, in het wit gekleed. Ze zweeft omhoog de trap op.

Kan het bij Wolle & Wolle zijn geweest? In dat geval moet Emma zich even ongemakkelijk hebben gevoeld als ik.

Daarom zochten we elkaar op. We waren allebei op hetzelfde moment op de verkeerde plaats. Gedwongen om op de verkeerde plaats te zijn, om verschillende redenen.

Diep van binnen wilde Emma Konijn helemaal niet bij een reclamebureau werken. Ze verachtte de reclamebranche. Ze leefde voor de kunst en droomde over kunst. In haar eenkamerflat in Tourquai liet ze me de minimalistische doeken zien waarop ze met haar fijnste penseel van ponyhaar en waterverf betoverende bossen en weiden en akkers en bergen had geschapen.

Na die avond sloeg mijn fascinatie om in eerbied.

In de fantasie van Emma Konijn leefden oerwouden en wijd-vertakte en rijk geurende delta's. Niemand kon luisteren zoals zij. Met haar hoofd schuin en haar grote ogen die elke gedachte volgden. Van de bron tot de uitmonding. Ik had nog nooit op die manier met iemand kunnen praten.

Het maakte me gelukkig.

Het maakte me ongelukkig. Hoeveel jaren waren er wel niet verstreken zonder dat ik een vriendin had zoals zij?

Ik piekerde.

De baan als assistent van Wolle Kikker bood me zelfstandig-heid. Ik creëerde dagelijkse routines op grond van een verant-woordelijkheid die ik zelf had gedefinieerd. Dat kwam me goed uit. Mijn tijd werd in beslag genomen, niet mijn gedachten. Op die manier kon ik me aan belangrijke vraagstukken wijden.

Ik was bezorgd.

Ik was vrijwel de enige die de goedheid nastreefde die toch voor iedereen wenselijk zou moeten zijn.

Ik geloof, legde ik Emma uit terwijl we tegenover elkaar zaten en haar grote ogen op de mijne gevestigd waren, dat alle dieren goed worden geleverd. Maar al vanaf onze eerste dag buiten de fabriek worden we aan verleidingen blootgesteld.

Het goede aan verleidingen blootstellen is de uitdaging en de drijfveer van het kwaad. Het kwaad wordt gevoed door goede knuffeldieren te verleiden om fouten te begaan.

Wat mij zorgen baarde, was hoe ongelijk de strijd was. Ik stelde een aantal maximen op om de verhouding tussen goed en kwaad duidelijk te maken.

Het kwaad had een duidelijk overwicht.

Op deze manier: het kwaad is onmogelijk zonder goedheid. Het kwaad zoekt een balans, het zoekt symmetrie. Het kwaad is sociaal, omdat het alleen bestaat als er sprake is van een tegen-stelling. De goedheid is zelfvoorzienend. Ze heeft niets of nie-mand nodig. Ik kan goed op mezelf zijn. Maar om het kwaad te bewijzen, is een tegenpartij nodig.

Het kwaad is rusteloos, de goedheid passief. Het kwaad zoekt voortdurend wegen om zijn doel te bereiken. Als de ene verleiding niet lokt, probeert het kwaad het met de volgende. De goedheid zoekt niets, omdat hij bij voorbaat al weet hoe hij goed moet zijn. Waar het kwaad dynamisch, veranderlijk en intellectueel stimulerend is, is de goedheid ronduit saai. In de strijd tegen alle verleidingen van het kwaad heeft de goedheid niet veel te bieden. Het kwaad is onbegrijpelijk en absurd. Het ontbreekt de goedheid aan aantrekkingskracht op de korte termijn.

'Is het tegen de achtergrond van deze aannames voor een intelligent dier mogelijk om goed te worden?' vroeg ik Emma Konijn. 'Of is goedheid eigenlijk alleen mogelijk voor... dwazen?'

Emma Konijn schudde haar lieve hoofd en er verschenen rimpels boven haar plastic neus.

Ze antwoordde niet, maar in haar ogen glom een mogelijkheid.

Ik overstelpte haar met vragen.

Zijn goede daden zonder onvervalst goede bedoelingen zinloos? Zijn goede bedoelingen die ellende tot gevolg hebben het kwaad in vermomming? Gaat het bij goedheid om trouw, is goedheid onmogelijk voor de agnost of de atheïst? Is er een duidelijk verband tussen goedheid en geestelijke harmonie? Is er een verband tussen het kwaad en angst? Als dergelijke verbanden niet bestaan, hoe moet de goedheid dan volgelingen vinden?

Emma Konijn keek me recht in mijn ogen. Ze had geen antwoorden, maar in haar gezelschap durfde ik de vragen te formuleren.

Er waren geen antwoorden en in het gezelschap van Emma voelde ik me veilig genoeg om dat toe te geven.

De eerste keer dat Emma mijn moeder ontmoette, werden we in de keuken in Amberville getrakteerd op risotto met paddenstoelen en gekookte schorseneren in bearnaisesaus. Als bijgerecht was er ingemaakte pompoen – moeders specialiteit. Diezelfde middag had moeder een geurig wortelbrood gebakken en ook had ze nog kans gezien om de verse kaas met dille te kruiden. Moeder had zich echt ingespannen.

Vader vond dat de vanillesaus met limoen en poedersuiker een tikkeltje bitter was toen die samen met de rabarbertaart werd geserveerd.

Emma vond het wel heel veel eten.

Eric was zoals gewoonlijk niet thuis.

Ik heb vaak geprobeerd me het gesprek dat we die avond in de keuken voerden voor de geest te halen, maar ik herinner me er geen woord van.

Ik weet nog wel dat Emma gespannen was.

In haar ogen was het niet mijn moeder die met een schort om haar omvangrijke lijf in de risotto roerde, maar het legendarische hoofd van het ministerie, Edda Neushoorn.

Een paar maanden later gaf Emma in bedekte termen te kennen dat ze iets anders had verwacht. Ik kan alleen maar speculeren wat ze daarmee bedoelde. Misschien kandelaars en kristallen kroonluchters, bedienden en een politieke discussie? In de kleine keuken aan de Hillville Road werd nooit over politiek gepraat. Daar werd gepraat over koken, sport en alledaagse dingen.

Emma was niet geïnteresseerd in politiek. Als gevolg daarvan was ze politiek onwetend. Zei Emma die avond iets doms over politiek? Iets wat moeder en vader ongepast vonden? Schaamde ik me in dat geval? Ik hoop dat ik me niet schaamde. De schaamte over je schaamte is een zware last.

Ik hield van Emma Konijn. En voor je geliefde zou je je niet moeten schamen.

De liefde was ongemerkt binnengeslopen. De liefde had gewacht, afgewacht en aangevallen toen ik er het minst op bedacht was.

Ik was weerloos.

De eerste dagen durfde ik niets te zeggen. We vervulden onze rol zoals altijd. Zij vroeg hoe de avond was geweest, ik antwoordde dat die goed was geweest. Zij vroeg of ik het raam open of dicht wilde hebben. Ik antwoordde 'dicht'.

Maar ik antwoordde met een vreugde die ik niet kon beteugelen. De liefde maakte me sterk en vrolijk. Het duurde niet erg lang voor ik haar begon te vertellen hoe ik me voelde.

Ik was bang voor haar reactie.

In de keuken met moeder en vader was zij degene die bang was. Waarom liet ze haar ogen niet glinsteren om al die warmte en blijdschap te onthullen? Toen moeder naar haar ambities vroeg en aangaf dat ik over haar schilderijen had verteld – waarom zei ze toen niets?

Om tien uur ging Emma naar huis.

Het was alsof ze er nooit was geweest.

Moeder en ik gingen in de woonkamer zitten. We hoorden dat vader boven was. Vaak zat hij nog tot diep in de nacht aan het bureau in hun slaapkamer te werken. Ik had de momenten om alleen met moeder te kunnen praten nodig. Het was een behoefte die me door haar was ingeprent, net zo fysiek als mijn behoefte aan eten of slaap. De innerlijke nabijheid die ik tegenover haar voelde was gekoppeld aan deze gesprekken.

We hadden zoals gewoonlijk elk een flesje mineraalwater gepakt en dat voor ons op de salontafel gezet.

'Teddy, ze is fantastisch,' zei moeder toen we vaders voetstappen op de bovenverdieping hoorden.

Toen drong het besef tot me door. Toen ik moeder Emma Konijn hoorde prijzen, brak het gezonde verstand door mijn liefdesroes heen. Een ogenblik lang zag ik mijn geliefde met een objectieve blik. Met de blik van moeder.

Ik sloot mijn ogen.

Maar er bleef een gevoel van onzekerheid achter. Ik begreep dat er een andere manier was om naar Emma Konijn te kijken, in een ander licht dan het roze schijnsel van de liefde. Ik begreep dat de essentie van mijn liefde een verlies van distantie was. Een dergelijk opgaan in jezelf en je eigen gevoelens was een van de vele verleidingen van het kwaad. Zonder distantie voelde ik me aangenaam vrij van verantwoordelijkheid.

Dat maakte me bang.

Ik troostte me ermee dat dit inzicht in het gevaar het gevaar onschadelijk maakte. (Later begreep ik dat ook die gedachte een poging van het kwaad was om mijn missie in het leven te verijdelen.)

Ik probeerde me te beheersen. 's Ochtends wanneer Emma Konijn binnenkwam hield ik mijn ogen gesloten.

Maar je diepste gevoelens zijn het moeilijkst te verbergen.

Emma Konijn was als een drug. Ik kon niet meer zonder de met schrik vermengde vreugde die ze in mijn hart deed opwellen.

Op een dag maakten we een lange wandeling over het strand bij Hillevie. Emma was me zonder waarschuwing vooraf komen halen.

We hebben iets te vieren, zei ze.

Ze vertelde niet wat het was. De Dagbries nam toe toen we bij de zee kwamen. Haar oren sloegen tegen haar wangen. Ze hield zich aan me vast om niet om te vallen. Ik hield haar vast. Er hing een geur van zout vocht van de zee en vochtig garen om Emma heen. Over ruim een kwartier zou de Middagregen boven Mollisan Town hangen, terwijl wij hier veilig bij Hillevie liepen en de donkere wolken boven ons hoofd voorbij zagen zeilen.

'Teddy,' zei ze, 'ik heb ontslag genomen.'

Ze straalde van geluk. Van geluk.

Ik raakte in paniek. Als ze niet mijn arm had vastgehouden, was ik languit in het koude zand gevallen.

'Emma Konijn,' zei ik, 'wil je met me trouwen?'

Ik had haar al eerder willen vragen. Ik had me onthouden. Ik was verstandig en tactisch geweest. Nu was het uit met die zogenaamde wijsheid. Een meeuw schreeuwde over de zee.

'Emma Konijn,' herhaalde ik, 'wil je met me trouwen?'

Later zou ze me daar nog vaak mee plagen. Het was mijn controlebehoefte die zorgde dat ik to the point kwam, zei ze dan. Toen besefte ik dat ik haar niet meer op het werk zou zien.

Ze was zo mooi op het strand in Hillevie. Blij als een kind dat ze eindelijk het besluit had genomen en voor het kunstenaar-schap had gekozen.

Met mijn huwelijksaanzoek had ik een domper op de feest-vreugde gezet. Ik kon het niet laten.

'Emma Konijn,' zei ik voor de derde keer, 'wil je met me trou-wen?'

Haar brede glimlach werd nog breder. Ze knikte en fluisterde 'ja, graag'. Het was betoverend.

Een seconde later wist ik dat ik het huwelijk nooit ten uitvoer zou kunnen brengen.

Het had met vader te maken.

Eric en ik groeiden op met een dominante vaderfiguur. Boxer Bloom diende niet alleen ons tot voorbeeld, hij was het voor-beeld van velen. De verhalen over hem waren legio. Het ver-haal dat voor mij persoonlijk voorop stond en dat mij het diepst raakte, ging over trots, eerlijkheid en respect. Het ging over de houding van knuffeldieren ten opzichte van hun werkplek.

Toen ik bij Wolle & Wolle begon vergeleek ik mezelf onver-mijdelijk met vader.

Vader had een lerarenopleiding gevolgd. Meteen na zijn op-leiding kreeg hij een baan aan het lyceum in Amberville, waar hij vervolgens bleef. Hij gaf scheikunde en natuurkunde en bouwde een reputatie op vanwege zijn bijzonder rechtvaardige behande-ling van de leerlingen. Hij werd het levende voorbeeld van het onderwijsstelsel dat bewees dat het mogelijk was om iedereen gelijk te behandelen; katten en chimpansees, vossen en dassen.

Daarom was het merkwaardig dat rector Uil bij vader langs-ging met een speciale opdracht, die hun leven zou veranderen.

Het was in de periode dat Eric en ik nog niet naar school gin-gen, omdat we daar nog te klein voor waren. Op een avond toen vader proefwerken zat na te kijken in de lerarenkamer, werd er onverwacht op de deur geklopt. Vader onderbrak zijn werkzaam-heden en keek door het raam naar buiten. De Storm was ver-dergetrokken over de stad. Vader werkte vaak lang door, omdat hij 's avonds rust had. Nu vroeg degene die klopte of hij mocht binnenkomen. Tot vaders verbazing stond Bo Uil voor de deur.

'Bloom,' zei rector Uil, 'heb je even?'

Natuurlijk had vader even voor de eerbiedwaardige rector. De uil werkte al in Amberville toen vader er zelf nog op school zat. Vader schoof de proefwerken opzij en ging er eens goed voor zitten. Het was de eerste keer dat Uil hem na werktijd opzocht.

'Jij hebt Nathan in je natuurkundeklas, hè?' zei Bo Uil.

Nathan was de welp van Bo Uil, een bever die geleverd was toen de rector en zijn vrouw al op leeftijd waren. De welp van Uil zat in een van vaders examenklassen en had veel moeite met natuurkunde.

Vader knikte nadenkend en zei: 'Met jouw hulp, Bo, weet ik zeker dat Nathan het examen wel zal halen.'

'Dat is helaas niet voldoende, Bloom,' zuchtte de uil. 'Nathan wil naar de kunstacademie. Daarvoor moet hij hoge cijfers hebben voor alle vakken, ook voor natuurkunde. Zevens zijn niet voldoende.'

'Dan zullen we alle zeilen bij moeten zetten,' constateerde vader, en er lag een klank van wanhoop in zijn stem.

Dat Bever Nathan een hoog cijfer voor natuurkunde zou krijgen, beschouwde vader als min of meer onmogelijk. Nathan was geen studiehoofd en miste het inzicht in het vak.

'We zijn van plan er hard aan te werken,' verzekerde de rector. 'Je kunt erop vertrouwen dat Nathan en ik alles zullen doen wat in ons vermogen ligt om hem te laten slagen.'

Vader knikte.

'Maar ik zou het echt waarderen,' ging de rector verder, 'als ook jij, Bloom, alles zou doen wat je kunt.'

Daarop zei vader dat hij altijd zijn best deed. Volgens hem reageerden de meeste leerlingen daar goed op.

Vader begreep de bedoelingen van de rector verkeerd. Het idee om Bever een diploma te geven dat niets met zijn prestaties te maken had, was zo absurd dat het niet bij vader opkwam.

Rector Uil was genoodzaakt expliciet te worden, op de grens van het onbetamelijke. Het gesprek eindigde ermee dat de uil vader openlijk bedreigde. Als hij niet kon garanderen dat Bever Nathan een hoog cijfer, minimaal een 9, voor natuurkunde kreeg, zou mijn vader zijn baan verliezen.

Gebroken verliet vader die avond de school. Toen hij thuiskwam, wilde hij eerst niet aan moeder vertellen wat er gebeurd was. Dat een dier voor wie hij zo lang bewondering had gekoesterd zich op deze manier kon gedragen, maakte hem diepbedroefd.

Hij peinsde er niet over te zwichten voor het dreigement.

Tegen middernacht vertelde hij wat er gebeurd was. Moeders reactie was puur pragmatisch.

'Maar dan hebben we geen geld om hier te blijven wonen,' zei ze.

Moeder begreep dadelijk dat vader niet van plan was Uil tegemoet te komen. Dan zou hij dus zijn baan verliezen. De maandelijkse afbetaling op de hypotheek voor het huis in Amberville was fors en moeders carrière had nog geen vlucht genomen.

'Nee, nee, wees maar niet bang,' zei onze naïeve vader, 'Bo zal uiteindelijk wel eieren voor zijn geld kiezen.'

Vader was ervan overtuigd dat de rector spijt zou krijgen.

Vader was ervan overtuigd dat de rector hem al de dag erop zou opzoeken om zijn excuses aan te bieden. Hij zou die excuses aanvaarden, legde Boxer die nacht aan moeder uit; iedereen reageert immers weleens instinctief.

Natuurlijk bood rector Bo Uil zijn excuses niet aan.

Integendeel.

Toen Uil begreep dat Boxer Bloom niet van plan was te doen wat hij wilde, beging Uil een grote fout. Wat hem daartoe dreef? Dat weet niemand. Misschien was het, zoals vader meende, een overontwikkeld vaderinstinct, mede ingegeven voor het feit dat de uil Nathan pas op latere leeftijd had gekregen.

Bo Uil huurde een paar bavianen in om vader te bedreigen.

De bavianen gooiden de ruiten van ons huis in, kalkten schuttingwoorden op onze voordeur en stelden vaders leerlingen bloot aan pesterijen. Die behandeling werkte niet. Vader was niet bang. In plaats daarvan werd vaders empathie voor rector Uil alleen maar dieper. Het spreekt vanzelf dat de rector doorging met zijn provocaties.

Uiteindelijk bedreigden de apen ook ons.

Ze bedreigden moeder en Eric en mij.

Toen was voor vader de maat vol. De woede en de angst zorgden ervoor dat hij een onverstandig besluit nam. Hij daagde de bavianen uit voor een duel. Ik weet niet hoe dat in zijn werk ging, hoe hij contact met hen wist te leggen, maar het gebeurde. Moeder nam de wijk naar oma, samen met ons welpen.

Toen de apen kwamen, waren ze met meer dan twintig. Ik zie ze al lopen langs de Hillville Road, twee rijen dik. Ik kan me ook het eenzame silhouet voorstellen dat hen midden op straat voor ons huis stond op te wachten. Vertwijfeld en woedend. Breed en zwaar staat hij daar, hij ziet ze aankomen.

Als ze amper honderd meter bij hem vandaan zijn, roept vader: 'Nu is het uit. Dit wordt jullie laatste actie!'

De apen minderen een beetje vaart.

Er ontstaat onzekerheid in hun gelederen. Daar staat een eenzame hond, die ervan overtuigd lijkt te zijn dat hij hen aankan. Die scène is een van de duidelijkste herinneringen die mijn broer en ik ons leven lang meedragen. Hoewel we er niet eens bij waren.

De bavianen vermoeden een hinderlaag.

Amberville is een stadsdeel dat ze niet goed kennen en een van hen komt op het idee dat Bloom de hele buurt heeft gemobiliseerd. Het gerucht verspreidt zich door de apengelederen. In het huis zitten knuffeldieren te wachten op een signaal van de boxer. Ze kunnen elk moment de straat op stormen om hem bijstand te verlenen. Anders zou hij wel gek zijn om hen in z'n eentje uit te dagen.

Als een van de apen op de eerste rij stilhoudt, blijven ze allemaal staan. De onzekerheid groeit. De afstand tussen vader en de bavianen is nauwelijks vijftig meter.

Dan laat vader een strijdkreet horen: 'Nu ga ik jullie pakken!'

Met die woorden rent hij op hen af.

De apen blijven als versteend staan. Het is een absurd tafereel, ze kunnen het niet geloven. De lafste van hen draait zich om en vlucht. Binnen een paar seconden heeft vader het morele overwicht. Hij versnelt en schreeuwt zo hard hij kan: 'Nu ga ik jullie pakken!'

De werkelijkheid gaat elke fantasie te boven. Een voor een draaien de apen om en ze volgen de eerste deserteur op de hielen. Onmerkbaar mindert vader vaart om de moedigsten – de langzaamsten – niet in te halen.

Als hij bij de plek komt waar de apen hun aftocht zijn begonnen, houdt hij stil. Hij blijft ze nog lang nakijken en weet dat ze hem nooit meer lastig zullen vallen. De apen schamen zich. Ze zullen het verhaal nooit vertellen zoals het was. Rector Uil is verslagen en welp Nathan krijgt zijn rechtmatige diploma. Ongeacht wat het wordt en waar het toe leidt.

'Nu ga ik jullie pakken,' zei vader.

Voor Eric en ik werd het iets legendarisch. We vertelden het verhaal telkens opnieuw. We herhaalden het zo vaak dat de werkelijkheid een sprookje werd. Een verhaal over goed en kwaad. Over integriteit en eer. Over moreel verval en corruptie.

Een paar dagen nadat vader de apen had verslagen, belde Jason Paard van het ministerie van Cultuur.

Vader kreeg de post van rector Uil aangeboden.

En vader aanvaardde die.

De epiloog luidt: rector Uil verdween en liet zich een paar jaar niet meer zien. Nadien werd hij gesignaleerd in de universiteitsbibliotheek van Lanceheim, waar hij in het archief werkte. Zijn welp Nathan rijdt nog steeds op bus 6.

Op latere leeftijd een leven samenvatten dat uitsluitend uit goede daden bestaat, is onmogelijk. Afgezien van het feit dat het kwaad ons voortdurend in verzoeking brengt, komen we soms in een situatie waarin goedheid geen keuze is.

Mijn keuze zag er zo uit: degene die ik liefhad schade toebrengen om trouw te blijven aan mezelf. Of mijn geliefde redden door middel van foute daden.

Ik kon niet met Emma Konijn trouwen.

Ik vroeg haar in april ten huwelijk. Eind augustus zou de bruiloft zijn, en daarmee hadden we tijd voor de voorbereidingen. Mijn liefde voor Emma was sterker dan ooit.

Hetzelfde gold voor het besef dat een huwelijk waanzin was.

Emma's moeder en de mijne verheugden zich enorm op de ophanden zijnde bruiloft. Ze kozen de liederen uit, bespraken welke gasten een uitnodiging moesten krijgen en waar ze de bloemen zouden bestellen. Er werd gesproken met fadux Odenrick, het orkest werd geboekt en er werd een bruidsjurk gemaakt. Moeder zou zelf voor het eten zorgen.

Vader was nuchterder; hij nam slechts vluchtig deel aan de planning. Dat kwam goed uit, aangezien Emma Konijn geen vader had. Het was altijd pijnlijk voor haar om over haar vader te praten en daarom zagen we ervan af. Maar ik begreep dat ze vaak aan hem dacht tijdens de voorbereidingen voor de bruiloft.

Zelf hield ik me op gepaste afstand van de planning.

Ik had alles moeten tegenhouden, maar ik kon het niet.

Het ging niet om willen.

Ik wilde van Emma houden in voor- en tegenspoed. Ik wilde de rest van mijn leven met haar delen in liefde en waarheid.

Maar dat zou niet mogelijk zijn.

We waren niet meer dan knuffeldieren. Ongewild zouden we elkaar schade berokkenen, ruziemaken en misschien zelfs elkaar bedriegen. Jong en onervaren deden we elkaar een belofte, omdat we vertrouwden op de liefde. Maar hoe ik ook zocht in de literatuur en in de werkelijkheid – levenslange tweezaamheid was alleen mogelijk door wederzijdse vergeving of al even wederzijdse desinteresse.

De ene noch de andere weg lag open voor iemand die voor goedheid had gekozen.

Dit huwelijk aangaan in de wetenschap dat ik over vijf, tien of twintig jaar mijn eigen, jonge ik zou verloochenen, was ondoenlijk.

Ik had Emma deelgenoot moeten maken van mijn gedachten. Maar ze was al even opgewonden over het aanstaande huwelijk als haar moeder. Ik kon haar hart niet breken.

Drie weken voor de bruiloft kwam de gedachte tot me in mijn slaap. Hij kwam even gemakkelijk als een klit in je vacht. En hij was even moeilijk kwijt te raken.

Drie weken voor de bruiloft. Ik wist niet hoe ik moeder moest laten begrijpen dat ik me moest terugtrekken. Ik had geen aandacht besteed aan Emma's opmerking de avond ervoor. Ze zei dat het leuk zou zijn om mijn broer Eric te ontmoeten. Ze vroeg of hij ouder of jonger was dan ik.

Ik hoorde haar de vraag stellen.

Ik dacht er niet verder over na.

Maar het idee kwam tot mij in mijn slaap.

Hoofdstuk 17

De bloedrode Westelijke Avenue loopt helemaal door tot Hillevie en de zee. De blauwe Zuidelijke en de gele Noordelijke Avenue veranderen zodra de stadsbebouwing afneemt en het bos begint in kleinere landwegen, die na enkele tientallen kilometers overgaan in paden waarover al decennialang niemand meer heeft gewandeld.

De mintgroene Oostelijke Avenue komt slechts een paar honderd meter na de stadsgrens uit bij een reusachtige houten poort. Boven de poort hangt een vier meter lange plank tussen twee hoge palen, en op die plank heeft iemand met teer 'VUILNISBELT' geschreven. Van het begin van het Ochtendweer tot het einde van het Middagweer staat de houten poort wijdopen. Als je vroeger of later komt, moet je aankloppen of toeteren om iemand te laten opendoen. Maar het is verre van zeker dat je gehoord wordt, en de Vuilnismannen die in de vuilniswagens rijden houden zich strikt aan de openingstijden.

De Vuilnisbelt was een angstaanjagend terrein. De zon scheen nooit tussen de enorme afvalbergen die aan weerszijden van de weg lagen. Aan de andere kant van de poort kon je uit drie wegen kiezen. Alle wegen waren koolzwart. Er stonden geen bordjes om de bezoeker de weg te wijzen, maar er kwam dan ook zelden iemand op de Vuilnisbelt die niet zelf de weg wist te vinden. De vuilniswagens die brandbaar afval vervoerden namen de Rechterweg. Bestond de lading uit oude apparaten, staal- of ijzerconstructies, dan nam je de Linkerweg. In beide gevallen reed je over kronkelige wegen naar een keerplaats een paar ki-

lometer verderop in het afvallandschap. De Vuilnismannen reden zo hard als ze konden, want de stank werd erger naarmate je
dichter bij het hart van de vuilnisbelt kwam, maar het was moeilijk om een beetje snelheid te houden op de bochtige wegen, en
op de afvalhellingen was voortdurend lawinegevaar.

Bij de keerplaats voor het brandbare afval aangekomen, kiep-
ten de Vuilnismannen de bak van hun vuilniswagen leeg, zodat
het afval recht omlaagviel in een gigantische sleuf, waar tonnen
roet en as niet konden verhullen dat het vuur dag en nacht gevoed werd met nieuw vuil. Bij de overeenkomstige keerplaats
voor staal, ijzer en schroot lag het Gat. Het leek wel dé grote plee
van Magnus, en geen Vuilnisman was hier na het leegkiepen van
zijn bak zo lang gebleven dat hij het schroot nog op de bodem
van het Gat had horen landen.

De Middenweg na de houten poort leidde via tunnels en onbegrijpelijke bochten helemaal naar de top van de Vuilnisbelt,
en naar een krottenwijk bestaande uit een paar dozijn gammele
hutjes en schuurtjes. Daarboven, met uitzicht over de Vuilnisbelt
en de oostelijke delen van Lanceheim, woonde het gepeupel. De
knuffeldieren die de kunst verstonden over de afvalberg te rennen zonder schroot aan het rollen te brengen, die de stank van
verrotting niet meer roken, die de afvaloven brandend en de wegen begaanbaar hielden en al lang geleden waren vergeten hoe
het er in Mollisan Town uitzag.

In het midden van deze nederzetting, vermomd als vuilnisbelt,
woonde de Koningin van de Vuilnisbelt, Rat Rut. Haar residentie was een echte afvaltempel, gebouwd van stukken hout, glasscherven en verschimmeld krantenpapier dat als metselspecie
dienstdeed. Op het dak stond een vier meter hoge plastic kerst-
boom, die Rut jaren geleden had gevonden en waaraan ze bij wijze van uitzondering gehecht was geraakt. De honderden lichtjes
van de boom knipperden in rood, wit en groen, dag en nacht.

De Middenweg naar de bebouwing van de Vuilnisbelt namen
de Vuilnismannen wanneer ze dachten iets van waarde in hun
laadbak te hebben. Op het plein voor de residentie van de rat

was een soort parkeerplaats, waar ze hun wagens neerzetten in afwachting van de voorman en ongekroonde kroonprins van de vuilnisbelt, een hyena met de naam Bataille. Hij was degene met wie ze een deal probeerden te sluiten, een lastige onderhandelaar die wist dat het alternatief voor zijn povere bod de zuidelijke of noordelijke stortplaats was. Toch gaven ze aan Bataille de voorkeur boven Rut. De rat lag meestal overdag te slapen, maar de keren dat ze per ongeluk wakker werd en de angstige Vuilnismannen ontving, was er helemaal geen sprake van onderhandelingen. Wilden ze de Vuilnisbelt heelhuids verlaten, dan konden ze de kleine voorwerpen van waarde die ze hadden willen verkopen maar beter gewoon aan haar overhandigen en zich vervolgens zo snel mogelijk uit de voeten maken. Hyena Bataille vond een zekere bevrediging in het onderhandelingsproces, maar Rat Rut vond het leuker om de Vuilnismannen de stuipen op het lijf te jagen.

Er waren twee redenen om op de Vuilnisbelt te wonen. Dieren die verstoten werden uit de samenleving, door toedoen van zichzelf of anderen, verhuisden daarheen als naar een laatste buitenpost. En knuffeldieren die tijdens de productie een fabrieksfout hadden opgelopen werden op de Vuilnisbelt gedumpt, samen met slakken en ander afval. Deze pasgeproduceerde dieren, die nooit met de groene pick-up van de Leveranciers waren vervoerd, vormden de meerderheid van de bewoners van de vuilnisstad. Het ging om vogels met de verkeerde kleur en knaagdieren zonder tanden, knuffeldieren zonder snorharen, armen, benen en staarten, die allemaal voor Rat Rut werkten. Dieren die hun toevlucht zochten op de Vuilnisbelt na eerst in de stad te hebben geleefd, hadden vaak moeite een plek te verwerven binnen de gemeenschap. Niet zelden restte hun niets anders dan een eenzaam bestaan ergens in het woestijnlandschap rond de brandstapels, en sommigen moesten uiteindelijk noodgedwongen terugkeren naar Mollisan Town.

Rut was een afgekeurd knuffeldier. Toen ze van de lopende band rolde, miste ze zowel haar rechterklauw als haar linkerachterpoot. In plaats van bij het volgende gespannen wachtende paar op de Welpenlijst te worden geplaatst, werd ze in de laadbak van een vuilniswagen gegooid en op de Vuilnisbelt gestort.

Twee dingen kenmerkten Rut al vanaf haar jonge jaren. Het ene was dat ze haar klauw en poot niet leek te missen. Ze hupte door het leven op het stompje en de poten die ze had, en ze rende niet veel sneller of langzamer dan haar kameraden van dezelfde leeftijd. Het andere opvallende aan haar was dat ze totaal geen behoefte aan bevestiging had. Of simpeler gezegd: ze leek schijt te hebben aan alles en iedereen. De jonge Rat Rut keerde haar omgeving de rug toe. Niet omdat ze er diep van binnen bang voor was. Ze had er gewoon geen belangstelling voor, dat was alles.

Al vrij snel grapten de volwassenen dat Ruts poot en klauw slechts kleine amputaties waren – het ontbreken van sociale behoeften was veel erger. Ze ging haar eigen weg, en elk samenzijn met anderen berustte op louter toeval. Ze was niet asociaal, maar alles wat ze deed, deed ze op haar eigen voorwaarden en voor eigen rekening, en op die manier won ze in de loop der tijd het respect van de anderen.

Het idee om tot Koningin van de Vuilnisbelt te worden gekroond nadat de Koning van de Vuilnisbelt was overleden, kwam niet van Rat Rut zelf. De titel – en hetzelfde gold voor de ceremonie – was iets wat de dieren op de Vuilnisbelt zelf hadden verzonnen, niet iets wat door een of ander ministerie was goedgekeurd. Er was een leider nodig die aan de top van een hiërarchisch systeem kon staan. Bovendien was het hebben van een Koning of Koningin een beetje frivool; het gaf hun leven kleur.

'Ik?' had Rut verward gevraagd, toen ze bij haar langsgingen nadat de Chauffeurs op een vroege winterochtend de Koning hadden gehaald. 'Tja, waarom niet?'

En daarmee was de zaak beklonken.

Rat Rut was nog maar zesentwintig toen ze werd benoemd tot vorstin van de Vuilnisbelt, en die rol maakte haar zichtbaar, ook voor de Vuilnismannen in de omgeving. Ze zag zich gedwongen actief deel te nemen aan het leven op de Vuilnisbelt, wat ze deed met hetzelfde niet-aanwezige engagement dat haar hele doen en laten kenmerkte. In de residentie die de defecte knuffeldieren voor haar hadden gebouwd, werd de grootste ruimte ingericht voor audiënties. De dieren begrepen dat ze een koningin hadden die haar onderdanen niet graag zou opzoeken, en maakten daarom een troon voor haar. In een weggegooide fauteuil van rozegebloemde stof, waarvan de gaten met lapjes denim waren gerepareerd, gecompleteerd met een voetenbankje dat in een vorig leven een stofzuiger was geweest, zat Rut nacht in, nacht uit – als ze niet zat te dommelen – lauw bier te drinken, terwijl ze zich liet bijpraten door haar voorlieden. Ze vertelden over hun bezigheden: het dagelijks leven op de Vuilnisbelt. Ze had hun aantal tot drie teruggebracht; tijdens het regime van de oude koning waren er acht voorlieden geweest. Van de drie bewaakte er één de weg naar de verbrandingsoven, een ander was verantwoordelijk voor het Gat en de weg daarheen. En de derde, Hyena Bataille, die eigenlijk haar naaste medewerker was, was verantwoordelijk voor de houten poort en de kronkelige, verraderlijke weg die naar de resistentie van de Koningin en de vuilnisstad leidde.

Rut had een welgesteld koninkrijk geërfd. Het ministerie van Milieu had uitgerekend hoe hoog de gage zou moeten zijn, zodat de dieren op de Vuilnisbelt zich redelijk of zelfs goed zouden kunnen redden. Het ministerie had veel respect voor het werk dat op de Vuilnisbelt werd verzet en was ervan doordrongen hoe snel de situatie in de stad zou ontaarden als de Vuilnisbelt niet goed functioneerde. Wat men echter niet wist, was dat de handel in tweedehandsartikelen nog een bijverdienste bood.

De kopstukken van de onderwereld in de stad waren gewend dat de Koning van de Vuilnisbelt veel geld vroeg om dieren te laten verdwijnen. Toch wilden ze hem terug toen de Koningin van de Vuilnisbelt de nieuwe voorwaarden bekendmaakte. Ze begreep dat ze kon vragen wat ze wilde; de Vuilnisbelt was een van de weinige plekken waar de Chauffeurs de slag niet konden winnen. Een dier dat kapot werd getrokken kon altijd in het ziekenhuis weer in elkaar worden gezet. Zelfs een afgerukt hoofd kon opgevuld en hersteld worden. Maar een dier dat zijn speelschulden niet betaalde, dat de gangsterkoningen of hun gorilla's niet respecteerde, hoefde maar aan de Vuilnisbelt en zijn verbrandingsoven en het Gat te worden herinnerd, om weer braaf in het gareel te gaan lopen.

Rat Rut was niet dom.

Hyena Bataille dook op vanuit het niets. Op een ochtend zat hij boven op een oud Volga-wrak dat langs de weg naar het Gat stond. Zijn klauwen hingen nonchalant over de rand van het dak en zijn gevlekte zwarte hoed met smalle rand had hij achterovergeschoven op zijn hoofd. Hij rookte een sigaret, kneep zijn ogen half dicht tegen de opgaande zon en leek totaal niet onder de indruk van de groep dieren die zich binnen enkele ogenblikken om hem heen verzamelde.

Hij was zo uitgemergeld en zijn vacht was zo vervilt, dat niemand die hem die ochtend zag erg ongerust werd. Niet dat je niet had kunnen vermoeden dat hij een agressief type was – hij was blijkbaar vrijwillig naar de Vuilnisbelt gekomen –, maar het leek er niet op dat hij in staat was een gevecht te winnen. De dieren namen niet de moeite er een voorman bij te halen, wat de regel was als er een vreemdeling op bezoek kwam; ze hadden liever zelf hun lolletje.

'Wie ben je?' vroeg een moedige haan.

Hij was hemelsblauw met een wolkenwitte kam en had de ambitie om te zijner tijd voorman te worden, dus zijn opschepperige gedrag diende een speciaal doel.

De hyena leek de vraag eerst niet te hebben gehoord. Hij zat onbeweeglijk zijn sigaret te roken en liet de warme stralen van de zon over zijn snorharen strijken.

'Wie vraagt dat?' zei hij ten slotte.

Zijn stem was diep en rauw. Vriendelijk, maar respect afdwingend. Toen hij zijn gezicht naar de haan keerde, was dat de eerste keer dat de dieren de ogen van de hyena zagen. Ze glommen als zwarte spiegels, die de toeschouwer de toegang ontzegden.

'Ik vraag dat,' antwoordde de haan, zonder zich iets aan te trekken van de uitdaging die de hyena hem resoluut gesteld had en kaatste terug: 'En ik ben gewend antwoord te krijgen als ik iets vraag.'

'Het klopt dus,' mompelde de hyena met zijn donkere stem, alsof hij het vooral tegen zichzelf had, 'ik had gehoord dat jullie een... aparte manier hebben om vreemdelingen tegemoet te treden.'

'En desondanks ben je hierheen gekomen,' zei de haan ironisch.

De hyena nam een laatste trek van zijn sigaret en drukte de peuk uit op het autodak waarop hij zat. Hij fronste zijn wenkbrauwen, en zijn plotselinge ongenoegen maakte dat de dieren die in een halve cirkel om de auto stonden zich onbehaaglijk voelden.

'Hou op,' zei hij, 'en laat me met rust. Dan vinden we op termijn wel een manier om ons tot elkaar te verhouden.'

'"Tot elkaar te verhouden"?' imiteerde de haan hem met spottende stem. 'Hoorden jullie dat?' Hij wil zich "op termijn" "verhouden". Hoor eens, de enige termijn die jij nodig hebt is... is...'

Maar de haan kon niet op een slagvaardige ironische zin komen, omdat hij niet zeker wist wat het woord 'termijn' betekende.

'Laat me met rust,' zei de hyena opnieuw.

Deze keer was het geen verzoek, maar een rechtstreeks bevel. En een fractie van een seconde – een seconde die het leven van de haan had kunnen redden – overwoog hij te doen wat de vreemdeling zei. Maar toen besefte de blauwe haan dat het te laat was; het lot had hem hier gebracht en het lot wist altijd wat het deed. Hij moest zijn karwei afmaken. Hij deed een stap naar voren en schopte tegen het autoportier. Het geluid dat hij veroorzaakte – een imposante dreun – verraste hem. De akoestiek in het lege interieur van de auto maakte dat de haan zijn angst overwon, toen hij hoorde hoe krachtig zijn poten waren.

'Wegwezen!' zei hij tegen de hyena. 'We moeten hier al voldoende monden voeden.'

De rest duurde maar een minuutje. Hoewel er nog jaren over die minuut zou worden gepraat.

De hyena sprong omlaag van het autodak en in diezelfde beweging haalde hij een fles tevoorschijn die hij blijkbaar onder zijn versleten jasje had verborgen. De glazen fles reflecteerde het zonlicht en zowel de haan als de toeschouwers begrepen intuïtief dat het een wapen was, iets waarmee de hyena zou gaan slaan. Maar het was de andere klauw van de hyena die als een projectiel vooruitschoot en zich met een onbarmhartige greep om de keel van de haan sloot. Razendsnel draaide de hyena met zijn tanden de dop van de fles en toen de haan zijn snavel opende om naar adem te happen – door de greep om zijn keel kon hij nauwelijks lucht krijgen – drukte de hyena de fles in zijn keel. De dieren stonden verbijsterd om de vechtersbazen heen en zagen hoe de inhoud van de fles in de keel van de haan klokte.

Begreep ook maar iemand wat er eigenlijk gebeurde? Een enkeling. Hooguit een paar. Meer niet.

Het duurde een poosje voor de fles leeg was. Te oordelen naar het slingerende, fladderende en steeds uitzinniger wordende lijf van de haan was het een vieze vloeistof die omlaagstroomde in zijn keel. Maar hoewel de haan om zich heen schopte en wanhopig probeerde zich uit de greep van de hyena los te wurmen, maakte hij geen kans. Het tafereel zag er zelfs belachelijk uit, omdat de inspanningen van de haan totaal geen indruk schenen te maken op de veel sterkere hyena.

Het duurde misschien een halve minuut voor de fles leeg was. Een eeuwigheid. Toen er nog maar een paar slokjes over waren, die de haan blijkbaar niet meer weg kon krijgen, gooide de hyena de fles op de grond en uit de binnenzak van zijn jasje toverde hij een aansteker tevoorschijn.

Toen begrepen de dieren het.

Het volgende moment, toen ze de geelrode vlam van de aansteker zagen, begon er iemand te schreeuwen. Een schreeuw die onmiddellijk bijval kreeg. De seconden die volgden, terwijl de hyena meedogenloos de aansteker naar de snavel van de haan bracht, schreeuwde bijna iedereen. Sommigen vluchtten halsoverkop weg.

De hyena had de haan tot de nok toe met sterkedrank gevuld. Toen de vlam van de aansteker in contact kwam met de alcohol, vlamde de snavel van de haan op en een tel later klonk een soort inwendige explosie, maar toen had iedereen zijn blik al afgewend van het aangestoken dier, en vertelde alleen de stank van zijn brandende binnenste nog welke kwellingen de haan onderging.

Toen de Koningin van de Vuilnisbelt later die middag hoorde wat er gebeurd was, liet ze Hyena Bataille onmiddellijk bij zich roepen en vroeg hem of hij er oren naar had om een van de Schoonmakers te worden.

Bataille accepteerde dat aanbod onmiddellijk, en het duurde niet lang of hij was een van de voorlieden van de Vuilnisbelt.

Hoofdstuk 18

'Zo is het wel welletjes.'

Slang Marek slingerde zich omhoog langs een afvoerpijp en vervolgens naar het deksel van een van de vuilnisbakken die naast de voordeur van het gebouw aan Yiala's Arch stonden. Op die manier kwam hij bijna op ooghoogte met Eric Beer, en de twee keken elkaar woedend aan. Een paar uur geleden was de schemering ingevallen, Tom-Tom en Sam waren vooruitgegaan met de auto, want er was geen tijd meer te verliezen. Ze hadden morgen en overmorgen nog, maar dan zouden de Chauffeurs Duif en Teddy ophalen. Het laatste waar Eric Beer zin in had, was hier te staan bekvechten in dit smalle groene, naar urine stinkende steegje.

Dat zei hij dan ook.

'We hebben nu geen tijd om ruzie te maken. Ik zal onderweg daarheen wel naar je bezwaren luisteren.'

'We moeten er niet heen gaan. En absoluut niet nu op dit tijdstip.'

'Zoals gezegd, we praten wel verder in de auto.'

'Waarom wilde je eigenlijk dat ik meedeed?' vroeg Slang zonder een duimbreed toe te geven. 'Herinner je je nog waarom je mijn deelname belangrijk vond?'

Eric overwoog wat hij zou antwoorden. Allerlei hatelijkheden lagen op zijn tong, maar met ruziemaken zou hij niets opschieten. De oorspronkelijke reden was dat hij dacht de hersens van Slang, zijn analytisch vermogen, nodig te hebben. Maar in zijn herinnering had hij de begaafdheid van Slang kennelijk mooier gemaakt dan die was. Welke bijdrage had Slang Marek eigenlijk geleverd, afgezien van zijn voortdurende gezeur?

'Herinner je je dat nog?' zanikte Slang. 'Je dwong me mee te gaan omdat ik dingen begrijp die jij niet snapt. Dit is zo'n ding.'

Eric wierp zijn klauwen in de lucht. Hij wist niet wat hij moest zeggen, hij had geen argumenten.

'We hebben geen keus,' zei hij.

'We kunnen besluiten het te laten voor wat het is,' zei Slang. 'We móeten besluiten het te laten voor wat het is.'

Het was natuurlijk mogelijk om Slang thuis te laten, maar tegelijk vermoedde Eric dat het geniepige reptiel daar precies op uit was. En zo gemakkelijk zou hij er niet vanaf komen. Niemand vond het leuk om midden in de nacht naar de Vuilnisbelt te gaan, ook Eric niet. Maar áls ze gingen, gingen ze met z'n vieren. Het was een irrationeel besluit, maar voor Eric wat het niet onderhandelbaar.

'We gaan!' zei Eric resoluut. 'Ik heb gehoord wat je zegt, en nu hoop ik dat jij hoort wat ik zeg.'

'Het is waanzin,' zei Slang.

'We hebben geen alternatief.'

'En wat als de kameel gelogen heeft?'

'Dat geloof jij net zomin als ik,' zei Eric.

Sam Gazelle was opgewonden toen hij laat in de middag naar huis kwam. Slang was bij Springergaast om sigaretten te kopen, Tom-Tom en Eric zaten de avondbladen te lezen en hadden net een kan koffie gezet.

'Moet je nu eens horen,' zei Sam, terwijl hij enthousiast in zijn hoeven klapte.

Hij giechelde aan één stuk door, de belletjes rinkelden in de kamer. Eric legde zijn krant weg en wierp de gazelle die aan de keukentafel was gaan zitten een vragende blik toe.

'Noa wist nog wie ik was,' zei Sam trots. 'Ik wist dat hij het zich zou herinneren.'

'Noa wist nog wie je was,' herhaalde Tom-Tom, die leek te zijn aangestoken door Sams vrolijkheid, 'maar Magnus mag weten of dat een goed of een slecht teken was.'

'Schatje, wat zal ik zeggen: hij deed de deur open,' constateerde Sam.

'Maar de vraag is of hij de volgende keer weer opendoet?' zei Tom-Tom.

Sam giebelde veelbetekenend.

'Maar hij zal je zich ongetwijfeld blijven herinneren?'

'Zeker weten, lieverd,' beloofde Sam, 'dat zal hij zeker.'

'Ik wil het niet weten,' zei Eric.

'Voor deze ene keer, schatje,' antwoordde Sam, 'geloof ik dat je gelijk hebt.'

'Ik wil het wel weten,' bracht Tom-Tom er met een grijns tegenin.

'Weet wat je vraagt,' zei Sam.

Ze schaterden alsof ze een leuke mop hadden gehoord. Eric werd ongeduldig.

'Nou?' vroeg hij terwijl hij opstond om naar het koffiezetapparaat te lopen, waar hij een kop sterke zwarte koffie voor zichzelf inschonk.

'Lieverd,' zei Sam, die probeerde zich te concentreren, 'sorry. Het zit zo: de kameel heeft me verteld hoe hij aan die lijst kwam.'

'Gewoon zomaar?' hijgde Tom-Tom en hij giechelde als een meisje.

'Gewoon zomaar,' bevestigde Sam, waarbij hij de kraai een schalks lachje toezond, dat Tom-Tom opnieuw in een schaterlach deed uitbarsten.

'En?' riep Eric om de kraai te overstemmen.

'Sorry,' zei Sam opnieuw en hij vermande zich. 'Noa kreeg hem van de Vuilnisbelt. De kameel rijdt naar de Vuilnisbelt en haalt daar de enveloppen met de lijsten.'

'Rut?' vroeg Eric.

Sam haalde zijn schouders op. 'Schatje, is er ooit iets van de Vuilnisbelt gekomen wat niet van Rut afkomstig is?'

'Rut,' herhaalde Eric voor zichzelf. 'Natuurlijk.'

Eric Beer had Rat Rut een paar keer eerder ontmoet.

Samen met Tom-Tom Kraai had Eric op een vroege ochtend, ruim twintig jaar geleden, de opdracht gekregen een doodsbenauwde hermelijn van Casino Monokowskij naar de Vuilnisbelt te escorteren. Hij had geen idee wat de achtergrond van het conflict tussen de hermelijn en het Casino was. In die tijd knabbelde Eric bijna net zoveel pillen als Sam Gazelle, en zelfs al werden de verbanden aan hem uitgelegd, dan nog waren ze hem vaak niet duidelijk.

Tom-Tom droeg de bibberende hermelijn naar de auto, waar Eric al op hen wachtte. Ze gingen op de achterbank zitten. Eric reed zo snel als hij kon naar de Ster, om vervolgens de Oostelijke Avenue te nemen en amper twintig minuten later was hij aangekomen bij de houten poort van de Vuilnisbelt, zonder ook maar één keer de rem te hebben aangetikt. Daar toeterde hij drie keer, volgens de instructies. De zwarte Volga-limousine van Casino Monokowskij was een vaak gezien voertuig op de Vuilnisbelt – net als de zwarte limousines van andere etablissementen – en de poorten gingen dan ook zonder meer open. Op de wegsplitsing vlak na de ingang stond een eend met een zwarte zonnebril (hoewel de zon nog niet op was), die wenkte dat hij kon doorrijden. Eric nam de Middenweg, een ravijn tussen afval en schroot, griezelig smal en diep. Almaar verder volgde hij de weg, tot hij plotseling een noodstop moest maken. Vlak voor hem stond een rat.

De hermelijn en de kraai op de achterbank werden naar voren gelanceerd, maar Tom-Tom krabbelde snel overheid en barstte geschrokken uit: 'Dat is Rut.'

Eric wist wie Rut was, ook al had hij de jonge Koningin van de Vuilnisbelt nooit gezien. Duif praatte altijd met evenveel respect als irritatie over haar.

'Wat doet zij hier, verdomme, midden op de weg?' fluisterde Tom-Tom met een hese angst in zijn stem, waardoor ook Eric werd aangestoken. 'Het scheelde maar een haar of je had haar omvergereden.'

Dat laatste was een angstige constatering, die in het stille binnenste van de auto als een aanklacht klonk.

'Gooi hem eruit,' zei Eric.

'Wat?'

'Gooi hem eruit,' herhaalde de beer.

Toen snapte Tom-Tom het; hij opende het achterportier en gooide de hermelijn eruit. Waarop Eric snel schakelde en achteruit begon te rijden. Zo snel als hij kon reed hij meer dan een kilometer achteruit, naar de plek waar het ravijn zich opende en voldoende breed was om te keren, en vervolgens reden ze zwijgend naar de houten poort, waarvan ze allebei gevreesd hadden dat die gesloten zou zijn als ze terugkwamen. Maar hij was open, en terwijl ze op de Oostelijke Avenue reden ging aan de horizon de zon op. Toen konden ze lachen om hun avontuur en ze praatten nog maanden over die ochtend, toen Eric bijna Rat Rut om zeep had geholpen.

De tweede keer dat Eric Beer de Koningin van de Vuilnisbelt ontmoette was meer dan vijftien jaar geleden, aan een grote en glimmend gepolijste conferentietafel in de Sagrada Bastante.

Het telefoongesprek dat aan deze ontmoeting voorafging, rekende Eric tot de hoogtepunten van zijn leven, het bewijs dat hij niet alleen geslaagd was in algemene, oppervlakkige en materiële zin, maar dat hij zelfs tot de binnenste kern van de eigentijdse geschiedenis was doorgedrongen.

Emma en hij hadden een late maaltijd genuttigd in de keuken aan Uxbridge Street toen de telefoon ging. Emma haalde vragend haar schouders op en schudde haar hoofd. Eric stond op van tafel en nam de telefoon in de gang aan.

'Eric,' zei een stem met gezag, 'vergeef me dat ik je nog zo laat bel, maar... o, sorry. Met fadux Odenrick spreek je.'

'Ja, ik herkende uw stem, fadux,' zei Eric. 'Dat is lang geleden.'

'Dat kun je wel zeggen,' zei Odenrick, 'maar ik heb desondanks het privilege gehad om je carrière op afstand te volgen.'

'U moet niet alles geloven wat u leest,' antwoordde Eric met gespeelde bescheidenheid.

'Zeg dat maar niet tegen je moeder,' zei Odenrick schertsend. 'Ze is waanzinnig trots op je.'

'Geen nood. Zij leest en hoort alleen wat ze wil lezen en horen. Selectiviteit is een van haar grootste talenten.'

'Ik geloof dat je haar onderschat,' antwoordde Pinguïn Odenrick, niet zonder een zekere vrolijkheid.

'Ik weet zeker dat dat niet zo is,' zei Eric. 'Maar wat is de reden van dit gesprek?'

Odenrick was een pinguïn die er geen doekjes om wond, een dier dat veel waarde hechtte aan zijn tijd, en hij waardeerde Erics directe vraag.

'Ik bel over Een Helpende Hand,' legde de fadux uit. 'We hebben een vacature binnen het bestuur. De oude Goldman was al sinds afgelopen zomer ziek, maar hij is pas een paar weken geleden opgehaald. Niettemin heel tragisch, natuurlijk; en toen we om de tafel gingen zitten om over een opvolger te praten, werd jouw naam genoemd.'

'O ja?' zei Eric.

'Je kunt je voorstellen dat ik trots was,' zei Odenrick. 'Ik ken je immers al vanaf je prille jeugd.'

'Fadux, bedoelt u dat ik...'

'We zouden graag zien dat je zitting nam in het bestuur, Eric.'

Toen Eric Beer terugliep naar de keuken waar zijn Emma Konijn zat te wachten, was het alsof zijn poten de grond niet raakten, maar hij een paar centimeter boven het parket zweefde. Emma had alleen flarden van het gesprek opgevangen, dus Eric vertelde het hele verhaal. Van alle hulporganisaties in de stad was er geen zo invloedrijk of gerespecteerd als Een Helpende Hand.

Alleen topfiguren uit de maatschappij hadden zitting in het bestuur, de meest onberispelijke dieren die er te vinden waren, en het voorzitterschap berustte al langer dan een eeuw bij de fadux van de stad.

'En nu ik,' zei Eric Beer.

Emma Konijn was gewoonlijk slechts matig geïnteresseerd in Erics doen en laten; zij profileerde zich in andere arena's dan haar echtgenoot. Maar van een plek in het bestuur van Een Helpende Hand was zelfs zij onder de indruk.

De eerste bestuursvergadering volgde een paar maanden na het telefoontje van de fadux, en met onvervalste eerbied liep Eric door de lange, donkere gangen van de Sagrada Bastante op weg naar de bestuurskamer met de enorme eikenhouten tafel en de strenge, hoge en harde stoelen.

De eerste die hij zag toen hij binnenstapte was Rat Rut.

De samenstelling van het bestuur was geen verrassing voor hem – hij trof de dieren aan die hij min of meer had verwacht. Burgemeester Sara Leeuw zat links van de fadux. Maar Rut? In de jaren die volgden – het bestuur kwam ongeveer om de vier maanden bijeen – besefte Eric dat Rut even vanzelfsprekend verankerd was in de toplaag van de samenleving als een fadux of burgemeester. Ze nam zelden aan de discussies deel, in de pauzes hield ze zich verre van de anderen en ze vertrok altijd vóór de gezamenlijke lunches of de minder vaak voorkomende diners. Desalniettemin werd ze bij alle aangelegenheden met gepast respect om advies gevraagd, en haalde niemand zijn neus op wanneer Rut of haar activiteiten ter sprake kwamen.

Eric ging ervan uit dat iedereen in het veelkoppige bestuur wist waarmee Rut de gangsterkoningen van de stad ondersteunde. Toch lieten ze haar in het bestuur zitten en zich te goed doen aan al het sociale glazuur dat het bestuurswerk met zich meebracht. Eric was niet naïef, en ook geen moralist, maar in de kringen van Een Helpende Hand was zowel het ene als het andere type vertegenwoordigd. Toen Eric na verloop van tijd – en heel voorzichtig – de vraag met betrekking tot Rut te berde probeerde te brengen bij de individuele bestuursleden, vond hij geen gehoor.

Eric besefte dat de bestuursleden, met hun jarenlange ervaring met de keerzijde van het leven, een voor een noodgedwongen dikhuidige pragmatici waren geworden. Ze wisten het belang van een vuilnisophaler naar waarde te schatten en waren zich ervan bewust dat als Rut dat vuile, stinkende karweitje niet opknapte, iemand anders het zou moeten doen. Maar dat kon toch niet de enige reden zijn dat ze haar aan hun tafel toelieten? Eric twijfelde.

En nu kreeg hij, uit heel andere hoek, nóg een mogelijke verklaring gepresenteerd.

Noa Kameel was de loopjongen van Rat Rut.

Rat Rut was niet alleen de Koningin van het organische en industriële afval, ze was de afvalverwerker van het leven zelf. Rat Rut was degene die de Dodenlijst opstelde. De reden dat de eerbiedwaardige bestuursleden respect voor haar hadden, was kort en goed dat ze doodsbenauwd waren.

De slang en de beer stonden stil tegenover elkaar in het smalle steegje. Het was al zo laat dat het koud begon te worden, het rook naar haarlak uit een van de open ramen, en op het deksel van de vuilnisbak waar Slang op stond had iemand een uitgekauwde roze kauwgum geplakt.

De dieren namen elkaar kritisch op.

Slang begreep dat de liefde voor Emma Konijn de zwakke plek was van Eric Beer. Slang had weliswaar nog nooit de liefde mogen smaken, maar hij was een kunstenaar: hij had misdaadromans geschreven die gebaseerd waren op de crime passionnel, gedichtencycli gecomponeerd met lust als uitgangspunt en honderden naaktstudies in houtskool gemaakt. De liefde zo serieus nemen als Eric Beer deed, vond hij echter ronduit belachelijk.

'Misschien is het tijd,' zei Slang Marek, 'om de dingen in het juiste perspectief te plaatsen? Die hele affaire met Duif is... er waren vast goede redenen om de oude kliek bijeen te roepen en ons erop te wijzen waar in het leven we zijn beland, maar... nu gaat het om onze veiligheid. Emma Konijn, met alle respect, maar... een beer in jouw positie kan toch vast wel een... alternatief vinden... en wat mijzelf betreft denk ik...'

'Zo is het genoeg,' zei Eric en hij stak een klauw omhoog,

waarop Slang zowaar stilviel. 'Genoeg. We moeten gaan. Op een dag gaan we er... misschien... eens voor zitten om alles uit te praten... jij en ik. Maar vandaag niet. Daar hebben we geen tijd voor. Na jou.'

En Eric wachtte geduldig terwijl Slang Marek uiterst onwillig naar beneden kronkelde van de vuilnisbak en zich naar de auto begaf, waar de gazelle en de kraai al een hele tijd zaten te wachten.

Schemering 4

Ze zaten in een vergaderzaal en konden niet zien wanneer de zon achter de horizon zakte. Aan de straatkant was weliswaar een rij ramen, maar hij had zowel de jaloezieën laten zakken als de dunne gordijnen dichtgetrokken, zodat niemand naar binnen of naar buiten kon kijken. Hij vond het prettig als de ruimte donker en somber was, hij hield van die strenge eenvoud: muren met eiken lambrisering en zwartleren stoelen zonder armleuningen die rond de grote conferentietafel stonden, waarmee een plechtige en rustige sfeer gecreëerd was. Onder de tafel lag een groot beige tapijt met het mooie logo. Dat beschermde de gelakte parketvloer tegen schrapende stoelpoten. Tegenwoordig plande hij vrijwel al zijn vergaderingen in deze zaal, of het nu om grote bijeenkomsten ging of zoals vanavond om een vertrouwelijk gesprek met een oude vriend. Het voelde te intiem om buitenstaanders uit te nodigen in zijn eigen kantoor. Zo was het niet altijd geweest, maar zo was het nu. Zijn krappe, volgestouwde kantoor was zijn geheime commandobrug, waarin hij niemand durfde toe te laten die per ongeluk zijn blik zou kunnen laten vallen op... op iets wat niet voor andermans ogen bestemd was.

Hij stond met zijn rug naar de conferentietafel waaraan, zo ver mogelijk van hem af, Rat Rut zat. Hij schonk mineraalwater in twee glazen. Het buffet bevatte twee ruime koelkasten. De kristallen glazen die in het onderste kastje stonden werden elke dag afgewassen. Het zijn de details die gemakzucht en arrogantie ontmaskeren; hij zag erop toe dat alle glazen, borden en bestek in het buffet elke dag werden afgewassen. Dat was niet zozeer voor zichzelf, maar met het oog op gasten.

Wat betreft Rat Rut was dat gebaar verspilde moeite.

Zelfs hier, terwijl ze vijf meter bij hem vandaan zat, kon hij de stank van haar kleding ruiken. Hij hoopte tenminste dat die van haar kleding kwam. Haar ruwe stoffen vacht was bedekt met een laag... viezigheid, een ander woord had hij er niet voor, en haar neus zat scheef op een manier die hem gruwelijk irriteerde. Waarom kon ze hem niet een paar millimeter opzij buigen, zodat het euvel verholpen was? In aanmerking genomen hoe verminkt ze was toen ze van de lopende band rolde, was een neus die een paar millimeter scheef zat niet iets waar Rut zich om bekommerde.

'Wat wil je?' vroeg Rut, op een agressieve toon die hem niet verbaasde.

Rustig schonk hij de twee glazen vol, draaide zich om en nam ze mee naar de rat. Hij ging zo ver bij haar vandaan zitten als redelijkerwijs kon zonder al te onaardig over te komen, en schonk haar een toegeeflijke glimlach.

'We moeten eens serieus praten,' antwoordde hij uiteindelijk. 'Soms is dat gewoon nodig.'

De rat haalde haar schouders op.

'Heb je het naar je zin?' vroeg hij.

Opnieuw haalde ze haar schouders op, maar ze schudde daarbij kort met haar hoofd, als om te tonen dat ze niet begreep waar hij het over had.

'Ik weet dat je het naar je zin hebt,' ging hij verder, vooral voor zichzelf, 'omdat je er blijft.'

De rat bekeek het glas mineraalwater dat voor haar op tafel stond. De blik in haar kleine, half dichtgeknepen ogen was ondoorgrondelijk. Hij kon onmogelijk bepalen wat er op dat moment door haar hoofd ging.

'En ik vind het prettig dat je daar zit,' zei hij. 'Dat geeft een veilig gevoel. Betrouwbaar. Eigenbelang is een voorspelbare drijfveer. En ik heb geen tijd om me dingen af te vragen.'

'Hm,' antwoordde Rut.

Hij bekeek haar met een norse blik. Ze zou zich niet bang laten maken.

'Ik vind het prettig dat je daar zit,' herhaalde hij, 'omdat je betrouwbaar bent.'

Hij voelde zich gefrustreerd over haar onverschilligheid. Plotseling kreeg hij zin om haar op d'r plek te zetten, haar een reactie te ontlokken, te laten zien wie de touwtjes in handen had. Maar hij realiseerde zich dat het een idiote inval was, een uiting van een soort zwakheid waar hij zich niet toe wilde verlagen. Hij stond op van tafel omdat hij wat energie kwijt moest en begon heen en weer te lopen aan de raamkant van de zaal. De rat draaide zich niet om, hoewel hij zich achter haar rug bewoog. Hij wist niet of dat uit overmoed of vertrouwen was.

'Je hebt Eric Beer al eerder ontmoet, hè?' vroeg hij retorisch.

'Neu,' zei ze.

'Dat heb je wel,' siste hij geërgerd, en hij bleef op korte afstand van haar staan om haar strak te kunnen aankijken. 'Dat is die beer die in het bestuur van Een Helpende Hand zit.'

'Ik herinner me geen beer,' zei ze.

'Maar verdorie...' viel hij uit, 'ben je niet goed bij je hoofd, of zo? Hij zit al een paar jaar in het bestuur. Om precies te zijn drie stoelen verder naar rechts ten opzichte van jou.'

Ze haalde haar schouders op.

'Soms vraag ik me af waarom je überhaupt deel uitmaakt van die groep...'

'Ik ook,' antwoordde Rut snel.

'Je zit daar omdat ik dat zo wil!' schreeuwde hij.

'Zo zat het, ja,' beaamde Rut.

Dreef ze de spot met hem? Ineens werd hij onzeker. Hij haalde een paar maal diep adem en kalmeerde zichzelf. Vervolgens ging hij op de stoel naast haar zitten.

'Eric Beer komt binnenkort bij je langs,' zei hij op een normale gesprekstoon. 'Morgen, overmorgen of de dag daarna. Ik weet het niet precies, maar hij komt langs, en heel binnenkort.'

'O ja?'

'En ik weet niet wat voor plan hij denkt te hebben, waar hij mee zal dreigen...'

'Is hij van plan me te bedreigen?' vroeg ze.

Voor de eerste keer tijdens hun gesprek klonk er gevoel door in haar stem. Ze leek verbaasd.

'Dat weet ik niet,' kapte hij haar af. 'Ik weet niet wat hij zal zeggen, maar wel wat hij komt vragen. Hij wil weten hoe het zit met de Dodenlijst.'

De rat keek hem recht in de ogen. In haar pupillen was niets dan zwartheid te zien.

'Aha,' zei ze.

'En wat hij ook te zeggen heeft, wat hij ook beweert en waarmee hij ook dreigt, wat hij maar voorwendt of eist, ik weet hoe je hem tegemoet zult treden.'

'O ja?'

'Ja, als hij al helemaal boven bij jou aankomt,' zei hij, 'want het is natuurlijk nog maar de vraag of dat lukt, luister je naar hem en vervolgens stuur je hem weg. Vriendelijk en beleefd. Jij en ik weten dat er geen Dodenlijst bestaat.'

De rat bleef zwijgend zitten.

'De Dodenlijst bestaat niet,' zei hij opnieuw.

Hij bleef haar een tijd in zich opnemen. Toen had hij er genoeg van. Ze zou doen wat hij zei, dat deed ze altijd.

'Je kunt gaan,' zei hij.

Na een seconde te hebben geaarzeld, stond ze op van haar stoel en liet hem daarna alleen achter in de vergaderzaal.

Hoofdstuk 19

Eric Beer reed zwijgend over de mintgroene avenue.

Slang Marek zat op de passagiersstoel en hield demonstratief zijn mond. Juist vannacht zouden de anderen voor één keer zijn geleuter hebben kunnen waarderen, maar Slang was gekrenkt en nu bestrafte hij hen met zijn zwijgen. Stijf als een plank zat hij omlaag te staren naar de vuile rubbermat, waarop ingedroogde, gebarsten klei zat. In gedachten probeerde hij een jambische strofe te construeren met het patroontje van de mat als uitgangspunt.

Het lukte niet goed.

Tom-Tom zat achter Eric. Het gaf een veilig gevoel om in de auto te zitten en de stad daarbuiten te zien voorbijflitsen, dacht de kraai; heel wat veiliger dan in een van die huizen te zitten en de auto's te zien voorbijschieten.

Sam luisterde naar zijn hartslag. Sinds gistermorgen had zijn hart af en toe een slag overgeslagen: bonk, bonk, bo-bonk. Hij had een hoef vol roze tabletjes genomen waarvan hij dacht dat ze goed voor zijn hart waren, maar afgezien van het feit dat hij zich moe voelde, was er niets gebeurd.

Rat Rut bezorgde hem koude rillingen, ze was één gigantisch slecht voorteken. Midden in de nacht naar de Vuilnisbelt rijden, als de rat wakker was, was een heel beroerd idee.

Bo-bonk, bo-bonk, zei zijn hart.

Het plan van Eric Beer was zo eenvoudig dat het nauwelijks een plan mocht heten.

Eric had zich voorgenomen een paar dwarsstraten vóór de

Vuilnisbelt de Oostelijke Avenue te verlaten en via de rand van Lanceheim naar de stadsgrens te rijden. De houten poort, de hoofdingang van de Vuilnisbelt, werd 's nachts bewaakt. Aan de andere kant waren Rut en haar aanhang niet bang voor dieven die te voet kwamen; niemand kon 's avonds over de afvalberg klimmen. Weliswaar was het hele gebied voorzien van een omheining, maar dat had ermee te maken dat de dieren in Lanceheim een duidelijke grens tussen hen en de Vuilnisbelt hadden geëist. Op vele plaatsen was die omheining neergehaald en nooit weer opgezet.

Dus: parkeren aan een van de dwarsstraten ten noorden van de houten poort. Een gat in de omheining vinden en naar binnen sluipen. Een omtrekkende beweging naar het noordoosten maken en vervolgens een weg naar het zuiden zoeken, naar de Middenweg, om die dan te volgen naar de vuilnisstad en de residentie van Rat Rut. Eric maakte zich geen illusies dat ze de hele weg naar de residentie zouden kunnen afleggen zonder te worden ontdekt. Maar als ze maar ver genoeg konden komen, zou hen vast wel audiëntie bij Koningin Rat worden verleend. En Eric, die naïeve reclamebeer, was er zeker van dat hij, oog in oog met de rat, haar wel tot rede zou kunnen brengen. Dat hij haar kon laten inzien dat ze zowel Teddy als Duif van haar lijst moest schrappen.

Hoe dat in zijn werk zou gaan, had hij nog niet bedacht.

Hij realiseerde zich maar al te goed hoe dat klonk: als klinkklare nonsens. Daarom had hij zijn plan niet met de anderen gedeeld – noch met Sam of Tom-Tom, noch met Slang.

De wijken in het noordoosten van Lanceheim bestonden voornamelijk uit vrijstaande huizen met kleine, verwaarloosde tuinen. Op de uitgestrekte heuvels, die verder naar het oosten overgingen in een dun naaldbos, stonden haveloze bungalows met bladderende verf. Niet zelden zag je er autowrakken op het erf, samen met roestige fietsen en geheimzinnige, dichtgebonden zwarte vuilniszakken. In deze huizen woonde je terwijl je op zoek was naar iets anders.

Bij het schijnsel van de straatlantaarns reed Eric Beer langzaam door de nacht. Hij zocht een geschikte parkeerplaats en wilde niet onnodig de aandacht trekken. Uiteindelijk vond hij een plekje vlak bij een paar lage flatgebouwen die onverwacht oprezen, midden op een steile helling, en hij zette de auto naast een rode Volga GTI.

'Vanaf hier gaan we te voet,' deelde hij mee.

Eric zette de motor uit voordat iemand had kunnen protesteren tegen die onverwachte mededeling.

'Te voet?' gooide Slang er ten slotte uit, maar Eric was al uitgestapt.

'Te voet?' herhaalde Slang, die zich had omgedraaid naar de achterbank. 'Hij maakt toch zeker een grapje?'

'Hij maakt geen grapje,' antwoordde Sam laconiek.

'Een beetje frisse lucht is toch lekker, verdomme,' zei Tom-Tom opbeurend.

Ook de kraai stapte uit en hij voegde zich bij Eric op de parkeerplaats.

'Je weet toch dat dit pure waanzin is?' zei Slang tegen Sam.

Ze zaten met z'n tweeën in de auto.

'Natuurlijk, ouwe jongen. In tegenstelling tot je gewone, gezonde leventje,' antwoordde Sam ironisch.

'Midden in de nacht over de Vuilnisbelt wandelen, kan een manier zijn om ons gewone, gezonde leventje abrupt te laten eindigen,' pareerde Slang. 'Voor wie levensmoe is.'

'Alle manieren zijn goed, behalve de slechte,' stelde Sam vast, waarna ook hij uitstapte op de parkeerplaats.

Eric, Sam en Tom-Tom zetten koers naar het oosten. Ze hoorden het autoportier open- en dichtgaan en even later waren ze alle vier op weg naar de Vuilnisbelt. Net zo stil als ze daarnet in de auto hadden gezeten.

Hyena Bataille zag hen al uit de verte.

De dieren op de Vuilnisbelt hadden een handvol uitkijkposten gebouwd. Daarbij ging het niet om gewone torens – op afstand was het zelfs vrijwel onmogelijk te zien dat er iets bijzonders was met de schroothopen die hier en daar een paar meter boven de rest van het merkwaardige afvallandschap uitstaken.

Bataille was, zoals zovele nachten daarvoor, verwikkeld in een diepgaand gesprek met de heetgebakerde Louise, een bruin-beige terriër met misvormde oren die het als het ware uit principe nergens mee eens was. Al maanden lang discussieerden ze over de verhouding tussen geërfde instincten en geërfde begeerten, maar hun ruzie was niet erg geëngageerd. Ze zaten weggezakt in een stel tuinstoelen die waren opgelapt met zwart zeil. Ver weg lagen de verlaten straten van Lanceheim, en voor Bataille en Louise waren de vier knuffeldieren die onderweg waren over de Vuilnisbelt even duidelijk zichtbaar als een armada op open zee. Zij het niet even angstaanjagend. Bataille praatte zelfs gewoon door.

'Denk je dat ze op weg zijn hiernaartoe?' vroeg de terriër, toen de hyena even zijn mond hield.

'Wie?' vroeg Bataille.

Louise knikte in de richting van Lanceheim.

'Herken je iemand?'

Louise schudde haar hoofd. 'Niet van deze afstand.'

'Nee,' zei Bataille. 'Maar dat doet er eigenlijk ook niet toe, of wel soms?'

Louise giechelde.

'Is dit het plan?' vroeg Slang.

Omdat niemand antwoord gaf, ging hij verder op een gemaakt verontwaardigde toon. 'Moeten we gewoon rechtstreeks de Vuilnisbelt op gaan, de rat opzoeken en haar overhalen om de lijst aan te passen? Is dat het plan?'

Tom-Tom snoof.

'Verdomme, doe niet zo belachelijk, Marek,' zei de kraai. 'Het is verdomd duidelijk dat Eric een plan heeft.'

'Vertel ons eens iets, Eric,' zei Slang spottend, 'over het plan. Laat horen.'

Eric Beer liep een paar meter voor de anderen uit en ontdekte eindelijk een gat in de omheining, verder naar het noorden dan hij gedacht had, maar hier was het. Hij knikte.

'Hier gaan we naar binnen,' zei hij wijzend.

Sam liep snel op de beer af en fluisterde: 'Weet je dat wel zeker?'

Maar Eric antwoordde niet, zogenaamd omdat hij het niet gehoord had; hij was de Vuilnisbelt al op. Voorzichtig beklom hij een berg schroot, waarbij het erop aankwam dat je goed oplette dat je niet op iets trapte wat meegaf en omlaaggleed. Het licht van Lancheim scheen niet meer dan een paar meter op het terrein, daarna moest de maan hun de weg wijzen, terwijl ze langzaam en uiterst behoedzaam naast elkaar de afvalberg op klauterden. Telkens wanneer iemand op een voorwerp trapte dat wegrolde, stopte het viertal tot het geluid was weggestorven. Pas nadat ze zich ervan verzekerd hadden dat alles weer stil was, klommen ze verder. Ieder van hen had gehoord wat er met dieren gebeurde die als onbevoegden de Vuilnisbelt betraden.

Ze kwamen steeds hoger en toen ze na ruim een halfuur op de top van de berg stonden en uitkeken over de dreigende contouren van de Vuilnisbelt, die zich in het maanlicht tot in het oneindige leek uit te strekken, waren ze behoorlijk buiten adem.

Zonder een woord te zeggen wees Eric de richting aan, waarna ze in zuidelijke richting verderliepen. Hij realiseerde zich dat ze moesten afdalen naar de Linkerweg en dan weer de afvalberg beklimmen, vóór ze op de Middenweg konden komen om aan de mars naar de vuilnisstad te beginnen. Afgaand op de klauterpartij die ze net achter zich hadden, zou hun dat minimaal een paar uur kosten. Maar de nacht was nog lang en ze hadden geen andere keus. De vertwijfeling die al de hele dag als een steen in zijn maag lag, nam nu de overhand en elke stap die hij zette in het verraderlijke terrein leek zwaarder dan de vorige.

'We lopen recht in de val,' fluisterde Slang tegen Sam, die naast hem liep. 'Dat weet je toch.'

Sam antwoordde niet.

'Wat doen ze?' vroeg Louise.

Ze stond op een krukje vlak bij Hyena Bataille en kon op die manier de woorden recht in het oor van de hyena fluisteren. De hyena haalde vragend zijn schouders op en schudde zijn hoofd. Hij hield een verrekijker voor zijn ogen, die hij langzaam liet zakken.

'Ze zijn op weg naar het zuiden,' zei hij. 'Naar de Linkerweg.'

'Zullen we ze daar pakken?' vroeg Louise.

'Reken maar!' zei Bataille.

'Wie zijn het?' vroeg Louise.

'Drie vreemdelingen en een dier dat ik meer dan enig ander dier hier op aarde haat,' antwoordde Bataille.

Dat verrassende antwoord maakte dat Louise Terriër zich ongemakkelijk voelde. Als hij slecht humeur had, was Bataille een gevaar voor iedereen in zijn omgeving.

Toen de vier knuffeldieren bij de steile helling kwamen die omlaag leidde naar de Linkerweg, waren ze al bijna een uur op de Vuilnisbelt. Ze hadden zwijgend hun weg gezocht en hun bange vermoedens groeiden in hetzelfde tempo als hun vermoeidheid. De Vuilnisbelt lag er stil en verlaten bij, een feit dat hen een beetje geruststelde, maar af en toe leek de stilte onnatuurlijk groot. Op enig moment dacht Sam dat hij in de verte iemand zag lopen, maar die waarneming hield hij voor zich, bang als hij was dat Slang het tegen Eric zou gebruiken.

Maar zelfs Slang zei niets meer.

'Hier moeten we naar beneden,' fluisterde Eric, naar de weg wijzend.

De anderen knikten. Het was een prettig gevoel dat de beer scheen te weten waar ze heen moesten, en leek te weten wat hij deed. Voorzichtig begonnen ze aan de afdaling naar de Linkerweg. Het ging nu gemakkelijker, niet alleen omdat ze beter gewend waren aan het balanceren op het verraderlijke afval, maar ook omdat ze bergafwaarts gingen.

Toen ze helemaal beneden waren gekomen, ontdekten ze dat

de afvalwand die tegenover hen oprees te steil was om te beklimmen – het was een loodrechte wand die voor hen stond.

'Laten we een stukje over de weg lopen,' fluisterde Eric tegen Tom-Tom, die het dichtst bij hem stond.

De beer knikte naar het oosten, verder de Vuilnisbelt op.

Het viertal begon te lopen, blij dat ze vaste grond onder hun voeten hadden. Het maanlicht dat hun de weg over de berg had gewezen, drong niet door tot in de smalle vallei die de Linkerweg in feite was, en ze liepen in een duisternis die je dwong zich nog langzamer voort te bewegen. Na een paar honderd meter werd ook de helling aan de noordzijde steeds steiler, en nu waren ze dus aan weerszijden geflankeerd door loodrechte muren van afval. Hier en daar stak er een voorwerp uit, dat ze probeerden te omzeilen.

Toen hoorden ze een stem.

Dun en ver weg, maar heel goed waarneembaar. De vier knuffeldieren bleven abrupt staan. Toen barstte het kabaal los.

Het geluid dat onverwacht in een explosie de stilte doorbrak, deed de grond onder hun voeten schudden. Tom-Tom viel op zijn knieën op de grond met zijn vleugels beschermend boven zijn hoofd. Sam rende naar de kant van de weg en drukte zich met zijn rug tegen de afvalwand, terwijl hij ongerust in de richting van de explosie spiedde. Slang slingerde zich zo snel hij kon in de andere richting, weg van het gedreun dat maar doorging. Eric stond doodstil, hij probeerde te begrijpen wat er aan de hand was.

Hoewel hij het met eigen ogen zag, had hij moeite het te begrijpen. Langs de zuidelijke helling van de berg raasde een gestage stroom afval. Metaal en hout, plastic en gips, verwrongen voorwerpen en vormen die hij niet kon thuisbrengen, alles stroomde als een dikke, trage brij van de berg omlaag en vulde al snel de weg achter hen. Toen de beer begreep wat er gebeurde, draaide hij zich om. Voor hen stroomde een soortgelijke lawine van spullen en prut omlaag langs de wand. Ze waren ingesloten. Het was een val. Het was zo snel gegaan dat zelfs Slang niet weg had kunnen kronkelen.

Toen werd het stil.

Eric kon zichzelf horen ademen, wat klonk als een bruisende waterval in een verlaten landschap, maar verder niets. Slang bevond zich zo'n tien meter verderop, Tom-Tom stond vlak bij hem en Sam een paar meter naar rechts.

'Nou?' vroeg een lichte stem ergens in de nacht.

Instinctief draaiden de vier kompanen zich om. Even was het volkomen stil. Opnieuw was daar het geluid van een groot aantal klauwen en poten die aan de zuidkant van het ravijn renden. Eric draaide zich om en keek omhoog naar het zuidwesten.

'We hebben geen kwade bedoelingen!' riep de beer.

Hij probeerde degenen die ze daarnet hadden gehoord in het oog te krijgen, maar de bergwanden waren te steil en te hoog.

'Hallo!' riep hij.

Nu leken zich overal daarboven knuffeldieren te bewegen. Zowel Slang als Sam was midden op de weg bij Eric en Tom-Tom gaan staan, ze stonden met z'n vieren dicht bij elkaar naar de nachthemel te staren, waar de sterren straalden.

'Hallo!' riep Eric opnieuw. 'We zijn gekomen om met jullie Koningin te spreken.'

Er kwam geen reactie op zijn woorden. De knuffeldieren die langs de randen van het ravijn renden, bewogen nog steeds, ze namen posities in. Waarvoor?

'Hallo!' riep Eric een derde keer. 'Ik ben Eric Beer. Ik ben gekomen om met Rat Rut te praten.'

Langzaam daalde er een stilte over het ravijn. Sam Gazelle stond vlakbij Eric, en fluisterde de beer iets in zijn oor.

'Het is afgelopen, hè? Denk je dat we doodgaan?'

Eric antwoordde niet. Hij kende het antwoord niet.

Hoofdstuk 20

Ze takelden Eric uit het ravijn.

In slowmotion kwam een stoel uit de lucht. Het was een absurde ervaring omdat ze noch de kraanarm, noch de staalkabels konden zien, alleen een grote fauteuil die langzaam neerdaalde uit de zwartgrijze nachthemel. Ze kregen hem allemaal ongeveer op hetzelfde moment in het oog. Geluidloos landde hij een paar meter bij hen vandaan.

'De beer dient te gaan zitten,' klonk een ruwe stem die echode op de bodem van het ravijn.

Eric keek van de ene vriend naar de andere, en ze knikten. Ze hadden vertrouwen in hem. Zelfs Slang keek hoopvol.

'Je fikst het wel,' zei Tom-Tom en hij gaf Eric een schouderklopje. 'Verdomme nog aan toe.'

Sam knikte instemmend, waarna Eric naar de fauteuil toe liep en erin ging zitten. Onmiddellijk werd de fauteuil opgetakeld, en met een krampachtige greep om de armleuningen verdween Eric Beer in de nacht.

Zijn vrienden daarbeneden op de Linkerweg konden het tumult horen dat losbarstte toen de fauteuil zichtbaar werd voor de wachtenden daarboven. De slang, de kraai en de gazelle stonden doodstil te luisteren naar de enorme herrie die de dieren van de Vuilnisbelt maakten toen ze met Eric vertrokken. Daarna werd het weer stil.

Onaangenaam stil.

Sam keek Slang aan, die langzaam zijn groene staartpunt heen en weer liet zwaaien.

'Ik zeg niets,' zei hij. 'Ik zeg niets.'

Sam graaide een hoefvol lichtblauwe pillen uit zijn broekzak, en met een ruimhartig gebaar bood hij zijn vrienden er ook een paar aan. De slang en de kraai bedankten, de een met minachting, de ander beleefd en vriendelijk, waarop de gazelle – niet zonder een zekere moeite – de pillen zelf doorslikte.

Ze droegen Eric met fauteuil en al naar de vuilnisstad. Zijn plan was de route in zijn hoofd te prenten, zodat hij op eigen houtje de weg terug zou kunnen vinden, en dat vereiste concentratie. Ze droegen hem door tunnels en over een brug. Kriskras, zo leek het, over die bergen afval in een donkere wereld die stonk naar verrotting en waar geen van de onscherpe contouren begrijpelijk voor hem was.

Vier knuffeldieren droegen de fauteuil op hun schouders. Eric registreerde hun scherpe geur en gokte dat het om diverse soorten rijdieren ging, paarden of misschien dromedarissen of ezels. Om hen heen bewoog een tiental schaduwgestalten in de nacht, en na een paar minuten identificeerde Eric Hyena Bataille als de aanvoerder van de troep. Hij had het nodige over Bataille gehoord. Tot dan toe had de beer een zekere kalmte bewaard, maar nu werd het gevoel van onbehagen te sterk. Hij gaf zijn streven om de vele bochten naar rechts en naar links te onthouden op, en sloot in plaats daarvan zijn ogen. Beelden van Teddy en Emma vervulden hem. Maar hoe hij zich ook inspande om het niet te doen – onwillekeurig gleden zijn gedachten keer op keer terug naar Bataille. Stel dat alles wat hij gehoord had waar was.

Een kwartier later ongeveer werden de geluiden uit de omgeving steeds harder. Eric opende zijn ogen en begreep dat ze zich aan de rand van de vuilnisstad bevonden, die hij kende van horen zeggen, maar nooit gezien had. In de maneschijn – het duurde nog zeker een halfuur voor de vollemaan weer half zou worden – tekenden zich schuurtjes gebouwd van afval af. Muren en daken leunden schots en scheef op elkaar, of misschien waren de constructies bezig weg te zakken in de modderige laag afval van de Vuilnisbelt. Maar hoe dichter de bebouwing werd, viel Eric op, hoe hoger de muren waren.

Toen hij de residentie van Rat Rut zag, begreep hij dat hij het centrum van de vuilnisstad had bereikt. De woning van de Koningin bestond uit een aantal vrijstaande, veelkantige schuurtjes, die verbonden werden door een netwerk van gangen die aan serres deden denken. Glasscherven in allerlei kleuren waren samengevoegd tot wanden van de gangen en het mozaïek fonkelde opvallend in het maanlicht.

De dieren die Eric naar de residentie hadden gebracht, droegen hem over aan twee vleermuizen. Zij leidden hem verder door de veelkleurige glazen corridors. De indruk was caleidoscopisch, boven werd onder en vice versa, en per ongeluk struikelde de beer een paar keer tijdens het lopen. Het stonk er naar slijk en angst. De hyena was gelukkig buiten gebleven en van de schreeuwende bende dieren die Eric op het open plein voor de residentie stond op te wachten – en die hem deed denken aan het bloeddorstige gespuis waarover hij jaren geleden in de geschiedenisboeken had gelezen – was niets meer te horen.

Ze kwamen door gebouwen die leeg schenen te zijn en in de vergetelheid geraakt. In de glazen gangen werd Eric verblind door het licht, in de nachtzwarte schuurtjes daartussenin kon hij niet eens zien waar hij zijn poten neerzette. De vloer was ongelijkmatig en af en toe knarste het als hij ergens op trapte. Nu en dan meende hij knuffeldieren te horen fluisteren als hij voorbijkwam, dieren die zich schuilhielden in het compacte duister, maar die eraan gewend waren en hem daarom konden zien terwijl hij hen niet zag.

Pas toen ze in de zaal van de Koningin kwamen, kon Eric de contouren om hem heen onderscheiden. Hij werd binnengebracht door een opening in de achterste dwarsmuur. Recht daartegenover, aan de andere kant van de ruimte, stond Ruts troon, en hij bespeurde hoe er druk bewogen werd op het moment dat hij binnenkwam. Hij ving een glimp op van staarten en achterpoten die haastig wegschoten door de deuropeningen aan de overzijde van de zaal.

Rut hing onderuitgezakt op haar troon, op het oog dodelijk verveeld, en keek nauwelijks op toen ze binnenkwamen. Eric, die haar normaal gesproken alleen zag bij de vergaderingen van Een Helpende Hand, was gechoqueerd te zien hoe ze hier... volkomen op haar plaats leek. De verdachte rat, die alleen al door haar aanwezigheid de individualisten rond de vergadertafel tot maatstaf leek te verheffen, was hier volkomen in haar element. Ze straalde een kracht uit die Eric nooit ook maar vermoed had, en – die indruk kreeg hij al op het moment dat hij de zaal binnenstapte en die werd tijdens het gesprek nog eens versterkt – ze bezat een soort passieve goedheid die hem volkomen overrompelde.

'Rut,' zei hij, 'sorry, dat ik je moet...'

Hij wist niet hoe hij verder moest gaan.

De rat, die verrast was dat ze zo direct werd aangesproken, verscherpte haar blik. Toen ze hem herkende, leek ze verbaasd, en ze gebaarde naar de vleermuizen dat ze een stap terug konden doen, zodat de beer niet meer tussen hen ingeklemd stond.

'Eric Beer?'

Hij knikte. 'Sorry, dat ik je moet... storen, midden in de nacht,' zei hij, 'maar ik moet iets... met je bespreken. En dat kan niet wachten.'

De rat leek vooral geamuseerd. Ze ging rechtop zitten op haar troon, gebaarde dat Eric dichterbij kon komen en boog een beetje voorover, zoals je doet om naar een welpje te luisteren. Toen Eric een paar stappen naar voren deed, volgden de vleermuizen hem. De beer deed zijn best om ze te negeren.

'Het gaat om een...' en hij keek opnieuw om zich heen naar het donker langs de muren van de zaal, 'het gaat om een lijst.'

De rat keek ongeïnteresseerd.

'Een lijst?' herhaalde ze.

'Een lijst,' bevestigde Eric.

Maar toen hij geen spoor van begrip in haar blik zag, verduidelijkte hij het fluisterend: 'De Dodenlijst.'

De ogen van de rat werden smalle streepjes. Ze leunde achterover, alsof de welp waarvoor ze hem aanzag naïever bleek dan ze had gedacht.

'Laat ons even alleen,' beval ze.

De twee vleermuizen draaiden zich om en verdwenen voor Eric ook maar kon reageren. Te oordelen naar al het lawaai bij de donkere muren waren er nog meer dieren binnen geweest. Toen de stilte neerdaalde, keek Rat hem dwingend aan, terwijl ze een wenkbrauw optrok.

'Nou?' zei ze, en in haar kleine, matte kraalogen zag hij noch erkenning, noch ontkenning.

Daar stond hij, alleen en weerloos in de binnenste zaal van de Koningin van de Vuilnisbelt. Rat rustte zwaar in haar overweldigende macht zoals ze daar zat, maar desondanks voelde Eric geen angst. Hij was echter wel gespannen; in hoeverre probeerde ze hem een vals gevoel van veiligheid aan te praten?

'Ik weet,' zei Eric, 'dat jij de... de Dodenlijst opstelt.'

'Hoezo?'

Het woord viel met een onverschilligheid die Eric deed rillen.

'Het is mij ter ore gekomen,' herhaalde hij, 'dat jij achter de Dodenlijst zit.'

Rut bleef hem aanstaren en barstte vervolgens in een verrassende schaterlach uit. Het klonk als een gejaagd snuiven, en het was een lach, hoewel er geen enkele blijdschap in doorklonk.

'Dat is het stomste wat ik ooit gehoord heb,' snoof de Koningin. 'Dacht je dat Magnus mij zou laten beslissen over leven en dood?'

'Je hoeft je niet zo aan te stellen,' zei Eric met een stem die overtuigd moest klinken. 'Ik weet wat ik weet.'

'Nonsens,' snoof de rat.

'Noa Kameel,' zei Eric.

De rat verstijfde. 'Wie?'

'Je boodschappenjongen heeft gekletst. Maar je hoeft je niet over een straf voor hem te bekommeren, want die heeft hij al gehad.'

'Ik heb nog nooit iets over een kameel gehoord,' zei de rat, maar in haar stem was een aarzeling te bespeuren die er eerder niet was geweest.

'Mijn verhaal is als volgt,' zei Eric Beer.

Vervolgens vertelde hij alles wat er gebeurd was. Hij had het over Emma, en over de passie die hij tijdens hun verkering had beleefd, een passie waardoor hij een rode kleur van opwinding kreeg en groen en geel zag van jaloezie. De liefde, zei Eric Beer tegen Rat Rut, had zijn hart zwaarder gemaakt dan een anker van verdriet en moedeloosheid; en tegelijkertijd had ze ervoor gezorgd dat hij zich even licht en vrolijk had gevoeld als een heliumballon. Hij vertelde hoe de passie dieper werd en overging in onbaatzuchtige liefde en daarna: de zelfopofferende, overdadige liefde die hem moedig, onoverwinnelijk en mooi had gemaakt. Ten slotte vertelde hij over de liefde als de diepe gemeenschap die beproevingen en verleidingen kon weerstaan, door hem simpelweg blind te maken. Hoe zou hij door iemand anders verleid kunnen worden als hij geen ander zag, vervuld als hij was van zijn Emma Konijn – de enige van wie hij zielsveel hield.

Daarna vertelde Eric over zijn tweelingbroer Teddy, en over het leven dat Teddy leidde en dat net zo goed het zijne had kunnen zijn. En vice versa. Hoe de nabijheid en tederheid die pijn deed in zijn binnenste met het jaar moeilijker te verdragen was. Dezelfde pijn, bekende Eric ten overstaan van Rat Rut, voelde Teddy diep van binnen, dezelfde nabijheid, alleen de verschijningsvorm daarvan verschilde, en zo was het altijd geweest. Ze waren elkaars lot, ze konden niet gescheiden worden en daarom moest Magnus als hij de een nam ook de ander nemen. Als een van hen alleen achterbleef, ontstond een onmogelijke asymmetrie – net als het oosten niet zonder het westen kon bestaan.

In het begin schudde Rat Rut haar hoofd bij die stortvloed van woorden van Eric Beer, ze geeuwde om aan te geven hoe verveeld ze was. Meer dan eens stak ze haar klauw op om hem het zwijgen op te leggen, maar hij liet zich niet tot zwijgen brengen. En langzaam maar zeker veroverde hij haar interesse. Woord na woord, zin na zin en minuut na minuut trok hij haar verder mee in zijn gevoelsleven en hij zette haar klem tussen liefde en vertwijfeling. Hij zag dat wat hij zei betekenis voor haar had, en dat er binnen in de ziel van de rat een klein ratje zat dat zich erin herkende.

Toen hij eindelijk klaar was – uitgeput doordat hij voor het eerst sinds dinsdagnacht, toen hij had ingebroken bij het ministerie van Milieu, alle pijn die hij had opgekropt onder woorden had durven brengen –, bleef de rat een hele tijd stil op haar troon zitten, terwijl ze hem aanstaarde.

Daarna nam ze een besluit.

Ze wenkte hem naar voren, naar de troon, en gebaarde dat hij kon plaatsnemen op een van de traptreden vlak bij haar linkerachterpoot. Toen pas viel het Eric op dat Rat geen linkervoet had, en het vergde de nodige wilskracht om niet naar de voetloze poot te kijken.

De beer ging op de aangewezen plek zitten, en Rut sprak tegen hem op een soort fluistertoon die iemand anders onmogelijk zou kunnen horen: 'Ik ben het niet,' zei Rat Rut. 'Ik heb hem hier, dat klopt, en ik stuur hem door. Met behulp van de kameel of iemand anders, dat klopt ook. Maar ik ben niet degene die de lijst opstelt.'

Een bekentenis.

Eric was verbijsterd.

De bekentenis kwam direct, zonder verlegenheid of trots. Het was... te eenvoudig, dacht de beer. Waarom bekende ze? Zo lichtzinnig? Hoe kon ze er zo zeker van zijn dat Noa Kameel echt had gekletst; had ze misschien die avond nog met Noa gepraat en wist ze dat het spel verloren was? Was de Koningin van de Vuilnisbelt echt geraakt door de weekhartige verhalen van Eric Beer?

'Ik weet niet wie hem opstelt, en ook al wist ik het,' zei Rut, 'dan zou ik het niet vertellen. En geloof me, er is niets wat jij en je vrienden kunnen doen om mij daartoe te dwingen.'

Ze moest wel liegen. De lijst moest van haar zijn. Zij was tenslotte de Koningin van de Verrotting Aller Dingen. Eric Beer weigerde te accepteren wat hij hoorde.

'Daarmee,' zei Rut, 'geloof ik dat jouw opdracht...'

'Nee, die is niet ten einde,' onderbrak hij haar.

'Wat?'

'Nadat de Chauffeurs zijn geweest. Dat is niet het einde, dat is gewoon het begin van iets nieuws.'

Rat haalde haar schouders op.

'Daar bemoei ik me niet mee,' zei ze.

'En alles wat je nu voor me doet,' zei hij, 'zal je straks ten goede komen. In het volgende leven.'

'Je bent niet wijs,' siste Rut, maar er lag een geamuseerde uitdrukking in haar ogen.

Hij had haar in elk geval ertoe verleid het gesprek te laten duren.

'Het gaat niet om wijsheid,' zei hij.

'Je bent een dwaas,' antwoordde ze zakelijk. 'Alleen al omdat je denkt dat het mogelijk is om twee namen van de lijst te schrappen.'

Zijn hart ging sneller kloppen. Was hij bezig haar een nieuwe, verstrekkender bekentenis te ontlokken?

'Die verhalen heb ik ook gehoord,' zei hij. 'Meer dan eens. Eén naam van de lijst schrappen zou mogelijk zijn...'

'Mogelijk? Een naam van de Dodenlijst schrappen zou ik niet als een mogelijkheid beschouwen,' siste Rat Rut, nog steeds met een soort uitgelaten spot in haar stem.

'...maar twee namen is onmogelijk,' maakte Eric zijn zin af.

'Laat ik er dit van zeggen,' zei Rut, 'en dat heb ik niet zelf bedacht, ik herhaal gewoon wat iemand anders lang geleden tegen me heeft gezegd: "Eén naam schrappen is voor de goddelijke, meerdere namen schrappen is voor de ongeborene." Ik weet niet wat dat betekent, maar het klinkt... alsof het iets onmogelijks is.'

Nu was het Erics beurt om zijn schouders op te halen.

'Dwaasheid,' herhaalde Rut.

Om vervolgens met stemverheffing te roepen: 'Bewakers!'

De beer sprong op. Hij stond slechts een paar decimeter van de rat af en realiseerde zich dat hij precies even lang was als zij.

Maar nog voor hij zijn opties had kunnen overwegen, werd hij al weer door de vleermuizen geflankeerd.

'Breng hem naar zijn vrienden,' verordonneerde Rut. 'En gooi ze eruit, alle vier. Ze gaan onverrichterzake terug. Eric Beer, om een schat te kunnen vinden, moet er een schat begraven zijn.'

Na die woorden pakten de vleermuizen hem stevig bij zijn schouders en voerden hem weg.

Op het moment dat ze weer buiten kwamen in de koele nacht, sloeg de stank hem tegemoet. Die was Eric Beer bijna vergeten terwijl hij binnen was bij de rat. Toegegeven, ook in de residentie rook het naar schimmel en vuil, maar dat was niets vergeleken bij de stank hier boven op de Vuilnisbelt. Dat besef bracht hem ertoe door zijn mond te ademen, en daarmee slaakte hij onwillekeurig een zucht. De greep van de vleermuizen deed pijn aan zijn schouders, en hoewel hij zelfs hun minste aanduidingen over waar hij heen moest en hoe snel hij moest lopen opvolgde, bleven ze hem stevig vasthouden. Hij huiverde bij de gedachte aan de lange tocht terug naar het ravijn waar Sam, Tom-Tom en Slang wachtten.

Toen klonken de woorden vanuit het niets: 'Laat hem los.'

De vleermuizen bleven abrupt staan.

De diepe stem die de woorden had uitgesproken was eraan gewend te worden gehoorzaamd. Een tel later besefte Eric dat de bewakers hem al hadden losgelaten. Van de wal in de sloot. Ook Eric had die norse stem herkend.

Hyena Bataille.

'Jullie kunnen gaan,' zei Bataille, nu schuin achter hen, en de vleermuizen verdwenen zonder dat Eric zag hoe dat in zijn werk ging.

Hij bleef stokstijf staan. Zou hij wegrennen? Niemand hield hem tegen en het donker zou hem verbergen. Maar als Bataille hem inhaalde? Kracht, omgeving en snelheid waren in het voordeel van de hyena, alles waar Eric op kon hopen was... geluk.

Dat zou nauwelijks voldoende zijn.

'Wij hebben iets te bespreken,' zei Bataille. 'Maar niet hier.'

De beer stond nog steeds roerloos. Hij had geen idee wat de hyena bedoelde, maar hij nam aan dat de woorden hem in de war moesten brengen, dat hij misschien voor de gek werd gehouden.

Ineens stond Bataille daar, slechts een paar meter voor hem.

'Volg me,' zei hij.

Hij draaide zich om en liep weg.

Het was nu of nooit.

Met één sprong zou de beer de hyena hebben ingehaald en zich op hem en over hem kunnen werpen. Wellicht zou Eric zijn berenpoten om zijn hals, om zijn keel kunnen slaan...

Bataille draaide zich om: 'Kom je?'

Toen Eric het gezicht van de hyena zag en het tot hem doordrong dat dit echt de legendarische Hyena Bataille was, en niet een of ander molletje op het schoolplein, besefte hij ook hoe belachelijk zijn ingeving was geweest. Vluchten? Bataille overmeesteren?

Eric knikte en volgde hem.

Bataille voerde de beer weg van de vuilnisstad, terug naar het ravijn waar zijn vrienden gevangen waren. Ruim vijf minuten later kwamen ze langs een propeller, die op een windmolen leek en aan een lage toren was bevestigd. De hyena wees.

'Hierheen.'

Onder de propeller was een schuurtje, waarin een tafel met drie poten en twee met grijs ribfluweel beklede fauteuils stonden. Bataille maakte een gebaar naar de beer, en Eric ging zitten.

'Ik weet niet wat ik ervan zal zeggen,' zuchtte Bataille, 'maar Rut kan lastig zijn.'

Eric knikte.

Hij zou instemmen met wat Bataille ook zei, en hij zou eerlijk antwoorden op welke vraag er ook maar werd gesteld. Het belangrijkste was dat hij in leven bleef. Wie zou Emma en Teddy anders moeten redden?

'Ik ken haar al... ik weet niet hoeveel jaar,' zei Bataille met zijn donkere, rauwe stem. 'En toch... weet ik het niet.'

Eric knikte opnieuw, maar toen schudde hij zijn hoofd. Hij hoopte dat dit bewegingen waren die overeenstemden met Batailles gemoedstoestand en toespelingen.

'Als ik jullie alle vier doodsla...' zei Bataille, 'dan weet ik niets. Misschien geeft ze er niet om? Maar misschien... jullie zitten toch samen in een of ander bestuur?'

'Een Helpende Hand,' bevestigde Eric.

De hyena knikte. En dacht na.

'Ik neem geen risico's. Ze heeft mij de opdracht gegeven je naar je vrienden te brengen, en jullie allemaal vrij te laten. Maar de slang kan ik niet zomaar laten gaan, nu hij eindelijk gekomen is. Ik wil Marek hebben.'

Eric staarde hem aan: 'Marek?'

'Maar dat is niet wat ze mij heeft opgedragen. Daarom wil ik jouw toestemming hebben, beer. Ik wil geen gedoe krijgen met de rat.'

'Mijn toestemming?'

De hyena knikte. 'Geef mij je zegen zodat ik Marek kan pakken; dat zal voldoende zijn voor haar, want ze is alleen in jou geïnteresseerd. Dan krijg jij iets van mij.'

'Maar... ik...'

'Want ik weet wie de Dodenlijst schrijft,' zei Hyena Bataille.

Teddy Beer 4

Ik had altijd tijd voor een kop koffie bij Nicks aan de steenrode Uxbridge Street. Ook al deed ik verder niets in de stad, dan toch in elk geval dát. Nick schuimde de melk flink op en bakte zijn appelmuffins met kardemom. Hij stond zelf achter de kassa, voor schappen vol brood en baguettes. We hadden elkaar in de loop der jaren leren kennen. We groetten elkaar.

Ik ging in het eerste zitje, bij het raam aan de straatkant, zitten. Daar zat nooit iemand. Andere stamgasten zaten liever in de zitjes verder naar binnen. Het lokaal was lang en smal en alle zitjes zagen er eender uit. Een ronde, aan de grond bevestigde tafel met een witgelamineerd blad, een roodleren bank in een U-vorm die de tafel omgaf. De hoge rugleuningen gaven je een gevoel van afzondering. De stamgasten gingen naar Nicks voor de afzondering.

De verlichting is niet het vermelden waard.

Met mijn lepel maakte ik een gaatje in het melkschuim en ik zag de warme damp van de koffie naar het plafond stijgen. Als een gedachte.

Tegenover Nicks Café staat het gebouw waar mijn tweelingbroer Eric en mijn vrouw Emma Konijn wonen.

Uxbridge Street 32. Ze wonen op de tweede verdieping. De ramen die uitzicht bieden op de straat zijn die van de woonkamer en de eetkamer. Vanuit mijn zitje in het café kon ik ze over de parketvloer zien lopen.

Op die betreffende dag kon ik ze niet zien door het raam.

Die betreffende dag was tweeëntwintig dagen geleden.

Die betreffende dag kwam een forse, rode gorilla uit de voordeur van Uxbridge Street 32. Het gebeurde op het moment dat ik een hap van mijn muffin nam en in een groot stuk appel beet. De gorilla hield de deur open, en er stapte een keurig geklede duif naar buiten. Na de duif volgde nog een gorilla. Ik wist zeker dat dit vreemde gezelschap niet in het gebouw woonde, omdat ik wist wie er woonden. De gorilla's en de duif wezen over de straat, recht naar de plek waar ik op de bank bij het raam zat. Ze konden mij niet zien. Je kon niet door de ramen van Nicks Café naar binnen kijken. Dat had te maken met de reflectie van het glas.

De duif wees naar het café zelf, en vervolgens staken ze gedrieën met gehaaste passen de straat over.

Nog vóór ik een duidelijk beeld had van de situatie, stond deze trojka al in Nicks Café, een paar meter van mijn zitje. Ze bestelden koffie en croissants.

Ik schoof zo ver mogelijk op naar de muur en verborg mijn gezicht achter de dessertkaart die altijd op tafel stond. Verscholen achter allerlei soorten ijs, verschillende toppings en strooisels hoorde ik tot mijn ontzetting dat de duif en de gorilla's plaatsnamen in het zitje naast het mijne.

'Die verdomde beer zal zich wel de pleuris zijn geschrokken,' zei een rauwe stem, die van een van de gorilla's moest zijn.

'Die tafel was brandhout,' lachte een soortgelijke stem, die moest toebehoren aan de andere gorilla.

'Koppen dicht!' siste een piepstem – dat was zeker die van de duif. 'Eet je croissant op en hou je kop dicht.'

Ik kon niet met Emma Konijn trouwen.

Ik hield van haar. Ik had haar ten huwelijk gevraagd. De datum voor de bruiloft stond vast. Mijn ouders en haar moeder verheugden zich erop. Ieder op hun eigen manier.

Toch kon ik het niet.

De geschiedenis van mijn vader had daar onvermijdelijk mee te maken.

Na het avondeten ben ik op mijn scherpst.

Als ik na het eten een kop koffie heb gedronken. Als toetje eet ik gedroogde vijgen, zo uit het zakje, op mijn kamer. Tegenover mij hangt een enorm schilderij dat de zee voorstelt. Emma schilderde het een paar maanden nadat we elkaar hadden leren kennen, maar ik heb het pas een paar weken geleden laten inlijsten. Het schilderij is zeker drie bij vijf meter. Afgezien van een vuurtoren, helemaal links, is het hele doek gevuld met de zee en schuimende golven. Honderden nuances donkerblauw zijn geschilderd met een penseel dat de indruk geeft nooit van het doek te zijn gehaald. De kunstenaar lijkt geen moment te hebben geaarzeld. De techniek suggereert agressief ongeduld. Dat moet zich in haar hebben bevonden. Ergens.

Je ziet waarnaar je op zoek bent.

Je ziet de dingen die je zelf in je hebt.

Ik moet geweten hebben dat er iets met vader was. Intuïtief wist ik als heel kleine welp al dat er iets met vader aan de hand was. Ik wist het tijdens mijn schooltijd. De wetenschap was niet meer dan een trekken van mijn ooglid. Niet meer dan een rimpeling aan het oppervlak van het badwater. Ik draag dat geheim met me mee op dezelfde manier als je de beslissende momenten in het leven steeds met je meedraagt.

Je bent er vóór en nadat ze gebeurd zijn van op de hoogte.

Ik wist van vaders geheimen. Ik wist dat het leven niet eeuwig duurt. Ik wist dat je uiteindelijk altijd alleen staat. Ik wist dat mijn vrije wil mijn grootste vijand was. Hoe ik dat wist?

Dat kan ik niet uitleggen.

Onze vader, Boxer Bloom, het verstandigste en rechtvaardigste dier in onze stad.

Toen het geheim bezig was in mijn bewustzijn door te dringen, als het zand dat onverbiddelijk naar de onderste helft van de zandloper stroomt, zette ik de zandloper op zijn kop. Vervolgens deed ik keer op keer op keer hetzelfde. Maar met de jaren had ik de kracht niet meer om weerstand te bieden.

Was het rijpheid? Of misschien gewoon vermoeidheid? Moed was het niet.

Ik heb geleerd de onderliggende structuren van de maatschappij te doorzien. De bries in mijn vacht in de schemering kan daarentegen aan me voorbijgaan. Ik merk de geur van de buksboom of de warmte van de zon op mijn snuit niet op.

De schaamte verbergt zich daar waar we haar niet zoeken.

De beste schuilplaats voor de schaamte is recht voor onze neus.

Vader werkte altijd over. Dat was niet vreemd. Het is handiger om proefwerken van de leerlingen op school na te kijken dan ze altijd meer naar huis te slepen. Er waren vergaderingen die moesten worden voorbereid en gehouden. Een reeks sociale activiteiten die zijn aanwezigheid vereisten.

Het kwam wel voor dat ik hem op de parkeerplaats bij school in de auto zag zitten, in gesprek met een andere leraar. Misschien was het een lerares? Dat was niet vreemd. Een rector was niet beter dan zijn leraren. De prioriteiten van de rector moesten gerespecteerd worden.

Op een keer stapten ze uit de auto, net op het moment dat ik over de parkeerplaats liep. Ik vroeg hem niet waarom ze in de auto zaten.

Ik vroeg hem nooit iets.

Het was mijn schuld, en daar moet ik mee leven.

Er zijn filosofen die beweren dat passiviteit het kwaad is. In onze geseculariseerde, transparante en democratische stad is passiviteit het enige kwaad dat nog over is. Al het andere is uitgeroeid. Uit de weg geruimd. Al het andere kwaad kan gecontroleerd en ingeperkt worden.

Zegt men.

Retoriek. Loze retoriek. Er is niets nieuws onder de zon.

De onwil om een vreemde te helpen heeft met gemakzucht te maken. Het heeft met lafheid te maken. Het resultaat van gemakzucht en lafheid is passiviteit, maar over de achterliggende oorzaken kunnen we lezen in de godsdienstwetenschap.

Gemakzucht en lafheid.

Ik was niet blind voor mijn tekortkomingen. Toch was ik niet in staat om vader ermee te confronteren. In de context van misbruik spreekt men van medeafhankelijkheid. Degenen die dicht bij de verslaafde staan maken zichzelf tot een deel van het gedrag door het misbruik niet aan de kaak te stellen. Dat is geen passiviteit, dat is schuld.

Vaders lafheid werd mijn lafheid.

Ik hoop dat zijn schuld even zwaar te dragen was als de mijne.

Ik heb een excuus. Er is altijd een excuus. Ik moest mijn fantastische vader, de onovertroffen rector Bloom, veranderen in een laffe stakker die niet wilde toegeven dat hij ontrouw was. Dat was te veel gevraagd. Tijdens mijn jeugd had ik mijn beeld van vader ingevuld met alles wat ik in het leven respecteerde. Toen ik de waarheid onder ogen zag, was vader niet de enige die van zijn voetstuk viel.

Mijn leven viel in duigen.

Eric wist het al. Het kon hem niet schelen. Hij hield zijn mond.

Ik ook. Elke ochtend begroette vader mijn moeder in de keuken met een brede glimlach, een warme omhelzing en een kop koffie. Het was mijn fout dat haar leven in één klap leugenachtig, verstoord werd. Mijn schuld. Niet door wat ik deed, maar door wat ik naliet. Door mijn passiviteit.

Mijn lafheid.

Nooit weer.

Nooit weer zal ik een deel worden van zo'n tragedie.

Ik ben niet van plan te reageren. Ik neem actie.

Ik kon niet met Emma Konijn trouwen.

Om diverse redenen.

Dit was er maar één van.

Ik was een goede beer geworden, en wilde er mijn leven aan wijden om dat te blijven.

Ik hoorde niet waar ze het over hadden. Na de uitbrander van de duif gingen de gorilla's zachter praten. Het gemompel uit het zitje naast me was onmogelijk te verstaan.

Ik luister nooit stiekem mee.

Meestal is er ook niets te horen.

Die dag was het anders in Nicks Café. Als ik de mogelijkheid had gehad, zou ik hun gesprek in mijn geheugen hebben geprent. Maar ik dronk mijn koffie op, veegde het melkschuim uit mijn snorharen en staakte mijn pogingen om op te vangen wat ze zeiden. Voor het raam reed af en toe een auto voorbij. Het Ochtendweer begon oud te worden en ik overwoog te vertrekken. Meestal ging ik 's middags naar Nicks. Het lot en een onverwachte wijziging in de procedures bij Lakestead House hadden ervoor gezorgd dat ik vlak na het ontbijt naar de stad was gegaan.

Toen ze kwam aanlopen uit Balderton Street herkende ik haar eerst niet.

Het was zo onverwacht.

's Ochtends verliet ze nooit haar atelier. Ze leefde voor haar kunst en wist dat de overwinning te vinden is in de tegenslagen. Als het werk inhoudsloos en moeizaam scheen, begreep ze dat opgeven of weglopen geen oplossing was. Het ging erom dat te doorstaan en te volharden. Achter die problemen lag een creativiteit die haar tijd en ruimte deed vergeten. Dan kon ze tot laat in de avond doorwerken. Soms wel tot in de nacht.

Ze verliet nooit 's ochtends haar atelier, en toch slenterde Emma Konijn die ochtend nonchalant oostwaarts door Balderton Street. Verbaasd zag ik dat ze recht op Nicks Café afliep.

Gekleed in een lange, dunne mantel met bontkraag. Ze droeg hoge laarzen van bruin leer, met geborduurde zonnetjes op de schachten. Ze liep met opgeheven hoofd, zoals ze altijd deed. Ook al leek ze op weg naar Nicks, al wist ik zeker dat ik het me verbeeldde. Ze ging naar huis. Het kwam wel vaker voor dat ik me dingen verbeeldde. Nu verbeeldde ik me dat ze me recht in mijn ogen keek door het raam aan de straat, terwijl ik wist dat je daar onmogelijk door naar binnen kon kijken.

In plaats van de hoek om te gaan naar Uxbridge Street liep ze rechtdoor over de zebra op het kruispunt. Daarmee verdween ze enkele ogenblikken uit mijn blikveld. Het volgende moment ging de deur van Nicks Café open, en daar stond ze.

Emma Konijn.

Minder dan vijf meter bij me vandaan.

Ze mocht me niet zien. Onder geen enkele voorwaarde mocht ze me hier zien zitten.

Ik improviseerde.

Mijn half opgegeten muffin lag op het bordje naast mijn koffiemok. Met een snelle beweging stootte ik ertegenaan. Hij stuiterde tegen de bank en viel op de grond onder de tafel. Ik produceerde een geïrriteerd gebaar – maar niet het minste geluid – en volgde de muffin. Vanuit mijn schuilplaats onder de tafel zag ik dat Emma met de teen van haar rechterlaars stond te wiebelen, terwijl ze wachtte tot Nick haar zou bedienen. Mijn muffin en ik bleven onder de tafel terwijl Emma een kop thee bestelde, betaalde en haar dienblaadje pakte en ermee langs mijn tafeltje liep.

Ze liep niet ver door.

Ik hoorde haar al voor ik ook maar de kans had gekregen me omhoog te werken en weer op de bank te gaan zitten.

'Daar zijn jullie!'

Ze sprak de duif en de gorilla's aan in het zitje naast me.

Ik zocht Eric op. Op vijandig grondgebied. We hadden geen natuurlijk ontmoetingsplekken.

De uiterlijke omstandigheden rond mijn leven waren veranderd. Vlak voor ik bij Wolle & Wolle begon, was ik op mezelf gaan wonen. Ik verhuisde naar de kust en naar Lakestead House. De verhuizing moet hebben plaatsgevonden voor ik bij het reclamebureau begon, omdat ik Emma Konijn leerde kennen toen ik al hier woonde.

Eric en ik ontmoetten elkaar nooit bij vader en moeder thuis aan de Hillville Road. Hij beweerde dat hij regelmatig contact met moeder had. Vader meed hij als de pest. Ik zag onze ouders één keer in de week of vaker. Dan spraken we nooit over Eric. Vader en ik waren het niet overal over eens, maar we waren eensgezind van mening dat Eric niet was opgewassen tegen het kwaad.

Hij was diep gevallen.

Vader vergaf hem niet.

Ik vergaf hem.

Ik ging bij Eric langs in Casino Monokowskij, hoewel ik mezelf beloofd had daar nooit meer een poot te zetten. Maar ik was wanhopig. Hoewel ik van Emma Konijn hield, kon ik niet met haar trouwen.

Net als de vorige keer werd ik binnengelaten door een portier die me voor mijn broer aanzag. Het Middagweer was nog maar pas in aantocht, maar bij Casino Monokowskij binnen had het net zo goed middernacht kunnen zijn. Ik vond Eric in een afgelegen hoek, aan een tafeltje dat verscholen stond achter een van de vele bars.

Hij was niet verbaasd me te zien

'Welke tijd van de dag is het?' vroeg hij.

'Het is midden op de dag,' antwoordde ik.

'Zo voelt het niet,' zei hij. 'Ik moet iets hebben om wakker te worden.'

Hij riep naar de eend achter de bar en bestelde zwarte koffie en een bepaalde sterkedrank. Neem ik aan. Ik schudde mijn hoofd, ik wilde niets hebben.

'Vertel me eens hoe de Angels het doen,' vroeg Eric.

In de play-offs vorig jaar hadden de Yok Gigantes het team van Amberville in de zevende en beslissende finalewedstrijd verslagen. We waren in veertien jaar niet zo dicht bij de overwinning geweest. Zo lang was het geleden dat we voor het laatst de grote bokaal hadden veroverd. Dit seizoen pendelden we vooralsnog tussen hemel en hel.

'Ik heb alles gemist,' zei Eric.

'Het is niet onmogelijk dat het dit jaar wel lukt,' zei ik, 'helemaal niet onmogelijk. Harry blijft maar in topvorm. Hij heeft nu al meer punten gescoord dan vorig jaar in een heel seizoen. Hij is bezig...'

'Maar defensief?' vroeg Eric en daarmee legde hij de vinger op de zere plek. 'Redden we het ook wat de verdediging betreft?'

Terwijl ik uitweidde over hoe de teamopstelling er volgens mij uitzag, circuleerden er dieren om ons heen. We waren altijd al een attractie geweest. Een eeneiige tweeling was zeldzaam. Het nieuwsgierigst was het personeel van het casino, Erics collega's. Obers en serveersters, croupiers en bartenders, bewakers en uitsmijters. Eric besteedde geen aandacht aan hen.

Toen ik het thema Amberville Angels zo grondig mogelijk had uitgediept, viel er een stilte tussen ons. Dat was nooit onplezierig.

'Is er iets bijzonders?' vroeg hij.

Ik knikte; dat was zo.

'En als het iets eenvoudigs was, was je er allang mee voor de draad gekomen,' zei Eric.

Ik knikte opnieuw. We waren een tweeling, we begrepen elkaar. Eric bestelde meer drank, ik bestelde een kop koffie om iets te doen te hebben. Het kijken naar een tweeling begon zijn aantrekkelijkheid te verliezen. De tafel waaraan we zaten stond afgezonderd, en er was niets wat ons belemmerde om een openhartig gesprek te voeren.

Ik wist niet waar ik moest beginnen.

'Er is geen verschil tussen kleine en grote vergrijpen,' zei ik. 'Er wordt gezegd dat je sommige dingen door de vingers kunt zien, maar andere niet. Maar wie zou dat moeten bepalen?'

Eric schudde zijn hoofd, haalde zijn schouders op en nipte van zijn drankje. Ik liet mijn koffie afkoelen in het kopje.

'Ik weiger een compromis te sluiten,' zei ik. 'Bovendien is dat onmogelijk. Door rood licht lopen en daarmee de gezagsgetrouwe automobilist tot een moordenaar maken kan niet minder ernstig zijn dan een sinaasappel stelen bij Springergaast.'

Eric haalde zijn schouders op.

'Is dat zo moeilijk te begrijpen? Het lijkt onmogelijk te begrijpen. Ze zeggen dat ik redelijk moet blijven. Zelfs moeder vindt dat het idioot is. Zegt ze. Dat ik de samenhang in het oog moet houden. Dat oordelen een kunst op zich is, zegt ze. Ik hoef niet te oordelen. Het gaat om moed. Om de kracht te hebben geen compromissen te sluiten.'

'En jij vindt dat ík problemen heb,' zei Eric.

'Dat heb ik nooit gezegd,' antwoordde ik.

'Nee,' gaf Eric haastig toe. 'Nee, Teddy, dat klopt. Je hebt me nooit van iets beschuldigd.'

En hij glimlachte naar me en pakte mijn klauw die op tafel rustte.

Toen begon ik te huilen, ik kon er niets aan doen.

'Eric,' zei ik, 'ik ben hier niet om je om een gunst te vragen.'

Zijn blik was scherp, ondanks de alcohol.

'Ik ben gekomen om een zakelijke overeenkomst met je te sluiten. Als broers onder elkaar. Zonder papieren en handtekeningen, maar desalniettemin bindend.'

'Een overeenkomst?' vroeg Eric.

Ik knikte. Nu wist ik wat ik moest zeggen. Dat maakte het echter niet gemakkelijker om de woorden over mijn lippen te krijgen.

'Ik krijg iets, en jij krijgt in ruil daarvoor iets anders,' zei ik.

'Wat krijg ik?' wilde hij weten.

Er hing verwachting in de lucht.

'Geld,' antwoordde ik ten slotte.

'Ben je van plan me te betalen?' vroeg Eric.

'Zo is het,' bevestigde ik. 'Je krijgt geld van me.'

'Dat krijg ik ook van Casino Monokowskij,' zei hij.

'Van mij krijg je meer,' zei ik. 'Veel meer.'

'Ik weet niet of ik de rest wil horen...'

'Ik heb een probleem. Met mijn leven, Eric. Het is moeilijk om goed te zijn.'

Het klonk pathetisch. Ik kon niet verdergaan. Maar Eric begreep me. Hij had me altijd begrepen. Hij knikte.

Ik slikte, vermande me en ging verder: 'Goed zijn en tegelijkertijd een alledaags leven leiden... dat is... Ik kom in situaties terecht die... waarin alle... keuzes even onmogelijk zijn. En ik kan niet... Eric, ik meen het serieus, ik...'

Fluisterend ging ik door.

'Of ik sterf, Eric. Sterf nu. Snel. Voor ik voor de verleidingen bezwijk. Voor ik word verleid door dingen die anderen als kleinigheden beschouwen. Wissewasjes. Het kwaad lijkt me te willen verlokken. Met futiliteiten. Of... we vinden een uitweg.'

Hij bleef zwijgend zitten. Ik droogde mijn tranen, schraapte mijn keel en probeerde me te concentreren. Wat ik te zeggen had vereiste een zekere waardigheid.

'Eric, de overeenkomst die ik voorstel... ik wil dat je mijn plaats inneemt. Als het leven me dwingt besluiten te nemen... als het leven me dwingt dingen te doen... die niet geheel te verenigen zijn met goedheid.'

Zijn blik ontmoette de mijne en ik keek omlaag naar de tafel.

Nu was het eruit.

Er volgde een lange stilte.

'Oké,' zei hij uiteindelijk. 'Oké, dat doen we. Zullen we gaan?'

En daarmee verliet ik Casino Monokowskij voor de tweede en laatste keer.

Ik kon niet onder de tafel blijven zitten.

Zolang ik haar bruine laarzen met de zonnetjes op de schachten zag, durfde ik niks te riskeren, maar toen ze uit het zicht verdwenen nam ik aan dat ze bij de duif en de gorilla's was gaan zitten. Met enige moeite wurmde ik me omhoog op de roodleren bank. Ik wilde niet het risico lopen dat Nick naar mijn zitje zou komen om te vragen wat ik deed. Het zou lastig worden om dat uit te leggen.

Er echode maar één gedachte door mijn hoofd. Ik moest niet zo dicht bij Emma Konijn zijn. Niet in Nicks Café, recht tegenover Uxbridge Street 32, de sober steenrode straat.

Zij was net gekomen. Ik moest gaan.

Ik moest daar weg.

Ik maakte een inschatting. Zou ik uit mijn zitje bij de deur kunnen komen zonder dat Emma me zag? Het was waarschijnlijk dat ze aan de buitenkant van het zitje achter me zat. Als ze met haar rug naar de deur zat, had ik een redelijke kans om ongezien weg te komen. Maar als ze met haar gezicht naar de uitgang zat...

En als ik gewoon bleef zitten?

Ze voerden een gesprek dat ik nog steeds niet kon verstaan, maar Emma's lichte, zachte stem drong recht in mijn hart door. Dat was pijnlijk.

Zo dichtbij.

Na een paar minuten kreeg ik er genoeg van. Ik moest iets doen. Blijven zitten was onmogelijk. Voorzichtig schoof ik langs de tafel. De dessertkaart hield ik in mijn hand, zodat ik mijn gezicht erachter zou kunnen verschuilen als dat nodig was.

Het was nodig.

Plotseling veranderde de toon in het zitje naast mij. Vertrek. Afscheid. Ik dook weg achter de dessertkaart. Een paar seconden later stond Emma Konijn vlak bij me. Ze stond met haar rug naar me toe. De duif ging voor haar staan. Ik gluurde over de rand van mijn dessertkaart. De duif en Emma omhelsden elkaar. Ze knuffelden. Gelukkig sloot de duif zijn ogen toen hij haar knuffelde, anders was ik gezien. Ik dook weer weg achter de dessertkaart.

'Tot ziens, papa,' zei Emma Konijn.

'Tot ziens, liefje,' zei de duif.

'O, en papa,' zei Emma, 'als je mijn verjaardag dit jaar weer vergeet, vergeef ik je nooit.'

De duif liet een pieperig lachje horen, en ik hoorde dat Emma zich omdraaide en wegging.

Wat ik daarna deed, weet ik niet meer.

Ik bleef nog lang nadat de duif en zijn gorilla's het café verlieten achter de menukaart zitten.

Ik had net de vader van de vaderloze Emma Konijn gezien.

Het was een leugen. Zij was een leugen. De gedachten schoten door mijn hoofd, als ballonnen die lek zijn geprikt...

Mijn Emma. Wie was ze eigenlijk?

Hoofdstuk 21

Men zegt dat een knuffeldier overal aan kan wennen, maar Eric Beer vond Yiala's Arch telkens wanneer hij terugkeerde even weerzinwekkend. Dat gold evenzeer voor het smalle, naar urine stinkende steegje als voor de claustrofobisch kleine flat van Sam Gazelle. Ondanks alles wat er op het spel stond, moest Eric elke keer dat hij naar Yok terugkeerde na ergens anders in de stad een boodschap te hebben gedaan, zijn ergste aversie overwinnen. Als hij de Oostelijke Avenue passeerde en verder zuidwaarts reed, was het alsof hij een soort grens overging. Zijn identiteit werd in één klap weggevaagd. In de rest van de stad heerste een milieu dat hem weerspiegelde als de som van zijn handelingen. Daar begrepen de dieren zijn ironische bescheidenheid. In Yok was hij niemand.

Dat was vreselijk.

Met zware stappen liep hij het grasgroene steegje in en met gebogen hoofd slofte hij naar de voordeur van nummer 152.

Eric Beer was zo vervuld van zijn eigen neerslachtigheid dat hij geen onraad rook. Zijn aandacht was volledig naar binnen gericht. Misschien was hem anders opgevallen dat iemand de grote cactus had omgegooid die normaal gesproken in een betonnen pot vlak naast de deur stond te bloeien met rode bloemetjes.

Langzaam liep Eric de trappen op. Door de herinnering aan de hulpeloze kreet van Slang Marek stokte hij in het eerste trapportaal.

Eric, Sam en Tom-Tom waren over de Vuilnisbelt weggeslopen. Hyena Bataille had beloofd zich pas in het ravijn naar beneden te laten zakken als het drietal uit het zicht en gehoor was verdwenen. Hij was zijn belofte niet nagekomen. De herinnering aan de verbaasde schreeuw van Slang echode in Erics hoofd.

Hij zuchtte diep, en sjokte verder de trappen op. Hij werd zo in beslag genomen door zijn eigen schuldgevoel dat hij de geur van de sigaar niet rook. En er niet bij stilstond dat de deur van Sams flat op een kier stond.

Na de nacht op de Vuilnisbelt had Eric Beer de vrijdagochtend gebruikt om weer eens op zijn werk langs te gaan. Hij wist niet wanneer hij voor het laatst had geslapen, maar de vermoeidheid was een constante toestand geworden, die hem niet meer interesseerde. Bij Wolle & Wolle kwamen en gingen de dieren min of meer wanneer ze daar zelf zin in hadden. Vaak werkte je aan projecten, en vlak voor een gestelde deadline was het niet ongebruikelijk dat je min of meer op het kantoor woonde. En omgekeerd: als een opdracht eenmaal was geleverd, nam je vaak een paar welverdiende snipperdagen. In de loop der jaren ontstond daardoor een arbeidsplaats waar niemand zin had om andermans werktijden in de gaten te houden, en daarom maakte niemand er een probleem van dat Eric al bijna drie weken geen poot over de drempel van Place Great Hoch had gezet.

Op het bureau wachtte een enorme stapel documenten en mappen, waarvan verwacht werd dat hij ze zou accorderen en ondertekenen; het was zoveel papier dat hij niet eens probeerde te begrijpen waarvoor hij tekende. Hij wierp een schuine blik op het stapeltje uitnodigingen, noteerde dat de Muziekacademie haar 125-jarig jubileum vierde en hem uitnodigde voor een concertavond met Reuben Walrus, maar de overige post gooide hij ongeopend in de prullenbak. Hij ging verder met zijn paperassen, en toen hij een halfuur later klaar was met alle goedkeuringen, wachtte zijn agenda. In de verwaarloosde en genegeerde agenda die hij geacht was samen met zijn secretaresse bij te houden, hadden de verzette en afgezegde afspraken van de afgelopen weken een chaos gecreëerd, die door de verzette en afgezegde afspraken van de komende weken alleen maar erger zou worden. Alles, zo was gebleken, kon worden verschoven of door iemand anders worden afgehandeld. Vroeg of laat leek het meeste echter op zijn bureau terug te keren. In verhouding tot wat hem te doen stond, waren die vergaderingen even onbeduidend als de problemen die ze moesten oplossen. Toch wist hij dat het belangrijk was het idee in stand te houden dat het leven gewoon doorging. Niets was waardevoller dan de hoop; niets anders kon hem dezelfde kracht geven.

Een van de twee gorilla's van Nicholas Duif greep Eric Beer vast op het moment dat de beer over de drempel van Sams flat stapte. De gorilla legde zijn enorme hand precies op de plek die de vleermuizen een tiental uren eerder zo achteloos hadden mishandeld, en Eric kreunde van pijn.

'Eindelijk,' zei Nicholas Duif, en hij stond op van zijn stoel en legde zijn sigaar gewoon op het gelamineerde blad van de keukentafel, waar hij bleef nagloeien.

Nog voor het bezoek van de duif voorbij was, zou de sigaar een grote zwarte schroeiplek hebben gemaakt op het tafelblad.

'We hadden het net over jou, en vroegen ons af of je nog terug zou komen,' zei Duif.

Eric hoorde hem niet. Uit zijn ooghoek zag hij Sam Gazelle, die op een van de matrassen op de grond bij de balkondeur was gesmeten. In de keuken, met zijn rug tegen het aanrecht, zat Tom-Tom Kraai op een van de wiebelige keukenstoelen. Hij was vastgebonden met zwarte isolatietape die om zijn vleugels en poten was gewikkeld. Zelfs zijn snavel hadden ze dichtgetapet. Op de grond rondom de stoel lagen hoopjes zwarte veren.

Ze hadden hem geplukt. De buik van de kraai lichtte wit op. En in de transparant witte stof zaten drie of vier brandplekken die, zo begreep Eric onmiddellijk, afkomstig waren van Duifs sigaar.

Tom-Toms blik was op Eric gericht. Door de vernederende smeekbede, de pijn en de schrik die uit de anders zo vriendelijk half dichtgeknepen ogen van de kraai straalden, verloor de beer zijn concentratie volledig. Met een kreet rukte hij zich los van de rode gorilla die hem vast had, en stormde door de kamer. Op dat moment had hij de kracht om het op te nemen tegen wie ook. Hij wierp zich tegen de gorilla naast Tom-Tom. De gorilla struikelde een paar stappen achteruit, maar zijn grote apenlijf werd opgevangen door het aanrecht, en daarom viel hij niet. Daarna ging alles heel snel.

Eric wist nog een paar seconden lang te slaan, te schreeuwen en te brullen. Toen pakte een enorme gorillahand hem stevig bij zijn nek vast en tilde hem op. Eric had geen rekening gehouden met de rode aap aan de andere kant van de kamer. De beer werd door de lucht gegooid, over de keukentafel, en tegen het harde metaal van de koelkast gekwakt. Hij krabbelde overeind, dizzy maar nog niet verslagen. De gorilla die hem had gegooid, was al bij hem voor hij goed en wel zijn evenwicht had hervonden. Opnieuw pakte de aap hem in zijn nekvel en ramde hem vervolgens op de keukentafel. Met een krak zakte de tafel in elkaar. Een van de houtsplinters die aan de achterkant in het bovenbeen van de beer werden gedrukt, kwam er aan de voorkant uit.

Het duurde een paar seconden voor de pijn in zijn bewustzijn doordrong.

Ergens in het tumult klonk de lichte stem van Duif, maar Eric kon geen woorden onderscheiden. Met enige moeite kwam hij overeind, de adrenaline temperde vooralsnog de pijn in zijn bovenbeen, en hij pakte een lange, dikke houtspaander die hij op de vloer vond. Daarmee wankelde hij op de dichtstbijzijnde gorilla af. Het was zijn bedoeling de spaander genadeloos recht in het apenoog te steken, maar Eric was niet snel en sterk genoeg. De aap weerde de aanval eenvoudig af, en sloeg met de rug van zijn hand over Erics gezicht, zodat de beer tegen de grond smakte en eindelijk tot rust kwam.

Toen Eric Beer weer bij kennis kwam, zag hij het bezorgde gezicht van Nicholas Duif op hem neerblikken.

'Hebben jullie...' begon Duif, maar meer hoorde de beer niet voor hij opnieuw wegzakte in bewusteloosheid.

Het volgende moment – dat helemaal niet het volgende moment was, maar een paar minuten later – was het hoofd van de duif vervangen door een grijnzende gorillasnuit.

'Hij doet het weer,' zei de aap.

Daarna zakte de beer weer weg.

Hoofdstuk 22

'Maar dat is toch belachelijk!' zei Emma. 'Je moet naar de dokter.'

Eric Beer had een poging gedaan naar het kookeiland te lopen om de rode wijn te pakken die hij daarnet had ontkurkt, maar hij kwam niet verder dan een paar stappen. Door de pijn in zijn bovenbeen kon dat hij zich niet vrij bewegen, en beschaamd moest de beer terugkeren naar zijn stoel en gaan zitten.

'Het valt wel mee,' verzekerde hij opnieuw.

Hij had beweerd dat hij een spier had verrekt, en dat het gebeurd was toen hij met Teddy een hardloopwedstrijdje op het strand had gehouden.

'Wat een achterlijk gedoe,' snoof Emma, 'vijftigjarige beren moeten helemaal niet hardlopen.'

Eric was nu al bijna drie weken van huis. Tegen Emma had hij gezegd dat het over een paar dagen allemaal voorbij zou zijn. Een uitspraak met een onheilspellende inhoud; het was nog steeds vrijdag toen hij zichzelf voor één keer permissie had gegeven om thuis bij Emma Konijn te gaan eten.

Zondag zouden de Chauffeurs Teddy Beer en Nicholas Duif komen halen, als Eric er niet in slaagde het te voorkomen.

'Ik heb nooit begrepen op wie jullie indruk proberen te maken door meer pijn te lijden dan nodig is,' zei Emma en met dat 'jullie' bedoelde ze alle mannetjesdieren van de stad.

Eric wierp zijn klauwen in de lucht.

'Er is niets aan te doen. Ik neem pijnstillers en rust, dan gaat het vanzelf over.'

Toen Duif uiteindelijk was weggegaan en de beer en de kraai

bij bewustzijn waren gekomen, was Eric met Tom-Tom naar dokter Thompson gegaan.

Met een paar steken hechtte de dokter het bovenbeen van de beer, waarna Eric de spreekkamer mocht verlaten en het de beurt was aan de kraai, die meer pleisters en verband nodig had. Maar in plaats van terug te keren naar Yok, ging Eric naar huis.

Emma Konijn droeg de borden vitello tonnato naar de eettafel.

Verder zette ze salade, wijn en brood neer en stak de kaarsen aan in de grote kandelaar die ze een paar jaar geleden op een veiling hadden gekocht, een van de vele evenementen van Een Helpende Hand. Ze dimde het plafondlicht en ging zitten.

'Ik wil dat je naar huis komt,' zei ze met een lieve glimlach, 'want ik ben het wachten snel moe.'

Toen hief ze haar wijnglas en toostte. Gevoelens van weemoed deden Eric Beer beven, hij kreeg een brok angst in zijn keel die razendsnel groeide en zijn keelholte afsloot, nog voor hij het wijnglas aan zijn lippen had kunnen zetten. Hij wilde wat zij wilde. Ook hij wilde het liefst naar huis; naar haar omhelzing, waar de tijd stilstond en alleen nog de geur van haar vacht en het kloppen van haar hart tegen zijn borst bestonden.

Ze keek hem strak aan. Met een gespeeld strenge blik. Hij wilde dolgraag lachen om haar toneelstukje, maar in plaats daarvan voelde hij de tranen branden achter zijn oogleden en hij wist dat hij niet mocht huilen, zichzelf niet mocht verraden; hij hield van haar en zou niet zonder haar kunnen.

Zo eenvoudig was het.

'Ik weet niet precies wie die lijst opstelt,' had Bataille gezegd, 'maar ik weet hoe ze aan haar informatie komt.'

De grote propeller zette zich langzaam in beweging toen de lichte bries toenam, maar de horizon lag nog verborgen in de nacht. Eric zat stijf als een plank in zijn ribfluwelen fauteuil en probeerde zijn gelaatstrekken onder controle te houden, de nerveuze trekjes van zijn snorharen en de weke glimlach die hem zwak maakten. Tegenover hem zat de angstaanjagende hyena.

Het leek weliswaar onwaarschijnlijk dat het gefluisterde gesprek dat ze voerden ermee zou eindigen dat de hyena opstond en de beer doodmartelde, maar niets was onmogelijk.

Alle zintuigen van Eric Beer stonden op scherp. Op de Vuilnisbelt zag hij niet alleen de contouren van een afgedankte koekenpan, een kinderwagen zonder wielen en de voorsteven van een oude roeiboot die uit de grijszwarte afvalmassa omhoogstak, maar hij onderscheidde ook de geur van rottend koffiedik in het stinkende geheel, en hij hoorde twee paarden die een paar kilometer verderop hinnikten, en hij voelde de structuur van het ribfluweel van de stoelleuning alsof het braille was.

Het was duidelijk dat Bataille het gesprek had afgeluisterd dat Eric daarnet met Rat Rut had gevoerd. Misschien had de hyena stiekem in het donker bij een van de muren gezeten – meer hoefde hij er niet achter te zoeken.

'Het was niet de bedoeling dat ik het zou weten,' siste Bataille. 'Ze weet niet dat ik het weet.'

De hyena was trots op zijn doortraptheid, en op het feit dat hij had uitgevogeld hoe alles in elkaar stak. De gebruikte kleding die de welgestelde inwoners van de stad aan de kerk schonken, werd verzameld en één keer per maand naar de Vuilnisbelt gebracht. Soms waren de leveringen zo groot dat een forse uitvaartondernemer een hele vrachtwagen vol kleding kwam brengen. Andere maanden kreeg men niet meer bij elkaar dan een in bruin pakpapier gewikkeld pakket mantels, dat op een kruiwagen werd gelegd die door een knorrige oude conciërge of een reumatische voormalige cantor werd voortgeduwd.

De kleding kwam van pas, verzekerde de hyena, en hij friemelde aan het korte, versleten leren jack dat hij zelf droeg. Alle dieren op de Vuilnisbelt hadden kleding die afkomstig was van de donaties van de kerk; andere kleding was er niet. En soms, als de zendingen erg groot waren, verkocht de Rat bepaalde kledingstukken terug aan winkels in de stad die in tweedehands artikelen deden.

'Het duurde even voordat ik daarachter kwam,' zei Hyena.

'Maar of er nu een vrachtwagen of een kruiwagen kwam, altijd werd de levering door de Koningin zelf in ontvangst genomen.'

De bries die de grote propeller als een enorme windmolen liet draaien, voorspelde de komst van de dageraad. Het verhaal van Hyena was in het begin nog verstoord geweest door het geknars van de propellerbladen, maar inmiddels was het geluid overgegaan in een aanhoudend gefluit. Eric schoof de fauteuil dichter naar de tafel en ook hij boog voorover, waardoor hij zo dichtbij kwam dat hij de vieze adem van de hyena kon ruiken. Er kwam een brandlucht uit de muil van het roofdier. Het donker van de nacht zou nog een tijdje compact blijven, maar het sterrenlicht liet de ogen van de hyena glinsteren toen hij zich afwendde en over de Vuilnisbelt uitkeek. Het was een ijskoude glans.

'Ik wist al eerder dat we met de Dodenlijst te maken hadden,' zei Bataille. 'Toen ik hier kwam, geloofde ik niet in die lijst, maar... maar ook toen ik het begreep... werd ik er nog niet veel wijzer van.'

Bataille was al van begin af aan een van de Schoonmakers van de Vuilnisbelt. De Schoonmakers werden ingedeeld in drie ploegen van elk vijf dieren. Eén keer per week, soms vaker maar nooit minder vaak, gaf Rut hun een schriftelijke order. Dat was een frommelig papiertje dat ze plechtig overhandigde in de grote zaal, waarop ze met haar vreselijke handschrift – ze had pas op volwassen leeftijd leren schrijven – een paar adressen had gekliederd, en de opdracht was altijd dezelfde. Maak de woning leeg, gooi weg wat moet worden weggegooid en neem de waardevolle spullen mee terug. Ruim alles op. En laat de plek achter alsof er niemand geweest was.

De eerste maanden dacht Bataille dat het om tips ging die Rut had gekregen van een van de criminele netwerken waar ze voor werkte. Een soort beloning voor geleverde diensten. Ze voorzagen haar van informatie over wanneer gezinnen met vakantie gingen, bij familie logeerden of in het ziekenhuis lagen, zodat ze hun verlaten huizen kon leeghalen. Hyena begreep echter niet waarom ze al hun sporen zo zorgvuldig moesten uitwissen. Misschien, dacht hij, was dat op een manier een uiting van ijdelheid? Rut was niet altijd even gemakkelijk te volgen.

Bataille kwam de waarheid op het spoor dankzij een oude kat, die ze op een ochtend, toen de hyena en de Schoonmakers op weg waren naar de vierde verdieping van een nieuwbouwflat in Lanceheim, tegenkwamen in het trappenhuis.

'Moeten jullie naar Kohl?' vroeg de kat en Bataille knikte, omdat 'Kohl' een van de namen was die op het frommelige papiertje van die week stonden. 'Arme drommel, moge zijn ziel nu rust vinden.'

Waarna de kat hoofdschuddend verderliep, de trappen af.

Alleen de hyena had het commentaar van de kat gehoord, en hij hield het voor zichzelf. Bataille wist dat zijn reputatie steeds groter werd, en dat zijn gelukkige combinatie van een behoorlijke fantasie en gebrek aan empathie door veel dieren gevreesd werd. Maar hij wist ook dat zijn uren geteld waren op het moment dat hij uit de gratie raakte bij de Koningin. Zodra de mogelijkheid zich voordeed, verzamelde de hyena informatie die misschien waardevol zou kunnen zijn op de dag dat Rut hem niet meer beschermde.

In de maanden die volgden probeerde hij zijn hypothese te onderbouwen. Als het mogelijk was – en dat was het niet altijd – week hij af van de lopende schoonmaakopdracht, op jacht naar buren die konden bevestigen dat de flat of het huis dat ze doorzochten toebehoorde aan een dier dat de dag ervoor door de Chauffeurs was afgevoerd.

Soms was er niemand om het aan te vragen, en moest de hyena onverrichterzake terugkeren naar de Schoonmakers. Maar hij had geen haast en hij kreeg vaak genoeg het antwoord dat hij wilde horen. Uiteindelijk wist hij het zeker.

De Schoonmakers waren, zonder het zelf te weten, de achterhoede van de Chauffeurs.

Eric Beer vond het heerlijk om te luisteren wanneer Emma Konijn vertelde.

Na het eten gingen ze op het kolossale bankstel van dikke beige katoen zitten, dat de woonkamer aan Uxbridge Street domineerde. De fauteuils waren zo enorm dat je er onmogelijk normaal in kon zitten. Onwillekeurig belandde je in een soort halfliggende houding, met je benen onder je in de stoel of recht vooruit over de armleuning, en op die laatste manier hing Eric Beer nu te luisteren.

Emma zat op de bank. Ze had de wijn meegenomen en hield het glas op schoot terwijl ze over de afgelopen week vertelde. Ze praatte zonder gebaren, zonder te dramatiseren, maar daarom niet minder dwingend. Ze werkte sinds een paar maanden aan een nieuw project, vertelde ze. Het ging om een reeks herinneringstableaus over haar vroege jeugd, om precies te zijn om zeven scènes die ze in verschillende technieken herhaalde, soms alle zeven op hetzelfde doek, maar vaker één of een paar per keer. Vorige week had ze uitsluitend met olieverf gewerkt.

Eric luisterde en knikte. Nooit, dacht hij, was ze ergens anders dan hier. Niet eens als ze met haar jeugd bezig was, wat ze vaak deed in haar kunst. Dat had met haar energie te maken, dacht Eric, die rustige, brandende kracht die zorgde dat Emma Konijn alle projecten waaraan ze begon voltooide. Sommige projecten waren vrij succesvol, andere niet het onthouden waard.

'Ik kom bij je zitten,' zei hij midden in een zin, en ze bleef praten toen hij – voorzichtig om niet tegen haar wijnglas te stoten – uit de fauteuil rolde en bij haar op de bank kroop. Hij ging zo dicht bij haar zitten dat hij haar warmte kon voelen. Met haar hoofd tegen zijn schouder bleef hij met gesloten ogen luisteren.

'Ondanks al mijn theorieën, had ik nooit, geen enkele keer, gedacht dat Rut degene was die de Dodenlijst opstelde,' zei Bataille.

Hij zweeg abrupt.

Ook Eric had het gehoord, een soort getik ergens in het donker op de Vuilnisbelt. Ze draaiden zich allebei om en probeerden tevergeefs iets te zien. In de verte ontwaarden ze de lichtjes van de schuurtjes in de vuilnisstad, als dwaallichtjes in het zwart, maar verder lag de Vuilnisbelt verborgen in de nacht. Voor de zekerheid dempte de hyena zijn stem tot een hees gefluister, voor hij verderging.

Hij had de kledingleveranties niet in verband gebracht met de Schoonmakers. Er was geen reden om een dergelijke koppeling te maken. Maar dat Rut op eigen houtje de gebruikte kleding in ontvangst nam had zijn nieuwsgierigheid gewekt en hij besloot uit te zoeken waarom ze niet iemand anders dat klusje liet doen.

Dat bleek moeilijker dan gedacht. Rat Rut ontving de loopjongen, tekende de vrachtbrieven en nam ze mee naar huis, terwijl de kleding werd uitgeladen. Het was niet mogelijk om iets uit te vinden. Eén keer was Bataille erin geslaagd een glimp op te vangen van Rat die op haar kamer zat, gebogen over een enorme ordner, waar ze blijkbaar de papieren in opborg die met de kleding te maken hadden. Maar waarom zij, die er verder de voorkeur aan gaf om overdag te slapen, altijd wakker bleef voor deze levering, bleef een mysterie. Want het was niet omdat Rut zoveel belangstelling voor kleding had.

Bataille begreep dat het antwoord op zijn vragen in de orders stond die Rut in haar slaapkamer bewaarde. Bataille vertelde niet hoe hij er precies in geslaagd was in de slaapkamer van de Koningin te infiltreren, maar na een lange reeks doelbewuste pogingen had hij uiteindelijk een vriendelijke uitnodiging gekregen.

De hyena boog voorover over de driepotige tafel, waarna hij fluisterend het tafereel tot in detail beschreef. Hij vertelde hoe de koningin-rat, nadat ze samen een fles calvados soldaat hadden gemaakt, op haar rug in bed was gaan liggen en al gauw luid lag te snurken, terwijl Bataille rondsnuffelde in de kamer die propvol waardevolle spullen stond. Dat wil zeggen, zaken waaraan de rat waarde hechtte, variërend van een diamanten halsketting tot een half opgegeten pakje letterbiscuits. Bataille sloop rond, tilde kledingstapels op en graaide stapels papieren en boeken weg die met de administratie van de Vuilnisbelt te maken hadden. Hij doorzocht de garderobekasten, die kennelijk als een soort provisiekamer dienstdeden. Maar nergens zag hij de ordners.

Af en toe klonk er een zucht of gekreun van de rat op het bed. Telkens moest de hyena noodgedwongen zijn zoektocht onderbreken en zich ervan verzekeren dat ze weer doorsliep, voor hij verder kon gaan. Wat er zou gebeuren als ze doorhad dat hij haar om de tuin had geleid, daar wilde hij liever niet aan denken.

Ten slotte vond hij de bergplaats. Onder een paar losse vloerplanken bij het raam, vlak naast het bed. Maar hij was nog maar net in de ordners aan het bladeren, of de rat werd met een schok wakker. Bataille gooide de ordner opzij en peuterde met zijn klauw de losse vloerplank op zijn plaats. Alles wat hij gezien had waren handgeschreven kolommen met namen, data en welk type kleding er gedoneerd was.

Het duurde bijna een halfjaar voor hij opnieuw de kans kreeg de ordner te onderzoeken.

'Maar weet je,' zei Bataille, en de ijzige kou in zijn ogen glinsterde opnieuw in het licht van de sterren, 'ik ben een en al tijd.'

Eric knikte alsof hij begreep wat de hyena bedoelde.

De keer daarop was het beter gegaan. Bataille was onmiddellijk naar de schuilplaats bij het raam geslopen en nu had hij aanzienlijk meer tijd. Wat hij voor één enkele ordner had aangezien, bleek een complete bibliotheek te zijn. Lijsten met namen, kleding en data. Bladzijde na bladzijde. De hyena wist niet waar hij naar op zoek was, hij zat voornamelijk lukraak te bladeren om een patroon te kunnen ontdekken. Hij dacht dat hij een soort code zocht, toen zijn blik op de naam 'Kohl' viel. Kohl had een overhemd en een broek gedoneerd. De datum die naast de kleding stond was ruim een jaar geleden. Bataille dacht na en realiseerde zich dat Kohl de kleding vlak voordat de Schoonmakers in Kohls flat waren geweest moest hebben gedoneerd.

Hij keek of hij nog meer bekende namen kon vinden. En daar stonden ze. Een voor een vond hij ze. De dieren bij wie hij en de Schoonmakers de afgelopen maanden in huis waren geweest, de dieren die de dag ervóór door de Chauffeurs waren gehaald.

Van al die dieren werd beweerd dat ze op hun sterfdag kleding hadden gedoneerd.

Toen Emma Konijn uiteindelijk zweeg, had hij geen woord gehoord van wat ze de afgelopen tien minuten had gezegd, hoewel ze onafgebroken had gepraat.

'Je hebt geen woord gehoord van wat ik de afgelopen tien minuten heb gezegd,' zei ze beschuldigend tegen hem.

'Jawel,' loog Eric Beer. 'Je mag me overhoren.'

Ze zaten nog steeds naast elkaar op de bank, hij met zijn hoofd tegen haar schouder. Hij legde een klauw op haar been en merkte hoe haar warmte recht in zijn lichaam doordrong.

'Ik stel geen controlevragen. Dat heb ik nog nooit gedaan,' loog zij.

'Je durft het niet,' constateerde hij, overtuigd van de overwinning, en hij zakte langzaam omlaag met zijn hoofd op haar schoot. 'Dat is het gewoon.'

'Ik wil je niet in verlegenheid brengen,' antwoordde ze, terwijl ze over zijn oren streek.

'Het is waar,' zei hij, 'het zou me echt in verlegenheid hebben gebracht als ik mijn superioriteit niet had kunnen verbergen.'

'Dat laatste wat je zei begrijp je zelf niet, volgens mij,' lachte ze.

'Ik heb nooit beweerd dat ik slimmer ben dan jij.'

'Maar dat vind je wel, toch?'

Ze keek op hem neer en haar hele gezicht lachte. Ze plaagde hem.

Uit dit perspectief gezien, van onder naar boven, waren haar ogen nog groter. Daar lag zijn hele toekomst.

'Echt niet,' antwoordde hij.

'Leugenaar.'

'En dat ook niet. Jij en ik hebben een van de weinige gelijkwaardige relaties die ik ken.'

'Kletskoek,' zei ze glimlachend.

'Ik denk dat ik slimmer ben dan jij, en jij weet dat het andersom is. En ik heb je lang geleden ontmaskerd, maar ik laat zien hoeveel slimmer ik ben door niets te zeggen,' zei Eric. 'Gelijkwaardiger dan dat kan het niet worden.'

'Je bent een zeer verwarde beer...'

'Wat uiteraard opnieuw een bewijs is voor mijn slimheid,' glimlachte hij. En hij hief zijn berenklauwen op en trok haar omlaag op de bank in een innige omhelzing.

Toen Bataille hem het laatste puzzelstukje aanreikte, ging er een gevoel van euforie door Eric heen. Het inzicht was zo revolutionair dat het hem duizelig maakte.

Ze stonden tegelijk op van het wiebelige tafeltje, de beer en de hyena, en liepen met stille, vastberaden stappen terug naar het westen, naar het ravijn waar de slang, de kraai en de gazelle zich nog steeds bevonden.

Eric probeerde tot zich door te laten dringen wat de hyena feitelijk had gezegd: de gedoneerde, gebruikte kleding was eigenlijk een manier om een lijst met namen – de Dodenlijst – naar Rat Rut te versturen. Op grond van de vrachtbrieven maakte zij twee lijsten. De ene stuurde ze per koerier naar het ministerie van Milieu en de Chauffeurs. De andere gaf ze aan de Schoonmakers.

De vragen over leven en dood hadden alle knuffeldieren, oud en jong, zichzelf weleens gesteld. Waarom moesten de fabrieken nieuwe knuffeldieren maken? Waarom moesten degenen die al in de stad leefden worden afgevoerd door de Chauffeurs? Waarom leefden ze allemaal in openlijke of heimelijke angst voor wat in het volgende leven zou gebeuren, en wie had zo'n wreed systeem bedacht?

Het was de langste dag uit het leven van de beer. Hij had hem zien aanbreken vanaf de stinkende bergtoppen van de Vuilnisbelt, had de ochtend doorgebracht in zijn oude werkelijkheid bij Wolle & Wolle en was vervolgens 's middags in elkaar geslagen door de gorilla's van Duif. Ten slotte deze avond samen met Emma. Thuis aan Uxbridge Street, waar de tijd stilstond en veiligheid heerste.

Maar het zou nooit meer worden zoals vroeger.

Dat begreep Eric Beer nu wel.

Alles functioneerde zoals het deed met een bepaalde reden.

Net als Rat Rut altijd de zendingen met gebruikte kleding in ontvangst nam die naar de Vuilnisbelt werden gebracht, was Hyena Bataille erachter gekomen dat het aan de andere kant precies zo zat. Het waren altijd dezelfde dieren die de vrachtbrieven opstelden en erop toezagen dat de kleding op de juiste manier werd ingepakt.

Fadux Odenrick.

De fadux zat in zijn mooie kathedraal, onaantastbaar en boven alle verdenking verheven. Hij schreef namen en data op van de knuffeldieren die de Chauffeurs de komende maand moesten halen.

Zo eenvoudig was het.

Dat had Eric ook wel eerder kunnen bedenken.

Schemering 5

Het gebeurde maar zelden dat hij tijdens een preek zijn concentratie verloor. Zodra hij de kansel beklom, leek het alledaagse leven te verbleken, de woorden die hij voor die dag als uitgangspunt had gekozen leken belangrijker dan al het andere en zijn machtige stem droeg onverbiddelijk door de Sagrada Bastante, tot aan de achterste rijen. Hij vulde de kathedraal met zijn aanwezigheid. Hij liet zelfs geen mogelijkheid voor twijfel bestaan. Op dit moment waren zijn stem en zelfs elk afzonderlijk woord het enige betekenisvolle. Zijn preken waren in de loop der jaren steeds spraakmakender geworden; de banken waren zoals gewoonlijk afgeladen. Er heerste een rust over de gemeente. Jezelf en je geloof te kunnen toevertrouwen aan iemand die zo vastberaden was als hij, was een vlucht uit de veeleisende werkelijkheid die niet alleen onschuldig maar zelfs... zuiverend was.

Daarom ging er een tactvol gemurmel door de kerk toen hij die late namiddag plotseling aarzelde tussen twee woorden. Hij liet een stilte vallen die onbedoeld moest zijn geweest, een pauze die erop duidde dat hij niet goed wist welk woord moest volgen op wat hij net gezegd had. Toen hij een tel later de preek hervatte, verspreidde de onzekerheid zich door de rijen. Hadden ze zich die twijfel gewoon verbeeld? De herinnering aan de collectieve zucht was al snel duidelijker dan die een tel durende denkpauze van de fadux, en hij bracht de zoveelste zalvende preek tot een goed einde.

Maar hij had geaarzeld.

Hij had zijn concentratie verloren.

Vervloekte Eric Beer.

Naderhand liep hij vanuit de sacristie langzaam terug naar zijn kantoor. Hij koos voor de zelden gebruikte gangen die kriskras door het enorme gebouw liepen. Er waren indrukwekkende zuilengalerijen en een lange rij zalen die alle belangrijke delen van de kathedraal met elkaar verbonden. Waarom de architecten er ooit op aangedrongen hadden om deze mierengangetjes aan te leggen naast de algemene paden was hem nog steeds een raadsel.

Misschien, zo dacht hij, was het voor situaties als deze? Nu de wereld als een juk op de schouders van de fadux rustte, en alleen al de gedachte dat hij een collega zou tegenkomen en vriendelijk zou moeten glimlachen een ware marteling was.

Hij was ervan overtuigd dat Rat Rut zijn instructies opvolgde. Toch was er iets op de Vuilnisbelt gebeurd wat hij niet wist te duiden.

Niemand scheen te weten waar Slang Marek was gebleven. Zonder Marek had hij geen controle meer over de gebeurtenissen, hij wist niet wat de beer van plan was of hoe hij redeneerde. Dat was helemaal niet bevredigend. Helemaal niet.

Wat is het ergste wat er kan gebeuren?

Dat die eigenwijze beer mij vindt, antwoordde hij zichzelf een ogenblik later.

Het ergste dat zou kunnen gebeuren was dat de beer er op een onbegrijpelijke manier achterkwam dat het spoor recht naar de Sagrada Bastante leidde.

Hij begreep weliswaar niet hoe dat mogelijk zou zijn; hij had het systeem dat hij van zijn voorganger geërfd had verfijnd en niemand had het ooit eerder ontmaskerd.

Maar iemand moet de eerste zijn, dacht hij.

Waar maak ik me eigenlijk zo druk om? Als de beer hierheen komt, zal ik me zelf wel om hem bekommeren.

Als de beer hierheen komt, dacht fadux Odenrick, zal hij hier nooit meer vandaan komen. In de catacomben is wel plaats voor nog een dier, naast de kat.

Hoofdstuk 23

Het was de laatste avond aan Yiala's Arch.

Morgen zouden de Chauffeurs Teddy Beer en Nicholas Duif ophalen.

Morgen was het voorbij, als Eric er niet in slaagde het onmogelijke te doen.

Sam Gazelle stond bij het fornuis worst te braden. Met een zekere afkeer duwde hij met een teflon bakspaan tegen de worsten en liet ze heen en weer rollen in de koekenpan, zodat ze niet verbrandden. De afzuigkap liet een dof gebrom horen en af en toe knapte met een zacht gesis het vette vel van een worst. Tom-Tom Kraai had net de keukentafel gedekt, hij moest alleen de servetten nog vouwen. Omdat het zaterdagavond was, en zo, was hij van plan er pauwen van te vouwen. De kraai vloekte zachtjes in zichzelf over dit karweitje, dat hij vrijwillig op zich had genomen; maar het was nogal een verschil – linnen vouwen, zoals hij bij Grand Divino gewend was, of papieren servetjes.

Eric Beer stond bij de balkondeur en keek uit over de donkere binnenplaats. De afwezigheid van Slang Marek vulde de flat. Waar de blik van de beer ook heen dwaalde – alles herinnerde hem eraan hoe het kleine groene reptiel precies op die plek had gekropen.

Tom-Tom en Sam hadden niets gezegd. Ze hadden hem met geen woord, met geen blik beschuldigd.

Nadat Tom-Tom uit het ravijn was getakeld en opgelucht Eric en Sam had omarmd, liep hij terug naar de rand om te zien wanneer ze de bungelende fauteuil omlaag zouden laten vieren naar

Marek. Maar de hijskraan stond stil. En zonder iets te zeggen begon Eric Beer in de tegenovergestelde richting te lopen, terug naar Lanceheim. Een paar seconden van verwarring volgden. Sam en Tom-Tom keken elkaar aan, en wisselden een blik van grimmige verstandhouding. Toen liepen ze de beer achterna. Een paar minuten later hoorden ze alle drie het geroep van de slang, maar het geluid kwam van zo ver weg dat je het kon afdoen als het gieren van de wind die over de verraderlijke vlakten van de Vuilnisbelt joeg. De beer, de kraai en de gazelle liepen zwijgend verder naar de stad, en dat stilzwijgen hield vrijwel de hele verdere dag aan.

'Jullie kunnen eten,' constateerde Sam en hij pakte de koekenpan met de gelijkmatig gebruinde maar gebarsten worsten van het fornuis. 'Als iemand trek heeft?'

Ze hadden de hele dag niets gegeten, omdat niemand honger had gehad. Maar uiteindelijk was Sam het geknor van Tom-Toms maag zat geweest, en had hij een paar lang vergeten worsten uit de diepvries gehaald. De gazelle at zelden warm. Als zijn ijdelheid het hem al niet verbood, dan ontnamen zijn pillen hem zijn eetlust wel.

Eric had ook niet veel trek, maar hij wilde geen misnoegde kraai riskeren en daarom deed hij alsof hij honger had. Ze gingen aan tafel zitten, vouwden hun pauwenservetten open die net af waren, en schepten worst op hun bord. De kraai nam er drie, Eric en Sam deelden de worst die overbleef.

'Het is Pinguïn Odenrick,' zei Eric, terwijl Tom-Tom zoveel ketchup over zijn worsten spoot dat het leek alsof hij van plan was ze te verdrinken. 'Alleen Odenrick kan Nicholas Duif van de lijst schrappen.'

Sam staarde de beer aan. De kraai stopte een flink stuk worst in zijn snavel en probeerde tegelijk een geïnteresseerd gezicht te trekken.

'Hoe lang weet je dat al?' vroeg de gazelle.

'Sinds gisterochtend,' zei Eric.

Sam knikte. Het had te maken met het ravijn, de rat en de slang.

'En nu?'

'Ik moet hem ermee confronteren,' zei Eric. 'Ik moet hem laten bekennen wat ik al weet, en hem vervolgens dwingen de duif van de lijst te schrappen.'

'Je hebt niet veel tijd meer.'

De gazelle keek door het raam naar buiten.

'De zon gaat al onder. Morgenvroeg is het te laat.'

'Vanavond is nog vroeg genoeg,' zei Eric zelfverzekerd.

'Wat ben je van plan, verdomme?' vroeg de kraai, terwijl hij zorgvuldig op de hap die hij in zijn snavel had kauwde. 'Wat moeten we doen?'

Daar gaf de beer geen antwoord op. Hij keek voor zich uit alsof de vraag hem in een of ander soort trance had gebracht. Tom-Tom bleef kauwen en Sam keek naar zijn bord, waarop een treurige, onaangeroerde halve worst lag. Toen Eric eindelijk antwoord gaf, was de kraai allang vergeten wat hij had gevraagd.

'Ik wil dat jullie naar Uil Dorothy gaan,' zei de beer.

'Wie?' vroeg Tom-Tom.

'Leeft die dan nog?' zei Sam.

'Ja, ze leeft nog. Ze heeft haar hele leven voor de fadux gewerkt. Ik geloof dat ze zijn gouvernante is geweest toen hij een welp was. Later werd ze zijn secretaresse. Ze hield zijn agenda bij, verzorgde zijn correspondentie, alle dagelijkse dingen die zich voordeden.'

'En mag ik weten wat een gouvernante is, verdomme?' vroeg Tom-Tom, die dat begrip niet kende.

'Dorothy woont in Amberville,' zei Eric. 'Ik zal het adres opschrijven. Het is aan Fried Street. Ze woont daar al zolang ik me kan herinneren, ze had dat huis al toen ik nog een welp was. Als jullie mijn naam noemen, zal ze jullie vast binnenvragen. Ze vindt het leuk om op koekjes te trakteren.'

Eric glimlachte. Van de herinnering aan de gigantische koekjestrommel met zijn soms ontoelaatbaar oude koekjes klaarde zijn humeur een ogenblik op. Tom-Tom, wiens honger was gewekt door de worsten, wachtte geïnteresseerd of de beer nog meer zou vertellen over de koekjes, maar dat gebeurde niet.

'Daarna,' ging Eric verder, 'zien we elkaar in de Sagrada Bastante. Als de wolken uiteengaan en jullie de halvemaan zien. Jullie moeten achterom gaan, dat adres zal ik ook opschrijven. Precies bij het verschijnen van de halvemaan, geen minuut eerder of later.'

'We hebben dus eindelijk een plan?' zei Sam.

Het was een soort bevestiging, maar in zijn stem lag zo'n duidelijke verwachting dat zelfs Sam zelf er verbaasd over was.

Eric stond op.

'We hebben geen tijd te verliezen. Nog een paar dingen voor we gaan... ik zal jullie vertellen wat jullie moeten doen bij Dorothy...'

Hoofdstuk 24

Er waren van die situaties waarin de meest rechtstreekse weg uit meer omwegen bestond dan je vooraf zou denken. Dat was ook het geval toen Eric Beer die avond naar de Sagrada Bastante wandelde in de Avondstorm. Enorme wolkgevaarten joegen langs de hemel, maar het enige wat je kon zien waren de randen van de wolken, mild gekleurd door de laatste stralen van de zon. Sam en Tom-Tom hadden de grijze Volga gepakt om naar Amberville te rijden en nog voor halvemaan bij de kathedraal te kunnen zijn. Daarmee stond Eric voor de keus tussen een busrit of een wandeling. Hij koos voor de wandeling.

Hoewel hij haast had, zag hij op tegen het moment dat hij aan zou komen.

In plaats van via de Oostelijke Avenue te lopen en vervolgens rechtstreeks naar de Ster, ging Eric westwaarts door het regenboogkleurige doolhof van straatjes in Yok, om op die manier tijd te hebben om na te denken.

Als het leven van een knuffeldier niet eindig was, dacht hij, zou de kerk niet bestaan.

Ingewikkelder was het natuurlijk niet.

Alle rituelen en geschriften, ceremoniën en voorschriften die de kerk en de wereldorde vormden, putten kracht uit dit eenvoudige feit: dat het leven, zoals wij dat kennen, eindig is. En dat het leven na dit leven, dat we om verklaarbare redenen pas later zullen leren kennen, alleen bestaat in de vorm van geloof en milde hoop.

Zouden de dieren lang, lang geleden, nog voor de kerk – de kerk zoals hij en zijn tijdgenoten die kenden – vaste voet kreeg in

Mollisan Town, überhaupt wel vervangen zijn, vroeg Eric Beer zich af. Was er toen eigenlijk wel een knuffeldierenfabriek die het systeem draaiende hield, of was zelfs de fabriek iets waar de kerk achter zat?

Het duizelde hem bij die gedachten.

Eric minderde vaart, bleef een paar tellen staan en hield de gedachte in leven. Toen zag hij het volgende verband voor zich, als een vurig opschrift boven het trottoir. Want zelfs als het hele bestaan van de kerk op één idee over de vergankelijkheid van alle dingen berustte, dan zou die gedachte de staat heel goed van pas komen. Hoe konden ze anders al die miljoenen naar ontplooiing verlangende en tegelijkertijd op plezier beluste knuffeldieren in het gareel houden?

De beer struikelde over een prei die op het trottoir lag, maar kon voorkomen dat hij viel en ging verder, ook in gedachten. Om wetten en regels te kunnen opstellen en er vervolgens op toe te zien dat ze gehandhaafd werden, was het erg handig dat ons leven een duidelijk begin en einde had. Het ging erom de innerlijke drijfveren van de knuffeldieren te begrijpen, en met een beperkte levensduur kregen we haast om onze doelen te bereiken. Wie zou er op zijn dertigste naar verlangen welpen te krijgen, als het leven doorging tot je over de tweehonderd was? Wie zou er voor zijn vijfentwintigste aan een opleiding beginnen, wie zou ervoor knokken om vóór zijn veertigste de vorige generatie te mogen opvolgen in het bedrijfsleven?

Eric Beer sloeg rechtsaf, een champagnekleurige avenue in, met aan weerszijden meubelzaken die op dat moment al gesloten waren. Hij had geen duidelijke herinnering dat hij hier ooit een poot had gezet. Het zag er eerder uit als een straat in Tourquai. Stil en verlaten, zonder bedelaars of dronkenlappen en zonder ook maar één autowrak, zover het oog reikte.

Het maakte hem nerveus, hij had geen tijd om het spoor bijster te raken.

De kringloop van het leven, dacht Eric terwijl hij zijn tempo iets opvoerde, heeft ertoe geleid dat we ons voortdurend herhalen; we zijn voorspelbaar geworden en daardoor gemakkelijker te hanteren voor de staat. We zijn allemaal met zo ongeveer dezelfde instincten geleverd. Generaties voor en na ons reageren op dezelfde manier als wij; dat is een gegeven. Daarom kon de burgemeester eenvoudig bepalen wie welke opleiding mocht gaan volgen, hoe het vermogen moest worden verdeeld en de natuurlijke hulpbronnen moesten worden gebruikt. Want ondanks alle vooruitgang binnen de techniek en de geneeskunde, en ondanks het feit dat de materiële omstandigheden de afgelopen tweehonderd jaar ingrijpend waren veranderd, had dit geen enkele invloed op de knuffeldieren, die zich net als hun voorouders lieten regeren door liefde, haat, empathie en jaloezie, afgunst en gemakzucht. Onze instincten zorgden ervoor dat we deden wat onze voorouders deden – niet in de laatste plaats vanwege het feit dat we heimelijk de dag vreesden waarop de Chauffeurs op onze deur zouden kloppen – en daarmee kon de overheid ons heel wat gemakkelijker onder de duim houden.

De beer liep verder over de champagnekleurige avenue en stak een paar zijstraten over.

We moesten zo intensief leven als we durfden, dacht hij verder, omdat onze dagen geteld waren. Maar tegelijkertijd leefden we voorzichtig, omdat het leven ná dit leven op een of andere manier samenhang leek te hebben met alles wat we nu deden.

Dat was tenminste wat godsdienst en kerk beweerden. En de staat sprak hen niet tegen.

Eric Beer sloeg op goed geluk ergens linksaf en de geur van gesmolten kaas sloeg hem tegemoet als een deur die openging.

Een gecomprimeerd, voorspelbaar en eindig bestaan van gefrustreerde terughoudendheid ten behoeve van het hiernamaals – zo besteedden we ons leven.

Op basis van de Dodenlijst.

In gedachten zag Eric Pinguïn Odenrick in het raadselachtige donker van zijn werkkamer zitten. Hij zat gebogen over zijn bureau te schrijven in een van zijn grote cahiers met leren omslag. De vlammen van de kaarsen in de reusachtige kandelaar dansten in het tochtige vertrek met de brokkelige stenen muren. De veertienjarige Eric Beer was in zijn enthousiasme de hele zuilengalerij door gerend. Hij had de deur naar het binnenste van de kathedraal opengerukt, waar onbevoegden zich niet mochten vertonen, en was in looppas, steeds meer buiten adem rakend, almaar verdergerend door de donkere gangen waarvan de vloer alleen door fakkels aan de muren werd verlicht. Helemaal achter in de reusachtige kathedraal kwam Eric bij de werkkamer van de fadux, die hij zonder kloppen binnenging.

Zoals gewoonlijk zat fadux Odenrick over zijn schrijfwerk gebogen. Verbaasd en geërgerd over de onderbreking keek hij op. Toen hij Eric Beer in het oog kreeg, werd zijn strenge blik wat zachter.

'We zijn klaar,' zei Eric trots.

'En... hoeveel is het?' vroeg de fadux.

'Dertien mantels, vijf broeken, drie paar laarzen en een grote deken,' antwoordde Eric.

'Dat is fantastisch,' zei de fadux en hij knikte waarderend.

'We zijn naar dat verlaten stuk grond geweest, daar bij...'

Odenrick onderbrak hem.

'Ah, ah, ah,' zei de pinguïn, 'geen details. Ik wil het niet weten.'

'Maar...'

'Nee. Dat is een deel van de overeenkomst. Geheimen moet je voor jezelf houden, of ze nu groot of klein zijn. Dat is het lastigste eraan. De uitrusting is gemakkelijk, geheimen bewaren is moeilijk.'

Eric knikte. Als Pinguïn Odenrick sprak, was het alsof elk woord op een goudschaaltje werd gewogen. Het had een paar dagen geduurd voor Eric had begrepen dat de fadux met 'uitrusting' de gebruikte kleding bedoelde.

Naar een preek van de fadux te mogen luisteren, werd in het algemeen als een privilege beschouwd. Het gebeurde lang niet elke zondag dat hij persoonlijk de verkondiging in de kathedraal verzorgde, maar als hij preekte zat de kerk altijd vol. Dezelfde zorgvuldige nadruk, dezelfde ernst en beschouwingen waarvan hij zich op de kansel van de kerk bediende, bezigde hij zowel tijdens de catechisatie als nu in zijn relatief kleine werkkamer, onder vier ogen met Eric. Het effect was blijvend. Eric Beer zou zich nooit kunnen bevrijden van het gevoel uitverkoren te zijn dat de ontmoetingen met de fadux opriepen. Ook zou de beer nooit het diepe respect verliezen dat hij voor Odenrick voelde, een gevoel ontstaan vanuit zijn behoefte aan bevestiging. Door deze gigant gezien te worden – ook al was het maar enkele ogenblikken – was een triomf.

'Nee,' zei de jonge beer, 'ik weet het.'

'En ik vertrouw erop dat je ook de anderen hebt geïnstrueerd?'

'Ja, dat heb ik gedaan,' zei Eric koortsachtig knikkend. 'Niemand zal iets verklappen. Ook al zouden we onze tong moeten afbijten om dat te voorkomen.'

'Hopelijk zal dat niet nodig zijn,' antwoordde Odenrick zonder een glimlach, en Eric kon niet zeggen of hij een grapje maakte of niet.

De beer bleef een poosje staan in de donkere ruimte, niet van plan om weg te gaan, totdat de fadux vroeg of er nog iets was. Toen moest Eric bekennen dat dit niet het geval was, waarna hij afdroop. Langzaam liep hij door de bedompte gangen van de kathedraal terug naar de inpakkamer, en zijn gevoel van trots maakte dat hij glimlachte bij zichzelf. Toen hij zijn groepje collega's – een krokodil en twee katten die allebei Smythe heetten – weer zag, dikte hij de complimenten van de fadux zoveel aan als hij durfde zonder zijn geloofwaardigheid in gevaar te brengen.

'Hij zal onze tong eruit trekken als we er ooit een woord over reppen,' zei Eric Beer tot besluit.

De krokodil en de katten knikten. Ze waren allemaal al veertien, en voelden zich één voor één heel speciaal.

Plotseling bevond Eric Beer zich in een doodlopend steegje. Hij was afgeslagen van de champagnekleurige avenue, een paarsgroen straatje in dat nu versperd werd door een drie meter hoog ijzeren traliewerk zonder doorgang. Aan weerszijden van de straat stonden vervallen flats van het type waar hij nu al tien minuten langs liep. Ze schenen leeg te staan, maar in hun verschimmelde binnenste werden levens geleefd die nauw verwant waren met het zijne: levens die op een dag allemaal zouden eindigen.

Een paar meter voor het traliewerk bleef Eric staan en keek om zich heen. Het was niet onmogelijk het hek te forceren, maar hij wist nog steeds niet waar hij was. Misschien kon hij beter omkeren en proberen via een andere straat op de Avenue uit te komen?

Ineens besefte Eric dat de Storm begon af te nemen. Hij werd bevangen door paniek. Hij had geen tijd om zo bezig te zijn. Toen hij inzag dat zijn onderbewuste een gemene streek met hem had uitgehaald en dat hij niet uit onachtzaamheid of nonchalance verdwaald was, begon hij te zweten. Morgenvroeg was alles te laat. En hier liep hij rond te dwalen in de straten van Yok.

Hij draaide zich om en liep op een drafje terug. Twijfelend of hij de afgelopen vijftien minuten zelfs wel naar het westen was gelopen, begon hij steeds harder te rennen, zonder te weten waarheen. Er was niemand aan wie hij de weg kon vragen; in Yok waren de straten verlaten. Hij sloeg rechtsaf, want hij vermoedde dat daar het noorden was, maar hij wist het niet zeker; het buitenleven had hem nooit zo kunnen boeien, de Grote Beer kon hij herkennen, maar dat was het dan ook. En met een hartslag die bleef oplopen, rende hij verder door anonieme wijken met vervallen huizen waar amper meer dan eenderde van de straatlantaarns werkte; hij had het gevoel dat het een race tegen de klok was.

Waarom Pinguïn Odenrick juist hem gekozen had dat jaar, bleef een onopgelost raadsel. Natuurlijk had zijn keus op Teddy moeten vallen. Eerst dacht Eric dat de fadux een fout had gemaakt. Tot die dag had Odenrick er keer op keer grapjes over gemaakt hoeveel moeite hij had de tweeling uit elkaar te houden als hij bij Erics ouders thuis aan de Hillville Road kwam eten.

Maar hij had Eric bij zich geroepen in de eerste week dat ze catechisatie hadden, en hij had ook echt Eric op het oog gehad. Van begin af aan had Odenrick Eric duidelijk gemaakt dat hij niets tegen zijn tweelingbroer mocht zeggen over zijn nieuwe opdracht. En Eric plaatste daar geen vraagtekens bij, omdat de bijzondere positie die de fadux hem ineens had toebedeeld zijn jonge berenhart deed zwellen van tevredenheid en trots, en dat was nu net de bedoeling van de fadux.

De eerste weken was de geheimzinnigdoenerij echter onbegrijpelijk. Eric had samen met de krokodil en de twee katten de opdracht gekregen om eens per week gebruikte kleding in te zamelen die gewone burgers via de kerk aan arme dieren wilden schenken. Eric en een van de katten vouwden de kledingstukken op, terwijl de krokodil en de andere kat ze in bruin pakpapier wikkelden. Bij de kerken in Amberville, Lanceheim en Yok waren inzamelingsplaatsen waar Eric en zijn nieuwe vrienden met de bus naartoe gingen. Het kostte een paar uur om een ronde door de hele stad te maken, maar de jongeren waren zo vervuld van de ernst van het moment dat de tijd voorbijvloog. De andere catechisanten dachten dat het viertal speciaal onderwijs van de fadux kreeg, terwijl ze in werkelijkheid kleding inzamelden. Er was een inpakzaal in de Sagrada Bastante waar ze hun werk konden doen. De jongeren hadden de instructie gekregen dat ze het verhaal over het speciale onderwijs moesten vertellen, zelfs als iemand van de kerk zou vragen wat ze daar te zoeken hadden. De eerste vier weken was er op ten minste één van de inzamelingsplaatsen kleding aanwezig; de vijfde week werd duidelijk waarom de fadux zo geheimzinnig deed.

Met lege handen keerden ze terug naar de Sagrada Bastante, maar in plaats van naar de inpakzaal te gaan, zocht Eric Beer de fadux op in zijn werkkamer. De katten en de krokodil bleven buiten wachten.

'We moeten elke maand in elk geval een klein pakketje versturen,' zei de fadux, 'dat is wel het minste wat we kunnen doen voor de pechvogels van de maatschappij.'

'Maar er was geen kleding,' legde Eric nogmaals uit. 'Helemaal niets.'

'We hebben niet veel nodig. Eigenlijk moeten we gewoon íets hebben, wat dan ook. Misschien kunnen jullie ergens anders iets vinden?'

'Ergens anders?' herhaalde Eric niet-begrijpend.

'Waar dan ook,' verduidelijkte de fadux.

Eric begreep het nog steeds niet en er waren nog een paar vragen en even ontwijkende als dwingende antwoorden voor nodig, eer de beer begreep dat de fadux in feite voorstelde dat ze kleding moesten stelen.

Zelfs toen Eric de kamer verliet, was hij nog bang dat hij het verkeerd had begrepen.

'Wat moeten we doen?' vroegen de katten als uit één mond toen Eric de deur van de fadux achter zich dichttrok.

'We moeten zorgen dat we een pakket met kleding maken,' antwoordde Eric.

'Omdat niets zo belangrijk is als dat er eens per maand een kledingpakket hier vandaan wordt verstuurd. Zo zei hij het. En soms, zei hij, moet je iets doen wat minder goed is, zodat iets anders, iets beters kan gebeuren.'

'Wat?'

De krokodil had er geen woord van begrepen en hij durfde ervoor uit te komen.

'Moeten we kleding pikken?' vroeg een van de katten, die dat soort omschrijvingen wel begreep.

'Yep,' antwoordde Eric. 'Niet meer en niet minder.'

Buiten adem rende Eric Beer rechtdoor over de asgrijze Carrer de la Marquesa, en eindelijk wist hij waar hij was. Het waaide nog steeds flink, dus het was nog niet te laat. Hij bleef doorrennen tot de kruising met de diepblauwe Avinguda de Pedrables, vanwaar het niet meer dan een paar minuten lopen was tot de Oostelijke Avenue. Als hij dit tempo kon volhouden, dan was hij nog voor de Storm voorbij was bij de Ster en de kathedraal.

De weinige dieren die zich in de lauwe Avondstorm in de vervallen wijken van Yok op straat vertoonden waakten ervoor zich om te draaien en Eric na te staren als hij hen voorbijrende. Een rennend dier was een slecht voorteken.

Bij de Oostelijke Avenue aangekomen minderde Eric Beer vaart, hoewel hij met grote passen doorliep. Toen hij het silhouet van de kathedraal, dat aan een egel deed denken, zag afsteken tegen de met wolken bedekte hemel, was hij er nog steeds zo op gebrand om tijd te winnen, dat hij vergat om zich nerveus te voelen.

Gisterochtend, toen Hyena Bataille vertelde over de kleding die op de Vuilnisbelt werd afgeleverd, had Eric Beer voor het eerst begrepen dat hij noch de eerste, noch de laatste catechisant was geweest die was uitgekozen om een bende kledingdiefjes te leiden. Bovendien had hij begrepen dat de fadux zelf, en niemand anders, achter de Dodenlijst zat. Zo simpel was het. Daarom kon het maar doorgaan, jaar in, jaar uit, met steeds nieuwe groepen welpen die Pinguïn Odenrick onder zijn hoede kreeg.

De wind was milder toen Eric de trap naar het enorme portaal van de kathedraal op liep en de tamelijk bescheiden deur opende die toegang tot de kerk bood. Hij passeerde de grote zalen, stak het atrium over en liep verder langs de zuilengalerijen. Hij kwam door de donkere gangen met de fakkels aan de muren en hield pas stil voor de deur van de werkkamer van de fadux. Hij was weer even veertien. Hij wist dat hij nog ruim een uur de tijd had, meer niet.

Toen vermande hij zich, klopte haastig aan en duwde zonder op antwoord te wachten de deur open.

Teddy Beer 5

Emma Konijn was de mooiste bruid die ik ooit heb gezien.

Maar fadux Odenrick zag haar eerder.

Odenrick ging het voorvertrek binnen, waar Emma en haar moeder wachtten. Hij had ons vooraf de procedure uitgelegd. Vóór de eigenlijke ceremonie zou hij een paar woorden met de bruid en de bruidegom wisselen. Emma en ik hadden de korte variant gekozen.

Voor mij was religie een wapen met een dubbele snede.

Het ging erom dat je het ongelooflijke durfde geloven, dat wat in elke andere samenhang als domheid werd beschreven. Ik had mijn leven gewijd aan de zuivere goedheid, en ik vermoedde een dubbele moraal in het soort goedheid dat de kerk voorstond. Die focuste op de goede daden, terwijl twijfel en aarzeling waren toegestaan voor de ziel en het zelf. De kerk in Mollisan Town deed missionair werk. Alleen al daarom was de religie van de kerk vereenvoudigd en aangepast. Het grootste voordeel daarvan was dat dit de angst voor de dood verminderde.

Emma en ik spraken fadux Odenrick in een van de ontmoetingsruimten op Lakestead House. We waren met z'n drieën.

'En jij, Emma?' vroeg Odenrick. 'Vind jij ook dat het verminderen van de angst voor de dood de belangrijkste bijdrage van religie is?'

'Ik ben niet bang om dood te gaan,' zei Emma.

Fadux Odenrick glimlachte in mijn richting, zeker van zijn overwinning.

'En ik ben ook niet gelovig,' voegde Emma eraan toe.

De glimlach van de fadux verbleekte.

We zaten op de eerste verdieping. Buiten was het al donker.

De vuurtoren op de landtong zwiepte met regelmatige tussenpozen zijn lichtbundel over ons heen.

Uit de keuken kwam de geur van koffie.

'Maar jullie zijn het erover eens dat jullie in de kerk willen trouwen?' vroeg de fadux met een zekere scepsis in zijn stem.

'Als je wilt trouwen, dan moet je dat doen,' zei Emma.

'De morele opvatting van Magnus valt vaak samen met de mijne,' zei ik. 'In de overige gevallen ben ik bereid te vergeven.'

'Vergeven is hemels,' beaamde de fadux.

We knikten alle drie.

Het zou een mooie bruiloft worden.

'Emma Konijn,' zei fadux Odenrick toen hij een paar minuten voor de ceremonie in het kleine voorvertrek stond, 'je bent een heel, heel mooie bruid.'

'Dank u, fadux,' zei Emma.

Toen het koor begon te zingen, barstte ik in tranen uit.

Via vader waren we in contact gekomen met de Red Bird Singers. Hoewel ze zelden privéoptredens gaven, waren ze van de partij. Toen de acht helderrode vogels het podium beklommen en de aparte klankharmonie het holle houtwerk van de kerk deed trillen van hoop en weemoed, wist ik dat het de moeite waard was geweest.

Hoeveel vader ook had betaald, het was het waard.

Voor het tweede couplet ging de deur van het voorvertrek open en verschenen Emma Konijn en haar moeder. Emma was een openbaring. De gasten in de banken luisterden naar het wonderschone gezang en het duurde nog een hele tijd voor zij de bruid zagen. De kerk zat bijna vol, er waren een paar honderd knuffeldieren. De meesten waren vrienden van mijn ouders. Voor het diner na afloop waren achtenzeventig dieren uitgenodigd.

De Red Bird Singers besloten de openingspsalm en de zangers gingen zitten. De processie met Odenrick, Emma en Emma's moeder begon zijn korte maar symbolische gang over het middenpad van de kerk. Vader en moeder zaten op de eerste rij. Ze draaiden zich niet om. Moeder was al in tranen, en dat wilde ze niet laten zien. Vader zat ernaast, kaarsrecht.

Er ging een gemurmel door de kerk. Een collectieve inademing, die zich verspreidde in hetzelfde tempo als waarmee Emma langzaam voortschreed.

Ik heb het al geschreven.

Ik schrijf het opnieuw.

Ze was zo mooi.

Bij het altaar stond de bruidegom te wachten. Hij leek verstijfd van schrik.

De gasten zagen zijn klamme klauwen en trillende knieën niet. Maar voor mijn onderzoekende blik kon hij niets verbergen.

De beer frunnikte aan een etuitje dat hij in zijn broekzak had. Het was een ongepast gebaar, dat nervositeit en onzekerheid uitdrukte. Toen hij zich ervan had verzekerd dat hij de ringen niet vergeten was, haalde hij zijn klauw uit zijn zak. Hij knikte naar de gemeente, naar Emma en naar moeder, maar hij leek niet gerustgesteld.

In de ogen van de beer lag de verwachting en vreugde die alle anderen in de kerk met hem deelden. Maar bij de beer voor het altaar was dat gevoel vermengd met angst. Het was niet overduidelijk, er was een scherpe blik voor nodig om het op te merken.

Ik zag het.

Het was mijn tweelingbroer die daar voor het altaar stond. Voor mij kon hij niets verbergen.

Hij had mijn plaats ingenomen.

Wij hadden een overeenkomst.

Zelf zat ik verborgen in de sacristie, ik keek naar buiten door een spleet in de deur. Noch Emma Konijn, noch fadux Odenrick, moeder, vader of wie ook in de kerk wist wat er stond te gebeuren.

Emma Konijn trouwde met de verkeerde tweelingbroer.

Ik deed geen beloften die ik niet kon nakomen. Eric beloofde zonder zich iets af te vragen.

Ik zat verborgen achter mijn deur en zag dat mijn broer trouwde met het vrouwtje van wie ik met heel mijn armzalige hart hield.

De tranen die ik plengde waren niet van weemoed of verdriet. Ik huilde van blijdschap.

Op een ochtend in december gooide Wolle Haas de deur van mijn kantoor open en riep: 'Nu kun je je niet langer verschuilen!' Toen barstte hij uit in zijn proestende verkooplachje waar hij jarenlang op geoefend had. Het was niet erg aanstekelijk, maar nodigde daarentegen uit tot lichtzinnigheid en maakte dat het minder drastisch aanvoelde om een besluit te nemen. We slaan toe, dacht de klant die het lachje van Wolle Haas hoorde. We slaan toe, het leven is toch niet zo zwaar.

Ik werd niet door die lach beïnvloed. Voor mij was het leven wel zwaar.

'Me verschuilen?' herhaalde ik.

'Ik heb je nodig,' schreeuwde Wolle Haas, 'jou en niemand anders.'

'Dat is oud nieuws,' mompelde ik.

Ik werkte al bijna anderhalf jaar op het reclamebureau, en kende mijn plaats. Ik hoefde me niet te laten vleien door de ene of de andere Wolle.

Na het eerste halfjaar begreep ik hoe de zaken ervoor stonden. Iedereen op het bureau wilde in het middelpunt staan. De dieren concurreerden onderling om te laten zien hoe slim ze waren, slimmer dan de anderen. Wie niet aan de wedstrijd deelnam, zat in een onzichtbare jury en beoordeelde de anderen. Het ging om creatief of succesvol zijn. Sommigen streefden ernaar om beide te zijn. Alles kon in geld worden uitgedrukt.

Er werden geen punten uitgedeeld voor administratieve bezigheden. Er werden geen punten toegekend aan degene die erop toezag dat de salarissen op tijd werden betaald, dat de pensioenpremie werd afgedragen of dat de deurmatten in de entree werden verwisseld als ze vuil waren. Geen punten voor degene die ervoor zorgde dat de groene planten groen bleven.

Toen ik bij Wolle & Wolle begon, hadden we het geduld en de kredietgrenzen van onze leveranciers tot het uiterste gerekt. De autoriteiten wachtten op een gelegenheid om de deurwaarder op de heren Wolle en Wolle af te sturen.

Ik werd de redder in nood voor de onderneming.

Dat gebeurde niet van de ene op de andere dag. Langzaam won ik het vertrouwen van onze externe leveranciers. Ik wist hen te overtuigen. De egel die de nieuwe deurmatten kwam brengen, vertrouwde erop dat hij in de toekomst binnen twintig dagen zou worden betaald. Een adelaar van de belastingdienst wist dat ik altijd beschikbaar was voor zijn vragen. De dieren die op het bureau werkten, raakten eraan gewend dat de voorraad kantoorartikelen werd bijgehouden en aangevuld.

Na een jaar stug doorwerken hadden mijn inspanningen resultaat opgeleverd. Dankzij mijn nauwgezetheid en mijn absolute begrip van goed en kwaad was Wolle & Wolle in zakelijk opzicht een voorbeeld voor de branche geworden.

Natuurlijk was er niemand binnen het bedrijf die oog had voor wat ik tot stand had gebracht. Voor die egocentrische wezens met kleurige kleding en een rekbaar geweten was ik een grijze muis zonder zichtbaar doel.

Goed.

In tegenstelling tot hen had ik er geen behoefte aan hun ironische wedstrijd te winnen. Ik kende mijn waarde, en die was hoger dan die van hen.

Aanzienlijk hoger.

'Kom,' zei Wolle Haas, 'dan vertel ik het.'

Ik toonde geen enthousiasme. Met één sprong was Wolle bij mijn bureau, hij pakte me bij een arm en trok me omhoog van mijn stoel.

Bruusk sleurde hij me uit mijn kantoor. Ik voelde me veilig op mijn werkplek. Mijn ordners en documentmappen beheersten mijn werkzame leven, bepaalden de grenzen ervan en gaven het inhoud. In de kantoortuin die het eigenlijke reclamebureau was, heerste een andere orde.

Een wanorde.

Mijn status maakte me onzichtbaar, maar deze ochtend, toen Wolle Haas me voor zich uit door het bedrijfspand duwde, werden er heel wat blikken op me gericht. Sommigen waren benieuwd wie ik was. Anderen vroegen zich jaloers af waarom Wolle Haas juist aan mij zoveel aandacht besteedde.

Dat was een vraag die ik met hen deelde.

Wolle Haas en Wolle Kikker hadden een gezamenlijk kantoor ingericht in een hoekkamer die overliep in een vergaderruimte met uitzicht over Place Great Hoch. De kikker zat aan zijn bureau te wachten toen wij binnenstapten. Aan de vergadertafel zat een groepje creatievelingen dat werd ingeschakeld als het om bijzonder belangrijke opdrachten ging. Ik kende iedereen bij naam.

'Hier is hij!' riep de haas, triomfantelijk naar mij wijzend.

'Zei ik het niet, dat hij wel zou meedoen?'

De vrolijkheid in de stem van Wolle Haas wekte geen enkele reactie. Het groepje aan de vergadertafel zag er sceptisch uit.

'Wie is dat?' vroeg iemand.

'Geen idee,' antwoordde iemand anders.

'Doe je mee, Teddy?' vroeg Wolle Kikker.

Ik had geen idee waar het om ging. Ik haalde mijn schouders op.

'Ze willen je gebruiken in een advertentie,' zei de kikker, en hij maakte een gebaar naar de creatieve groep aan tafel en naar de haas. 'Het gaat om bankdiensten.'

'Mij?'

Niemand in de kamer kon mijn vraag als koket opvatten.

De kikker knikte.

'Het gaat erom een geloofwaardig imago te creëren,' zei hij om uit te leggen waarom de keus op mij was gevallen.

Ik was volkomen onvoorbereid. Voor ik tot mezelf was geko-

273

men, legde Wolle Haas een arm om mijn nek, waarna hij me naar het bureau van de kikker leidde.

'Dit is je kans, Teddy,' verklaarde hij met zachte stem. 'Je kunt niet je hele leven assistent op de afdeling financiën blijven.'

'Maar ik vind het prettig om...'

Halverwege de creatieve groep aan de vergadertafel en de kikker aan zijn bureau waren we gestopt.

'Ik bedoel niet dat je een carrière als fotomodel in het verschiet hebt,' verduidelijkte Wolle Haas. 'Maar als je aan dit soort dingen meedoet... is het niet ondenkbaar dat men je in gedachten houdt wanneer er de volgende keer een baan als chef vacant komt.'

'Heb je het over de functie van chef boekhouding...?'

Onze chef boekhouding was een oude ekster, die begin volgend jaar met pensioen zou gaan. Tot dusver had ik nog niets gehoord over een opvolger.

'Er is geen reden om zo concreet te zijn,' onderbrak de haas mij. 'En het is toch geen straf om te mogen meewerken aan een advertentie voor de Bank van de Spaarbanken?'

We stonden voor een groot whiteboard. Ik keek naar de creatievelingen, maar die schenen zich niet meer om ons te bekommeren.

'De Bank van de Spaarbanken?' herhaalde ik. 'Maar wij zijn bij de Banque Mollisan. Ik ken geen Bank van de Spaarbanken.'

'Dus we gaan het proberen?' zei Wolle opgewekt, zonder mijn tegenwerping te hebben gehoord.

'Ik weet niet eens of ik...'

'Dan is de baan van jou, zullen we dat afspreken?' zei Wolle. 'Chef boekhouding, zei je toch? Daar is niets mis mee. Spreken we dat zo af?'

'Ik weet niet of ik...'

'Mooi zo,' riep hij, en sloeg me bevestigend op mijn rug.

De creatievelingen keken onze kant op. Ik meende een enkeling te zien glimlachen. Misschien was dat alleen omdat Wolle zo vrolijk klonk.

'Teddy doet mee,' riep Wolle Haas.

De haas liep naar de anderen om de consequenties van dat goede nieuws te bespreken. Ik bleef bij het whiteboard staan. Niemand scheen mij op te merken. De creatievelingen en de haas praatten met elkaar, de kikker zat aan zijn bureau te schrijven. Zou ik weggaan? Nog voor ik een besluit had kunnen nemen, maakte een kat zich los uit de creatieve groep. Ik wist wie hij was. Hij had een prijs gewonnen met een campagne voor maltbier.

'Cool,' zei hij en schudde mijn klauw. 'Het is geen moeilijke klus. Gewoon jezelf zijn... in je... gewone kleding.'

De kat nam me van top tot teen in zich op en knikte goedkeurend.

'We rijden naar de studio. Decor: het regent,' zei hij. 'Je staat daar gewoon, hè? Gewoon, zoals je bent. Maar je glimlacht.'

'Glimlachen in de regen?' vroeg ik.

'Een bank voor iedereen die het zat is om te worden platgewalst,' zei de kat. 'Daar gaat het om, dat is de boodschap.'

'Ben ik degene die wordt platgewalst?' vroeg ik.

De kat haalde zijn schouders op.

'Je bent degene die het zat is om te worden platgewalst.'

'Maar ben ik degene die is platgewalst?'

'Beer,' zei de kat vriendelijk glimlachend, 'het is ook mogelijk dat je een stoomwals bent. Maar op de foto moet je iemand voorstellen die het zat is om te worden platgewalst en die daarom liever kiest voor de Bank van de Spaarbanken.'

'Banque Mollisan is beter,' zei ik.

'Daar heb ik absoluut geen mening over,' zei de kat en hij liep terug naar de anderen.

Je in een rol verplaatsen en een opvatting over een bepaald vraagstuk tot uitdrukking brengen, heeft niets met goed of kwaad te maken. Ik was niet naïef. Een fotomodel dat vorm gaf aan een slecht personage was geen slecht dier. Je duistere kanten onderzoeken was nodig als je doel was een goed leven te leiden.

Ik ben niet van plan daar nader op in te gaan.

Het punt is: voor een camera gaan staan om te garanderen dat de Bank van de Spaarbanken de beste bank van de stad is, had niets met goed of kwaad te maken.

De consequenties daarvan kon ik echter onmogelijk accepteren.

Stel dat iemand die de advertentie zag de boodschap geloofde. En overstapte naar de Bank van de Spaarbanken.

Reclame maken, zo meenden Wolle Haas en Wolle Kikker, was een beroep. Wij oefenden gewoon ons beroep uit. Degenen die de advertentie zagen, moesten zelf de verantwoordelijkheid voor hun leven nemen. Beïnvloeden was niet hetzelfde als bedriegen of verleiden. Er waren geen verborgen bedoelingen. De ene bank aanbevelen boven de andere was geen misdrijf.

Daar was geen speld tussen te krijgen.

Maar ik wist dat de Bank van de Spaarbanken niet de beste was. Ik wist dat wie op grond van de advertentie van bank veranderde geen betere bankdiensten zou krijgen. Het ging niet om het fotograferen. Het ging om verantwoordelijkheid nemen voor de keten van consequenties die elke handeling teweegbracht.

Eric nam mijn plaats in.

We hadden een overeenkomst.

Eric had geen bedenkingen wat betreft reclamefotografie. Hij was de slechte. Ik was de goede. Het was een paar maanden voor de bruiloft met Emma Konijn. Of een paar maanden erna. Het was het begin van iets of een logisch vervolg. Eric en ik kregen de baan van chef boekhouding. Of misschien werden we chef marketing of een ander soort chef. Ik vind het moeilijk om titels te onthouden.

Samen maakten we succesvol carrière bij Wolle & Wolle.

Het reclamewereldje paste perfect bij mijn tweelingbroer. Hij verraste de trendgevoelige creatievelingen met zijn zelfingenomen houding en zijn onverwachte gedachtesprongen. Hij had niets te verliezen. Ik weet niet precies wat hij zei of deed. Om vanzelfsprekende redenen waren we nooit tegelijk op kantoor. Maar ik ben er zeker van dat het niet om opmerkelijke dingen ging.

Ik was ongetwijfeld degene van ons die de intellectuele capaciteiten had gekregen.

Eric wist zijn tekortkomingen in zijn voordeel om te buigen.

Hij gaf nooit een concrete mening over iets.

Het ging snel. Ik was een dag in de week op kantoor. Twee of drie dagen in de week. De rest van de tijd was Eric er. Hij is een extravert dier. Hij zoekt contact. Ik zit heel anders in elkaar. Hij wist dingen waar ik nooit van gehoord had. Hij belandde in het managementteam. Dat gold ook voor mij. Dat werd ons platform.

We werden goede vrienden met Wolle Haas.

Dat was onbegrijpelijk.

De haas was een dier dat bekendstond om zijn ontoegankelijkheid. Toch wist Eric zijn verdediging eenvoudig te breken, alsof Wolle een goedkoop fietsslot was. Na een paar maanden was Eric zijn naaste bondgenoot.

Ze voerden geen diepzinnige gesprekken.

De haas was ervan overtuigd dat het bedrijf ten onder zou gaan als ze niet uitbreidden. Eric wist niets van zakendoen. Toch bracht hij zijn opvattingen tot uitdrukking. Ik luisterde als ze aan de telefoon zaten. Mijn onkundige tweelingbroer gebruikte termen als 'synergie' en 'fusie'. De ene dag was hij een enthousiast voorstander van het idee om een casino te openen. De volgende dag kon het net zo goed een vastgoedmaatschappij zijn.

Het was pure waanzin.

Ik was er getuige van hoe een galopperend vierspan recht op het ravijn afstormde. Zelf sorteerde ik plichtsgetrouw de papieren die mijn kant op kwamen. Ik gaf de planten water. Ik vulde de koffieautomaat bij.

Ik zat erop te wachten dat ons bedrog zou worden ontdekt.

Erics optreden werd steeds minder acceptabel. Toen Wolle Haas ons op een dag bij zich riep op zijn kantoor – ik was toen bijna een jaar chef boekhouding – dacht ik dat het voorbij was.

Eric was die dag op kantoor.

Hij was niet verrast dat hij werd benoemd tot adjunct-directeur. Het was een logische ontwikkeling van de samenwerking met Wolle Haas. Zei Eric.

Een logische ontwikkeling.

Ik zal de lezer niet vermoeien met een beschrijving van de verbijstering die mij in de loop der jaren daarna regelmatig trof. Mijn tijd op het reclamebureau nam af. Die van Eric nam dienovereenkomstig toe.

Ook zijn successen namen toe. Ik beschouwde ze niet meer als onze gezamenlijke wapenfeiten. Ik volgde zijn carrière op afstand. Een afstand die Lakestead House me bood. Eric was niet gesloten over waar hij mee bezig was. Integendeel. Hij vertelde mij alles. Alsof hij een schuld moest inlossen.

In zijn functie ging het om communicatie en manipulatie. Hij was fantastisch in alles wat met marketing te maken had. De verklaring was simpel. Hij was niet bang om te liegen. Om te beweren dat het ene afwasmiddel langer meeging dan het andere. Dat de ene auto veiliger was dan de andere. De ene verzekering een bredere dekking had dan een andere.

Zelfs als dat niet het geval was.

Hij ging op dezelfde manier met het personeel om. Of hij hen steunde of afviel, hing af van zijn eigen, kortzichtige doeleinden. Hij dacht er niet over na in hoeverre zijn oordeel al dan niet objectief was. Toen ik hem daarop wees, begreep hij niet waar ik het over had.

Eric scoorde het ene succes na het andere. In het begin ging het om Wolle & Wolle. Later ging het verder dan dat en liep het dwars door alle machtshiërarchieën van de stad heen. Vroeg of laat zou iemand hem ontmaskeren, dat wist ik zeker.

Ik keek uit naar die dag, maar niet voor mijzelf; leedvermaak is voor wie afgunstig is. Ik keek uit naar die dag omwille van de rechtvaardigheid. Het ging om evenwicht. Erics leven was allang gekapseisd en de golven die tegen de pier daarbeneden bij Lakestead House sloegen tijdens de Avondstorm, sloegen altijd terug.

Maar de jaren verstreken en er gebeurde niets.

Ik kreeg steeds minder belangstelling voor Erics loopbaan. Ik was de tel kwijtgeraakt hoeveel bestuursfuncties hij had en in welke commissies hij allemaal zitting had.

Soms schaamde ik me ervoor dat hij mijn naam gebruikte.

Soms wenste ik dat hij me met rust liet met zijn verhalen.

Ik was onbeschrijfelijk naïef.

Dit is geen zelfonderzoek. Het gaat om trots. Naïviteit is iets wat ik koester, voor mij vertegenwoordigt naïviteit een zuiver geweten, goede bedoelingen en onvervalst vertrouwen in de omgeving – een voorwaarde om het cynisme het hoofd te kunnen bieden.

Ik was onbeschrijfelijk naïef. Ik dacht dat ik het kon overnemen als Eric de huwelijksgeloften had afgelegd die ik zelf niet kon afleggen.

De bruiloft werd een voorproefje van wat me te wachten stond.

Ik zat in een café tegenover de feestzaal en zag de knuffeldieren die Emma en ik samen hadden uitgenodigd langslopen op het trottoir. Ik zag ze achter de verlichte ramen het glas heffen op het bruidspaar. Vaag hoorde ik de muziek die op straat doordrong. De muziek die ik zelf had uitgekozen. Samen met moeder had ik besloten hoe de servetten moesten worden gevouwen, en welk soort knäckebröd er ter afsluiting moest worden geserveerd. Ik wist wat er gebeurde, zonder dat ik erbij was.

Ik nam aan dat de bruid en de bruidegom heel gelukkig waren.

Ik was gelukkig.

Ik besefte niet wat er te gebeuren stond.

Toen ik de volgende ochtend het trappenhuis van Uxbridge Street 32 binnensloop, klaar om Erics plaats in te nemen, wachtte me een verrassing.

Zoals afgesproken bleef ik in het trappenhuis wachten. De regen was net opgehouden en het Ochtendweer was begonnen. Ik dacht niets bijzonders. Mijn geest was wijdopen. Dat Eric die ochtend naast mijn Emma was wakker geworden, deed me niets. Eric en ik waren elkaars tegenpolen. We waren een en dezelfde. Ik stond in het trapportaal te wachten. Mijn hart was wijdopen en mijn geest was zuiver.

Ik zou Eric vervangen en de orde herstellen.

De deur ging open en daar stond mijn tweelingbroer.

'Je bent een heel gelukkige beer,' zei hij glimlachend.

'Dat weet ik,' zei ik.

'En als je nog eens mijn hulp nodig hebt, hoef je maar te bellen,' zei hij.

'Dank je,' antwoordde ik.

'Tot ziens,' zei hij.

Ik knikte.

Ik sloop het huis binnen en liet Eric in het trapportaal achter.

Het appartement was groter dan ik had gedacht. Veel kamers en gangen. Garderobekasten en allerlei hoekjes. Uiteindelijk vond ik Emma Konijn in de badkamer, waar ze haar vacht zat te borstelen. Ze neuriede een van de wijsjes die het orkest de avond ervoor had gespeeld.

'Alsof november te laat zou zijn,' zei ze toen ik binnenkwam.

'Nee,' antwoordde ik, maar veranderde van gedachten. 'Ja?'

Ik wist niet waar ze het over had.

'Maar Alexij zal nog weleens zien wat een groene fiets kan betekenen,' zei ze.

'Natuurlijk,' antwoordde ik.

Ik wist niet over wie ze het had.

'Maar je begrijpt toch wel dat het pijn zal doen?' vroeg ze.

Ik knikte.

Ik wist niet waarom het pijn zou doen.

'Liefste,' zei ik, 'excuseer me één seconde.'

Ik rende de badkamer uit naar de hal. Ik sprintte de trap af en holde de straat op in de richting waarin ik Eric had zien verdwijnen.

Voor Wrights Lane haalde ik hem in.

'Het gaat niet,' hijgde ik. 'Je moet teruggaan. We moeten het beter plannen.'

Maar het was geen kwestie van plannen.

Elke dag die Eric en mijn vrouw samen doorbrachten, creëerden ze gezamenlijke herinneringen. Elke herinnering creëerde referenties, saamhorigheid en een gemeenschap die voor mij niet toegankelijk was.

Nog elf maanden bleef ik ontmoetingen met Eric in het trapportaal voor het appartement organiseren. Hoopvol ging ik naar binnen, naar Emma Konijn, en probeerde het leven over te nemen dat zich zonder mij afspeelde. In het gunstigste geval hield ik het twee uur vol. In het ergste geval korter dan een minuut.

Mijn wil was ongebroken. Mijn liefde voor Emma won het van mijn gezonde verstand. De maanden daarvoor had ik steeds nieuwe strategieën uitgedacht. Ik liet geen idee onbeproefd, hoe absurd het ook leek.

Het was me duidelijk dat ik het leven van mijn broer tot in de kleinste details moest kopiëren om zijn plaats te kunnen innemen.

Ik onderwierp mijn tweelingbroer aan diepte-interviews die ik dagenlang voorbereidde. Ik hield regelrechte kruisverhoren, waarin ik volledige openheid van zaken eiste. Ik bewaakte Emma vierentwintig uur per dag. Ik zat vanuit Nicks Café naar hun voordeur te staren, elk moment klaar om op te staan en achter haar aan te gaan. Ik probeerde hun leven te leiden zonder dat ze het merkten. Door de straten te lopen waar zij liepen, de winkels of restaurants te bezoeken die zij bezochten. Het idee was simpel. Als ik dezelfde prikkels als Eric kreeg, zouden mijn reacties ook vergelijkbaar zijn met die van hem.

In dat jaar van pijnlijke vertwijfeling bleef ik bij Wolle & Wolle werken. Het werk was mijn redding, een plek van duidelijke eisen en eentonige procedures in een chaotisch leven van pijn en vernedering. Ik pendelde van en naar Lakestead House. Ik was onderweg naar kantoor of naar het appartement van Emma en Eric. Vervolgens was ik op weg daarvandaan. Lakestead was strikt wat de tijden betreft. Ik had altijd haast. Altijd tijdgebrek.

Op sommige dagen had ik moeite om het overzicht te bewaren. Ik stond voor Wolle & Wolle en vroeg me af of Eric er was. Ik stond voor het appartement aan Uxbridge Street en vroeg me af of Eric daar was. Ik stond voor Lakestead House en vroeg me af waarom ik daar was. Ik stond voor het huis aan de Hillville Road en vroeg me af of vader daar was. Ik stond naast mezelf en vroeg me af of Eric er was.

De pijn van de mislukking werd minder. Ik wist wat ik kon verwachten van mijn ontmoetingen met Emma. De hoop was sterker dan de scherpzinnigheid. De hoop lokte met zelfbedrog. Ik balanceerde op het randje van het oneerlijke.

Maar ten slotte kwam er een dag dat de werkelijkheid de fantasieën overmande.

Het is zo simpel om op te schrijven.

Ten slotte versloeg de werkelijkheid de fantasieën.

Maar de fantasieën waren een levensvoorwaarde voor mij. Het luchtkasteel dat ik telkens opnieuw gebouwd had, telkens wanneer ik wanhopig achter Eric was aangerend en hem had laten terugkeren. Toen de werkelijkheid mij inhaalde, ontnam ze mij mijn dromen en bleef er vrijwel niets van mijn leven over.

Ik trok me terug. Ik liet Eric mijn leven in stand houden. Ik geloof niet dat iemand het merkte.

Ik trok me terug.

Er zijn momenten, bij sommigen meerdere keren op een normale dag en bij anderen een paar keer in een heel leven, waarop je ongeduld voelt over je levenssituatie.

Een soort existentieel vacuüm.

Een gedachtelus die ontstaat als de meeste lichamelijke en emotionele behoeften zijn vervuld. Je voelt je verdrietig, hoewel je blij zou moeten zijn. Je mist samenhang, verbondenheid, en je vraagt je af of het leven echt niet meer is dan dit.

Zo'n vacuüm ervaar ik nooit.

Ik word 's ochtends wakker als het tijd is om op te staan, ongeveer wanneer de Ochtendregen begint te vallen. Ik heb moeite met wakker worden, maar ik dwing mezelf op te staan en mijn ochtendtoilet te maken. Daarna doe ik eenvoudige gymnastiek-oefeningen en vervolgens ga ik naar beneden voor het ontbijt. Na de krant te hebben gespeld ga ik weer naar boven, naar mijn kamer. Om me om mijn eigen zaakjes te bekommeren. Voor de lunch heb ik nog net tijd voor een wandeling in de tuin.

Het gebeurt nog steeds wel dat ik 's middags naar de stad ga. Vooral op dinsdagen en donderdagen. Dan ga ik naar Nicks Café, waar ik een kop koffie bestel en vervolgens naar de voordeur van Uxbridge Street 32 zit te staren.

Als Emma Konijn naar buiten komt, ga ik haar achterna. Niet altijd, maar het komt voor.

Eric komt bij me langs in Lakestead House. Vaker dan hij zou moeten. Ik wil het hem niet verbieden. Hij doet het voor zichzelf.

Ik kan hem niet vertellen dat Emma Konijn tegen ons heeft gelogen. Dat ze helemaal niet vaderloos is, maar een duif als vader heeft.

Er zijn situaties waarin het goede niet duidelijk is.

Niet vertellen is achterhouden. Achterhouden is bedriegen. Vertellen is iets kapotmaken wat gedurende een lange periode is opgebouwd. Als Eric zou weten dat zijn Emma al heel lang een geheim voor hem verborgen houdt, zou dat hem verpletteren.

Waarom heeft ze besloten niets over haar vader te vertellen? Ik weet het niet. Misschien heeft ze er een goede reden voor? Misschien is er een simpele verklaring? Om rechter te kunnen spelen over een ander dier, moet je je ogen sluiten voor de hele waarheid.

Ik sluit mijn ogen nooit.

Ik weet dat mijn leven niet dat van Eric is. Dat zijn leven niet het mijne is. Om bepaalde redenen zijn we twee individuen geworden. Er zijn achterliggende oorzaken. De waarheid die voor mij een deel van de goedheid is, betekent niets voor hem. Emma Konijn betekent alles voor hem. Ze is geworden wie ze is door een lange reeks gebeurtenissen die dankzij hun volgorde haar karakter hebben ontwikkeld. Ze heeft haar redenen om haar vader niet bekend te maken. Ik ken ze niet, ik kan er geen oordeel over vellen.

Ik zwijg.

Er komt geen woord over mijn lippen.

Zo kan ik denken als ik 's middags langs de kust wandel.

Zo dacht ik vandaag toen ik langs de kust wandelde.

Elke derde of vierde gedachte zei ik hardop voor mezelf. Toen de zwarte wolken 's middags over het vasteland trokken, kreeg ik regendruppels op mijn tong. Vervolgens gingen zoals gewoonlijk de sluizen van de hemel open. Ik haastte me terug naar huis. Voor wie ervan hield werd er 's middags thee met biscuitjes geserveerd. Zelf wachtte ik tot het avondeten, dat ik vroeg gebruikte.

's Avonds dacht ik na.

's Nachts sliep ik.

Hoofdstuk 25

'Eric, wat een verrassing,' zei fadux Odenrick, maar er klonk geen blijdschap door in zijn stem.

Eric had één stap over de drempel van de werkkamer van de fadux gezet en wist niet wat hij moest doen. Daarbuiten, achter de hoge smalle raampjes, vermoedde hij de werkelijkheid in de vorm van huizen en straatlantaarns, maar hij kreeg een sterk en onaangenaam gevoel dat hij daar nooit meer naar zou terugkeren. Hij sloot de deur achter zich en probeerde moed te verzamelen.

'Kom binnen, kom binnen,' zei de fadux uitnodigend met een brede, warme lach.

Eric probeerde terug te glimlachen, maar betwijfelde of hij daarin slaagde. Langzaam liep hij naar de opbollende bezoekersstoel die voor het enorme bureau van de fadux stond, waarin hij als welp nooit durfde te gaan zitten. Nu nam hij plaats, maar op het randje, met zijn rug recht en zijn klauwen op schoot. Hij had nog steeds niets gezegd.

'Eric, dat je zo laat nog langskomt,' zei Odenrick.

'Ja,' perste de beer er ten slotte uit.

'Was je hier in de buurt, of...?'

'Ja, klopt.'

'Maar niemand gaat zo laat op de avond zonder reden bij een dux op bezoek, nietwaar?' zei Odenrick.

Eric knikte beschaamd, betrapt.

'Geen probleem, ik heb geen haast. Hoe gaat het met je ouders? Ik zie ze de laatste tijd veel te weinig.'

Zijn vader en moeder. Dat was een gespreksthema dat vaste grond bood. Eric vertelde wat hij wist over zijn moeder en haar wederwaardigheden op het ministerie, en een paar minuten lang hielpen ze elkaar de beste toetjes te herinneren die ze in de loop der jaren had geserveerd. Bij wijze van uitzondering vroeg Pinguïn Odenrick, die ook een nauwe band met Erics vader had, of Eric zich al met Boxer Bloom had verzoend. Eric schudde zijn hoofd. Nee, ze hadden elkaar sindsdien... sinds die keer lang geleden, niet meer gesproken.

'Dat doet je vader verdriet, moet je weten,' zei Odenrick ernstig. 'Ook al geloof jij dat niet, want ik weet dat je dat niet doet. Als je wist hoeveel pijn je hem doet, zou je hem bellen en dingen rechtzetten, daar ben ik van overtuigd. Je bent geen slechte beer, Eric.'

De gedachte aan Boxer Bloom irriteerde Eric zoals altijd, en zelfs nu, in de werkkamer van de fadux, nu er zoveel op het spel stond en er zoveel gezegd moest worden, had hij moeite om niet op Odenricks woorden in te gaan.

'Alsof hij zelf niet kan bellen,' mompelde Eric Beer.

'Jullie zijn allebei even koppig,' glimlachte Odenrick mild. 'Het is vreselijk, het is erfelijk en dat maakt het dubbel vervelend voor je vader. Hij komt zijn eigen koppigheid bij jou tegen.'

'Dat vind ik zo'n...' zei Eric op een toon vol minachting, waar hij onmiddellijk spijt van had.

Van alle theoretische fundamenten van de kerk vond hij het idee over het genetisch erfgoed zo ongeveer het moeilijkst te hanteren.

'We hebben het daar al eerder over gehad, toch?' zei de fadux, die de twijfel van de beer kende.

Eric knikte.

'En als ik het me goed herinner, stelde ik de retorische vraag of je echt gelooft dat de Leveranciers de welpen op de bonnefooi afleveren? Of je denkt dat het puur een speling van het lot is dat Teddy en jij nu juist bij Bloom en zijn Neushoorn zijn beland? Klinkt dat aannemelijker, vind je?'

Eric wilde knikken, maar durfde het niet. Hij wist dat de fadux altijd op deze manier met het vraagstuk van de erfzonde omging.

'Maar worden wij niet allemaal goed geboren?' protesteerde Eric tam, en hij maakte een flinke gedachtesprong om ter zake te komen.

'We worden allen geboren met de mogelijkheid om goed te doen,' zei de fadux diplomatiek.

'Maar bedoelt u echt, fadux, dat er knuffeldieren uit de fabriek komen die meteen al slecht zijn? Slecht, omdat de dieren die hun ouders gaan worden, of hun grootouders, in hun leven iets slechts hebben gedaan?'

Eric kon zijn zure ironie niet inhouden, en onwillekeurig boog hij een beetje voorover.

'De zonden die in de loop der tijden begaan zijn, dragen we allemaal met ons mee, collectief. Vervolgens is het een zaak van de kerk om vergiffenis te schenken. Zo zijn de rollen nu eenmaal verdeeld,' zei de fadux, en hij voegde eraan toe: 'Je vat het veel te letterlijk op, veel te persoonlijk.'

'Is het een zaak van de kerk om vergiffenis te schenken?' herhaalde Eric geprikkeld. 'Hoe vaak moet dat gebeuren? Hoe snel na mijn slechte daad is vergiffenis aan de orde? En heeft een dux, nadat ik vergiffenis heb ontvangen, mijn daad daarmee van slecht in goed veranderd?'

Eric sprak snel en struikelde over de lettergrepen, hij moest dit zijspoor verlaten om bij zijn eigenlijke punt te komen.

'Berouw hebben over het kwade dat je hebt gedaan,' antwoordde de fadux zonder stemverheffing, 'is belangrijker dan al het andere.'

'Angst zult u bedoelen,' zei Eric.

'Berouw,' corrigeerde de fadux.

Eric stond op uit de grote fauteuil. De frustratie over het gesprek en de dogmatische pinguïn was zo groot dat hij onmogelijk stil kon zitten.

De fadux begreep het gebaar verkeerd.

'Ben je daarom hierheen gekomen?' vroeg Odenrick. Daarmee gaf hij Eric de kans om de vraag die hij de fadux eigenlijk wilde stellen, te laten rusten.

'Om iets wat je gedaan hebt? Om vergiffenis te vragen? Dat is verre van...'

'Nee,' onderbrak Eric hem en maakte een armgebaar alsof de fadux een of ander soort bediende was. 'Ik ben hier niet om vergiffenis te vragen.'

De fadux boog zich over zijn bureau naar hem toen en nam zijn bezoeker rustig op. De deemoedige toon die eerder de werkelijke gemoedstoestand van de beer had verborgen, gleed van hem af, zoals het kleed van een kunstwerk dat wordt onthuld, en nu stond hier zijn ware ik.

'Ik ben hier om hulp te vragen,' zei Eric Beer en zijn uiting had niets weg van een verzoek.

'Natuurlijk doe ik alles wat in mijn vermogen ligt om te...' begon de fadux, maar hij werd nogmaals onderbroken.

'Dat valt nog te bezien,' zei de beer. 'Het gaat om de Dodenlijst.'

Welke verwachtingen Eric ook had gehad – het liep allemaal op niets uit. De pinguïn achter het bureau vertrok geen spier. Geen verbazing of woede, geen angst, niet eens onbegrip. Pinguïn Odenrick zag er even vroom uit als altijd.

'De Dodenlijst?'

'Ik weet hoe het in elkaar zit,' zei Eric. 'Ik weet dat het uw lijst is.'

'Mijn lijst?'

'Dat jij degene bent die hem schrijft, jij kiest de dieren uit die dood moeten.'

'O ja, en hoe weet jij dat?'

'En ik heb hulp nodig,' herhaalde de beer.

'Ga zitten,' zei de fadux.

Het was een bevel, zijn toon was scherp, en meer was er niet nodig om de norse beer te doen veranderen in een voormalige catechisant.

Eric ging zitten en probeerde de blik van de fadux op te vangen. Die kon niet langer als mild worden beschreven.

'Je moet goed bedenken waarvan je mij wilt beschuldigen,'

zei Odenrick, 'omdat woorden die je eenmaal hebt uitgesproken moeilijk meer kunnen worden teruggenomen. Ik heb geleerd te vergeven, maar ik heb moeite met vergeten.'

'Ik ben niet bang voor u,' antwoordde Eric.

En op het moment dat hij het zei, wist hij dat het waar was. Hij was niet bang. Hier zat een idiote pinguïn die de macht had zijn geliefde vrouw en zijn tweelingbroer in leven te laten. En de macht om hen te laten sterven. Waar zou Eric bang voor moeten zijn, wat had hij nog te verliezen?

'Ik ben niet bang,' herhaalde Eric, 'omdat ik weet wie u bent, en uw macht uit geheimen bestaat.'

'Je denkt dat je weet wat macht is,' zei de fadux, 'maar je weet niets.'

De pinguïn stond op uit zijn stoel, en Eric was blij dat het grote bureau tussen hen in stond.

'De milieus waarin jij je beweegt, waar de strijd om materieel gewin met min of meer criminele middelen wordt gevoerd,' zei fadux Odenrick met al zijn ademsteun, 'en daarmee bedoel ik ook die fraaie directeuren van jou, zijn nog maar een voorportaal. Jullie zijn zo bezig met je te meten met elkaar, dat jullie het niet doorhebben dat iemand jullie de arena geschonken heeft waarin jullie vechten; en zolang jullie je daartoe beperken, worden jullie met rust gelaten. Maar als jullie naar uitgangen beginnen te zoeken, dan volgt de bestraffing. Hard en genadeloos. Dat, mijn rechtschapen vriend, is macht. Die zul jij blijven ervaren, maar nooit proeven.'

De pinguïn bleef achter zijn bureau staan. Hij keek op de beer neer en zijn ademhaling was opgewonden. Op dat moment was hij een demonische figuur, maar Eric Beer voelde nog steeds geen angst.

'Macht,' herhaalde de beer, en hij knikte voor zichzelf alsof hij hem een lichtje was opgegaan. 'Natuurlijk. Dat is een drijfveer.'

De pinguïn liet zich niet provoceren. 'Het is een kwestie van ermee om kunnen gaan. Ik heb naar de macht gestreefd, dat geef ik graag toe, en de reden is dat ik hem wil gebruiken. Anders zou het zinloos zijn. En ik ben goed in het gebruik ervan. Omdat ik begrijp dat ik een toevallige dienaar ben.'

'Ik weet wat u kunt doen,' knikte Eric.

'Je weet niets,' antwoordde Odenrick langzaam en met een minachting die Eric versteld deed staan.

'U hebt het mis, ik weet een heleboel. En ik zal niet aarzelen me van die kennis te bedienen.'

'Dat geloof ik graag,' antwoordde Odenrick, terwijl hij weer ging zitten, 'daar ben je goed in. Zo ben je immers ook aan je vrouw gekomen.'

Dat was een stoot onder de gordel die even doelbewust als pijnlijk was. Eric was van plan zijn gedachtegang te voltooien, maar raakte volkomen van zijn stuk. Het verleden keerde met een enorme kracht terug in het heden, en daar was Eric niet op voorbereid. Hoewel het een duidelijke provocatie van de fadux was, kon hij het niet laten erop te reageren.

'Dat is lulkoek,' schreeuwde hij, 'en dat weet u.'

'Oei,' glimlachte de fadux, 'het lijkt erop dat er meer mensen zijn die het nodige weten, en daar gebruik van kunnen maken.'

'Teddy weet het,' zei Eric. 'Hij heeft het altijd geweten.'

'En dat mooie vrouwtje van je?' vroeg Odenrick vriendelijk. 'Weet zij precies wat er is voorgevallen, de dagen voorafgaand aan jullie bruiloft?'

'Ze herinnert zich zeker dat de bewierookte fadux Odenrick de ceremonie voltrok,' zei Eric. 'Daar ben ik van overtuigd. En ze herinnert zich dat de fadux de dag ervoor met ons gesproken heeft. Vermoedelijk zal ze zich het hele gesprek voor de geest kunnen halen, ze heeft een goed geheugen.'

Dat maakte de glimlach van de fadux niet minder neerbuigend.

'Maar weet ze dat het jouw idee was? Begrijpt ze dat Teddy...'

'Teddy was degene die ik voortdurend in gedachten had, en dat weet u!' schreeuwde Eric.

'Weet ik dat?' lachte Odenrick schamper. 'Weet ik dat?'

'En ik weet dat de kleding die u naar de Vuilnisbelt stuurt eigenlijk de Dodenlijst is!' ging Eric verder op dezelfde gespannen toon.

Hij zat nog steeds op het uiterste puntje van de fauteuil. Maar de reden daarvoor was geen respect of nederigheid. De beer was als een opgepompte spier die gewoon wachtte tot hij gebruikt zou worden. Door te onthullen dat hij wist hoe de Dodenlijst naar de Vuilnisbelt werd gestuurd, had hij de fadux tot zwijgen gebracht. Zonder zich ervan bewust te zijn, begon Eric langzaam met zijn bovenlijf heen en weer te schommelen.

'Ik wil dat u twee namen van de lijst schrapt,' zei Eric met ingehouden woede. 'Dat is de kwestie waarom ik vanavond gekomen ben. Ik wil dat u twee van de namen schrapt.'

'Je bent gek,' zei de fadux met zijn blik omlaag naar zijn bureau gericht. 'Je bent compleet gestoord. Wat je vraagt is onmogelijk.'

Hoofdstuk 26

'Alles ziet er verdomme hetzelfde uit,' vloekte Tom-Tom Kraai.

Hij schudde zijn hoofd en probeerde te lezen wat er op het straatnaambordje stond. De oneindige rijen huizen van Amberville gaven hem een ongemakkelijk gevoel, en hij reed langzaam verder.

'Deze paarse is Seamore Mews,' las Sam Gazelle op het bordje. 'Het is de volgende, die turquoise daar.'

Op schoot had hij een bladzijde die hij uit het telefoonboek had gescheurd, waarop hij voor de zekerheid het adres van Uil Dorothy had omcirkeld. Fried Street 24.

Het rook naar kaaszoutjes in de auto. Toen Sam na veel te veel doelloze bochten naar rechts en naar links de kraai gedwongen had te stoppen bij een Springergaast aan de Balderton Street, om nog eens op het kaartje in de telefoongids te kunnen kijken, had Tom-Tom snel een paar zakjes gekocht. Inmiddels had de zurige lucht bezit genomen van de auto, de kraai was oranje om zijn snavel en Sam voelde zich wagenziek.

'Daar,' zei Sam en hij wees naar het volgende bordje dat op exact dezelfde hoogte aan een identieke gevel zat: 'De turquoise, zoals ik al zei. Fried Street.'

Tom-Tom sloeg af.

'Even kijken... nummer 56. Nog een stukje verder, dan zijn we er.'

Tom-Tom reed langzaam en passeerde soortgelijke bakstenen huizen tot hij zachtjes en geruisloos naar de kant reed en langs het trottoir parkeerde. De donkerrode huizenrijen liepen door naar het noorden en het zuiden in een licht glooiend landschap.

Twee verdiepingen hoog, zwarte daken, witte kozijnen, goed onderhouden, zoals overal in Amberville.

Tom-Tom stapte uit op het trottoir, Sam liep om de auto heen en samen haastten ze zich de tien stoeptreden op naar Fried Street 24. Sam belde aan. Ze wachtten een paar minuten en hoorden toen voetstappen omlaagkomen naar de hal, waarna de voordeur door Uil Dorothy werd geopend.

De Storm was net afgenomen, maar de hemel was nog met wolken bedekt.

Dorothy was een versleten uil, een heel oude vogel die nadenkend haar turende blik van de gazelle naar de kraai en weer terug liet glijden. Ze hadden haar gewekt, dat was duidelijk, haar oren zaten in een soort slaapmuts en ze had een ochtendjas om haar dunne lijf gewikkeld. Ze verborg een geeuw achter haar vleugel.

'Goedenavond, schone koningin,' zei Sam in een poging tot zorgeloosheid. 'Ik ben Sam. Onze verontschuldigingen dat we u 's avonds nog storen, maar de goede Eric Beer vroeg ons bij u langs te gaan.'

'Eric Beer?' herhaalde Dorothy argwanend.

De gazelle en de kraai knikten.

Dorothy scheen een ogenblik te overwegen hoe waarschijnlijk die bewering was. Toen nam ze een besluit en deed een stap opzij, waardoor de vreemdelingen voor haar deur in gasten veranderden. Sam stapte binnen en Tom-Tom volgde hem. De oude uil loodste hen met energieke stappen naar de keuken, waar ze hen uitnodigde plaats te nemen aan een rond keukentafeltje, terwijl zij theewater opzette.

'Het is lang geleden dat ik Eric heb gezien,' zei ze. 'Gaat het goed met hem?'

'Hij is mooier dan ooit,' antwoordde Sam.

'Prima,' verklaarde Tom-Tom.

'Iets anders zou me ook verbaasd hebben,' knikte Dorothy. 'Gebruiken jullie suiker of melk in de thee?'

'Alleen melk, graag,' antwoordde Sam beleefd.

'Ik bedank,' zei Tom-Tom. 'Thee is niet...'

'Wil je dan iets anders hebben?'

'Nee, nee, het is goed zo.'

Tom-Tom voelde zich bezwaard dat de oude dame, die ze straks de stuipen op het lijf moesten jagen, hen zo vriendelijk behandelde. Als hij niets te drinken van haar aannam, zou hij haar straks beter kunnen bedreigen, redeneerde hij.

Dorothy gaf Sam een kop thee en zette een glas water neer voor Tom-Tom. Toen ging ze tegenover hen aan de keukentafel zitten.

'Ik weet niet hoe ik het zeggen moet,' begon Sam Gazelle.

'Zeg het maar gewoon,' stelde Dorothy voor. 'De dingen zijn zoals ze zijn.'

'Ja, maar dit is bijzonder,' zei Sam. 'En het klinkt vreemd om het zomaar te zeggen.'

'Zeg het maar,' herhaalde Dorothy. 'Ik ben oud, ik kijk niet snel meer ergens van op.'

'Ja, maar... hiervan waarschijnlijk wel. Het is iets waar je niet graag over praat. En het voelt een beetje vreemd... om het zomaar te zeggen.'

'Zeg het nu maar,' zei Dorothy voor de derde keer. 'Over een paar minuten is het niet gemakkelijker.'

'Ja, zeg het toch,' stemde ook Tom-Tom geïrriteerd met haar in, 'anders zeg ik het.'

Sam stak een hoef op. Het was beter dat hij het zei, dan dat die domme kraai het woord nam.

'Best mevrouwtje, we hebben het origineel van de Dodenlijsten van de fadux nodig,' zei hij.

Het hoge woord was eruit. Uil Dorothy reageerde niet met verbazing of ontsteltenis. Ze keek alleen volkomen onbegrijpend.

'Sorry,' zei ze. 'Ik geloof niet dat ik je begrepen heb.'

'De Dodenlijsten,' herhaalde Sam. 'We weten hoe het in zijn werk gaat. Alles wat de fadux met de hand schrijft, typt u uit.'

'Dat klopt,' zei Dorothy, niet zonder trots. 'Dat heeft met het handschrift van de fadux te maken. Jullie begrijpen dat het, ondanks alle scholing en wijsheid die de pinguïn bezit, vrijwel onmogelijk is om zijn handschrift te ontcijferen. Het heeft jaren geduurd voor ik zijn "j" duidelijk kon onderscheiden van zijn "g". Om nog maar te zwijgen van het kleine streepje dat de "h" van de "n" onderscheidt. Maar in de loop der tijd leer je dat, en...'

'Het spijt me,' onderbrak de gazelle haar, 'dat is zeker een fraaie kunst. Maar we hebben een beetje haast. Het origineel van de Dodenlijsten?'

'De Dodenlijsten?' herhaalde Dorothy. 'Dat klinkt griezelig. Dachten jullie dat dat iets is waar fadux Odenrick zich mee bezighoudt? In welk verband dan wel, als ik vragen mag?'

'Mevrouwtje, u weet waar ik het over heb,' zei Sam.

'Het spijt me verschrikkelijk,' zei Dorothy, 'maar ik kan niet zeggen dat ik...'

'Ja, maar verdorie,' bulderde Tom-Tom. 'We hebben haast, mens. Haal die verdomde lijsten tevoorschijn, anders zal ik erop toezien dat je... die verdomde lijsten tevoorschijn haalt.'

'O jee,' zei Dorothy met een ontstelde blik.

'Precies,' zei Sam, zonder enig enthousiasme.

Het was duidelijk dat de oude uil bang was. Ze keek verschrikt naar Sam en knikte als een bezetene, haar korte snavel deinde op en neer als een dobber op de golven.

'Nou?' zei Sam.

Maar Uil Dorothy leek in een soort stuip van angst en verwarring te zijn terechtgekomen, en behalve het geknik gaf ze geen enkele reactie.

Sam keek naar Tom-Tom, die zijn vleugels ophaalde om aan te geven dat hij niet wist wat ze moesten doen.

'Hebt u hier een werkkamer, mevrouwtje?' vroeg Sam. 'Laat ons eens zien waar u meestal zit, waar u aan de dingen van de fadux werkt.'

De verandering van toon had enig resultaat. Dorothy leek uit haar stuip te komen. Wanhopig schudde ze haar hoofd, ze mompelde iets in de trant van dat ze niet wist waar ze het over hadden, en vervolgens stond ze op van de keukentafel en loodste hen naar haar werkkamertje, dat naast de keuken lag. Het was er overdreven ordelijk. Keurige stapeltjes correspondentie, schrijfwerk en gearchiveerd materiaal lagen op het bureau en in de schappen ernaast.

'Juist ja,' barstte Tom-Tom triomfantelijk uit toen hij al die handgeschreven papieren zag in de onleesbare stijl die de uil daarnet had beschreven.

Sam ging op de bureaustoel zitten, Dorothy stond naast hem en probeerde nerveus uit te leggen wat de bedoeling was van de verschillende stapeltjes, terwijl ze met toenemende ontzetting toekeek hoe Sam in haar papieren zat te graven, zonder rekening te houden met de ordening.

'Rommel,' zei hij na een poosje. 'Dit is gewoon rommel. Waar zijn de namenlijsten?'

'Wat?' zei Dorothy. 'Ik weet niet waar jullie het over hebben. Welke namenlijsten? De enige namenlijsten die ik heb zijn lijsten van catechisanten en... wacht even, gasten die morgenavond bij de fadux thuis zijn uitgenodigd. Willen jullie misschien die uitnodigingenlijst hebben?'

'Zou dat een of andere verdomde code kunnen zijn?' zei Tom-Tom uitgekookt.

'Laat maar zien wat je hebt,' zei Sam. 'Maar probeer ons niet voor de gek te houden.'

'Ik wil niemand voor de gek houden,' zei Dorothy en ze boog voorover om de uitnodigingenlijsten voor morgen uit een van de laden van het bureau te pakken.

De kraai en de gazelle renden met twee treden tegelijk de stoep af, op weg naar de auto. Dorothy stond hen in de deuropening na te kijken.

Er zat een zwerver op het trottoir tegen de grijze Volga geleund. Er waren niet veel daklozen in Amberville, en het was haast ongelooflijk dat een van hen vanavond het pad van Sam en Tom-Tom zou kruisen.

Toch gebeurde het.

Het was een lama. In het schijnsel van de straatlantaarns wierp de auto een schaduw over zijn bovenlijf, en ze zagen alleen zijn benen, die uitgestrekt over het trottoir lagen. Toen ze dichterbij kwamen, zagen ze dat de lama lang, harig en vuil was en half rechtop tegen het voorwiel van de Volga leek te zitten slapen.

Zonder een woord te zeggen maakte Tom-Tom vaart en hij rende voor Sam uit. Een paar seconden later was hij bij de auto, waar hij de lama bij zijn schouders pakte en omhoogtrok. Misschien ontwaakte de lama, misschien kreeg hij de kans niet om bij zinnen te komen voor Tom-Tom, met alle kracht die hij in zich had, hem met zijn hoofd naar voren tegen het trottoir kwakte.

Dat was voldoende geweest om ervoor te zorgen dat de lama die nacht niet meer wakker zou worden.

Toen zijn zachte schedel de stoeptegels raakte, was dat nauwelijks te horen, maar toen de kraai de poten van de lama vastpakte en het dier pardoes tegen de zijkant van de Volga slingerde, klonk het duidelijke maar weinig dramatische geluid van een naad die knapte.

De lama bleef naast de auto liggen, en Tom-Tom ging wijdbeens over het bewusteloze lijf heen staan.

Sam schreeuwde.

'Kraai! We moeten gaan!'

Maar Sams woorden waren niet meer dan een zacht gesuis in de oren van de kraai, als een briesje in een loofboom. Met zijn voet schopte Tom-Tom tegen het levenloze lijf, waardoor de lama op zijn rug rolde en de scheur onder zijn rechterarm zichtbaar werd.

Tom-Tom viel op zijn knieën en drukte zijn vleugelveren in de opening. Hij groef zo diep als hij kon en rukte de vulling uit de lama met een bezetenheid die Sam de andere kant op deed kijken. Het rukken en trekken in het binnenste van de lama ging door tot vrijwel alle katoen in hoopjes naast het dier op het trottoir lag.

Toen had Tom-Tom geen puf meer, en langzaam kwam hij overeind, waarna hij instapte. Sam sprong aan de passagierskant in de auto en zwijgend reden ze weg.

De hemel was allesbehalve helder, maar hier en daar konden ze toch het maanlicht zien dat door de scheuren in het wolkendek viel.

Ze hadden haast.

Emma Konijn

Magnus, wat ben ik het wachten zat! Ik weet dat dit een wachtkamer is en dat je hier moet wachten, maar dat doet er niet toe:
ik ben het wachten beu. Bovendien is het een trieste verzameling
dieren die hier zit; zo was het de vorige keer in de wachtkamer
van dokter Sharm en zo is het nu weer. Op de bank bij het aquarium, op de stoelen bij de volle salontafel, overal ouwe wijven
die weigeren te accepteren dat de tijd doortikt, dat ze niet meer
de jongste zijn, dat hun vacht zijn beste tijd heeft gehad. Niet
dat ikzelf zoveel beter ben, dat wil ik niet zeggen. Maar dat is
toch een beetje anders; ik ben nog geen veertig en afgezien van
mijn knieën zie ik er niet slecht uit. Je zou me ook dertig kunnen
geven. Misschien zelfs wel vijfentwintig, op een avond dat ik me
heb opgemaakt. Dat mens dat naar die guppy staat te staren kan
onmogelijk jonger zijn dan vijfenzestig, wat denkt ze wel niet?
Dat ze nog net zo jong moet ogen als toen ze vijftig was? Het
is tragisch. Als ik vijftig ben, hoop ik dat ik waardig oud ben geworden. Ik zal mijn hoofd hoog houden, me kleden als een dame
en niet proberen me vast te klampen aan mijn jeugd alsof ik daar
nog niet klaar mee was. Alsof mijn jeugd nog niet geleefd is en
grondig en volledig is onderzocht. Ik ben geen knuffeldier dat
terugkijkt. Wat geweest is, is geweest en komt nooit meer terug.
Ik kan die dieren niet begrijpen die rondlopen en maar blijven
doorzeuren over alles wat ze is aangedaan, en die verbitterd zijn
over dingen die gebeurd zijn, dingen waar je toch niets aan kunt
doen.
Wachten.
Nee, ik ben nog niet aan de beurt. Het is de beurt van die

verwaande leeuw die vlak voor de deur stond. Ik vraag me af wat zij hier komt doen? Kent ze de dokter misschien? Ze zou wel een nieuwe staartpunt kunnen gebruiken, maar ik vraag me af of ze dat zelf al heeft ontdekt. Als je je ogen sluit voor de rotzooi, zie je hem niet. Een van de wijsheden van papa. Hij smijt met duizenden van dat soort zelfverzonnen uitdrukkingen die als wijsheden klinken, maar in feite onzin zijn. Ik kende ze allemaal uit mijn hoofd en telkens als ik ze hardop herhaalde, werd mama woest. Het is nooit een geslaagde combinatie geweest, mama en papa. Ze is te... gewoon voor hem. Hoewel ik me gemakkelijker kan voorstellen dat hij het met haar uithoudt, dan omgekeerd. Waarom heeft ze het laten voortduren, jaar in, jaar uit? Ik zou dat niet kunnen. Ik zou gezegd hebben waar het op stond. Maar het is duidelijk, diep van binnen moet ze bang zijn geweest. Wie is dat niet? Hij ziet er niet uit, maar schijn bedriegt. Zou hij haar hebben bedreigd? Gezegd hebben dat hij, als ze hem zou verlaten iets... nou ja, iets vervelends zou doen? Soms hoorde ik hem terwijl hij het niet in de gaten had. Als hij op kantoor was en ik net naar binnen wilde gaan, maar buiten bleef wachten, omdat ik had gehoord dat hij niet alleen was. De eerste keer dat het gebeurde, was ik nog piepklein. Ik heb het altijd geweten. Lang voordat mama wist dat ik het wist. Papa is goed in dreigen. Het is onderdeel van zijn werk, zogezegd.

Wachten.

Nu?

Nee. Nu ook niet. Telkens wanneer de verpleegster iemand komt roepen, denkt iedereen die in de wachtkamer zit dat hij aan de beurt is. Maar we moeten wachten. Ik haat wachten. Die gedachte heb ik al heel vaak gedacht vandaag. Ik haat wachten. Het behang in de wachtkamer is groen met dunne witte strepen. De ruimte heeft een vrij laag plafond. Aan de straatkant zitten twee kleine ramen. De gesloten deur van de spreekkamer van de dokter blijft gesloten. Hij trotseert onze blikken. Als de deur naar het trappenhuis opengaat en er een nieuwe patiënt binnenkomt, kijken we die allemaal boos aan. We willen de aandacht van de dokter helemaal voor onszelf hebben. We willen niet delen. Ik wil dat in elk geval niet. Ik heb altijd al een zwak voor artsen gehad.

Ooit heb ik als verpleegster gewerkt. Dat is lang geleden, en ik heb het amper een jaar gedaan. Maar ik heb mijn andere baantjes nooit zo lang kunnen houden, geen echte banen in elk geval. Bovendien was dat het langste jaar van mijn leven. Het was papa's idee, iets anders zal ik niet beweren. Hij kwam met dat voorstel op een dag dat hij boos was omdat hij vond dat ik te veel geshopt had. Hij vindt altijd dat ik te veel shop. Ik heb heel wat vriendinnen die erger zijn dan ik, maar dat kan hem niet schelen. Je zou kunnen zeggen dat dat baantje als verpleegster in eerste instantie geen voorstel, maar eerder een dreigement was. Gewoon nog een dreigement. Maar er was iets waardoor hij het onthield en later die avond, toen hij gekalmeerd was, bracht hij het opnieuw ter sprake. Het zou nuttig voor me kunnen zijn, beweerde hij, om een fatsoenlijke baan te hebben. En dan ook nog binnen de zorg. Ik weet niet meer of hij het woord 'karaktervorming' gebruikte, maar ik ga ervan uit dat hij zo dacht. Ik had het te gemakkelijk gehad in mijn leven, en het was tijd voor een beetje weerstand. Dat ik het in mijn leven te gemakkelijk had gehad, was een van de weinige dingen waar mama en papa het over eens waren. Veel gemakkelijker dan zij. Ik had moeite te begrijpen waarom dat mijn schuld zou zijn, maar nu moest ik bestraft worden. Mama was in extase. De volgende dag al regelde papa een plek voor mij en gingen we naar het ziekenhuis voor een gesprek met de directeur. Ik hoef misschien niet te vertellen dat ik er zwaar op tegen was. Ik had iets met een vink die een verpleegstersuniform wel sexy vond, maar dat was dan ook het enige leuke aan het voorstel. In mijn onnozelheid dacht ik dat papa wel op andere gedachten zou komen als hij begreep wat het allemaal zou inhouden. Ik dacht dat het nog steeds voornamelijk een dreigement was, en dat ik er wel onderuit kon komen als ik beloofde op te houden met shoppen. De directeur van het ziekenhuis, een dokter van wie ik de naam al was vergeten op het moment dat we er weggingen, nam de taken met ons door. Naar wat ik ervan begreep ging het niet alleen om zieken verzorgen, maar zou ik minstens evenveel tijd als een soort wasbeer moeten fungeren, en in de auto terug naar huis probeerde ik papa op andere gedachten te brengen. Omdat het als het ware beneden onze waardigheid was. Maar hij meende precies het tegenovergestelde, en hij glimlachte tevreden bij de gedachte aan al dat schrobben en boenen en wassen en stoffen en dragen en zwoegen waar het om ging. Toen rook ik onraad. Ik begon te snappen wat er te gebeuren stond. Dat ik moest gaan werken. De hele week protesteerde ik fel. Ik sprak niet meer, at niet meer, gilde dat ze een stel idioten waren, maar niets hielp. Volgens mij was dat de enige keer dat mama en papa het met elkaar eens waren. Sindsdien...

Wachten.

Nu, misschien?

Ja, nu ben ik eindelijk aan de beurt.

De volgende wachtkamer. Achter de deur waar ik dacht dat dokter Sharm zijn spreekkamer had, is een kleinere ruimte, met hetzelfde groene behang, maar met slechts één zitje.

Hierbinnen zitten twee verpleegsters achter een lage receptiebalie, en er is één wachtend dier voor me. Ik zit er samen met de leeuw, die nog steeds doet alsof ze me niet ziet. Het moet heerlijk zijn om volkomen in je eigen kleine luchtbel te leven. Te zijn zoals zij, zozeer vervuld van zichzelf dat ze zich niet om anderen hoeft te bekommeren. Ik vraag me werkelijk af wat ze hier doet. Zou ze misschien een echte ziekte hebben? Maar dokter Sharm ontvangt geen zieken, alleen ijdele dieren zoals wij. De leeuw weet dat ik naar haar kijk, dat moet ze wel voelen, maar ze draait haar hoofd een beetje naar rechts en kijkt door het raam naar buiten. Dat profiel... Ik ken haar! Ik ken haar ergens van, maar ik kan er niet op komen waarvan. Het schiet me vanzelf wel te binnen. Lang gewacht en stil gezwegen, maar met wat actie eerder gekregen, zoals papa altijd zegt. De twee verpleegsters achter de balie ritselen met hun papieren. De ene is een struisvogel, de andere zou een hyena of een hond kunnen zijn, of wellicht een soort beer. Ik ben niet goed in diersoorten, dat ben ik nooit geweest.

Op de salontafel liggen een paar kranten. Ik pak er een en blader er wat in. Dit is wachten. Ik haat wachten. Aan de muur achter de verpleegsters in de receptie hangt een groot schilderij. Expressionisme, of wat het ook is. Penseelstreken in een kleurenexplosie. Kunst heeft me nooit kunnen boeien. Ik weet niet hoe ik ooit op dat idee van een atelier ben gekomen. Het ene leugentje om bestwil leidde tot het andere en daarna, huppekee! was ik een kunstenares met een atelier. Dat was perfect. Ik hoefde geen zogenaamde vrienden te verzinnen, ik hoefde geen smoesjes bij elkaar te liegen over echte vrienden die me achteraf zouden kunnen ontmaskeren. Ik ben geen huiselijk type, nooit geweest ook, en toen ik het atelier eenmaal had besefte ik dat het precies was wat ik nodig had. Ik was vrij. Ik kon komen en gaan wanneer ik wilde. Zo omzeilde ik allerlei eisen, ik had altijd een geldig excuus als papa me wilde zien of als... ik iemand wilde ontmoeten. Het leven met Eric Beer was en is misschien niet het spannendste van de hele wereld, maar de vondst om kunstenaar te zijn bood en biedt me alle mogelijkheden.

De eerste keer dat Eric wilde langskomen om te kijken... betekende een paar uur paniek. Eerst moest ik een appartement zien te regelen. Papa heeft er een aantal in de stad – ik wil niet weten waarom of waarvoor hij die gebruikte. Maar ik mocht er een betrekken dat kon doorgaan voor een kunstenaarsatelier. Vervolgens rende ik een hele ochtend rond in Lanceheim waar ik in elk antiquariaat dat ik tegenkwam schilderijen kocht. Ze dachten dat ik gek was. Ik vroeg de antiquairs de schilderijen, de doeken dus, eruit te snijden, omdat ik de lijsten niet hoefde. Sommigen weigerden, maar de meesten deden waar ik om vroeg, omdat ik niet probeerde te pingelen. Hup, in een taxi en terug naar het kersverse kunstenaarsatelier in de buurt van Swarwick Park. Daar zette ik de doeken netjes neer op ezels die ik ook in een antiekwinkel had gevonden, en het zag er heel echt uit.

Ik haalde opgelucht adem en ging op de bank zitten die papa waarschijnlijk had aangeschaft, want hij was van leer, reusachtig groot en zwart, helemaal zijn smaak, maar toen zag ik het. Over precies een halfuur zou Eric op de stoep staan, maar er waren geen penselen of verf in mijn zogenaamde atelier. Snel ging ik weer de stad in, en heel toevallig ontdekte ik in het voorbijrijden een winkel met schildersbenodigdheden aan de lichtblauwe Up Street. De winkel in, waar ik een ware strooptocht hield, en toen weer terug naar het appartement. Ik maakte het plaatje van een hardwerkende kunstenares die volledig opgaat in haar nieuwe meesterwerk compleet door wat verf op mijn broek te 'morsen'. Het volgende moment belde Eric aan. Het was toch een oude broek.

Ik heb nooit iets tegen Eric Beer gehad. Daar gaat het niet om. Hij is een lieve beer met sociale ambities en ik geef hem extra geloofwaardigheid door te doen alsof ik kunstenares ben. Dankzij mij wordt hij minder oppervlakkig. Zo wint hij aan diepte en gewicht. Dat bied ik hem graag. Hij stoort me niet, hij kookt op de avonden dat hij thuis eet en als hij schoonmaakt, schudt hij de kussens van de bank op, iets waarvan ik bij dezen toegeef dat ik het nog nooit heb gedaan.

'Isabelle Leeuw,' roept de hond of hyena achter de receptiebalie.

Isabelle Leeuw. Als ze opstaat en zonder me een blik waardig te keuren naar de deur links van de receptie loopt, schiet me te binnen waar ik haar van ken. Haar man heeft een paar jaar geleden geld geleend van papa. Ze kregen trammelant, ik herinner me niet precies wat het was, maar het leek slecht te zullen aflopen. Ik heb haar en haar mannetje op papa's kantoor gezien, niet één maar twee keer. Leeuw opent de deur, ze gaat de spreekkamer van dokter Bij Sharm binnen en negeert mij volkomen. Met andere woorden, ze heeft mij ook herkend.

Ik heb nooit iets tegen Eric Beer gehad. Hij foetert me niet uit omdat ik te veel shop, ook al shop ik te veel, hij snuffelt niet aan me of ik niet naar de aftershave van andere mannetjes ruik. Hij stoort me niet, en ik kan mijn leven vergooien, precies zoals ik dat zelf wil. Dat zijn de woorden van mama. Je vergooit je leven, zegt ze, omdat ik niet kan laten zien dat ik feitelijk iets doe over- dag. Maar desondanks gaan de dagen voorbij. Ik ga naar de stad, winkel een beetje, ontmoet vriendinnen en ga lunchen. Soms heb ik een flirt voor de lol, soms niet. Soms willen mama en papa dat ik ergens mee naartoe ga, soms niet. Maar Eric eist niet veel, alleen dat ik me zijn vrouw noem. Dat vind ik geen probleem...

Nu.

Eindelijk ben ik aan de beurt.

Dokter Bij Sharm is zoals zijn naam al aangeeft een piepklein knuffeldier, het kleinste dat ik ooit heb gezien. In een witte jas zit hij achter een groot bureau; hij glimlacht breed als ik binnen- kom. Afgezien van de gebruikelijke brancard aan de lange kant van de kamer is er hierbinnen niet veel wat aan een ziekenhuis doet denken. Geen anatomische wandplaten of enge instrumen- ten van roestvrij staal, waar ik het altijd Spaans benauwd van krijg. Ik ga zitten op het krukje dat hij aanwijst, en als hij vraagt waarvoor ik kom, vertel ik het hem.

'Ik kom voor mijn knieën, dokter,' zeg ik.

'Aha,' zegt de dokter vriendelijk en hij springt van zijn stoel.

Hij verdwijnt achter zijn bureau, maar komt vervolgens de hoek om wandelen. Hij kan amper bij mijn knieën. Ik kan het niet helpen, maar ik buig voorover om te kunnen zien wat dat kereltje van plan is daar beneden. Hij schijnt de beste in de stad te zijn. Anders zou ik hier ook niet komen.

'Naar mijn bescheiden mening,' zegt dokter Sharm, 'hebt u erg mooie knieën, mevrouw Konijn. En ik betwijfel of het zinvol is om ze nu al te vullen of op te poetsen.'

'Maar, maar...' stotter ik, want ik ben verbijsterd dat een dier mijn geld niet lijkt te willen hebben, terwijl ik meer dan bereid ben het hem te schenken, of hem in elk geval royaal te betalen voor een kleine dienst.

'Er zijn kunstvezels,' onderbreekt dokter Sharm mij, 'die heel natuurgetrouw zijn, en waarmee ik absoluut de... vlakke gedeelten van uw knieën kan opvullen. Maar ik ben er niet zeker van dat het resultaat echt geslaagd zal zijn, want er gaat niets boven originele beharing.'

'Niet geslaagd?' herhaal ik, en ik weet dat het geïrriteerd klinkt, maar ik kan er niets aan doen. Als dit doktertje, dat het beste van de stad schijnt te zijn, beweert dat hij zelf niet weet of het resultaat wel goed zal zijn, wie moet het dan weten? Niet geslaagd? Wat is dat voor onzin?

'Ach, mevrouw,' zegt dokter Sharm, 'hoe graag we het ook zouden willen en ondanks alle vooruitgang, de medische ontwikkeling en het medisch onderzoek staan in feite nog in de kinderschoenen. We geloven dat we wijzer worden, ons onderzoek beweegt zich langs een kronkelend pad, maar we kunnen dingen nog steeds niet precies weten.'

Ik ben met stomheid geslagen. En tegelijk zou ik niet verbaasd moeten zijn. Mijn eigen ervaring binnen de gezondheidszorg is net zo. In Lakestead House liepen allerlei dokters met witte jassen en diepe rimpels in hun voorhoofd rond, die met een zorgelijke blik naar je keken, zodat je ze vertrouwde en tegelijkertijd een beetje bang voor ze was. De meesten in Lakestead woonden daar al hun hele leven, en zouden daar blijven wonen tot de rode pick-up hen kwam halen. Ze waren er bijna allemaal in verband met psychische klachten. De artsen waren een gevaar voor de gezondheid. Je wist nooit wanneer ze zouden komen met een spuit of een ideetje over een kleine ingreep die misschien zou helpen. De eerste tijd was ik doodsbang. Zo'n respect had ik voor hen. De laatste maanden wist ik dat de artsen gekker waren dan de patiënten. En geloof mij, de patiënten waren gek. Knettergek. Ik moest er drie verzorgen, een adelaar die dacht dat hij kon vliegen, een roze das die dacht dat hij generaal was en Teddy Beer, die zat te zeuren over zijn strijd tegen het kwaad. Ik ontmoette Eric Beer toen hij Teddy kwam bezoeken in Lakestead, dus Teddy leerde ik het eerst kennen. Vergeleken met alle andere gekken was het gemakkelijk om hem aardig te vinden. Weliswaar hoorde hij thuis in het tehuis, maar als je je tot het juiste gespreksonderwerp beperkte, was hij helemaal niet zo vreemd. Niet zo vreemd als de anderen, in elk geval. En dan reken ik het personeel ook mee. Minimaal drie keer per dag trof ik Teddy. Ik bracht hem ontbijt, nam hem 's middags mee voor een wandeling en zag erop toe dat hij voor het slapengaan zijn tabletten innam. Vooral tijdens die wandelingen voerden we hele gesprekken. Over van alles en nog wat, hoog en laag. Hij vertelde natuurlijk wel wat over zijn familie, en door Teddy kreeg ik belangstelling voor Eric. Hij klonk spannend. Gevaarlijk. Ik hou van gevaarlijke mannetjes.

'Vijfentwintigduizend,' zegt dokter Bij Sharm. 'Maar, als gezegd, ik kan niet garanderen dat het goed zal lukken. Als ik u was, zou ik nog een paar jaar wachten tot de vacht rondom de knieën een beetje minder... levendig is.'

Maar je bent mij niet, bijtje, dacht ik. Maar in plaats daarvan zeg ik hardop: 'Oké, maar ik heb zoveel goede verhalen over u gehoord, dokter Sharm, dat ik dat risico voor lief neem. Kan ik een afspraak maken voor de ingreep?'

De dokter knikte en verwees mij terug naar de receptie.

Elk weekend had ik vrij en ging ik naar huis, naar papa en mama in Amberville. Vanuit Hillevie en Lakestead in de stad komen was zo'n bevrijding dat de terugreis op maandagochtend een ware marteling was. Ik zeurde dat ik wilde stoppen. Elk weekend zeurde ik erover, maar papa was keihard. Nu hij me eindelijk een baantje had bezorgd, zei hij, moest ik bewijzen dat ik het kon volhouden. En op een keer toen ik weer eens tegen hem zat te zeuren en probeerde te beschrijven hoe ongelooflijk beroerd ik het als verpleegster had, noemde ik toevallig de naam van Teddy Beer. En wie Teddy's moeder was. Dat veranderde alles. In plaats van mij en mijn gezeur, zoals gewoonlijk, weg te wuiven alsof ik een fruitvliegje was, was papa plotseling enorm geïnteresseerd. Eerst begreep ik niet waarom, maar later begreep ik het. Edda Neushoorn. Een contact dat regelrecht naar het binnenste politieke netwerk van Mollisan Town leidde, bood geweldige mogelijkheden voor papa. Nu zou ik helemaal niet meer mogen opzeggen. Ik was woedend op mezelf en vroeg me af hoe ik zo stom had kunnen zijn. Was alle waanzin bij Lakestead misschien toch besmettelijk? De maandag erna bracht papa mij persoonlijk naar de bus, en hij maakte het me heel duidelijk dat ik goed voor Teddy moest zorgen.

Wat er daarna gebeurde, kon ik niet helpen. Ik weet eigenlijk niet eens precies hoe het zo kwam. Ik heb geen belangstelling voor politiek en ik ben niet geïnteresseerd in slimme plannen en lange, ingewikkelde gedachtereeksen. Soms denk ik dat mijn ouders daarom bij elkaar blijven. Ieder voor zich lijken ze een mateloze fascinatie voor dat soort redeneringen te hebben. Stel dat Zij dit doet, dan zal Hij dat doen, wat ertoe leidt dat Zij zus doet, terwijl haar Neef zo doet. Van die oneindige speculaties over de toekomst van mensen. Het kan mij geen moer schelen waar anderen mee bezig zijn, wat mij betreft mogen ze doen wat ze willen, en als het om de tweeling Beer gaat is het gewoon zo gelopen als het is gelopen. Ik kon het niet helpen dat ze allebei verliefd op me werden.

Dat Teddy Beer beweerde dat hij van me hield, was geen verrassing. Dat hoorde bij zijn ziektebeeld, zeiden de artsen. Ik wist niet goed wat ik moest doen toen Teddy mij de liefde verklaarde, dus ik vroeg de artsen om advies. Ze glimlachten verlegen en wierpen elkaar een samenzweerderige blik toe; tegen mij zeiden ze verontschuldigend dat ik Teddy's liefdesbetuigingen niet serieus moest nemen. Hij hield niet zozeer van mij, Emma Konijn, maar meer van datgene waar ik in zijn verbeelding voor stond. Hij had mij aangewezen als een soort symbool van goedheid en zachtheid, veiligheid en troost, dat zeiden de artsen althans. Het enige wat ik kon doen was de patiënt gelijk geven, adviseerden ze mij. Dat gold voor iedereen die was opgenomen in Lakestead House. Conflicten vermijden, toegeven aan hun eigenaardigheden of ze negeren. Dus werkte ik gewoon door. 's Ochtends maakte ik Teddy's bed op, waarna ik zijn kamer schoonmaakte. Ik zag erop toe dat hij zijn tabletten innam en zijn eten binnenkreeg. Ik luisterde naar al zijn gedachten en was het meestal met hem eens. Maar niet op een treurige, passieve manier – integendeel, ik nam graag aan de gesprekken deel. Teddy had gevoel voor humor en was eigenlijk heel wijs. Maar als hij zich begroef in vreemde redenaties over goed en kwaad probeerde ik hem af te leiden. Vaak slaagde ik daarin. Wat ik het moeilijkst vond om wijs uit te worden, was als hij zijn eigen leven verwarde met dat van zijn tweelingbroer. Dan moest ik me echt concentreren om niet iets doms te zeggen. Eric Beer kwam elke week een keertje bij Teddy op bezoek, en vaak praatte Eric over zijn werk. Ik kon er niets aan doen dat ik hun gesprekken opving, ze fluisterden dan ook niet en probeerden niet geheimzinnig te doen. En als Eric dan weer weg was, kon Teddy later die dag herhalen wat Eric had gezegd, alsof het zijn eigen woorden waren. Hij leende simpelweg Erics leven. Ik wist precies waarom ik me juist daarbij zo ongemakkelijk voelde. Het was het duidelijkste teken hoe ziek Teddy eigenlijk was, en dat maakte al mijn gesprekken met hem natuurlijk minder... interessant.

In de receptie maak ik een nieuwe afspraak met de hond, die – daar ben ik tenminste vrij zeker van – eigenlijk een soort panda is. Het is geen vervolgafspraak, maar een afspraak voor de feitelijke ingreep. De panda en ik prikken een datum begin september. Ik zie geen spoor meer van de hooghartige leeuw. Maar ik volg haar voorbeeld en steek mijn neus in de wind als ik de dieren in de eerste wachtkamer passeer. Ik zie de wachtenden in de zitjes of bij het aquarium niet, maar staar strak naar de buitendeur. Een paar seconden later loop ik de trap af naar de straat. Ik kan niet zeggen dat het een goed gevoel geeft te worden verward met de oude versleten wrakken die in de wachtkamer van dokter Bij Sharm zitten. Het is een bevrijding om daar weg te gaan.

Maar ik moet mijn gedachtegang voltooien. Dat Teddy Beer verliefd werd, was niet zo vreemd en niet iets om serieus te nemen. Dat Eric Beer ook verliefd op me werd, was... vreemder. Zelf was ik nog nooit verliefd geweest. Niet toen ik klein was en op school zat, en ook niet daarna. Ik weet niet waarom. Er is een tijd geweest dat ik daar verdrietig over was; ik voelde me buitengesloten en op een vervelende manier anders. Maar uiteindelijk moet je jezelf accepteren zoals je bent. Met je goede en je slechte kanten, zou Teddy hebben gezegd. Omdat ik geen romantisch type ben, roep ik ook geen erg romantische gevoelens op bij dieren in mijn nabijheid. Nou ja, af en toe natuurlijk wel. Ik ben niet lelijk. Maar Erics hofmakerij verraste me. We kenden elkaar niet, hij had me alleen gezien als ik Teddy verzorgde in Lakestead en ik vermoedde dat Erics interesse vooral gewekt was door Teddy's beschrijvingen van mij. Andersom was dat immers ook het geval. We groetten elkaar, wisselden een paar woorden als we elkaar in de gangen van de verpleegafdeling tegenkwamen, meer was het niet. Toch vroeg hij me mee uit, en toen ik niet onmiddellijk antwoordde, maakte hij mij zo brutaal het hof dat ik verbluft was. We stonden in de ontmoetingsruimte op de eerste verdieping, waar de patiënten soms 's middags koffiedronken. Hij en ik waren de enigen daar. Hij was onbeschoft en vasthoudend, maar tegelijk ook heel schattig en hij rook lekker. We gingen een paar keer uit. Meer was het niet, een tijdverdrijf in mijn eentonige en drukke werkzame leven, waar papa me niet uit wilde laten ontsnappen. Hoe ik ook klaagde en vloekte, elke maandag stuurde hij me terug naar Lakestead.

Uiteindelijk kreeg ik een inval. Ik wil niet beweren dat het mijn eigen geniale plan was, maar toen Eric Beer na een paar maanden een huwelijksaanzoek deed – dat op zijn zachtst gezegd als een verrassing kwam –, besefte ik dat dit mijn redding zou kunnen zijn. Als ik op zijn aanzoek inging, zou ik immers mijn verpleegstersbaantje kunnen opzeggen. Papa zou staan te juichen, zijn enige welp zou introuwen in het ministerie en daarmee zou ik meer tot stand hebben gebracht in mijn leven dan hij ooit had durven hopen. Uiteraard kon ik al het geheimzinnige gedoe dat zou volgen niet voorzien. Papa was ervan overtuigd dat Eric de verloving zou verbreken als hij erachter kwam wie mijn vader was – terwijl ik overtuigd was van het tegendeel. Maar het ging zoals papa het wilde, zoals gewoonlijk. Ik zei dat mijn vader dood was.

Hoe het kwam dat Teddy me twee dagen na Eric ten huwelijk vroeg, weet ik nog steeds niet. Ze waren weliswaar een tweeling, dus misschien was het toeval. Of misschien had Teddy gehoord wat er gebeurd was, en wilde hij niet voor zijn broer onderdoen. Als er iets is waar ik spijt van heb... of misschien niet, maar als er iets is waar ik niet zo ongelooflijk blij mee ben, dan is het die hele schertsvertoning met Teddy. Het gaf me geen goed gevoel om te doen alsof. Maar alle artsen zeiden dat ik het moest doen en ook Eric vond dat ik het moest doen, natuurlijk; papa dreigde met van alles en nog wat als ik er niet voor zorgde dat ik met een van de welpen van de Neushoorn voor het altaar belandde. Ook de dux was ervoor. We hielden Teddy voor de gek. Pinguïn Odenrick voerde een toneelstukje op. Urenlang zat hij ernstig met Teddy en mij te praten, alsof hij ons werkelijk zou trouwen. Later die dag werd de hele procedure herhaald, maar dan met Eric en mij. Het was akelig. Vooral omdat de broers een min of meer identiek uiterlijk hebben. Odenrick leek het allemaal erg grappig te vinden. Eric dacht dat ik het omwille van Teddy deed. Maar ik deed het vooral voor mezelf, en een beetje voor papa. Ik trouwde met Eric, ik hoefde niet meer in Lakestead House te werken en Eric kwam nooit te weten dat hij met de welp van een gangsterkoning getrouwd was.

Ik had nooit gedacht dat ons huwelijk zo lang stand zou houden. Zelf beschouwde ik het vooral als een manier om geen verpleegster meer te hoeven zijn. Misschien is het niet misgegaan omdat ik me er nooit echt om heb bekommerd. Af en toe als ik met mijn vriendinnen praat, denk ik dat het zo zou kunnen zijn. Alle anderen lijken zo vervuld van hun liefdes. Ze trekken zich bedrog heel erg aan – zowel dat van henzelf als dat van hun partners. Mij kan het geen moer schelen – het een noch het ander.

Mijn leven functioneert goed. En na een opfrissertje voor mijn knieën heb ik helemaal niets te klagen.

Hoofdstuk 27

Door het raampje in de kamer van fadux Odenrick kon Eric Beer zien dat de bewolking begon te breken. Hij wist dat hij niet veel tijd meer had; nog even en Sam en Tom-Tom zouden er zijn.

Fadux Odenrick stond tegen de deur geleund, maar hij was niet van plan daar weg te gaan. Sinds een paar minuten ijsbeerde hij rusteloos door de kleine ruimte tussen de deur en het bureau, rechts van de fauteuil waar Eric zat. De pinguïn had zoveel opgekropte frustratie uit zijn benen laten stromen dat hij er buiten adem van was geraakt. Nu leunde hij tegen de deur om op krachten te komen. Hij ademde met zijn snavel open, de geur van oude spinazie en peterselie verspreidde zich door de kamer. De provocaties van Eric Beer hadden bijna twintig minuten geduurd, en als Eric niet zo'n nauwe relatie met de fadux, en de fadux niet zo'n nauwe relatie met Eric en zijn familie had gehad, dan had hij die aanval misschien nog van zich af kunnen laten glijden. Maar langzaamaan vond de beer scheuren in de vrome verdediging.

'Dit is zinloos,' siste de pinguïn. 'Je luistert toch niet.'

'Jij bent degene die me dat heeft afgeleerd,' glimlachte Eric. 'Maar nu maak ik me te belangrijk, nietwaar? De reden dat de fadux niet naar kritiek hoeft te luisteren, is dat de fadux en Magnus twee handen op een buik zijn, toch? Dat geldt niet voor mij. Ik zou nederig moeten zijn. Tussen de fadux en Magnus is... nou ja, is nauwelijks enig verschil, dat klopt toch?'

Eric zat nog steeds op het randje van de fauteuil voor het bureau; het voelde niet langer heel oncomfortabel. Het gesprek was hatelijk, maar desondanks schreed het voort met een onverbiddelijke logica. De fadux werd gedreven door een zucht naar macht, waarvoor hij zich zou schamen als die aan het licht kwam. Maar hij wilde net als alle knuffeldieren eigenlijk geliefd zijn, en als dat niet mogelijk was, eiste hij ten minste dat hij begrepen werd. Dat was zijn zwakke punt.

De pinguïn priemde zijn ogen in de beer.

'Wat wil je? Eigenlijk?'

'Een naam van de lijst schrappen,' antwoordde de beer eenvoudig. 'Om mee te beginnen.'

Hij had zijn verzoek aangepast, hij moest immers ergens beginnen.

'Als jonge catechisant pakte ik kleding in die ik gestolen had,' herhaalde Eric. 'Rat Rut vinkt de namen af op de kledinglijsten. Je hoeft geen meesterdetective te zijn om te begrijpen hoe het in elkaar steekt.'

De fadux ademde zwaar en uiteindelijk liet hij een piepend fluisteren uitgroeien tot een kreet: 'Ja, natuurlijk zit ik daarachter!'

Nu was het gezegd, voor eens en altijd.

'Natuurlijk heb je gelijk, beer. Ik stel die lijst op.'

Toen barstte fadux Odenrick in lachen uit. Het was de eerste keer dat Eric de fadux hoorde lachen. Er kwam een stoterig, droog geluid uit de keel van de pinguïn.

'Dit heeft niets met mij te maken, stomme beer,' siste Odenrick. 'Je zit daar te kijken alsof ik het uitgevonden heb. Onzin. Het is een taak die nu eenmaal bij het ambt hoort. De fadux van Mollisan Town is van oudsher degene die de lijsten opstelt. Dat is onze functie, wij zijn een instrument van Magnus. Op een rechtvaardige manier de levens van dieren uitmeten, kun je niet aan iemand anders overlaten.'

De woorden hadden erop gewacht om te worden uitgesproken. De lettergrepen volgden op elkaar; lang geleden opgestelde dominostenen vielen eindelijk op hun plaats. Odenrick ging achter zijn bureau zitten, opgelucht en verontwaardigd tegelijk. Eric bleef zwijgend zitten. Hij wist dat hij een dam had doorgestoken. Door het raampje achter de fadux gluurde hij naar buiten. Het wolkendek was nog steeds niet gebroken. Maar dat kon nooit langer dan een paar minuten op zich laten wachten.

Het voorhoofd van fadux Odenrick was afwisselend gerimpeld en glad, als de golven van de zee; daaronder dwaalden de gedachten, heen en terug. Toen hij uiteindelijk besloot iets te zeggen, deed hij dat met een kalme, zakelijke stem, waarin geleidelijk steeds meer passie doorklonk. Hij praatte evenzeer tegen zichzelf als tegen Eric Beer.

Odenrick vertelde hoe de traditie van de lijsten door de eeuwen heen was overgeërfd. Ooit was het begonnen als een bijbaantje voor de fadux, maar in de loop der tijd waren de Dodenlijsten de kern van het ambt geworden. En het was waar wat Eric had gehoord, dat er elk jaar aan één dier gratie werd verleend. Het was de verantwoordelijkheid en de plicht van de fadux om dat te doen – een herinnering aan de grote genade.

Pinguïn Odenrick zette de deur naar zijn binnenste wijd open. En de tevredenheid die de fadux ervoer nu hij die diepe, schurende waarheden uit handen gaf, deed hem steeds verder in detail treden over hoe de Dodenlijst fungeerde en hoe de macht van de kerk uiteindelijk op deze lijst was gaan berusten. Hoe die lijst de normen en waarden van de samenleving regelde en in stand hield, geheel in overeenstemming met de gedachten die Eric Beer zelf enkele uren eerder had gehad, onderweg naar de kathedraal.

Zonder de belofte van een volgend leven zou de kerk zijn positie verliezen, zei Odenrick met luide, theatrale stem. Zonder de belofte van een volgend leven zouden de wetten die het fundament van de samenleving vormden onbegrijpelijk worden.

'Omdat de knuffeldieren die jij en ik elke dag tegenkomen in wezen simpele idioten zijn, die zich hulpeloos laten leiden door hun pathetische pogingen om aan de tijd en de dood te ontkomen.'

Slechts op één punt, besefte Eric, terwijl hij zwijgend probeerde zijn walging te onderdrukken over de minachting waarmee de fadux aan zijn omgeving refereerde, was wat Odenrick zei een verrassing en een teleurstelling.

'Er is nog een lijst.'

Odenrick knikte gespeeld nadenkend en wees met zijn vingertop naar zijn hoofd.

'Er is nog een lijst, en die is zelfs nog belangrijker dan degene waarover we het tot nu toe hebben gehad. Het is de lijst van degenen die geschrapt moeten worden, de dag dat hun naam op de Dodenlijst belandt.'

Zijn toon werd zalvend, alsof hij voor een groot publiek sprak.

'Maar als je niet wilt dat zij zullen sterven, waarom schrijf je ze dan op?' vroeg Eric met oprechte verbazing.

Dit was zijn eerste zin in bijna tien minuten.

'Omdat ik ze anders niet zou kunnen schrappen,' lachte de fadux spottend. 'Anders zou Magnus Zijn genade niet in herinnering kunnen brengen.'

En zijn lach klonk alsof die pijn deed. Deze keer lachte hij zo lang dat er uiteindelijk geen verband meer leek te bestaan tussen het geluid en wat hij had gezegd, en Eric voelde oprechte bezorgdheid voor de fadux. Aan de andere kant van het bureau zat een gek. Opnieuw keek de beer door het raampje naar buiten. Sam en Tom-Tom zouden nu elk moment hier kunnen zijn.

'En jij,' proestte Odenrick tussen twee stuiptrekkingen door, die hij zonder succes trachtte te voorkomen, 'jij zult nooit, nooit de lijst in mijn hoofd te pakken krijgen.'

En de gedachte aan het tegendeel was kennelijk zo lachwekkend voor de fadux dat zijn vertwijfelde vrolijkheid opnieuw gevoed werd. De lach ging hoestend verder, en de fadux moest schreeuwen om zichzelf te overstemmen: 'Omdat je volkomen onbelangrijk bent!'

Eric knikte bij zichzelf. Dat de fadux midden in deze waarheidsejaculatie nog een paar leugentjes zou toevoegen was erg onwaarschijnlijk. Dit was geen avond voor breedsprakigheid. De macht van de fadux reikte niet verder dan één geval van gratie per jaar. Eric zou hen niet allebei kunnen schrappen, dus hij moest het onmogelijke doen.

Hij moest kiezen tussen Teddy en Emma.

'Wat u mij hebt verteld maakt mij allesbehalve onbelangrijk,' antwoordde de beer zacht. 'U hebt mij machtig gemaakt. Dat is meer waard dan zelfs u kunt betalen.'

'Je weet helemaal niets!' schreeuwde Odenrick. 'Wat jij gehoord hebt zijn alleen koortsdromen. Je bent slechts een van de duizenden dieren die geprobeerd hebben de herkomst van de Dodenlijst te onthullen, een van de duizenden dieren die in de loop der eeuwen hebben geprobeerd onsterfelijk te worden door hun eigen naam of die van een ander te schrappen. Je weet niets, want op het moment dat je hier weggaat, heeft dit gesprek nooit plaatsgevonden. Als je het mij vraagt, ben je hier nog nooit geweest.'

Eric keek door het raam en meende het motorgeluid van de grijze Volga te herkennen. Of verbeeldde hij het zich?

'Ik denk dat we ons geen van beiden kunnen voorstellen wat er zou gebeuren wanneer dit naar buiten komt,' ging Eric verder, met een kalmte die in zo'n schril contrast stond met de theatrale gebaren en uitroepen van de fadux dat ze bijna ongepast leek. 'Als alles wat u gezegd hebt over de verregaande betekenis van de lijst klopt, wat zou er dan gebeuren als de dieren in de stad wisten dat u degene bent die naar eigen goeddunken hun naam op een vel papier schrijft?'

'Je kunt me niet uitdagen,' schreeuwde de fadux en hij klonk oprecht verbaasd. 'Je kunt me niet uitdagen. Heb je er dan niets van begrepen? Volgende week zit ik hier om de volgende lijst te schrijven. Misschien staat jouw naam er dan wel op. Je kunt me niet uitdagen.'

Het gelach van de fadux ging over in een droge hoest.

'Natuurlijk begrijp ik het wel,' zei Eric Beer onverbiddelijk, 'dat zei ik al direct toen ik kwam. Ik heb er meer van begrepen dan u wilt weten. Dit is mijn betaling. De lijst die u in uw hoofd hebt met dieren die u gratie wilt verlenen, mag u een jaar uitstellen. Dit jaar moet u de naam schrappen die ik u vraag te schrappen. Anders zullen de dieren in de stad erachter komen wat er aan de hand is.'

'Maar dat is…'

'Daar,' zei Eric naar een van de raampjes knikkend, 'komen Sam en Tom-Tom aan. Ik weet niet of u ze kent, ze zijn allebei even onbelangrijk als ik.'

En het klopte precies. Op het moment dat Sam Gazelle de grijze Volga parkeerde in een van de zijstraten naast de kathedraal dreven de laatste wolken uiteen en hing de halvemaan daar, kristalhelder, aan de zwarte hemel. Door het raam zagen de pinguïn en de beer dat Sam uit de auto stapte en een papier omhoogiel.

'Ziet u dat?' vroeg Eric. 'Dat zijn uw handgeschreven Dodenlijsten. Sam en Tom-Tom zijn bij Dorothy op bezoek geweest, ziet u. En Dorothy heeft gevoel voor orde, ze bewaart alles. Zelfs uw originelen, voor ze er overzichten van gebruikte kleding van maakt.'

De gazelle sloeg het autoportier achter zich dicht, maar bleef met het papier wapperen op de manier zoals hem was opgedragen. Samen met Tom-Tom Kraai liep hij langzaam naar de kathedraal, naar de plek waar volgens Eric een onopvallende deur zat, ook al was die van een afstand niet te zien.

'Wat moeten we doen als hij ziet dat je met een of andere verdomde uitnodigingenlijst loopt te wapperen?' vroeg Tom-Tom.

'Geen idee,' antwoordde Sam.

'Ik had die uil beter kunnen vermoorden,' zei de kraai spijtig.

'Schatje, dat had ook niet geholpen,' zei Sam. 'Vermoedelijk is dit hier gewoon weer een doodlopend steegje.'

'Schoft die je bent,' siste Pinguïn Odenrick.

De fadux stond met zijn rug naar Eric door het raam naar de straat te loeren. Hij stond daar stijf als een zoutpilaar. Zelfs uit de verte kon hij zien dat het het briefpapier van de kerk was, met zijn eigen specifieke handschrift, wat de gazelle in zijn hoef hield.

'Je begrijpt niet wat je riskeert,' siste de pinguïn waarschuwend tegen de beer zonder zich om te draaien. 'Dit zijn structuren die in de loop der eeuwen zijn opgebouwd. Het is een wereldorde waarvoor geen alternatief bestaat.'

'We riskeren niets,' antwoordde Eric, die niet onder de indruk was van de grote woorden. 'U geeft mij de lijst, ik schrap een naam, u vertelt het aan de rat en vervolgens krijgt u overmorgen uw origineel weer terug.'

'Dat is te kort dag,' fluisterde de fadux, zonder zijn blik af te wenden van de gazelle en de kraai die langzaam in de richting van de kerk wandelden.

'Dat red ik niet.'

'Dat redt u wel,' beloofde Eric.

'Waarom zou ik jou vertrouwen,' vroeg Odenrick en eindelijk draaide hij zich om.

Iets in de ogen van de fadux was gedoofd.

'Waarom zou u dat niet doen?' vroeg de beer.

Ze bleven een paar tellen staan, waarna de pinguïn moeizaam aan zijn bureau ging zitten en in één beweging vooroverboog om een lade open te trekken. Hij haalde een kopie van de vracht-brief tevoorschijn die bij de kledingzending naar de Vuilnisbelt van afgelopen week had gezeten, legde het papier op tafel, in de richting van de beer gekeerd, en schoof het naar hem toe.

'Ik ben moe,' bekende hij. 'Ik heb geen energie meer om te denken.'

Eric bleef zwijgend zitten. Hij pakte een van de pennen die in de pennenhouder op het bureau stonden en ging de rij namen af.

Hij redde het leven van de één ten koste van de ander. Het was het moeilijkste moment in zijn leven.

'Ik wil hier nooit meer iets over horen,' zei de fadux, terwijl Eric de naam vond die hij zocht en er een dikke streep door zette.

'Nooit meer,' herhaalde de fadux.

De beer schoof de vrachtbrief terug naar Odenrick, legde de pen neer en stond op uit de fauteuil. Zonder verder een woord te zeggen draaide hij zich om en verliet de werkkamer van de fadux.

Sam en Tom-Tom stonden te praten toen Eric naar buiten kwam. Met een knikje dat misschien een soort dankjewel was groette hij hen, maar hij zei niets. Met snelle passen liep hij naar de geparkeerde auto. De gazelle en de kraai moesten op een drafje lopen om hem bij te houden.

'Hoe ging het?' vroeg Tom-Tom.

Maar Eric Beer antwoordde niet, hij ging op de achterbank van de auto zitten en sloeg het portier dicht.

'Vermoedelijk niet zo goed, dus?' zei Tom-Tom tegen de gazelle voor ze de voorportieren openden en Eric gezelschap gingen houden.

De gazelle haalde zijn schouders op. Tom-Tom startte.

'Lieve Eric, we hebben geen origineel te pakken kunnen krijgen,' zei Sam. 'Ze beweerde dat ze niets van Dodenlijsten af wist, en ze gaf ons in plaats daarvan een uitnodigingenlijst.'

'Waar gaan we heen?' vroeg Tom-Tom.

'We gaan naar huis,' zei Eric Beer.

Epiloog

Te lezen naar behoefte

Epiloog

Op een vervallen steiger aan de noordkant van het lange strand bij Hillevie zat Eric Beer met zijn benen boven het water te bungelen. Het was 28 mei, in de ochtend, gisteren had hij de hele dag geslapen. Hij was om zes uur 's avonds opgestaan, had een paar boterhammen gegeten en was daarna weer naar bed gegaan. Zijn slaap was stil en droomloos, hard en zwaar – de manier waarop het lichaam zich ontdoet van een deel van de spanning die zowel in- als uitwendig veel van hem had gevergd de afgelopen weken. Zijn lijf deed pijn van de stijfheid toen hij vanochtend vroeg wakker was geworden.

Op het moment dat hij zijn ogen opendeed, wist hij dat hij naar zee moest gaan. Hij dronk een kop koffie aan de keukentafel samen met Tom-Tom; er was niets te eten in de koelkast of de provisiekast. De kraai was al vroeg op. Gisteren had hij zijn trots terzijde geschoven en Grand Divino gebeld. De directie van het warenhuis, in elk geval de chef van de afdeling Huis en Haard, was akkoord gegaan met een ontmoeting en over een paar uur moest hij erheen voor een gesprek.

'Zeg maar dat het mijn schuld is,' fluisterde Eric.

'Heb ik al gedaan. Wat dacht jij dan, verdomme?' fluisterde Tom-Tom glimlachend.

Sam lag te slapen, de kraai en de beer praatten op gedempte toon.

Tegen negenen kleedde Eric zich aan, en verliet de flat. De grijze Volga Combi stond nog steeds op loopafstand van Yiala's Arch geparkeerd. Onderweg dronk Eric een kop koffie bij Springergaast en kocht een croissant, die hij onder het rijden opat. Op de steiger, met de zee voor zich, was er hoop dat hij een soort rust zou vinden, in elk geval een paar uur.

Wat zou er gebeurd zijn als Teddy eergisteren niet had gebeld? De gedachte was ondenkbaar; als Eric er langer dan een paar seconden bij stil zou staan, zou zijn wereld instorten.

Terwijl Eric zijn plan wat betreft Dorothy en de originele lijst aan Tom-Tom en Sam vertelde, ging onverwacht de telefoon. Het geluid deed vreemd aan; Eric kon zich niet herinneren ook maar één telefoongesprek te hebben gevoerd in de ruim drie weken dat hij aan Yiala's Arch had gelogeerd. Ook Sam keek onthutst. Ze knikten naar de gazelle dat hij de telefoon moest opnemen, wat hij natuurlijk deed. Met een verbijsterde uitdrukking op zijn gezicht luisterde hij een ogenblik, knikte en gaf daarna de hoorn aan Eric.

'Het is voor jou.'

Eric was in een paar stappen bij Sam, greep de hoorn en hoorde al aan de ademhaling dat hij zijn tweelingbroer aan de lijn had.

Wat Teddy vertelde, kon hij onmogelijk geloven.

Gezien de wereld van hersenschimmen en verbeelding waarin Teddy leefde, kon hij wat Teddy zei eerst niet serieus nemen. Emma Konijn had een vader, beweerde Teddy. Waarom hij belde en iets dergelijks beweerde, was niet te zeggen.

Ze praatten een paar minuten. Eric probeerde erachter te komen hoe Teddy überhaupt wist dat er ene Nicholas Duif was die in de stad rondliep met een paar gorilla's. Wat een dwaasheid. Eric werd steeds rustelozer, Tom-Tom en Sam stonden te trappelen om op weg te gaan.

Toen noemde Teddy de bruine laarzen. Emma's nieuwe, bruine laarzen met geborduurde zonnetjes op de schachten. Teddy kon ze in detail beschrijven.

Toen begreep Eric eindelijk dat het waar was.

'Je moet me helpen,' zei Teddy.

Eric draaide zich om en glimlachte. Teddy balanceerde op

323

de vermolmde planken. Het leek een hachelijke onderneming. Het personeel van Lakestead zou het hem nooit vergeven als hij Teddy in het water liet vallen. Hij stond op, deed voorzichtig een paar stappen in de richting van het land en hielp zijn broer over een lastige stukje waar nog slechts twee planken intact waren. Ze gingen naast elkaar op de smalle steiger zitten en keken naar de horizon.

Het zou opnieuw een mooie dag worden in Hillevie.

'Hetzelfde water als miljoenen jaren geleden,' zei Eric en hij knikte naar de zee die zo stil was dat hij op ijs leek. 'Precies hetzelfde.'

Teddy knikte. Na een poosje voegde Eric eraan toe: 'Het voelt goed.'

Toen legde Teddy troostend zijn berenpoot om de schouders van zijn broer, en zo bleven ze zitten.